A MALDIÇÃO DE CACHINHOS DOURADOS

VICTOR DIXEN

ANIMALE

A MALDIÇÃO DE CACHINHOS DOURADOS

Tradução de ANA BAN

L&PM FANTASY

Texto de acordo com a nova ortografia.
Título original: *Animale – La Malédiction de Boucle d'Or*

Capa: Hite. *Ilustração*: Mélanie Delon
Tradução: Ana Ban
Revisão: Elisângela Rosa dos Santos
Revisão final: L&PM Editores

CIP-Brasil. Catalogação na publicação
Sindicato Nacional dos Editores de Livros, RJ

D524a

Dixen, Victor, 1979-
Animale: a maldição de Cachinhos Dourados / Victor Dixen; tradução Ana Ban. – 1. ed. – Porto Alegre, RS: L&PM, 2015.
432 p. ; 23 cm.

Tradução de: *Animale – La Malédiction de Boucle d'Or*
ISBN 978-85-254-3269-8

1. Fantasia - Ficção. 2. Ficção francesa. I. Ban, Ana. II. Título.

15-24280 CDD: 843
CDU: 821.133.1-3

Rua Comendador Coruja, 314, loja 9 – Floresta – 90220-180
Porto Alegre – RS – Brasil / Fone: 51.3225.5777

Pedidos & Depto. comercial: vendas@lpm.com.br
Fale conosco: info@lpm.com.br
www.lpm.com.br

Impresso no Brasil
Primavera de 2015

Sumário

Terceira parte: Tempo de raiva

Quarta parte: Noites de sangue

Com a Revolução Francesa, ocorrida em 1789, milhares de nobres e burgueses endinheirados fugiram da França na tentativa de proteger suas vidas e seu patrimônio. A subida de Napoleão Bonaparte ao poder, em 1804, pôs fim à Revolução e deu início às chamadas Guerras Napoleônicas, com dezenas de batalhas decisivas sendo vencidas pelo Grande Exército francês e a anexação de muitos territórios europeus. O avanço napoleônico estancou na fracassada invasão à Rússia. Lá, as enormes dificuldades enfrentadas na batalha em torno do rio Berezina e o terrível inverno fizeram o imperador recuar e abdicar. Depois de dez meses de exílio na Ilha de Elba (de maio de 1814 a fevereiro de 1815), Napoleão voltou nos braços do povo francês para o seu último período no poder, que duraria exatos cem dias: a derrota para os ingleses na batalha de Waterloo, na Bélgica, em junho de 1815, sela seu destino. Ele é obrigado a abdicar definitivamente e é desterrado para a Ilha de Santa Helena, uma possessão inglesa perdida no meio do oceano Atlântico. O rei Luís XVIII, da dinastia Bourbon, reassume o trono que abandonara às pressas menos de um ano antes, e tem início o período que ficou conhecido como Restauração.

A partir da queda de Napoleão, acelera-se o retorno de 140 mil nobres e burgueses franceses que haviam fugido dos rigores da Revolução (em função da desconfiança em relação ao imperador, apenas uma minoria dos refugiados dispusera-se a retornar à terra natal no início do período napoleônico). Assim, a partir de 1814, soldados franceses desgarrados, ou que sobreviveram à derrocada do Grande Exército napoleônico, vagavam sem rumo pelos bosques no interior da França.

Nossa história começa justamente quando Napoleão volta ao poder para os Cem Dias.

Para E.

Prólogo

NEVAVA.

Caíam flocos grandes como punhos fechados sobre as margens do rio Berezina. De um lado, a Rússia, imensa, que acabava de aniquilar o exército mais forte do mundo; do outro, o Ocidente, de onde vinha um imperador todo coberto com os louros da vitória de Austerlitz, de Jena, de Friedlândia. Ele se apresentou como senhor perante os portões de Moscou, mas colheu apenas as cinzas da cidade incendiada por seus próprios habitantes e os primeiros flocos de neve do inverno que seria o mais longo de todos. Quando Napoleão se decidiu pela retirada, era tarde demais. O céu pesado de nuvens já tinha a cor da mortalha que estava prestes a cobrir aquilo que restava do Grande Exército, dezenas de milhares de homens de todas as nações da Europa, reunidos ali para realizar o sonho de um único entre eles.

Nevava.

Três dias antes, os construtores de pontes tinham entrado nas águas gélidas do rio Berezina para instalar passarelas por cima da corrente que interrompia o caminho para a retirada, para a França, para a salvação. A maior parte deles tinha morrido ao executar essas obras heroicas: a perda de alguns em troca da esperança de milhares de outros. Fazia três dias e três noites que legiões de espectros deslizavam sobre as pontes, guerreiros transformados em anciãos pelo frio que faz tudo ficar mais lento, que enrijece os membros e cerra os olhos. Na alvorada pálida que despontava com dificuldade por detrás das cortinas de neve, a maior parte dos que tinham escapado da desgraça passara para o lado oeste, para a margem da vida. Mas ainda sobravam muitos na outra margem, um número enorme de homens feridos, exaustos e mancos que não tinham encontrado forças para se arrastar até a chama fraca dos acampamentos improvisados a fim de abraçar o inverno pela última vez.

Nevava.

Milhares de cascos martelavam o solo depois das fatalidades do leste e faziam tremer a neve solta ao redor dos acampamentos semiabandonados. Era o barulho dos cavaleiros cossacos que chegavam com as espadas em punho, prontos para estripar, degolar, rasgar quem tivesse ousado pisar em solo russo. O fato de que eles só podiam ser avistados quando estavam a dez metros de distância fazia com que aproximação da morte fosse ainda mais terrível: ela podia surgir de qualquer lugar, a qualquer momento, para levar as almas. Os infelizes que iriam perder a vida tateavam em busca uns dos outros no meio da nevasca, só para sentir um pouco de calor humano pela última vez, para murmurar ou escutar uma prece... e dizer que tinham a esperança de que o paraíso fosse branco!

Nevava.

A frente dos cossacos abraçava a massa de sacrificados com um toque surpreendente de tão gentil, abafado pelo algodão do céu e da terra. As espadas penetravam sem fazer barulho nenhum nas capas de pele. E então, de repente, o rugido soou.

Um rugido terrível que parecia vir das profundezas daquele vale manchado com sangue demais, engrossado por cadáveres em número excessivo.

Borbulhas monstruosas, como se os pântanos congelados estivessem regurgitando a própria morte que os havia enchido de força.

Os cavalos ao redor empinavam e derrubavam os cavaleiros. O terror tomou conta daqueles que o tinham semeado. Viu-se uma espada cortar a névoa com a mão ainda agarrada à empunhadura, mas sem o braço nem nada do corpo a que devia estar acoplada. Depois foi uma cabeça que rolou pela neve, deixando atrás de si um rastro vermelho, logo coberto pelos flocos.

Ao longe, por cima do rio Berezina, uma luz forte brilhava: o imperador tinha ordenado que as pontes fossem incendiadas para proteger a retirada, abandonando veteranos e cossacos àquilo que rugia na neblina.

Não parava de nevar.

Primeira parte
Noites de trevas

Não se sabe quase nada sobre ela, nem seu verdadeiro nome. Alguns supõem que não passasse de uma menina, outros afirmam que já tinha atingido a idade de mulher quando se perdeu na floresta. Mas todos concordam em dizer que o cabelo dela era maravilhoso, e seu brilho chegou até nós como uma chama que atravessa o tempo. É por isso que, até hoje, os contadores de histórias do mundo todo a chamam de "Cachinhos Dourados".

Cachinhos Dourados e os Três Ursos

I

A RECLUSA DE SANTA ÚRSULA

1

A reclusa de Santa Úrsula

– BLONDE COM CERTEZA PODE NOS DIZER, NÃO?

A menina se agitou em cima da banqueta. Sua visão demorou alguns segundos para focar na preceptora; segundos carregados de vapores espessos e viscosos, como acontecia sempre que ela saía de si para se lançar à realidade.

– E então, menina? Será que perdeu a língua mais uma vez?

Desde muito pequena, Blonde passava por esse tipo de torpor, uma ausência. Sua dificuldade de concentração era tanta que as irmãs de Santa Úrsula chegaram a desconfiar que fosse doente. Mas os exames a que fora submetida não revelaram nenhuma patologia conhecida. A irmã enfermeira, desesperançada, não pôde fazer nada além de constatar que o torpor era mais forte no inverno e melhorava na primavera. Por falta de coisa melhor, chegou à conclusão de que se tratava de um enfraquecimento generalizado dos sentidos. Tinha prescrito abstenção completa de qualquer esforço físico, evitar atividades ao ar livre e usar óculos com lentes escuras, confeccionados, de acordo com sua orientação, com fragmentos de vitral azul: a ideia era filtrar a luz forte demais que pudesse cansar a enferma. Blonde passara a esconder o rosto atrás daquela máscara estranha desde os quatro anos; tinha acabado de completar dezessete no mês anterior.

A verdade era que os óculos não ajudavam em nada. Blonde simplesmente tinha nascido assim: estava sempre em outro lugar, ou em lugar nenhum, até onde se sabia.

– Quais são as quatro virtudes cardinais? – irmã Prudence repetiu em tom seco.

O que chegou aos ouvidos de Blonde, mais uma vez, foram apenas sons ininteligíveis: "quaisãoasquatrovirtudescardinais?", e não frases articuladas. O cérebro dela se parecia com a roda-d'água do convento quando fazia muito frio: tinha dificuldade de girar com a água meio congelada.

Ela tremeu.

Por reflexo, levou a mão aos cabelos, presos em um coque pela fita preta obrigatória a todas as pensionistas de Santa Úrsula. Era um tipo de cabelo como não se via mais, grosso como veludo, brilhante como seda, mas, principalmente, loiro como ouro. As religiosas tinham ficado impressionadas com seu brilho quando a menina, com apenas um ano, lhes tinha sido confiada. Ela chegou sem nome, e a chamaram de Blonde, ou "loira": o nome nem era cristão, podia ter sido dado a uma cachorra; era um nome que traçava uma fronteira intransponível entre a pensionista permanente de Santa Úrsula e as religiosas que a acolhiam.

A menina pegou uma mecha que saía do coque como se fosse um marinheiro de um navio que afunda e tenta se agarrar a uma corda para escapar do naufrágio.

Foi o gesto que a entregou.

Começaram a subir da primeira fila murmúrios que, através dos óculos azuis, pareciam uma onda ameaçadora. Era ali que se sentavam as mocinhas vindas de famílias ricas. Quanto mais se ia para o fundo da sala onde as irmãs davam aula, menos endinheiradas eram as pensionistas. O lugar de Blonde era bem no fundo, em uma pequena carteira bamba para deixar sua diferença bem marcada. Diferentemente das quinze outras alunas da classe das protegidas, ela não ficaria em Santa Úrsula apenas durante alguns anos, até completar a educação, e depois retornar ao mundo para se casar. Durante toda a vida, ela não tinha conhecido nada além desse convento perdido nas profundezas do vale do rio Mosela e jamais viria a conhecer qualquer outra coisa: as mãos que a haviam deixado na escadaria também tinham depositado uma soma de dinheiro que cobria os custos de alojamento e alimentação até a sua morte. Essa maneira arcaica de se livrar dos bastardos, nascidos fora do casamento, ainda era corrente entre algumas das grandes famílias da região da Lorena.

Foi por pura gentileza que as irmãs resolveram garantir também a educação de Blonde, primeiro entre as pequenas (a classe que agrupava as meninas de seis a doze anos do convento) e depois entre as protegidas (reunindo as mocinhas de treze a dezoito anos).

– Estou esperando... – irmã Prudence disse impaciente e irritada.

Blonde sabia que devia baixar a mão, mas algo a impedia. Parecia que o contato do cabelo com a pele era a única coisa que a conectava à realidade, àquele momento, àquela aula; que, se ela soltasse os fios, voltaria a mergulhar em seus pensamentos viscosos e obscuros. Por isso, ela torceu a mecha com mais força ainda em volta do dedo.

– Ela está procurando a resposta no cabelo! – uma voz afirmou de algum lugar.

Risadas parecidas com um animal maldoso e bufante percorreram as fileiras.

– Silêncio! – irmã Prudence ralhou. – Silêncio!

A preceptora baixinha responsável pela aula de moral era a religiosa que tinha mais dificuldade em disciplinar as mocinhas.

– As quatro virtudes cardinais... – Blonde finalmente repetiu.

Ela falou de um fôlego só, e sua voz parecia vir de muito longe, das névoas de um sonho.

– Sinto muito, não me lembro...

E alguém achou bom completar:

– Pelo bem dela, tomara que a memória não faça parte das virtudes cardinais!

Blonde finalmente parou de torcer a mecha de cabelo. Tinha retornado ao presente por conta própria. Seu olhar se estendeu até a primeira fileira, onde uma sombra de cabelos escuros fazia graça dela.

Berenice de Beaulieu, é claro.

Desde que tinha chegado ao convento, três anos antes, para seguir os estudos na classe das protegidas, a menina tinha escolhido maltratar Blonde sem razão aparente. Será que era porque as duas eram tão diferentes, cheias de características contrárias uma em relação à outra? Berenice era viva ("nervosa", afirmavam os relatórios enviados com frequência pelas irmãs preceptoras à madre superiora), um fogo verdadeiramente endiabrado que soltava fagulhas na comparação com a moleza de Blonde. Uma das pensionistas mais baixinhas e mais carnudas, ela tinha conseguido o privilégio extraordinário de usar saltos altos: um direito que demonstrava, mais do que tudo, a riqueza de seus pais. Pelo mesmo motivo, as outras pensionistas desconfiavam que ela realçava o vermelho dos lábios com carmesim, apesar de qualquer maquiagem ser proibida no convento. Talvez ela fervesse por dentro, pois Berenice sempre parecia estar com calor: tanto no verão quanto no inverno, ela saltitava pelo jardim, erguendo o vestido de sarja cinza, que era o uniforme das frequentadoras do convento, para cima das panturrilhas depiladas com uma solução conhecida por água do Egito. Já Blonde, condenada a permanecer à sombra do claustro para proteger a pele frágil, tremia de frio o ano todo embaixo de xales disformes.

Berenice e Blonde eram assim, a morena de fogo e a loira de gelo, dois elementos contrários da natureza que só podiam causar explosão ao se encontrar.

Para o enorme alívio de irmã Prudence, o sino que anunciava as vésperas tocou antes que alguém tivesse tempo de engordar as palavras de Berenice.

Enquanto as mocinhas iam saindo da classe para se dirigir à capela, Blonde ficou arrumando sua pasta bem devagar e observou mais uma vez que não tinha anotado nada na página do caderno. Era como se a aula tivesse passado por cima de sua cabeça.

Ela soltou um suspiro e saiu para a galeria que dava a volta no claustro.

Talvez Berenice tivesse razão no final das contas.

Talvez todas elas tivessem razão, todas aquelas que dão um sorrisinho com ar de quem sabe tudo sempre que ela abre a boca.

Ao observar as alunas que desapareciam a sua frente pela galeria escura, Blonde ficou com a impressão dilacerante de que elas já tinham voado para uma vida nova.

Começou a correr para alcançá-las.

Parecia que as solas dos sapatos baixos escorregavam pelo piso coberto de musgo e líquen, como se o velho convento, faminto por carne fresca, tentasse prendê-la na barriga e digeri-la.

Mas ela não queria aquele destino!

Ele não queria ser para sempre a reclusa de Santa Úrsula!

Ela não queria...

– Oh!

Levada pelo ímpeto, prejudicada pela vista fraca, Blonde deu um encontrão em uma irmã que saiu de trás de uma coluna do claustro.

– Desculpe! Ah, desculpe! – ela exclamou e abaixou-se para recolher as penas espalhadas pelo piso em um mar negro: quando caiu, o tinteiro quebrou.

– Por favor, não... não diga ao meu patrão que eu vim aqui.

Blonde ficou paralisada, com um joelho apoiado no piso.

Aquela voz não pertencia a ninguém de Santa Úrsula.

Para falar a verdade, nem era a voz de uma mulher.

A menina ergueu o rosto na direção da pessoa que estava agachada a sua frente para ajudar a recolher as penas. Ela reconheceu o jovem entalhador de pedra que vinha a Santa Úrsula todos os dias já havia uma semana. Até agora, ela só o vira de longe, ocupado com a reforma da grande escadaria do convento, para a qual ele e seu patrão haviam sido contratados pelas irmãs. O itinerário das pensionistas entre a classe, a capela, o dormitório e o refeitório tinha sido estudado com cuidado pelas religiosas para evitar que as meninas cruzassem com os dois intrusos durante a execução do trabalho. A presença do rapaz na galeria também era completamente anormal.

– Ouvi o sino das vésperas – ele explicou, sem fôlego. – Achei que as moças e as irmãs estariam todas na capela. Só queria aproveitar para apreciar a estátua do claustro.

Blonde deu uma olhada de lado na estátua grandiosa de santa Úrsula que se postava sobre um pedestal no meio do claustro azulado onde a noite já caía. Ela tinha sofrido demais durante a Revolução, quarenta anos antes. Os *sans-culottes** tinham quebrado suas mãos e raspado seu rosto; se não fosse tão pesada, com toda a certeza a teriam derrubado.

– É um trabalho lindo, pena que esteja em tão mau estado...

Blonde passou a atenção para o entalhador de pedra. O único homem que tinha visto assim de tão perto, em seus dezessete anos de existência, era o padre de idade avançada que dava a comunhão de manhã na missa. Mas o rosto anguloso do trabalhador não tinha nada a ver com o rosto gordo e redondo do padre Matthieu. Com cachos castanhos, grandes olhos escuros e avental carregado de cinzéis reluzentes como armas, o rapaz se parecia mais com o são Miguel com sua armadura que se empoleirava no nicho mais alto da capela... a diferença era que Blonde nunca tinha sentido que estava sendo devorada pelos olhos do arcanjo.

– Blonde?

A menina estremeceu.

Era a voz da priora que vinha da outra ponta da galeria. Braço direito da madre superiora, irmã Marie-Joseph era bem mais autoritária do que a frágil irmã Prudence. Ela fazia uma disciplina de

* Denominação dos trabalhadores participantes da Revolução Francesa. (N.E.)

ferro reinar sobre o convento e tratava Blonde com especial rigor, esperando dela os mesmos sacrifícios desempenhados pelas religiosas entre as quais ela tinha crescido.

Se a priora soubesse que Blonde tinha dirigido a palavra a um rapaz, iria lhe dar um castigo bastante pesado.

A menina se levantou de um pulo e saiu correndo sem se virar para trás, deixando a pasta, as penas, o tinteiro quebrado e o entalhador de pedra.

*

Ao chegar à capela, Blonde começou a rezar para que ninguém percebesse que ela tinha se demorado na galeria e, principalmente, para que ninguém descobrisse por quê.

Enquanto as pensionistas e as religiosas entoavam cânticos com as vozes mais ou menos sincronizadas, ela sentia o olhar de irmã Marie-Joseph pesado sobre ela, tão gordo quanto seu queixo duplo. A irmã já tinha dito a ela várias vezes que tomasse seus votos para se tornar definitivamente uma integrante de Santa Úrsula. O cabelo muito loiro da pensionista permanente sempre tinha parecido suspeito à priora: ela o considerava uma provocação, um fogo profano enfiado naquele lugar santo que devia ser abafado com um hábito. Até agora, Blonde sempre tinha conseguido se livrar do voto, sob o pretexto de que ainda não se sentia digna de uma honra tão grande.

Porém, naquele instante, pela primeira vez, ela desejou ter um hábito sob o qual se esconder, um véu negro para cobrir o cabelo. Será que tinha sido a cor do cabelo dela que atraiu o entalhador de pedra ao lugar aonde ele não deveria ir, como uma chama que atrai os animais da noite para fora de suas tocas? As irmãs ensinavam às alunas que os homens geralmente se condenavam por causa das mulheres e que todas as grandes tentadoras desde Eva tinham sido loiras...

Assim que o ofício terminou, a menina saiu correndo para a galeria com o objetivo de consertar o estrago causado. Parou, estupefata, no lugar onde a colisão tinha acontecido: não havia o menor vestígio de tinta nas lajotas, nem o mais mínimo caco de vidro. A pasta fechada estava a sua espera, pousada com discrição ao pé de uma coluna. Só precisou recolhê-la antes de as irmãs chegarem.

– Diga uma coisa, a senhorita chegou à capela depois que as vésperas já tinham começado? – uma voz conhecida resmungou atrás dela.

– Estou confusa, irmã Marie-Joseph – Blonde respondeu enquanto tentava segurar um sorrisinho de alívio.

– Não parece nem um pouco confusa, mas sim contente, eu diria. Acha bonito chegar atrasada ao encontro com o Senhor?

Blonde ergueu os olhos para a priora. Uma coisa era certa: com as sobrancelhas grossas sempre franzidas e as bochechas trêmulas, irmã Marie-Joseph havia matado definitivamente a tentadora que trazia dentro de si.

– Vai ficar de jejum no seu quarto hoje à noite para aprender a ser pontual.

Para fazer as vezes de quarto, Blonde tinha uma cela minúscula, três vezes mais estreita do que as das outras pensionistas, localizada em um anexo no segundo andar da ala norte, na parte mais velha e úmida do convento. Uma cama de ferro, um oratório, uma cadeira e uma mesinha: essa era toda a mobília. Era também tudo o que Blonde conhecia na vida e, principalmente, era seu porto seguro, sua única intimidade.

Quando abriu a porta, sentiu uma sombra lhe roçar os tornozelos e entrar no cômodo com um miado agudo:

– Miauuu!

Era o gato do convento, um macho cor de chocolate. As irmãs só o toleravam porque era útil contra os roedores, mas o perseguiam com chutes e diziam "vade retro" sempre que ele chegava um pouco perto demais porque, afinal de contas, os gatos são os subordinados do demônio.

Blonde sentia-se solidária ao animal que vivia como ela, à margem da comunidade do convento. Resolveu que ele precisava de um nome e o chamou de Brunet, moreno, por causa da cor do pelo, da mesma maneira que ela tinha sido batizada devido ao tom do cabelo.

Ela tinha o hábito de trazer para ele, todas as noites, os restos do refeitório para melhorar seu dia a dia de camundongos e ratos do campo. E, toda noite, Brunet ficava um pouco com ela antes de sair por uma fenda na parede do quarto.

– Miauuu!

– Peço desculpa, amigo, mas não tenho nada a oferecer.

– Miauuu!

– Eu sei, eu sei. Mas saiba que poderia ser bem pior. Se irmã Marie-Joseph tivesse desconfiado do que aconteceu na galeria, ficaríamos de jejum durante no mínimo uma semana! Se dormir aqui hoje à noite, vai ficar com menos frio do que lá embaixo, do lado de fora.

Blonde sempre teve a impressão de que era capaz de compreender Brunet e de que ele a compreendia por sua vez. Na verdade, parecia mais fácil conversar com ele do que com várias das outras pensionistas. Não era o caso de ela o transformar em humano com as conversas, mas sim de ela se sentir transformada em felina, e por pouco não trocava as palavras por miados. Contudo, ela se proibia de fazer isso, por medo que alguém escutasse e achasse que estivesse possuída pelo demônio.

Blonde observou a gravura colorida de santa Maria Madalena pendurada em cima da cama. As irmãs a tinham comprado de um vendedor ambulante e deram de presente a sua pensionista permanente em sua primeira comunhão, com certeza porque o cabelo da pecadora arrependida era parecido com o dela. A imagem piedosa, saída das impressoras de Épinal, era o único presente que ela tinha ganhado na vida e era, da mesma maneira, seu único luxo.

A menina pegou o jarro ao pé da cama e derramou um pouco de água em uma bacia para fazer a higiene antes de dormir. A água estava gelada. Do outro lado da janela, o inverno de 1832 não terminava de se impor; já era março e a neve ainda não tinha derretido no telhado do convento. As irmãs diziam que o calor amolecia os sentidos e relaxava o espírito, mas a verdade era que elas não tinham mais recursos para aquecer um prédio tão amplo.

Depois de se enxugar, Blonde ergueu o rosto e deu de cara com seu reflexo no espelhinho pendurado na parede com os ramos do ano anterior secando atrás dele. O espetáculo de seu rosto sem os óculos sempre a surpreendia. Era como se ela fosse outra versão de si mesma, agora não aguada pelo tom azulado do vidro colorido, mas em uma explosão de cores: o vermelho dos lábios, o rosado das bochechas, o marfim da pele e, principalmente, o dourado do cabelo, tão deslumbrante quanto a juba de um felino. Apenas dois toques de azul permaneciam no retrato impressionante: os olhos, límpidos como geleiras.

Incomodada por essa irmã gêmea, ao mesmo tempo conhecida e estranha, Blonde logo voltou a colocar os óculos que lhe traziam segurança sobre o nariz e a amarrar o cabelo com a fita preta antes de entrar nos lençóis rígidos de umidade.

Foi nesse momento que ela escutou os arranhões na vidraça.

2

O VISITANTE NOTURNO

BLONDE FICOU IMÓVEL POR UM INSTANTE EMBAIXO DOS lençóis, com todos os sentidos em estado de alerta.

O mais provável era que fosse um esquilo que se apertava contra a janela, quem sabe uma coruja em busca de um pouco de calor naquela noite de março que mais parecia dezembro. Os animais selvagens sempre vinham atrás de Blonde, assim como os rios correm para o mar. Era comum passarinhos pousarem em sua janela e, quando Brunet não estava por perto, eles entravam de bom grado no seu quarto, como mensageiros de um mundo que ela jamais viria a conhecer. Blonde sentia que eles não tinham medo dela como tinham das outras moradoras do convento; as irmãs também sentiam isso e olhavam para a pensionista que atraía animais com uma mistura de temor e respeito, como se fosse uma bruxa ou santa Francisca de Assis.

Mas, naquela noite, os arranhões foram aumentando tanto e de modo tão contínuo que era impossível atribuí-los a uma criatura da noite.

Foram aumentando até se transformarem em batidas na vidraça, tão fortes que nem um esquilo ou um passarinho seria capaz de desferir. Blonde então se rendeu às evidências: era um ser humano que batia à janela e, se ela não lhe dissesse para ir embora, ele acabaria por acordar o convento inteiro. Angustiada, ela jogou os lençóis de lado e se levantou. Será que foi o brilho do cabelo dela na noite que atraiu o entalhador de pedra até aqui? Claro que só podia ser ele...

A menina acendeu a lamparina a óleo em cima da mesa e então se aproximou da vidraça.

Estava negra como um poço, com uma fina camada de geada que a deixava ainda mais opaca do que já estava por causa da escuridão.

Blonde colocou a mão na tranca gelada e sentiu a vibração das batidas que não cessavam até nos ombros.

Hesitou mais um segundo.

Então ergueu a tranca e abriu uma fresta na janela.

– Vá embora, eu imploro – ela sussurrou para o escuro.

A única resposta que recebeu foi o assobio da brisa através do bosque que ficava atrás do convento, a premissa das grandes florestas de Vosges que se estendiam para o oeste.

Achou que o visitante inoportuno tinha ido embora.

Seu olhar então recaiu nos degraus da escada apoiada no parapeito. Antes que tivesse tempo de reagir, uma forma esbranquiçada se projetou pelo vão da janela. Era uma cabeça de velho, careca e enrugada, meio afundada na gola de um sobretudo pesado de lã preta. Blonde se segurou para não gritar: o medo de acordar as irmãs era maior do que o pavor criado por aquela aparição.

– A senhorita é a pensionista permanente do convento? – o velho murmurou com voz rouca, segurando-se no alto da escada.

– Sou, meu nome é Blonde. Mas não posso falar com desconhecidos.

Blonde mordeu os lábios. Que necessidade ela tinha de se identificar para aquele diabo saído do nada?

– Blonde? – ele repetiu, com ar sonhador. – Então, este foi o nome que as irmãs lhe deram. Não precisaram usar muita imaginação...

A menina achou que viu um sorriso se formar na sombra da gola, de lábios ressecados que se erguiam sobre uma fileira de dentes amarelados por causa do cachimbo.

Ela tentou fechar a janela, porém o velho, mais rápido do que um raio, enfiou a mão na tranca e impediu que se fechasse. Quando a manga do sobretudo se ergueu, revelou um antebraço magro com veias saltadas e coberto de manchas.

– Preciso conversar com a senhorita – ele disse.

O rosto dele estava tão próximo do de Blonde que ela sentia o cheiro do seu hálito, carregado de tabaco.

– Eu... eu não posso – ela gemeu e jogou todo o peso do corpo contra a janela.

O homem ignorou as súplicas dela e se agarrou à janela com a outra mão também para reforçar. Blonde não conseguia tirar os olhos daquela mão nodosa que mais se parecia com uma aranha cujos dedos se agitavam como se fossem patas, com uma destreza monstruosa.

– Miauuu!

Blonde mal se deu conta de que Brunet estava a seus pés com o pelo eriçado. Estava paralisada demais para fugir, paralisada demais para gritar.

O velho tinha uma força que sua aparência não demonstrava, e Blonde, ao contrário, nunca tinha se sentido tão fraca. Seus pés descalços escorregavam no assoalho e ela foi empurrada sem poder fazer nada.

– Miauuu! Miauuu!

A janela se abriu completamente.

O velho enfiou a cabeça e os ombros pela janela e depois passou o corpo todo para dentro do quarto. Era mais alto do que Blonde tinha imaginado.

Movida por um último reflexo, ela tentou se jogar pela porta do quarto e fugir para o corredor. Contudo, o intruso a impediu com o braço. Horrorizada, Blonde sentiu dedos úmidos se fecharem sobre sua pele e apertar com muita força.

– Não tem por que ficar com medo – o homem disse.

Mas o comportamento dele mostrava o contrário.

Ele se colocou entre a menina e a porta, impedindo assim qualquer tentativa de fuga.

– O que deseja? – Blonde perguntou, sem fôlego.

O coração dela batia tão forte que chegava a doer.

– Se não sair daqui imediatamente, eu vou berrar!

Para dizer a verdade, se ela tentasse, não iria conseguir. Parecia que todo o ar tinha lhe fugido dos pulmões, que o medo a esmagava. Só conseguia falar com muita dificuldade.

O velho devia ter sentido, porque não pareceu se comover nem um pouco com a ameaça.

Continuava sorrindo.

A lamparina a óleo lançava sobre ele uma chuva de sombra e de luz, aprofundando ainda mais as cavidades de seu rosto. As têmporas e as bochechas eram ocas, como se a carne tivesse sido aspirada. A cabeça dele parecia com a de um esqueleto.

– Proponho um acordo. Se prometer me escutar até o fim, vou embora do mesmo jeito que cheguei.

Pela primeira vez, Blonde teve coragem de olhar nos olhos do homem. Assim como o cabelo, ele também tinha perdido quase toda a sobrancelha. Os globos oculares que se projetavam do rosto fantasmagórico eram igualmente assustadores. Eram de um cinza leitoso, da cor de ostras gordurosas demais.

– E que garantia tenho de que o senhor vai cumprir a promessa? – ela perguntou, trêmula.

– Posso jurar.

– Que valor tem a palavra de um homem que arromba um convento?

Blonde se arrependeu imediatamente da insinuação. Por que provocar o sujeito? Como se fosse uma premonição funesta, ela imaginou seu cadáver sendo encontrado pelas irmãs na manhã seguinte.

Passos soaram no corredor na frente do quarto.

Blonde teve a impressão de escutar os sinos do convento ao despertar de um pesadelo.

Só que o velho continuava ali, na frente dela.

Agora, uma careta de frustração tinha substituído o sorriso no rosto enrugado.

– A palavra de um homem... – ele começou a dizer.

O eco dos passos foi se aproximando com rapidez, não havia dúvida de que se dirigiam ao quarto.

– ...a palavra de um homem tem um grande valor, já que este homem chegou ao inverno da vida e já não tem mais nada a perder.

Com um só gesto, o velho largou Blonde, enfiou a mão no bolso do sobretudo e tirou dali uma pasta de papelão vermelho-carmim, bem fechada com barbante. Colocou em cima da mesa.

– Prometa que vai ler tudo o que está dentro desta pasta. Se não fizer isso por mim, faça por si mesma.

O sobretudo preto já estava recuando na direção da janela, como se fosse uma sombra que retrocede com o nascer do sol.

– Prometo – Blonde murmurou para expulsar a sombra, para dissipá-la de uma vez por todas.

No instante seguinte, o desconhecido havia desaparecido na noite.

Blonde se apressou até a janela.

Sem nem olhar para fora, ela a fechou e a trancou.

Teve o tempo exato de pegar a pasta e jogar embaixo da cama, onde Brunet tinha se escondido, antes que a porta do quarto se abrisse com brusquidão.

– Muito bem, menina, que agito todo foi esse?

A silhueta enorme de irmã Marie-Joseph se destacava na abertura.

– Eu... a janela não estava bem fechada – Blonde respondeu, embaraçada. – Uma rajada de vento fez a vidraça bater.

Sem pronunciar mais nenhuma palavra, a priora foi até a janela pisando tão firme que fez as paredes tremerem. Apertou a testa contra a vidraça e passou um bom tempo examinando a noite, enquanto Blonde ficou pensando se devia ou não revelar a ela a visita do velhote. Mas uma sensação profunda, que ela nem saberia definir, impediu que dissesse qualquer coisa.

– Cuide para fechar a janela direito daqui para frente – a priora finalmente disse ao afastar o rosto do vidro, onde tinha deixado uma marca de condensação. – Não quero que acorde as mais novas, nem que morra de frio. Com sua constituição fraca, uma corrente de ar pode ser fatal. E não demore para apagar a lamparina: o óleo custa caro.

Irmã Marie-Joseph deu meia-volta e se retirou com a mesma rapidez que tinha entrado.

Blonde ficou sentada na beirada da cama durante vários minutos antes de fazer o menor movimento. Ela, que sempre havia sido mantida longe dos homens, naquele mesmo dia tinha visto dois deles aparecerem em sua vida, um atrás do outro, o mais jovem e mais atraente seguido pelo mais velho e mais assustador, como um deus Jano de duas faces.

Quando retomou o fôlego, Blonde se lembrou da pasta embaixo da cama. Sentiu uma tentação furtiva de jogá-la pela janela, para que o bosque a engolisse, que a fizesse desaparecer para sempre e, com ela, a lembrança do velho de sobretudo preto. Porém, curiosamente, quando ela pegou a pasta, sentiu-se incapaz de se desfazer dela. "Prometa que vai ler tudo o que está dentro desta pasta", o desconhecido tinha dito. "Se não fizer isso por mim, faça por si mesma."

– Miauuu!

– O que você acha, Brunet?

– Miauuu!

– Hum... acho que tem razão, como sempre.

Blonde sentou-se de pernas cruzadas em cima da palha que servia de colchão e cobriu as costas frias com a colcha. Colocou a pasta a sua frente. À luz da lamparina a óleo, o vermelho-carmim do papelão parecia uma ameaça, uma ferida... uma promessa.

Blonde soltou o barbante com a ponta dos dedos e abriu a pasta.

Dentro havia uma outra pasta de papelão amarelado de aspecto mais antigo, com manchas de umidade. Havia letras traçadas nela, em caligrafia bonita, cheia de volteios e muito elegante:

INQUÉRITO SOBRE O DESAPARECIMENTO DA SRA. GABRIELLE DE VALRÉMY,
SOBRENOME DE SOLTEIRA DE BRANCES
Documentação reunida por Edmond Chapon, delegado
Épinal – maio de 1815

As palavras dançavam na frente dos óculos grossos de Blonde: "desaparecimento", "polícia", "1815". Se fosse verdade, o dossiê tinha dezessete anos de idade... exatamente como ela!

A menina passou a atenção para o título da pasta; havia uma outra anotação escrita com a mesma letra, feita pela mesma mão:

Aqui estão reunidos documentos datados da primavera de 1814 à primavera de 1815, referentes ao desaparecimento de Gabrielle de Valrémy, filha única do barão e da baronesa de Brances, esposa de Charles de Valrémy, de acordo com o que foi relatado à delegacia na bela cidade de Épinal.

Esse dossiê foi constituído na data de 27 de maio de 1815, ao final de investigações infrutíferas, quando as famílias De Valrémy e De Brances partiram em exílio ao exterior, expulsas pelo retorno do imperador.

É possível que estes documentos ajudem um inquérito futuro que possa desvendar este caso tenebroso...

Em seguida vinham assinaturas, selos, mais rubricas.

Blonde levantou a capa da pasta. Percebeu que sua mão tremia ao pegar o primeiro documento de acusação elaborado pelo misterioso delegado Chapon: algumas folhas amassadas e enrugadas, como se tivessem sido deixadas para secar lentamente depois de ficarem encharcadas. Contudo, o mais surpreendente era a caligrafia que as cobria: tão pequena e tão minuciosa que Blonde precisou aproximar as folhas a poucos dedos do rosto para conseguir decifrá-la.

3

Perdida

15 de maio de 1814, em algum
lugar da floresta de Vosges

Não sei se olhos algum dia lerão estas linhas. Talvez haja uma chance em cem, em mil? E mesmo que alguém leia um dia, mesmo que alguém me leve a sério, qual é a probabilidade de que eu ainda esteja viva quando chegar a hora da verdade?

Mal escrevi estas poucas palavras no alto da minha folha e a vaidade louca desta empreitada já me atingiu como um tapa na cara. Já enxergo a garrafa em que imaginei colocar esta missiva se quebrar; já sinto o papel se desintegrar no riachinho que escuto correr atrás da cabana.

Mas não devo me dar ao luxo de não tentar.

E você, desconhecido destinatário, não deve se dar ao luxo de não acreditar em mim.

Mesmo que a minha história pareça improvável, saída diretamente de uma alma atormentada e dada a alucinações. Também peço para que se aproxime da vela, coloque os óculos se necessário e leia o que eu escrevi até o fim. Para convencê-lo, só tenho as últimas folhas arrancadas do meu caderno de desenho. Se eu quiser fazer aqui todo o meu relato, reconstituir todos os detalhes que talvez façam com que me encontre, preciso escrever com a ponta da pena, com a mesma delicadeza dos antigos calígrafos de iluminuras.

Meu espaço é limitado, assim como meu tempo, antes que eles cheguem...

Eu me chamo Gabrielle de Brances, tenho dezoito anos, sou filha do barão e da baronesa de Brances. Sou francesa de sangue, nascida na Prússia, para onde os meus pais emigraram há duas décadas, fugindo das guilhotinas da Revolução. O exílio, que devia ter sido temporário, prolonga-se por força dos acontecimentos, já que Bonaparte tomou o poder e meus pais não têm a menor confiança na anistia geral que ele proclamou para incentivar os exilados a retornar com sua presença e sua riqueza.

Por isso, eles esperaram até a queda da Águia, em abril passado, para organizar nosso retorno à terra de nossos ancestrais. Por meio de amigos, souberam que nosso antigo castelo na Auvérnia ainda estava em pé, nas mãos de pequenos barões do império que deviam logo cair, da mesma maneira que tinham subido, de acordo com as circunstâncias. O retorno de Luís XVIII a Paris logicamente exigiu que voltássemos a nossa província de Brances.

Por isso, há duas semanas, tomamos o rumo da França. Nós: meu pai, minha mãe e todos os nossos criados, dos serventes fiéis que nos acompanharam ao exílio até os jovens escudeiros que, como eu, nasceram em solo prussiano. Levamos também todos os nossos móveis, nossas telas dos mestres e nossas tapeçarias preciosas, transportadas vinte anos antes, finalmente prestes a retornar a seu lugar legítimo. Se você juntar a isso os tecidos, as joias e os cavalos puxando um comboio de dez carroças, terá uma ideia bem precisa da fortuna da família De Brances. Não é por orgulho que faço este relato, mas para que você saiba que receberá uma bela recompensa se conseguir me salvar. E, se as riquezas dos meus pais não forem suficientes, pode contar com as da família De Valrémy – sim, leu corretamente: a ilustre família dos condes de Valrémy, já que estou prometida ao herdeiro, Charles.

Fazia oito dias que havíamos saído da Prússia para atravessar os estados alemães recentemente libertados do jugo napoleônico.

Naquela mesma manhã, tínhamos deixado para trás a Baviera e penetrado no reino restabelecido, ansiosos para chegar ao maciço de Vosges. A previsão era de que chegássemos no dia seguinte a Épinal, o berço da família De Valrémy, que também havia retornado do exterior – eles tinham escolhido a Inglaterra como local de exílio. Eu seria apresentada pela primeira vez a Charles, onze anos mais velho do que eu.

Neste verão generoso, sob um céu azul anil, nós avançamos mais rápido do que o previsto e, por isso, meu pai, o barão, concordou em dar uma tarde de descanso aos criados. O acampamento foi instalado em uma clareira banhada de sol, à beira da floresta. Enquanto minha mãe, a baronesa, mandava desempacotar o serviço de louça para saborear seu primeiro chá em solo francês em vinte anos, os empregados domésticos foram descansar, fazendo a sesta no capim alto. Já eu, que tinha passado mais de uma semana fechada na minha diligência, queria mais do que tudo esticar as pernas e me apropriar do terreno francês ao meu modo.

– Saia, mas não se afaste demais e volte antes das 18h. Sabe que o barão gosta de jantar sempre na mesma hora – minha mãe disse.

Assim, minha mãe mandou uma camareira meio surda, minha aia Ernestine, me acompanhar, porque para ela estava subentendido que uma moça da minha posição não podia vagar sozinha pelos campos.

Já pensando em como me livrar daquela mulher, calcei as botas, enfiei em uma bolsa meu caderno de desenho, algumas tintas e alguns carvões e saí na direção da floresta.

– Não ande tão rápido... puf-puf... senhorita... puf-puf... – Ernestine dizia, sem fôlego. – Não prefere descansar na clareira?

– Para desenhar minha mãe tomando chá ou meu pai fumando cachimbo? Teremos muitas noites de inverno em Brances

para fazer o retrato deles cem vezes! Já esta floresta com certeza tem flores desconhecidas e passarinhos canoros que eu não terei outra oportunidade de ver.

A pobre Ernestine nem respondeu. Ela conhecia minha sede por temas novos para exercitar meu olho. A minha reputação era forte entre os amigos da nossa família, na Prússia e fora dela. Afinal, eu tinha feito meu próprio retrato, enviado à família De Valrémy no período do exílio, e isso havia feito com que Charles ficasse totalmente apaixonado, como disseram. Tinham me transmitido as palavras dele quando abriu a tela: "Que cabelo tão bem pintado! Parece que dá para tocar. Se ele é na verdade de um dourado assim tão refinado, vale mais do que todas as coroas. Eis aqui um tesouro, pelo menos, que os tribunais revolucionários não nos confiscaram!".

Com a empregada nos meus calcanhares, fui me enfiando na folhagem, que logo se transformou em um bosque denso. O sol, que atravessava as folhas verdes e tenras, lançava seus raios nos riachinhos prateados sobre os quais libélulas graciosas esvoaçavam. Isso me parece um quadro longínquo, agora que eu me lembro de tudo na escuridão do espaço apertado onde me jogaram! Só faz dois dias, mas para mim parece que faz dois séculos!

Depois de saltar tantos riachinhos que a barra do meu vestido ficou toda molhada, finalmente resolvi fazer uma pausa, só o tempo de desenhar um ranúnculo magnífico. Quando ergui os olhos, vi Ernestine adormecida atrás de mim, com as costas apoiadas no tronco de uma árvore. Minhas travessuras com toda a certeza não eram adequadas à idade dela, e ficou exausta. Que malícia me incentivou a me levantar em silêncio e me afastar na ponta dos pés? Que demônio abafou o barulho dos meus passos, que demônio enfiou na orelha da mulher tampões de cera? Animada feito uma criança por escapar da companhia da minha vigia, eu me enfiei no bosque sem prestar atenção aos lugares pelos quais eu passava nem para onde ia. Minha única preocupação era colocar a maior distância possível entre mim e Ernestine. Era como se fosse uma última travessura de menina antes de me envolver na dignidade de dama casada, uma última fantasia de exilada antes de assumir a posição que é dada a uma De Valrémy.

Inebriada pelas batidas do meu coração, não reparei que os atalhos transformaram-se em passagens e as passagens, em trilhas cada vez mais incertas entre as clareiras. Sem fôlego, tanto por causa da corrida quanto pelo riso que eu mal conseguia conter, acabei soltando meu corpete e parei para respirar. Foi então que me dei conta: eu estava completamente perdida. Primeiro, a preocupação do afastamento deu um toque à sensação extraordinária de liberdade que havia tomado conta de mim. Tudo ao meu redor de repente pareceu tão bonito, tão digno de ser desenhado! A luz do fim da tarde caía em gotas grossas de ouro através da peneira da folhagem espessa sobre as flores e o mato. Carvalhos grandes e veneráveis tinham substituído as faias do bosque. À sombra deles, cantos incrivelmente próximos ressoavam; às vezes um pássaro saía voando bem na frente do meu rosto. Parecia que, por meio da floresta, a França toda celebrava meu retorno a seu seio!

Ainda vaguei entre os troncos durante vários minutos antes de finalmente ter a ideia de retraçar meus passos. Mas não encontrei nenhum vestígio deles. O mato tinha se fechado atrás de mim feito uma onda. "Por ali!", eu dizia a mim mesma, guiada pelo que eu acreditava ser uma intuição certeira. Mas como a intuição de alguém que nunca se aventurara pelo interior da Prússia sem a companhia dos escudeiros do pai poderia ser certeira? Sem me dar conta, só fui me enfiando cada vez mais fundo na floresta...

De repente, era noite.

A luz começou a ir embora bem rápido, como se uma mão invisível lá no alto, por cima das árvores, tivesse jogado um véu sobre o sol. Sem qualquer transição, o vinho da minha embriaguez ficou mais azedo do que um vinagre. Eu não podia mais ignorar que a noite caminhava na minha direção. Será que Ernestine tinha acordado? Será que tinha saído à minha procura? Nesse caso, não seria melhor eu esperar onde estava em vez de me afastar cada vez mais? Comecei a chamar, cada vez mais alto. Porém, o musgo do solo e as folhas do céu pareciam absorver meus gritos com a mesma rapidez que o mata-borrão que eu usava para secar minha folha quando a pena derrapava. Parecia que eu tinha me dedicado demais a me perder, e minha acompanhante tinha me perdido de vista. Talvez ela tivesse voltado para avisar meus pais de minha fuga e buscar reforços. Imaginei a fúria do meu pai, já sentado à mesa que haviam arrumado para ele na clareira, atrás de uma sopeira fumegante. Imaginei a preocupação da minha mãe, torcendo a toalha de renda nas mãos. Depois que me encontrassem, eu certamente seria mandada para a minha diligência, proibida de sair até o fim da viagem.

Mas veja só o que aconteceu: ninguém me encontrou.

4

Entre as sombras

BLONDE ERGUEU OS OLHOS DO TEXTO POR UM INSTANTE.

Percebeu que, enquanto lia, isolou-se completamente do mundo e do tempo, a ponto de não ter se dado conta de que tinha ultrapassado muito o horário imposto em Santa Úrsula para que as lamparinas fossem apagadas.

Escutou com muita atenção: o convento estava completamente em silêncio. Brunet devia estar dormindo em algum canto, como costumava fazer.

A menina prendeu a respiração e voltou a mergulhar nas linhas.

Esperei uma hora, depois duas, e ninguém veio me salvar.

À medida que as sombras se estendiam, à medida que a noite caía, o canto dos pássaros ia ficando mais estridente. Parecia que, por trás dos pios, havia outros ruídos: gemidos abafados, farfalhar e assobios. Quanto mais as depressões iam se enchendo de sombras, mais eu sentia meu coração se encher de medo.

Comecei a tremer, porque o vento do anoitecer soprava na minha nuca e porque uma ideia impensável começava a me castigar a alma: eu iria passar a noite toda sozinha na floresta. Eu segurava a vontade de chorar. Apesar de tudo, eu era uma De Brances e logo seria uma De Valrémy! Não podia me comportar como uma qualquer.

Engoli meus soluços e concentrei os pensamentos no meu livro querido, René, do sr. de Chateaubriand. Eu sabia o texto de cor, praticamente linha por linha, depois de ter lido cem vezes! O que René teria feito, perdido nas imensas florestas da América, cem vezes mais extensas do que a de Vosges? Com certeza não se deixaria tomar pelo pânico devido à questão tão vulgar de sobreviver; as almas elevadas não permitem que a melancolia tenha o privilégio de fazer com que se afundem no desespero.

Ergui as pontas do vestido, recolhi a bolsa e saí à procura de comida. Por sorte, o céu estava limpo, e a lua que surgiu era cheia: dava para enxergar o suficiente para seguir em frente sem tropeçar e para colher, entre os espinheiros, bagas comestíveis. Elas encheram minha boca com um gosto ácido, que fazia com que eu ficasse acordada e parecia aguçar todos os meus sentidos. Os grunhidos tímidos do crepúsculo tinham aumentado com a caída da noite; agora os troncos vibravam como se fossem diapasões. Às vezes, um grito soava ao longe e fazia o meu sangue gelar. Conduzida por um instinto que veio do fundo da minha consciência, resolvi não ficar parada, mas sim continuar caminhando até o nascer do sol. Eu estava decidida a não me transformar em presa fácil para a floresta; se ela quisesse me estraçalhar entre suas garras, primeiro teria que me pegar.

Que distância será que eu percorri entre as sombras?

Em que direção foram os meus passos?

Eu não fui capaz de responder a essas perguntas, leitor, e sinto muito por isso, porque sei que isso não vai facilitar a sua tarefa. A única coisa que posso dizer é que as árvores foram ficando cada vez mais densas e as estrelas, lá no alto, cada vez menos numerosas atrás dos galhos.

Várias horas tinham se passado, sem dúvida, quando os lobos atacaram.

Tudo aconteceu muito rápido.

Alguns instantes antes, os gritos ainda pareciam estar a várias léguas de distância, mas, no momento seguinte, soaram a apenas alguns pés de mim. Então, primeiro, vi seis pérolas amarelas brilharem no meio da escuridão. Depois as orelhas, os focinhos e os pelos arrepiados na espinha se destacaram da noite. Eu já tinha visto lobos na Prússia, na exposição de animais de Potsdam. Mas as criaturas que se apresentavam à minha frente agora não tinham nada a ver com os animais enjaulados, plácidos e bem alimentados. Estes animais só tinham pele em cima dos ossos, a lateral do corpo subia e descia ao ritmo da respiração ofegante; filetes de baba viscosa se penduravam nos caninos amarelados, na língua, estendendo-se até o chão.

Os três lobos tinham a pelagem rala e áspera, e um deles tinha um talho purulento no lombo.

Não tenho dúvidas de que devo minha salvação à hesitação dos lobos antes de atacar. Começaram a dar voltas ao meu redor, como se estivessem com medo de não sei o quê. Essa pausa inesperada permitiu que eu me segurasse em um galho baixo de um carvalho e, com muito esforço, tanto que eu nem imaginava ser capaz, eu me ergui para cima dele. Foi aí que a fome levou embora o medo do espírito obscuro das feras, e os animais se lançaram para cima de mim.

Eu nunca mais vou esquecer aquelas bocarras horríveis saltando na direção do galho, nem os uivos estridentes que os lobos soltavam quando caíam de volta ao chão. Parecia a versão odiosa dos gritos de bebês pedindo para mamar! Duas vezes os caninos se fecharam na barra do meu vestido e quase me fizeram cair, porém, nas duas vezes, o tecido rasgou com um estalo sinistro. Quando consegui controlar o tremor dos meus braços e pernas, eu me ajeitei em cima do galho, cheguei mais perto do tronco e comecei a subir de galho em galho para me afastar o máximo possível do perigo.

Trepada nas alturas, fiquei observando as contorções dos lobos, ainda mais horríveis devido a seu aspecto débil. Aqueles animais não eram saudáveis. Esfomeados e machucados, pareciam demônios que tinham sofrido os últimos tormentos do inferno. Quando finalmente perceberam que não seriam capazes de me alcançar, atacaram a minha bolsa, que eu tinha deixado cair quando subi na árvore. Desalentada, vi quando mastigaram o couro como se fosse uma presa viva! Vi rasgarem tudo e engolirem pedaços inteiros, com fivelas e tudo!

Então, finalmente, agarrada ao tronco do velho carvalho, eu comecei a chorar...

O resto da noite se passou como se eu estivesse sonhando acordada, cheio de gritos de raiva. Pouco a pouco, fui perdendo a esperança de ver os lobos se afastarem. Quando a noite começou a clarear no alto das colinas, já não acreditava que os raios de sol da manhã seriam capazes de afastar meus agressores. Eles estavam à espera daquilo que aconteceria inevitavelmente, até que a fome ou a exaustão me fizesse cair na boca deles feito uma fruta madura...

Contudo, enquanto eu encomendava minha alma a Deus, um rugido se ergueu do fundo do bosque. Uso o termo "rugido" porque não tenho outras palavras para descrever o som que preencheu o ar da floresta e fez com que o vento, os pássaros e todos os murmúrios do amanhecer se calassem. Senti a vibração no tronco do carvalho, em cada osso do meu corpo, até o fundo do meu ser. Quase me soltei, mas voltei a me segurar bem a tempo.

Por instinto, deixei meus olhos pousarem sobre os lobos. Mas já não eram mais lobos. Eram blocos de puro pavor, tremendo em cima das patas com os olhos arregalados. Abandonaram a bolsa e desapareceram no mato, tão sorrateiros quanto fantasmas.

O eco do rugido então cessou e o tronco parou de vibrar.

A floresta voltou a respirar e a manhã se firmou de vez.

Fiquei pelo menos mais uma hora nos galhos altos do carvalho. O sol de maio massageava meus músculos doloridos, ainda rígidos por terem se agarrado com tanta força ao carvalho. Os perfumes da floresta, despertados pelo calor, enchiam o ar. A luz se estendia por cima de tudo, em uma ebulição alegre em que flu-

tuavam esporos e borboletas. O ataque dos lobos parecia apenas um pesadelo distante.

Mas a minha bolsa dilacerada continuava lá, embaixo da árvore, como uma carcaça para provar que eu não tinha sonhado...

Finalmente, agarrei minha coragem com ambas as mãos e fui descendo de galho em galho até o solo. Cutuquei meu estojo de desenho com a ponta do pé. A maior parte dos potes de tinta estava quebrada; os grafites, quase todos despedaçados. Ainda assim, consegui salvar meu caderno e a pena com que escrevo a você hoje. Enfiei tudo no que tinha sobrado da minha bolsa e saí caminhando.

*

– E então, ainda está dormindo? – disse uma voz atrás da porta.

Blonde abriu os olhos. O cabelo estava todo espalhado a seu redor, cobrindo as folhas de papel sobre a cama. Pareciam barquinhos vagando por um mar dourado pelo sol nascente.

– Blonde! Já são seis horas!

Quando a maçaneta da porta virou, Blonde despertou no mesmo instante. Percebeu que tinha caído no sono sem nem se cobrir. Sempre havia sido do tipo que dormia cedo, principalmente no inverno, quando era tomada pelo cansaço assim que a noite caía. As emoções do dia anterior a tinham deixado tão exausta que adormeceu no meio da leitura.

Ela se postou bem ereta quando a freira responsável pelos quartos entrou no cômodo.

– Já não dá mais tempo de tomar o café da manhã. É melhor se trocar logo para ir encontrar as outras na capela. Parece que já chegou atrasada ao serviço ontem à tarde...

Por trás dos modos grosseiros, a gorda irmã Félicité não era má pessoa. Encarregada de recolher a roupa suja das pensionistas, ela era a freira de Santa Úrsula que mais conhecia os pequenos segredos das meninas. Sabia qual era a data da menstruação de cada uma delas; fazia vista grossa para a lingerie de seda que algumas usavam por baixo dos vestidos cinzentos austeros e para os cremes cosméticos que outras passavam depois que a noite caía; fingia não ver os livros românticos nem a maquiagem escondida embaixo dos colchões de palha.

Naquela manhã, fingiu não ver as folhas espalhadas em cima da cama.

– Obrigada por ter me acordado! – Blonde exclamou e jogou a coberta por cima da pasta. – Vou me apressar para ficar pronta.

Apesar da curiosidade que a corroía, Blonde proibiu-se de voltar a abrir a pasta vermelha antes de sair do quarto.

Durante toda a missa, deixou o olhar vagar pelos vitrais da capela, através dos quais o sol fraco de março entrava. Azulados pelo vidro de seus óculos, eles faziam com que ela pensasse na floresta profunda onde Gabrielle de Brances havia desaparecido... O espírito de Blonde tinha ficado por lá, e foi onde continuou durante toda a manhã, até tocar a hora do almoço. As refeições eram servidas de acordo com um ritual preciso, relativo às missas: café da manhã às seis horas, antes das laudes; almoço ao meio-dia; jantar às seis da tarde, depois das vésperas. Era só se deixar guiar pelo tocar do sino, tão exato quanto um relógio.

Contudo, ao atravessar a galeria para chegar ao refeitório, Blonde foi empurrada para a realidade com força brutal: o entalhador de pedra estava lá, bem no meio do claustro, ocupado em tomar as medidas da estátua de Santa Úrsula com o patrão, um homem de cabelos grisalhos em boa forma.

Logo que repararam neles, as outras meninas começaram a cochichar.

– Ora, ora! – exclamou irmã Prudence, que tinha como missão acompanhar as alunas do convento ao refeitório naquela manhã.

A repreensão dela só serviu para aumentar o barulho e chamar a atenção dos dois homens. Ambos estavam vestidos da mesma maneira, com um avental comprido com os bolsos cheios de ferramentas, com um colete de lã por baixo. Apesar do frio, estavam com as mangas arregaçadas. Os braços do patrão eram grossos como pedaços de lenha depois de uma vida toda trabalhando a pedra; os do aprendiz também eram bem desenvolvidos, testemunhas de vários anos de forte aprendizado.

– Um pouco de recato, minhas meninas! – a irmã preceptora repetiu.

Mas as pensionistas continuaram cochichando.

Mas os artesãos não desviaram o olhar.

– Olham para nós como se tivessem visto a Virgem Santa em pessoa! – Berenice de Beaulieu murmurou e desencadeou uma salva de risadinhas abafadas.

– A Virgem com toda a certeza ficaria corada se soubesse o que eles pensam ao nos observar – ajuntou uma outra menina.

– Como assim? Não acha que nós inspiramos neles pensamentos piedosos?

– Isso depende do que você quer dizer com isso. Sem dúvida, estão pensando em fazer comunhão conosco de algum modo...

Completamente apavorada, a pobre irmã Prudence não sabia mais para onde se virar, sem mencionar a sensação que tinha de que suas aulas de moral não tinham servido para nada.

Nesse ínterim, bastou a sombra de irmã Marie-Joseph aparecer na ponta da galeria para que o silêncio recaísse sobre o claustro como uma capa de chumbo.

– E então, o que significa toda esta algazarra?

O olhar severo dela se alternou entre as pensionistas e os entalhadores de pedra, antes de pousar na preceptora, que se sentiu afundar ali mesmo.

– Vamos, meninas! – a priora finalmente disse e apontou o caminho do refeitório com o dedo autoritário. – A servente preparou uma sopa quente para vocês, mas, como parece que já estão bem aquecidas, vão comer só pão seco com água!

5

ECOS DA HISTÓRIA

AS PROTEGIDAS MASTIGAVAM AS TORRADAS COM AR ENTEDIADO, ansiando pela sopa que fumegava nas tigelas das pequenas, sentadas à mesa na frente da delas.

Só Blonde não dava atenção aos vapores de alho-poró. Não conseguia tirar da cabeça o olhar do jovem entalhador de pedra. Depois da declaração de Berenice, ela tinha sentido esse olhar passar por cada uma das moças, uma após a outra. Isso causara nela uma sensação estranha, como se alguma coisa estivesse se retorcendo no fundo de sua barriga, uma espécie de cãibra que ela atribuíra ao fato de não ter comido nada desde que acordara.

Agora a cãibra estava melhorando, mas Blonde não estava com fome. Ficou satisfeita em consumir algumas migalhas e beber um copo d'água grande enquanto escutava o texto escolhido naquele dia pela irmã leitora: cada refeição era sujeita a uma leitura que tinha o intuito de edificar as pensionistas e, ao mesmo tempo, impedir conversas intempestivas entre elas.

"As mulheres têm normalmente a alma ainda mais fraca e mais curiosa do que a dos homens; portanto, não adianta nada envolvê-las em estudos que possam entusiasmá-las: elas não devem nem governar o Estado, nem participar de guerras, nem entrar no ministério das coisas sagradas; assim, podem deixar de lado certos conhecimentos que notadamente dizem respeito à política, à arte militar, à jurisprudência, à filosofia e à teologia. Nem mesmo a maior parte das artes mecânicas lhes convém: elas são fracas para exercícios moderados. O corpo delas, assim como sua alma, é menos forte e menos robusto do que o dos homens. Por outro lado, a natureza lhes deu a criatividade, o recato e a economia para que fiquem ocupadas com tranquilidade em casa..."

Blonde percebeu imediatamente que aquele era um trecho do *Tratado da educação das meninas*, de Fénelon, uma das obras preferidas das irmãs. Ela já havia escutado aquilo à exaustão, diversas dezenas de vezes desde que estava no convento, e tinha a impressão de que conhecia o texto de cor. O fato de que as irmãs de Santa Úrsula embasavam seus preceitos educativos em uma obra com mais de cem anos de idade dizia muito a respeito da atualidade de sua abordagem. No entanto, nenhuma das moças que Blonde viu passar entre os muros de Santa Úrsula ao longo dos anos parecera se rebelar contra essa visão da condição feminina. Blonde as tinha visto se jogarem para uma união como via os gansos de criação correrem para o farelo, quase dando parabéns a si mesma por não ter de imitá-las. Seu único consolo por ter de passar toda a existência em um convento era que, pelo menos, ela estava sempre sob o jugo de mulheres, sem nunca ter que se submeter ao de um homem.

E essa tal de Gabrielle de Brances, cuja história tinha interrompido sua vida de maneira tão brusca? Essa moça livre, incrivelmente livre, mais livre do que Blonde jamais imaginou poder ser. Será que ela também se deixaria fechar na prisão do casamento com um homem que não conhecia? Será que não tinha se perdido na floresta inconscientemente para fugir dessa prisão? Talvez Blonde estivesse projetando suas próprias angústias no destino de uma desconhecida...

No final da refeição, irmã Prudence conduziu a saída das pequenas e das protegidas, mandando cada grupo para a sua classe respectiva. Fez com que saíssem pela porta de serviço, não pela entrada principal que costumavam usar. O itinerário fora do comum obviamente despertou a curiosidade das meninas; com fingimento mal disfarçado, elas deixaram cair lenços e cadernos e conseguiram se demorar o suficiente no corredor para poder ver, chegando atrás delas, quem vinha para a segunda rodada do almoço. Claro que eram os dois artesãos, e para eles a criada tinha servido a sopa quente.

Logo antes de a porta se fechar, Blonde percebeu o olhar do rapaz de cachos escuros e achou que ele também percebeu o dela. Então escutou a voz de Berenice exclamar atrás de si:

– Creio que o aprendiz se tornou súdito do meu império! Mas será que um animal como ele sabe falar?

*

Todos os dias, a refeição do meio-dia era seguida por um curto intervalo antes de as aulas serem retomadas. As meninas costumavam passar esses quinze minutos tomando ar no jardim; Blonde, que tinha ordens rígidas de evitar o ar livre e os esforços físicos, ficava esperando pelas outras na sala de aula.

Porém, naquele dia, ela aproveitou o intervalo para ir até o seu quarto e retomar a leitura do dossiê de onde tinha parado na véspera.

Sentada na beirada da cama, ela tirou o relatório do inquérito da pasta vermelha e abriu em cima dos joelhos. Foi assim que saiu de Santa Úrsula, para voltar a mergulhar nas profundezas da floresta de Vosges, pelas linhas de Gabrielle de Brances...

Caminhei o dia inteiro, sempre seguindo reto.

Como eu não fazia a menor ideia de onde estava, tracei o plano de atravessar a floresta em linha reta até sair dela – tinha que acabar em algum momento. Leitor, você sem dúvida enxerga a loucura de tal decisão, que eu percebi depois, pensando melhor: a floresta não podia ser eterna, isso era certo, mas quem podia garantir que não se estendesse por léguas e mais léguas? Sem mapa nem bússola, como ter certeza de que eu estava avançando sempre na mesma direção? Ao mesmo tempo, eu estava exausta por causa da noite passada no alto do carvalho e era incapaz de pensar em qualquer outra coisa que não fosse a fuga.

Quanto mais eu avançava, mais a folhagem acima da minha cabeça ficava espessa; pinheiros se misturavam aos carvalhos. O sol tinha dificuldade de perfurar as folhas pontudas, não conseguia chegar a esquentar o ar úmido.

Um tapete espesso de musgo abafava o barulho dos meus passos. Dele saía um odor molhado que me lembrava o mar Báltico, para onde eu tinha ido passar o verão com os meus pais algumas vezes, quando era criança, na Prússia.

Os troncos cobertos de bolor, as pedras salpicadas de liquens: tudo a meu redor era verde, azul e molhado, como uma gruta marinha. Será que essas indicações vão ajudar você a me encontrar, leitor? Essas não passam das lembranças vagas de uma criatura amedrontada, abatida pelo cansaço e pela fome – nas profundezas em que eu me enfiava, não havia mirtilos, nem framboesas, nem qualquer baga que eu conhecesse.

De repente, ela apareceu.

A cabana.

Enfiada em um vale onde um riacho estreito corria.

Nenhum raio de sol chegava a esse buraco sombrio. Ao contrário, a minha impressão era de ter descoberto a fonte de onde emanavam as trevas que banhavam essa parte da floresta.

A própria cabana mal se destacava na penumbra, como um rochedo no mar. Na verdade, era mais uma casinha em vez de uma casa real, um casebre com paredes brancas caiadas. O teto de palha, mais impregnado de umidade do que uma esponja, tornara-se de um tom verde-acinzentado; samambaias e ervas desordenadas cresciam sobre ele de maneira anárquica.

Levei dois tombos ao descer a encosta íngreme. A terra, oleosa e escorregadia, ia se desfazendo embaixo dos meus sapatos e salpicava meu vestido: cheguei ao fundo do vale coberta de lama.

De perto, a cabana parecia ainda mais dilapidada do que eu tinha imaginado. Havia grandes rachaduras nas paredes e, no fundo delas, a vegetação selvagem também tinha retomado seu direito. As janelas eram estreitas como frestas. Os vidros estavam rachados e, atrás deles, as cortinas de renda grosseira pareciam tão cinzentas e desbotadas quanto as folhas do chão da floresta.

Fiquei convencida de que a cabana estava abandonada – sem dúvida havia anos, talvez um século. Devia ter acolhido no passado um lenhador solitário ou um eremita misantropo, antes de ser engolida pelo abismo do esquecimento...

Por reflexo, bati na porta.

Um gesto absurdo: meus golpes contra a madeira carcomida soaram no vazio e, é claro, ninguém veio abrir.

O silêncio voltou a tomar conta do vale, interrompido apenas pela correnteza fraca do riacho anêmico. Tive a impressão de escutar o riso de um duende silvestre, como um gargarejo vibrante passando por uma garganta estreita demais. Parecia que a floresta toda se regozijava com a minha angústia.

Deixei minha mão pousar na maçaneta de ferro.

Contra todas as minhas expectativas, ela cedeu, com um rangido: a porta não estava trancada.

Foi assim que eu entrei na cabana, tal como um mosquito entra na boca de um sapo.

O sino que marcava o reinício das aulas fez Blonde sobressaltar-se.

Percebeu que suas mãos agarravam com força as folhas que Gabrielle de Brances, dezoito anos antes, tinha colocado em uma garrafa e jogado na água do riacho atrás da cabana da floresta. Que olhos tinham pousado naqueles papéis ao longo dos anos? Quem mais, além do delegado Chapon, havia lido aquelas linhas? Será que alguém tinha tentado salvar Gabrielle ou será que ela tinha escrito aquilo sem qualquer utilidade? O título do relatório, infelizmente, não dava muita esperança: *Inquérito sobre o desaparecimento da sra. Gabrielle de Valrémy*. A data era maio de 1815, ou seja, um ano depois que a moça entrou na cabana sinistra...

Mas se ela nunca mais saiu de lá, como pôde então se casar e assumir o sobrenome do marido?

*

– Vamos retomar a lição de ontem no ponto em que paramos: a heresia napoleônica.

Sentada atrás da mesa em cima da plataforma elevada, com os óculos pequenos em forma de meia-lua equilibrados na ponta do nariz fino, irmã Esther se parecia com uma coruja gorda. Como a preceptora encarregada das aulas de história religiosa e profana, ela misturava as duas matérias para apresentar às pensionistas sua interpretação dos acontecimentos do mundo. Nesse processo, ela considerava o falecido Napoleão como o Anticristo; não o perdoava por ele ter mandado sequestrar o papa em Roma para deixá-lo preso em Fontainebleau durante quase cinco anos. Luís XVIII, Carlos X e, muito recentemente, Luís Felipe eram os três reis que tinham se sucedido em uns quinze anos no trono da França, sem conseguir apagar a lembrança do imperador deposto, uma memória sinistra para as freiras de Santa Úrsula.

– Vamos ler nesta tarde uma passagem de Chateaubriand. François René de Chateaubriand.

Irmã Esther tinha a estranha mania de sempre citar o nome dos grandes autores duas vezes: primeiro o sobrenome, depois o nome completo. Será que era um cuidado pedagógico, uma técnica de repetição para fazer penetrar uma aparência de cultura nas almas mais resistentes?

– Um de nossos escritores vivos mais ilustres! – irmã Esther inflamou-se e agarrou a beirada da mesa com ambas as mãos para não perder o equilíbrio com a invocação de tanta grandeza. – Ele é o autor de *O gênio do cristianismo*, obra-prima que prova que, mesmo no nosso tempo, é possível escrever grandes textos religiosos. E, principalmente, é um dos oponentes mais ferozes de Napoleão! Hoje vamos estudar um trecho do seu panfleto intitulado *Sobre Bonaparte e os Bourbon*, publicado há vinte anos, em 1814, no crepúsculo da ditadura napoleônica. Sophie Adelaide, será que pode pegar o livro e abrir à página 42?

– Claro que sim, irmã Esther.

Com o coque tão firme quase a ponto de arrancar os cabelos, o vestido bem ajeitado sobre os joelhos, Sophie Adelaide de Roballe era de longe a aluna mais aplicada da sala. Também estava, junto com Blonde e Berenice, entre as protegidas que se aproximavam da idade limite de dezoito anos; para ela, a saída do convento estava próxima.

Enquanto Sophie Adelaide procurava o trecho indicado por irmã Esther, Blonde voltou a pensar na pasta vermelha. Ela se lembrava de que Gabrielle de Brances havia mencionado Chateaubriand em sua mensagem; tinha até dado a entender que era seu autor preferido. Blonde nunca tivera coragem de pegar emprestado um romance na biblioteca das irmãs. Esse tipo de leitura era proibido às pensionistas, relegado apenas às prateleiras mais altas, acima das fileiras repletas de tratados religiosos, manuais de virtudes e um batalhão de guias que ensinavam as futuras esposas a ser excelentes nas funções domésticas.

– Este texto salutar enumera os incontáveis pecados de Napoleão – irmã Esther explicou. – Em primeiro lugar, estão as campanhas militares que arrasaram a França. E entre elas a pior de todas, a mais mortal, a mais terrível é sem sombra de dúvida a campanha da Rússia. O trecho que vamos estudar relata o fim dessa aventura sinistra. Quando Napoleão conseguiu conquistar Moscou, os moscovitas incendiaram a própria cidade, obrigando os invasores a bater em retirada. Então, o pior inverno de todos se abateu sobre eles: o inverno russo. Foi uma hecatombe. Tomado pela tormenta, perseguido pelos inimigos, o Grande Exército foi dizimado. Dezenas de milhares de homens morreram. Para esse imperador ímpio, realmente foi o início do fim.

"E, para Gabrielle e sua família, foi o início da volta à França", Blonde pensou.

Quando finalmente encontrou a página, Sophie Adelaide limpou a voz e começou a fazer sua leitura: "A pena de um francês se recusaria a pintar o horror desses campos de batalha; um homem ferido se tornava um fardo para Bonaparte: era melhor que morresse, pois assim podia se livrar dele. Montes de soldados mutilados, jogados de qualquer jeito em um canto, às vezes passavam semanas sem receber tratamento: não existem mais hospitais amplos o suficiente para receber os feridos de um exército de setecentos ou oitocentos mil homens, nem cirurgiões bastantes para curá-los. Nenhuma precaução foi tomada pelo carrasco dos franceses: com frequência não havia farmácia ou ambulância, às vezes nem instrumentos para amputar os membros atingidos. Na campanha de Moscou, por falta de curativos, feno era usado para tratar os feridos; na falta de feno, eles morriam. Presenciamos o enterro de quinhentos mil guerreiros, os conquistadores da Europa, a glória da França; presenciamos seu enterro entre as neves e os desertos, apoiados em galhos de pinheiro, porque não tinham mais forças para carregar suas armas, e cobertos, assim como toda a roupa que tinham, pela pele sanguinolenta dos cavalos que lhes tinham servido como a última refeição. Velhos capitães, com o cabelo e a barba dura de gelo, rebaixavam-se até a bajular um soldado a quem tinha sobrado um pouco de comida, para conseguir uma ração magra, de tanto que a fome os atormentava! Esquadrões inteiros, homens e cavalos, congelavam durante a noite e, na manhã seguinte, ainda era possível ver seus fantasmas em pé no meio da geada. As únicas testemunhas do sofrimento de nossos soldados nesses lugares ermos eram bandos de corvos e bandos de lebres brancas meio selvagens, que seguiam nosso exército para devorar os restos".

No final da aula, Blonde foi falar com irmã Esther na mesa dela.

– Com licença, irmã...

Surpresa, ela se sobressaltou. Não estava acostumada com as alunas se demorarem na sala de aula depois que o sino tocava.

– *René* é o título de um livro de sr. de Chateaubriand, não é?

A preceptora observou a menina com um olhar de indagação por cima dos óculos.

– Sim, é sim – ela finalmente respondeu. – Um dos primeiros e, se quer saber minha opinião, não é um dos melhores. Muita exaltação, muita energia desordenada: os excessos habituais da juventude. Por que esta pergunta?

Blonde mordeu os lábios por dentro da boca. Não seria prudente revelar à religiosa que ela tinha visto o livro mencionado em um testemunho escrito por uma moça tão exaltada e cheia de energia quanto o próprio grande autor.

– Hum, bom... é importante saber quais livros procurar e quais evitar, irmã.

6

Invasão

À NOITE, DEPOIS DAS VÉSPERAS, LOGO ANTES DO JANTAR, AS protegidas tinham o hábito de passar uma hora na biblioteca para revisar as lições.

Blonde circulou por vários minutos pela ampla peça impregnada por um cheiro de papel úmido até reparar na lombada dourada e fina de *René*. Felizmente, a estante em que o livro se encontrava ficava bem no fundo, protegida dos olhares. Depois de ter se certificado de que ninguém conseguiria vê-la, nem à direita nem à esquerda, a menina subiu em uma banqueta e pegou a obra. Colocou-o dentro do *Tratado da educação das meninas*, de Fénelon, do qual a biblioteca dispunha dez exemplares, todos bem à mostra, e foi se acomodar em uma mesa isolada, fingindo estudar o tratado maçante sob o olhar de aprovação da irmã bibliotecária. Irmã Scholastique com certeza ficaria com outra expressão no rosto se visse o que Blonde lia na verdade...

René contava mais ou menos a história do próprio Chateaubriand; aliás, não era exatamente uma história, mas sim a sucessão de humores de um rapaz atormentado, que passava seu tempo vagando pelas planícies e pelas florestas em busca de um lugar impossível de encontrar. A observação anotada no parte de trás da capa afirmava que o livro havia obtido enorme sucesso quando foi publicado, trinta anos antes. A juventude de toda a Europa tinha se entusiasmado com René, tinha sofrido com ele. E agora era a vez de Blonde se entusiasmar e sofrer, tomada tanto pelo que lia quanto pela consciência de suceder Gabrielle na longa linhagem de leitores desse livro.

Sim, era exatamente isso: ao ler as primeiras páginas de *René*, Blonde teve a impressão de que tinha se transformado em Gabrielle, de que se sentia vivendo nela.

*

– Miauuu!

– Sou eu, Brunet.

Blonde, ao entrar em seu quarto depois do jantar, imediatamente verificou se a tranca da janela estava bem fechada. Tirou os sapatos e colocou em um canto as migalhas de peixe que tinha guardado em um guardanapo para o gato. Depois se jogou na cama e voltou a abrir o dossiê do delegado Chapon, deixando a toalete para mais tarde.

E foi assim que ela entrou na cabana da floresta, atrás de Gabrielle de Brances...

O interior da construção estava mergulhado na escuridão.

Além disso, a primeira coisa que percebi foi o cheiro. Era um cheiro adocicado que despertou em mim lembranças imprecisas. De uma vez só, a sensação de fome tomou conta, bicou minhas tripas feito um pato irritado. Com a mão febril abri as cortinas imundas para deixar a luz entrar neste antro.

Vi uma mesa sobre o piso de terra batida, rodeada por três cadeiras feitas de toras de madeira.

Estremeci: a mesa estava posta; eram três tigelas de cerâmica, cada uma com uma colher de madeira ao lado.

Quando será que alguém tinha comido pela última vez nestas tigelas? Há quanto tempo a vela grande e amassada no meio da mesa estava apagada? Fiquei com a impressão desagradável de que o lugar tinha sido habitado em um passado menos longínquo do que eu imaginei à primeira vista...

– Tem alguém aí?

Minha própria voz soou estridente aos meus ouvidos: pareceu tão aguda e trêmula quanto a voz da velha mendiga que vinha pedir esmola toda manhã na frente da nossa casa na Prússia.

Impulsionada pela fome, eu me aproximei da mesa.

O cansaço pesava sobre as minhas costas com todo o seu peso de chumbo.

Cambaleante, eu me ergui para cima da cadeira mais alta. A madeira mal lixada arranhou minha pele através do tecido fino demais do meu vestido. Voltei para o chão e me apressei em largar o corpo na segunda cadeira. Eu me detive no último instante: correntes com elos redondos pendiam de um jeito lúgubre ao longo da parte de trás.

Eu me acomodei na terceira cadeira; a superfície era suave sob meus dedos: com alívio, percebi que era polida.

Foi só então, depois de me sentar, que me dei licença de retomar a consciência em relação às minhas pernas. Eu me lembrei dos tornozelos torcidos nos sapatos com os saltos quebrados; os cortes que os espinhos tinham feito nas minhas panturrilhas nuas; as marcas roxas que cobriam as minhas coxas depois de quedas e mais quedas. Eu estava machucada, porém, mais do que tudo, estava faminta.

Havia um velho isqueiro na mesa, um modelo rudimentar com a pedra gasta e o pavio de estopa quase todo usado. Passei uns bons dez minutos esfregando até conseguir obter faíscas e acender a vela. Então puxei na minha direção a maior tigela e foi assim que identifiquei a fonte de onde emanava o cheiro familiar: no fundo, havia um resto de mingau. Assim como várias crianças, eu havia sido alimentada com uma mistura parecida nos meus primeiros anos – e o meu nariz tinha se lembrado.

Peguei uma colher e enfiei na tigela. Contudo, em vez de afundar no mingau, encontrei uma superfície dura, igual a papelão: o mingau tinha secado. Há quanto tempo estaria ali? Um dia, um mês, um ano?

Peguei a segunda tigela e, mais uma vez, fui tomada pelo desânimo. O mingau também estava duro ali e, além disso, estava impregnado de uma substância vermelha que tinha escurecido nas beiradas da tigela. Sangue?

Enojada, eu quase me levantei e fui embora para me afastar o máximo possível da cabana. No entanto, a fome foi mais forte: puxei para mim a terceira tigela.

Diferentemente das duas primeiras, o resto de mingau que ela continha ainda estava úmido – sem dúvida, contivera mais água do que os outros. Juntei os flocos de aveia no fundo da colher e levei à boca. Estavam duros, mas pareceu que eu nunca tinha comido nada melhor.

Essa era a medida do meu apetite.

Comi tudo o que tinha na tigela, até último floco.

A partir de então, saciada, eu poderia ter tomado a decisão de fugir. Mas foi como se o mingau, ao aplacar minha fome, tivesse feito minha inquietação adormecer.

A preguiça tomou conta de mim.

Através das vidraças sujas eu só enxergava escuridão. A noite estava caindo, cobrindo o vale com sua tinta grossa. Eu não me sentia com força nenhuma para enfrentar a floresta selvagem e suas feras pela segunda noite consecutiva. Não era verdade, mas não enxerguei outra salvação: convenci a mim mesma de que a cabana era meu único refúgio. E os moradores? Seja lá quem fossem, eles a tinham abandonado. Eu não tinha nenhum modo de saber se eles iam voltar – teria que me virar sem eles...

Levantei da mesa e fui até a porta. Virei a tranca duas vezes e depois coloquei a barra de ferro nos suportes redondos. Era pesada: nenhum homem ou animal seria capaz de forçar a passagem. Já em relação às janelas, mesmo que estivessem quebradas, eram estreitas demais para deixar passar um corpo maior do que o de um gato.

O que você acha, leitor?

Por acaso não somos fantoches cegos entre os dedos do destino? Ratos iguais àqueles que fazemos soltar dentro de labirintos em miniatura para divertir as crianças? Eu acreditava ter instalado uma fortaleza ao meu redor, mas, na verdade, acabava de me fechar em uma armadilha sem saída...

Acreditando que estava em segurança, peguei a vela do meio da mesa e fui examinar o resto da cabana. A sala de jantar se abria para uma cozinha pequena mobiliada igualmente de maneira parca. Algumas panelas de ferro e alguns potes cheios de um líquido amarelado se apertavam uns contra os outros em uma prateleira bamba, embaixo de uma pedra côncava que devia servir de pia. No fundo do aposento havia o contorno de uma porta de despensa, bloqueada por sacas grandes de lona de juta. Eu me aproximei da primeira, que estava aberta: estava cheia de flocos de aveia. A quantidade era suficiente para alimentar uma família toda durante meses! Depois dos restos abandonados na mesa, essas provisões eram mais uma prova de que a cabana não era abandonada coisa nenhuma. Será que eu tinha feito bem de trancar a porta por dentro?

Eu nem tive tempo para refletir sobre essa questão, porque nesse exato momento o piso começou a vibrar – era o mesmo som, o mesmo rugido que tinha feito os lobos fugirem!

Tomada pelo pânico, larguei a vela, que apagou quando caiu no piso de terra batida.

Só sobraram trevas, e o olho escuro da janela da cozinha que me observava fixamente. As cortinas de renda tremiam ao redor desse olho como se fossem pálpebras epiléticas. Fiquei com a impressão atroz de que era a própria noite que me observava – ou, pior, que era a coisa que se escondia no fundo da noite!

Depois, de uma vez só, o rugido cessou, e as cortinas voltaram a ficar imóveis dos dois lados da janela.

Fiquei paralisada por um momento no escuro, com todos os sentidos aguçados.

O silêncio mortal que se seguira ao rugido foi se enchendo pouco a pouco de uivos, estalos e grunhidos longínquos: o barulho noturno da floresta viva.

Recolhi o pedaço de vela apagada e enfiei na bolsa sem tentar acender de novo. Eu não queria que nada, nem claridade nem indícios, sinalizasse que a casa estava ocupada. Não havia mais a questão de tirar a barra da porta, de jeito nenhum! Eu agora estava convencida de que os moradores da cabana não voltariam nunca mais. Fazia dias que eles tinham abandonado este canto maldito da floresta, enquanto ainda havia tempo. Eles tinham partido apressados, sem levar nada, deixando tudo como estava. Tinham fugido para salvar a alma.

Desesperada, eu me arrastei até o último cômodo sem coragem de olhar pelas janelas.

Era um quarto – com três camas, é claro, assim como as cadeiras, assim como as tigelas... tateei a primeira cama na penumbra. Estava completamente esmagada. Tão achatada que o colchão encostava no chão através do estrado afundado. Quem tinha dormido ali devia ser enorme para ter causado tal estrago.

Ao contrário, a segunda cama era dura como pedra, com uma tábua de madeira rígida no lugar do colchão. Quando passei a mão por cima dela, encontrei algo frio, pesado... mais uma vez, eram correntes, parecidas com as que cobriam as costas da segunda cadeira na sala de jantar!

A terceira cama era a única que tinha lençóis. Eu me encolhi o máximo possível, com a bolsa apertada nas mãos, prometendo a mim mesma ficar acordada até de manhã.

Acho que não demorei mais de um minuto para adormecer.

Blonde ergueu os olhos.

Tinha certeza de que tinha escutado alguma coisa. Prestou atenção: sim, alguém estava vindo pelo corredor!

Apressou-se em guardar o manuscrito dentro da pasta vermelha e enfiou embaixo do travesseiro, justamente quando alguém batia de leve na porta.

– Pois não? – ela disse, tentando adivinhar qual das irmãs tinha vindo lhe fazer uma visita.

Irmã Marie-Joseph costumava entrar sem bater, e irmã Félicité batia tão forte quanto a pá de madeira que usava para lavar a roupa.

A única resposta foram mais algumas batidas, tão suaves quanto arranhões.

Um pouco preocupada, Blonde calçou os sapatos e abriu uma fresta da porta.

Quase voltou a fechar no mesmo instante: no corredor escuro estava o jovem entalhador de pedra, vestido com seu avental de trabalho, com os olhos arregalados feito um cervo encurralado.

– Por favor! – ele cochichou. – Preciso voltar para a cidade com o meu patrão daqui a alguns minutos...

– Não pode vir aqui!

Blonde olhou com medo para o corredor, tremendo com a ideia do castigo se as irmãs soubessem que ela tinha dirigido a palavra a um rapaz, pela segunda vez e depois do pôr do sol, além do mais!

– Não me expulse – o aprendiz implorou em voz baixa.

– Por que está me seguindo? Quer que eu seja castigada, é isso?

Uma sombra passou pelo rosto do rapaz.

– Castigada? Ah, não, nunca na vida! Se não, eu não teria recolhido sua pasta ontem no claustro.

– Então, por que não vai embora?

– Porque está além das minhas forças. Eu... eu precisava falar com a senhorita.

Um estalo soou em algum lugar no convento e fez os dois jovens se sobressaltarem. Alguém estava subindo a escada.

Tomada pelo pânico, Blonde escancarou a porta do quarto e fez sinal para que o visitante entrasse.

7

Os moradores da cabana

BLONDE APAGOU A LAMPARINA A ÓLEO. O ENTALHADOR DE pedra e ela ficaram parados atrás da porta do quarto durante vários minutos, com todos os sentidos aguçados.

Ouviram um passo pesado subir os últimos degraus da escada, atravessar o corredor e passar na frente da porta fechada. Blonde prendeu a respiração. Tinha certeza de ter reconhecido o jeito de andar de irmã Marie-Joseph, e essa ideia encheu-a de pavor. Mas a priora não parou; seguiu seu caminho até que seus passos se perderam nos ruídos da noite.

Foi só então que Blonde permitiu-se respirar.

E olhar para o rapaz, sobre o qual caía um raio de luar pálido que entrava pela janela. Ela percebeu que ele não havia parado de olhar para ela desde que tinha entrado no quarto.

– Precisa ir embora agora – ela intimou.

Sua própria voz não lhe pareceu firme, e ela ficou com raiva de si mesma. O ser que estava ali a poucos palmos dela representava o perigo, a proibição, tudo contra o qual as boas freiras de Santa Úrsula a tinham acautelado desde sempre. Ainda assim, ela não conseguia se convencer de que aqueles olhos grandes e vibrantes pudessem lhe querer mal.

– Mais um minuto, só um minuto... – o rapaz implorou. – Pelo menos me diga o seu nome.

A voz dele era quente e profunda, como o castanho de seus olhos, como o cobre de seus cabelos.

– Blonde...

– Blonde! – ele repetiu maravilhado. – Isso lhe cai tão bem que é até engraçado!

A moça ficou se perguntando por um momento se ele estava brincando. Contudo, o entusiasmo em sua voz não tinha nada a ver com a ironia de alguém que caçoa.

– Ninguém mais além da senhorita deveria ter este nome!

Era a primeira vez que Blonde ouvia falar de seu cabelo em um tom que não revelava nem a desconfiança das irmãs, nem a zombaria de Berenice. Ela ficou com medo do poder dessa coisa que ela tinha na cabeça, que fazia os olhos do aprendiz brilharem. Todo um cortejo de sedutoras condenadas surgiu em sua mente.

– Vá embora agora, por favor.

– Vou sim, se perguntar meu nome por sua vez.

– Que seja. Diga qual é.

O rapaz sorriu e revelou dentes brancos como a pedra à qual tinha dedicado sua vida. Blonde teve a impressão de que o quarto se iluminou, apesar de a lamparina a óleo continuar apagada.

– Eu me chamo Gaspard – ele disse e já foi saindo para o corredor escuro.

Blonde não sentiu nenhum alívio ao fechar a porta. Era como se o rapaz tivesse deixado algo de si no quarto. Ela teve a intuição de que, dali para frente, os olhos de Gaspard estariam sempre em sua mente, e o nome de Gaspard, em seus lábios.

Passou alguns minutos imóvel antes de voltar a acender a lamparina.

Quando teve certeza de que estava mais uma vez mergulhada no silêncio e na solidão, levantou o travesseiro.

Voltou a abrir a pasta vermelha sobre o colchão de palha e percebeu que só faltavam duas páginas cobertas com a letra miúda e fervorosa: o pedido de socorro de Gabrielle de Brances estava chegando ao fim...

Como explicar, leitor, o que aconteceu naquela noite, se eu mesma não consigo entender? Só me sobraram impressões confusas, coisas meio vistas, meio escutadas – e o medo, o medo!

Então, adormeci na terceira cama. Eu me lembro de que os lençóis tinham cheiro de hortelã, e seu frescor doce acompanhou meus sonhos. Eu sonhava que estava nas maiores profundezas de um mar desconhecido. Nas águas em que eu flutuava, a gravidade e o tempo não existiam mais. Meu corpo não pesava mais nada. Deslocava-se à deriva e lentamente pelo imenso azul; na frente do meu rosto, meu cabelo loiro comprido ondulava como se fossem os filamentos de uma água-viva.

E então, de repente, depois do silêncio, ruídos começaram a soar nos abismos; ruídos surdos e profundos, parecidos com buzinas de neblina ou o canto de animais marinhos.

Cada vez mais altos.

Cada vez mais próximos.

Do fundo do meu sono, estes sons pareciam se estender infinitamente. Alguns deles se assemelhavam a sílabas, e as sílabas pareciam formar palavras de uma língua desconhecida. De repente, eu me senti ser erguida.

Entregue à gravidade, meu corpo parou de flutuar e reencontrou sua massa.

A ilusão do mar desapareceu, a hortelã foi embora das minhas narinas e foi substituída por um outro odor – violento, musculoso, animal.

Meus olhos se abriram: o piso da cabana se dissolvia embaixo de mim na escuridão. Alguém ou alguma coisa tinha me jogado por cima de suas costas. Seja lá o que fosse aquela criatura, devia ser enorme, a avaliar pela distância do piso de terra batida. Sentia pelos ásperos me pinicarem como se fossem mil agulhas afiadas. E todo o meu corpo vibrava até os ossos cada vez que a criatura grunhia.

Não havia como duvidar, era o rugido que eu tinha escutado quando estava em cima do carvalho e que tinha feito as cortinas da cabana tremerem!

Incapaz de me erguer, com a cabeça sempre voltada para baixo, vi as sacas de aveia rolarem: estávamos na cozinha, e alguém estava abrindo o acesso à porta da despensa.

Um rangido indicou que a porta foi aberta.

No instante seguinte, fui jogada no quartinho com minha bolsa.

A última coisa que eu vi, no momento em que a porta se fechou, foi a sombra da criatura. Tinha aspecto humano e era ainda mais colossal do que eu havia imaginado. A cabeça dela quase tocava o teto; as costas eram tão largas quanto os meus braços estendidos, cobertas de pelos grossos. Não consegui distinguir suas feições.

Mas vi duas outras silhuetas que estavam nas sombras do aposento.

Assim como as cadeiras, como as tigelas e como as camas, os moradores da cabana eram três.

Blonde fez uma pausa antes de começar a última página do manuscrito.

Ela se deu conta de que seu coração batia forte.

Enrolado na ponta da cama, Brunet a observava com olhos arregalados e fixos. Mais do que nunca, Blonde teve a impressão de que o animal era dotado de inteligência e que queria lhe dizer alguma coisa. A menos que fosse ela que estivesse ficando mais animal à medida que se deixava tomar por sua leitura. Ela sentia cada pelo de sua pele se arrepiar; as narinas se dilatavam como as de uma fera.

– Por que esta história inacreditável foi cair nas minhas mãos? Você sabe?

Sentimentos contraditórios agitavam-se na mente de Blonde: a animação e a desconfiança, a angústia e a desconfiança.

E se o manuscrito fosse falso?

E se tudo não passasse de uma farsa, de uma brincadeira?

E se o velho de sobretudo preto estivesse pregando uma peça nela ao lhe entregar o dossiê?

O relato era tão fantasmagórico; no entanto... parecia tão *real*.

– Miauuu! – Brunet miou.

– Devo continuar a ler? Afinal, no ponto em que estou...

Blonde iniciou a última página.

Deve fazer doze horas que eu estou trancada nesta despensa.

É um quartinho minúsculo, cheio de garrafas vazias empilhadas e ainda mais sacas de aveia. Tentei arranhar as paredes, forçar a porta trancada, soltar as barras da janelinha estreita, mas sei muito bem que meu esforço é inútil: não tenho nenhuma esperança de fugir.

A noite passou bem rápido.

De manhãzinha, a terra tremeu e eu percebi que as criaturas tinham acordado.

Criaturas que se acomodam nas cadeiras, que comem das tigelas e que dormem nas camas como homens, mas que não são homens...

Homens não fazem o chão tremer quando caminham.

Homens não fazem as paredes vibrarem quando falam.

E, quando gritam, não fazem garrafas vazias baterem.

Então, as criaturas começaram a gritar do outro lado da porta da despensa. Tapei as orelhas com as mãos para não permitir que as vociferações perfurassem o meu cérebro. Mas as minhas mãos não ajudaram nada, assim como as sacas de aveia que usei para enterrar a cabeça também não ajudaram.

Em um momento, a tranca da porta começou a virar, porém um golpe violento, seguido de um grito de dor, deteve na hora a tentativa de abrir. Supus que uma das criaturas queria entrar no quartinho, mas as outras foram contrárias.

E depois, pouco a pouco, os gritos foram diminuindo.

Os passos afastaram-se; o piso parou de tremer e tudo ficou em silêncio.

As criaturas tinham ido embora.

Quando tive luz suficiente, subi em uma saca de aveia para observar o vale através da janelinha.

Foi assim que vi o riachinho que corria bem atrás da cabana. Ao lado dele, havia uma pilha de ossos, alguns ainda vermelhos de sangue fresco certamente. Eu não tinha reparado nesse espetáculo macabro quando desci a encosta no dia anterior, porque estava escondido pela cabana. Se eu tivesse visto, será que teria entrado apesar de tudo? Será que eu teria caído nessa armadilha? Nunca saberei...

Rapidamente calculei minhas chances de fugir. Elas se resumiam ao conteúdo da minha bolsa e a esse riachinho magro que era a única linha – tão tênue! – que ligava o vale ao mundo exterior. Só me sobravam cinco folhas no caderno de desenho, mas bastavam para relatar minha história com detalhes suficientes para que fosse considerada algo mais do que o delírio de uma louca. Eu não sabia quanto tempo as criaturas me deixariam sozinha antes de voltar, sem dúvida para me matar e me juntar à pilha de ossos atrás da cabana. Eu não podia desperdiçar nem um minuto.

Antes de começar a escrever, treinei jogar algumas garrafas através das barras para ter certeza de que conseguiria alcançar o riacho sem que elas se quebrassem – eu sabia que só teria uma oportunidade, apenas uma, quando se tratasse da garrafa com a mensagem.

Agora estou me preparando para fazer estas folhas deslizarem pelo gargalo e selar a garrafa com o toco de vela que carrego na bolsa desde ontem à noite.

Se chegou até o fim desta mensagem, leitor, é porque sem dúvida acreditou em mim. E, se ainda tiver a mínima dúvida, eu imploro: vá à procura dos De Brances, pergunte a meu noivo Charles de Valrémy em Épinal, informe-se a respeito da senhorita desaparecida em uma noite de maio na floresta de Vosges.

Não é um papel que você tem nas mãos.

É uma vida.

Minha vida.

Gabrielle de Brances

8
A noite de 21 de maio de 1814

NAQUELA MANHÃ, BLONDE SENTIU UM GOSTO DIFERENTE NO pão preto que as irmãs serviam no café da manhã das pensionistas.

O miolo grosso parecia ter um sabor de musgo, de húmus, como se tivesse ficado guardado por muito tempo no âmago de uma floresta profunda, em uma cabana perdida...

– Parece que os artesãos vão restaurar a estátua de santa Úrsula...

Blonde ergueu a fatia de pão.

Na frente dela, várias alunas estavam reunidas em volta de Sophie Adelaide, que, como a preferida das irmãs, sempre tinha em primeira mão as notícias que afetavam a vida do convento.

– São dois profissionais, um mestre e o aprendiz, que trabalham de graça em troca de comida.

– Era o que eu achava mesmo! – Berenice exclamou. – As irmãs são avarentas demais para desembolsar um centavo que seja na manutenção desse convento caindo aos pedaços. Não aguento esperar até o fim do verão, quando vou embora de vez deste lugar úmido onde passei três anos gelando os ossos. Na minha futura casa, as lareiras vão ficar acesas noite e dia, sem interrupção!

Berenice não escondia de ninguém que havia sido prometida a um banqueiro parisiense quarenta anos mais velho do que ela, com uma fortuna imensa para compensar a falta de juventude. Era ele que mandava da capital os perfumes e os cremes, a preciosa água da rainha da Hungria e a água do Egito, ainda mais preciosa, para as quais as irmãs fechavam os olhos com indulgência equivalente à pensão depositada pelos pais da moça.

Ela, por sua vez, compensava a perspectiva de uma noite de núpcias pouco emocionante com acessos de indecência que faziam corar as menos pudicas entre as moradoras do convento.

– Enquanto isso, tenho certeza de que estes dois pobres-diabos estão tão gelados quanto nós e de que pagariam caro para se esquentar encostados na gente!

As alusões de Berenice desencadearam risos abafados.

– Silêncio, meninas! – a servente resmungou da outra ponta do refeitório.

As pensionistas voltaram a mastigar, mas o silêncio não durou nada.

– Devo dizer que o mais novo é bem-apessoado – Berenice murmurou entre dois bocados.

– Ele está fazendo sua volta pela França, como todos os aprendizes – Sophie Adelaide afirmou com conhecimento de causa. – Passou dois anos e meio percorrendo a região para aprender todas as técnicas da profissão e, daqui a seis meses, será recebido como profissional.

– Já nós, as protegidas, passamos todo esse tempo aprendendo salmos entre os muros apertados do convento!

Todos os olhares voltam-se para Blonde, que tinha falado.

Ela mesma pareceu chocada com sua ousadia e com a revolta que a inspirara. Aquilo não era nem um pouco do feitio dela. Será que tinha sido a leitura de *René* que lhe dera sede repentina pelos espaços abertos? Ou será que tinha sido o espírito crítico de Gabrielle que a tinha influenciado?

– Como assim, "nós, as protegidas"? – Berenice repetiu e ergueu a sobrancelha delineada. – Você não perde tempo em se incluir entre nós. Será que preciso lembrar que nunca vai deixar os muros deste lugar? É uma pena enorme acreditar que eles são apertados demais, porque não existe a menor chance de se ampliarem no decurso dos longos anos que você ainda vai passar aqui.

Blonde sentiu a cãibra que a tinha feito sofrer no dia anterior despertar na boca do estômago. Só que, desta vez, ela não podia acusar o jejum. Precisou se render às evidências. Experimentou uma sensação nova, que sempre foi proibida a ela: a raiva.

A galeria era o único caminho para chegar à sala de aula; portanto, as protegidas foram obrigadas a percorrê-la ao sair da capela para ir para a lição da manhã.

A fim de não repetir a confusão da véspera, a priora resolveu acompanhar as pensionistas pessoalmente. Sob o olhar dela, as meninas percorreram o caminho em volta do jardim do claustro, onde Gaspard e seu mestre estavam ocupados esculpindo um novo par de mãos para a protetora do convento. As línguas já não se agitavam, mas as pálpebras tinham tomado seu lugar e agitavam-se em mil piscadelas na direção do rapaz.

Blonde ergueu o xale até as bochechas e foi a única que baixou os olhos para não cruzar o olhar com o dele.

*

Naquele dia, na hora do almoço, Blonde não foi ao refeitório. Não estava com fome, ou melhor, só tinha fome para uma coisa, a continuação do relatório do delegado Chapon. Por isso, ela fingiu não estar se sentindo bem para poder se retirar em seu quarto durante o horário da refeição.

Sentada na cama, ela abriu a blusa e pegou o relatório. Depois das folhas amassadas em que Gabrielle tinha feito seu testemunho, havia um documento bem diferente. Eram páginas brancas e grandes, cobertas por caligrafia ampla, escrita com pena de coruja. A mesma letra da capa do dossiê, a letra do delegado Chapon:

Relato dos acontecimentos da noite de 21 de maio de 1814
Depoimentos do homem Bouffard,
do sr. Charles de Valrémy e da srta. Gabrielle de Brances,
recolhidos por Edmond Chapon, delegado de polícia

Blonde quase gritou de alegria quando leu estas primeiras linhas. *Gabrielle, livre, viva! Então, ela tinha sido encontrada!*

Contudo, a menina logo se lembrou da observação redigida pelo mesmo delegado Chapon, um ano mais tarde, na capa do dossiê: em maio de 1815, ele escreveu que Gabrielle voltara a desaparecer e afirmava que todos os seus esforços para encontrá-la haviam resultado em nada...

Blonde retomou a leitura do relato de julho.

Já não sorria mais, e suas sobrancelhas estavam franzidas atrás dos óculos.

CONTEXTO NO DIA 22 DE MAIO DE 1814

Naquela manhã, dia 22 de maio, fomos informados de uma briga ocorrida na floresta de Vosges, a sete léguas de Épinal. O ocorrido provocou a morte de três homens pertencentes à comitiva de Charles de Valrémy. Ao chegarmos ao local durante o dia, pudemos constatar:

1. o estado de deterioração da casa na floresta onde o confronto se deu, testemunha de sua violência: porta arrombada, paredes avariadas, vidraças quebradas;

2. a presença de móveis e provisões alimentícias (sacas de aveia e potes de mel) na casa supracitada, dando a impressão de que era habitada no momento dos fatos;

3. o caráter dos ferimentos que levaram à morte de Jean Dulac, Marcel Lefort e Jacques Verbeck aludiam a um ataque de extrema violência, por animais selvagens de grande porte: arranhões profundos, rostos dilacerados, ossos quebrados nas articulações e na nuca.

De volta à delegacia de Épinal, procedemos a colher os depoimentos das principais testemunhas do acontecido, que reproduzimos abaixo.

Depoimento de Gustave Bouffard, 62 anos, caçador

Apresente-se.

G.B.: Meu nome é Bouffard, Gustave, tenho 62 anos completos. Há quarenta, passo todos os verões na floresta, caçando coelhos e martas. Antes da Revolução, eu não passava de um simples caçador clandestino, tendo em vista que nós, os plebeus, não tínhamos o direito de caçar. Mas, depois da abolição dos privilégios, sou caçador com todo o direito, viu? Não fiz nada de ilegal!

Não é por isso que está sendo interrogado hoje. Relate como obteve a posse da garrafa que continha a mensagem de Gabrielle de Brances.

G.B.: Bom, veja bem, neste ano, a caça está muito rara na floresta. Parece que os animaizinhos desertaram, ou que um animal maior do que eles os devorou. Meu Deus! Mal tinha material para fazer meio casaco com as peles que recolhi desde o início da primavera! Sem falar da comida – tenha em mente que, hoje em dia, sou obrigado a pescar no riacho atrás da minha cabana, logo eu que detesto peixe! Para dizer a verdade, na manhã em que peguei a garrafa na rede, estava a ponto de empacotar tudo e partir de volta à planície e arrumar um trabalho na agricultura durante o período da moenda.

Na manhã do dia 21 de maio, o senhor encontrou estas folhas de papel enroladas dentro da garrafa. Confirma? (Apresentamos à testemunha o manuscrito encontrado dentro da garrafa.)

G.B.: Sim, foi isso mesmo.

Então levou tudo imediatamente ao castelo De Valrémy, perto de Épinal. O senhor sabe ler?

G.B.: Não tenho muito estudo, mas decifro algumas palavras. Principalmente o nome De Valrémy, tendo em vista que todos os anos caço lebre nas terras da família.

O senhor não teve medo de ser mal recebido ao bater na porta deles?

G.B.: Mas é claro que não! Essa porcaria de Revolução aconteceu ou não? Não somos todos iguais agora? É melhor que o novo Luís, lá em Paris, nem pense em discutir nossos direitos, se não vai levar a guilhotina embaixo do nariz, como aconteceu com o irmão dele! Quando fui falar com os De Valrémy, esperava receber uma recompensa pelo trabalho que tive. E eu estava certo, porque eles me deram um franco de ouro para que eu os levasse até o riacho!

Depoimento de Charles de Valrémy, 29 anos,
filho do conde de Valrémy

Gustave Bouffard entregou a mensagem de Gabrielle de Brances no dia 21 de maio à tarde. Por que o senhor não avisou a polícia?

C. de V.: Com muito respeito ao senhor, delegado, minha família e eu próprio não confiamos nem um pouco na polícia do desprezível sr. Fouché, depois dos massacres de aristocratas que ele conduziu nos momentos mais sangrentos da Revolução. O senhor mesmo será que não foi nomeado para o seu posto no tempo do Império, quem sabe até na época da República? Peço desculpas por pensar que não seja a pessoa mais indicada para ajudar nobres lealistas que acabam de retornar do exílio. E é por isso, em concordância com os meus pais e os de Gabrielle, que resolvemos fazer justiça nós mesmos. Observe que respondo a suas perguntas hoje unicamente porque homens foram mortos e a lei assim exige.

(Segue uma discussão que não será reproduzida aqui.)

Por favor, detalhe os acontecimentos da madrugada de 21 a 22 de maio.

C. de V.: Meus três homens e eu nos dirigimos ao local naquela mesma noite, com nossos cavalos e nossos cachorros. Eu sabia que cada hora, cada minuto contava. Acredito que devia estar perto da meia-noite quando chegamos à cabana do velho Bouffard. Depois disso, demoramos umas boas quatro horas para subir o curso do riacho de onde ele tinha retirado a garrafa. Aquela parte da floresta era especialmente escarpada e cheia de mato; o próprio velho Bouffard nunca tinha se aventurado por ali, e se recusou a nos acompanhar. Ele disse que os animais lá eram grandes demais para um caçadorzinho como ele. Admito que, na ocasião, considerei a reticência dele como a covardia de um velho – na hora, não sabia que o seu instinto de caçador estava certo...

Portanto, eram quatro da manhã quando chegamos ao vale. A cabana estava lá, tal como Gabrielle tinha descrito em sua mensagem, pouco iluminada por um raio de luar. A porta já estava arrombada – sem dúvida pelas criaturas das quais Gabrielle havia tentado se defender quando a travou.

Tínhamos deixado os cavalos amarrados em troncos no alto do vale. Com os olhos revirados e as narinas dilatadas, eles puxavam as amarras como se estivessem enlouquecidos. A única vez em que eu os tinha visto desse jeito foi durante a caça, quando um javali que poderia dilacerar a barriga deles com um golpe da cabeça se aproximava.

Munidos com nossas lamparinas a óleo, descemos as encostas do vale da maneira mais silenciosa possível e quase escorregamos vinte vezes naquele solo úmido. Será que a cabana estava vazia ou ocupada? Será que Gabrielle ainda estava presa ali? Será que ainda estava viva?

Pedi aos homens que ficassem de guarda com os cachorros na frente da porta arrombada e entrei naquela casa horrível para examiná-la. Tudo era como Gabrielle tinha descrito: o riacho que corria como a tosse de um tuberculoso; a montanha de ossos meio roídos atrás; a despensa estreita e a janela com grades.

Com o coração batendo forte, eu fui me aproximando enquanto murmurava baixinho o nome de Gabrielle.

Aumentei a chama da lamparina para iluminar o quartinho.

Porém, fora as sacas de aveia, estava vazio.

A porta se abria às profundezas tenebrosas da cabana; ela ainda batia, se agitava nas dobradiças: alguém tinha acabado de abri-la!

Em uma iluminação, percebi que os moradores da cabana tinham escutado quando chegamos e, por isso, tinham se apressado em tirar Gabrielle de sua prisão.

Abri a boca para gritar, para avisar o meu pessoal – mas o latido dos cachorros do outro lado da cabana encobriram a minha voz.

Tiros soaram enquanto eu corria para ajudar; porém, quando saí da cabana, alguma coisa me fez parar de supetão. Uma coisa rápida como uma serpente, pesada como uma bala de canhão. Caí com o rosto no solo e imediatamente compreendi que minhas costas tinham sido atingidas.

Meus gritos de dor se juntaram aos dos meus homens. Foi horrível escutar enquanto eles gritavam feito porcos no abatedouro! Mas o pior... o pior foi o *rugido.*

Era mais paralisante do que tudo o que eu tinha imaginado quando li a mensagem de Gabrielle. Eu poderia ter tapado as orelhas para não escutar, mas minhas costas machucadas impediam que eu fizesse isso.

O senhor já não é mais um rapaz, delegado. Deve ter testemunhado espetáculos atrozes no decurso de sua carreira, crimes revoltantes que voltam para assombrá-lo à noite, muito tempo depois do fim do inquérito. Mas duvido que algum dia tenha se confrontado com *isso.*

(Charles de Valrémy fica calado durante vários minutos, visivelmente abalado.)

Era um grito animal, mas era ao mesmo tempo um grito humano. Como se tivéssemos costurado a língua de uma fera na boca de um homem. Uma boca que não seria mais capaz de falar, mas apenas vociferar, berrar seu ódio, sua frustração e seu sofrimento. E com que força! A terra tremia embaixo de mim, sacudia todo o meu corpo.

Quando eu finalmente ergui a cabeça e limpei a lama que tinha caído nos meus olhos, vi os três homens e os dois cachorros estirados no solo, já sem vida. Bem no fundo, do outro lado do vale, silhuetas negras subiam a encosta com uma agilidade diabólica. Uma delas carregava um corpo nos braços e o cabelo loiro refletia gotas de luar – era o cabelo que eu tinha visto no medalhão que representava a minha prometida: era Gabrielle!

Então, cometi um ato louco, desesperado.

Carreguei meu fuzil e apontei o cano para os fugitivos, tremendo sob efeito da dor.

Arriscando-me a acertar Gabrielle, atirei.

Por quê?

Porque era o que o meu instinto ordenava.

Porque ele me dizia que, se eu deixasse que ela fosse levada, jamais voltaria a vê-la...

Prossiga. O que aconteceu depois?

C. de V.: A bala atingiu a criatura que carregava Gabrielle bem na coxa. Ela deixou o corpo cair, e ele rolou até o fundo do vale.

Por um instante, senti que a criatura hesitava em se juntar às outras no alto da encosta ou a retornar para pegar Gabrielle, que já levantava depois da queda.

Enquanto eu recarregava o fuzil, examinava a escuridão com fúria, tentando enxergar a coisa melhor – para, desta vez, abatê-la. Ela tinha a aparência de um homem de grande porte: ficava em pé em cima das pernas e os contornos do torso nu e musculoso se desenhavam de maneira tênue nas trevas. No entanto, a pelagem clara e curta que lhe cobria a barriga e o peitoral parecia de um animal. Já em relação à cabeça, mergulhada nas sombras, não consegui distinguir o contorno; apenas os olhos se destacavam, dois reflexos de azul gélido que pareceram me perfurar até o fundo da alma.

No momento em que apertei o gatilho, uma das duas criaturas no alto da encosta lançou o braço grosso como uma perna na direção do meu alvo e o empurrou com força. A bala se perdeu no meio dos galhos e desencadeou um concerto de agitação e batimento de asas.

Quando a floresta ficou em silêncio, os moradores da cabana tinham desaparecido.

Pronto, agora já sabe tudo. Se dependesse de mim, nunca teria lhe contado tudo isso. De que serve? Mas eu sabia que as viúvas dos meus homens que pereceram na floresta viriam a sua procura, de todo o modo. E simplesmente quis me adiantar a elas. Posso me retirar agora?

Preciso cuidar de meus ferimentos e tenho um casamento para preparar!

9

Convocação

BLONDE FICOU TÃO ABSORVIDA PELA LEITURA QUE NÃO OUVIU quando tocou o sino chamando as moradoras do convento para a aula.

O último depoimento do relatório era o de Gabrielle de Brances. Blonde tremia de impaciência para reencontrar aquela que tinha se expressado no manuscrito amassado e que, por um momento, ela acreditou estar perdida.

Porém, ao mesmo tempo, sentia uma vaga apreensão subir do fundo de seu coração...

Depoimento de Gabrielle de Brances, 18 anos,
filha do Barão de Brances

(Como a srta. De Brances ainda está visivelmente sob efeito do choque de sua abdução, fizemos apenas um interrogatório curto e pontual.)

A senhorita é de fato a autora da mensagem encontrada na garrafa por Gustave Bouffard?
G. de B.: Sim.

Confirma que foi mantida como prisioneira na cabana da floresta durante sete dias, de 15 a 21 de maio?
G. de B.: Sim.

Tem alguma ideia em relação à identidade de seus algozes?
G. de B.: Não, nenhuma.

Sua mensagem e o testemunho do sr. De Valrémy dão a impressão de que talvez eles sejam algo além de homens.

G. de B.: Eu... eu não faço ideia. Não tenho certeza de nada. Escutei conversarem entre si através da porta da despensa, naquela língua gutural deles...

Tem certeza de que não eram urros de animais?

G. de B.: Tenho. As conversas eram curtas e violentas, mas articuladas.

Tem alguma sensação em relação ao conteúdo dessas conversas?

G. de B.: Acredito... que estavam brigando para ter acesso à despensa. Toda vez era a mesma coisa. Passos faziam o chão tremer, cada vez mais próximos; morta de medo, eu me enfiava no meio das sacas de aveia e tentava desaparecer ali. Contudo, antes de a porta se abrir, outros passos se precipitavam; rugidos se erguiam e faziam minha cabeça explodir; eu escutava uma chuva de golpes. Depois a calma voltava e me deixava com os nervos à flor da pele, com as unhas cravadas na lona de juta das sacas.

Eu não saberia explicar, mas fiquei com a impressão de que era sempre o mesmo que tentava forçar a porta do quartinho e eram os outros dois que impediam no último instante. Como se quisessem me proteger do mais perigoso entre eles.

Proteger a senhorita? Esta é uma palavra bem estranha para falar daqueles que a sequestraram!

G. de B.: Eu sei. Mas tenho a impressão de que os moradores da cabana estavam tão envergonhados quanto eu da minha presença entre eles. Minha intuição me diz que eu *não deveria* simplesmente ter topado com a morada deles. Eu não deveria ter me sentado na cadeira deles, nem comido da tigela deles, nem dormido na cama deles. Porém, como eu tinha descoberto a presença deles, o segredo deles, não souberam o que fazer comigo; não podiam nem me deixar ir embora, nem recorrer à minha morte – pelos menos, dois deles não conseguiram fazer isso.

Enquanto esperavam para decidir o meu destino, acredito que cuidaram de mim o melhor possível. Um dos moradores se desfez dos lençóis – os que tinham cheiro de menta – e me entregou por baixo da porta. Todos os dias pela manhã, quando eu acordava, um jarro de água limpa, uma tigela de frutinhas da floresta com mel e uma bacia para eu fazer a higiene estavam à minha espera em frente à porta do quartinho. Duas vezes, meus estranhos captores chegaram a deixar para mim, durante a noite, uma coxa de faisão grelhada. Acredito que eles saíam para caçar durante o dia. Os ossos atrás da cabana...

De fato. São restos de animais: gamos, faisões, tetráceros. É por isso que o velho Bouffard disse que estava tendo dificuldade de caçar neste verão. Por outro lado, não encontramos nenhuma ossada humana.

G. de B.: Ah! Fico aliviada com isso.

Ainda assim, os moradores da cabana continuam sendo assassinos que abateram a sangue frio os homens que foram lá para salvá-la. De que se lembra daquela noite?

G. de B.: Minhas lembranças são muito confusas. Eu estava dormindo com os punhos cerrados quando senti ser arrancada do colchão de sacas. Foi uma das criaturas que me pegou no colo. Mas o cheiro dela era diferente da que tinha me jogado na despensa na primeira noite – não era nem um pouco de almíscar, mas mentolado, igual ao perfume dos lençóis. Os pelos dela não espetavam contra a minha pele, eram sedosos...

Conseguiu enxergar o rosto da criatura?

G. de B.: Não. Estava escuro demais; eu estava com o rosto colado contra as costas dela. E, depois, tudo aconteceu tão rápido...

Ouvi latidos, tiros; antes de me dar conta do que estava acontecendo, eu já estava rolando para o fundo do vale.

(Não pudemos prosseguir com o depoimento, pois Charles de Valrémy exigiu que colocássemos fim ao interrogatório para que levasse sua noiva. Como não havia nenhuma acusação que nos permitisse detê-los, deixamos que os dois se retirassem.)

Blonde soltou um suspiro e pousou a folha. Era o fim do testemunho de Gabrielle de Brances. Um testemunho que lançava pouca luz sobre os acontecimentos da noite do dia 21 de maio de 1814.

Por um instante, a menina imaginou como o delegado Chapon devia ter ficado frustrado diante de tão poucos fatos concretos, provas tão tênues. Três homens estavam mortos sem que se soubesse quem os tinha matado; pior ainda: os assassinos permaneciam à solta, em algum lugar da floresta profunda, prontos para atacar mais uma vez...

Mas, no momento, foi na porta do quarto que alguém bateu.

Blonde sobressaltou-se.

Ergueu o rosto de supetão e, por um instante, achou que estava cara a cara com Gustave Bouffard. Mas era apenas o rosto redondo de irmã Félicité.

– Blonde! O que está fazendo aqui? A aula de costura já começou há dez minutos!

– Eu... eu sinto muito – Blonde desculpou-se, enfiando o relatório do inquérito embaixo do travesseiro. – Vou descer para a sala de aula agora mesmo.

– Não adianta mais, minha pobre menina...

A boa irmã Félicité tinha um ar sincero de pena.

– A madre superiora mandou dizer que está a sua espera na sala dela. Imediatamente.

Irmã Félicité acompanhou Blonde pelos corredores escuros do convento até os aposentos de residência das religiosas. Era ali, atrás de uma porta com pregos enferrujados pelos anos, que se localizava a sala da madre superiora.

A responsável pelos quartos bateu na porta com a maior timidez que Blonde já a tinha visto bater.

Uma voz sepulcral saiu de dentro da sala:

– Entre!

Irmã Félicité entreabriu a porta para que a pensionista pudesse se esgueirar para dentro do aposento, onde ela própria não desejava colocar os pés.

Foi assim que Blonde entrou na sala. Ao longo dos anos que passara no convento, ela podia contar nos dedos de uma mão as vezes que tinha entrado ali. Tão velha que era impossível adivinhar sua idade, madre Rosemonde era uma mulher taciturna, para não dizer tenebrosa. Passava o tempo todo trancada naquele lugar, delegando toda a sua autoridade à priora.

Por isso, Blonde não ficou surpresa ao reconhecer a irmã Marie-Joseph em pé ao lado da ampla escrivaninha de carvalho atrás da qual a forma pequena e encarquilhada da madre superiora desaparecia. Por outro lado, não estava esperando a presença do mestre entalhador no aposento. Ele estava ali, tão ereto quanto a priora, olhando fixamente para Blonde por baixo das sobrancelhas bastas e grisalhas. O rosto enorme, anguloso e reto parecia ter sido entalhado com suas próprias mãos de um bloco de mármore.

– Blonde... – a voz de madre Rosemonde disse, trêmula.

A menina de repente retomou a consciência do motivo por que acreditava estar lá e caiu de joelhos sobre o piso de pedra, com as mãos unidas, na postura de quem vai levar uma bronca.

– Já faz muito tempo que você está conosco – a madre superiora prosseguiu.

Ela tinha o físico correspondente à voz. Quer dizer, era tão frágil quanto uma corrente de ar. Seu rosto era tão marcado por rugas que os olhos quase desapareciam completamente. O hábito negro parecia flutuar por cima do corpo descarnado, e o crucifixo de madeira pendurado em seu pescoço parecia ser tão pesado quanto se fosse feito de ferro fundido.

– Nós nos encarregamos da sua educação sem nunca pedir nada em troca, sendo que a soma que nos foi entregue quando chegou ao convento só garantia o alojamento e a alimentação.

Ao escutar essas palavras, Blonde sentiu o coração apertar. Será que a diretora espiritual de Santa Úrsula ia pedir que reembolsasse o convento pelo custo dessa educação de que ela tinha aproveitado tão pouco, ela que perdia aulas e ofícios, que passava o tempo lendo romances e conversando com rapazes? E com que dinheiro ela poderia saldar sua dívida?

– Hoje é minha vez de lhe pedir um serviço – a madre superiora prosseguiu. – Mestre Gregorius, aqui presente, não é apenas um entalhador de pedra, ele tem também grandes qualidades de escultor. Ele nos dá a graça de recuperar a efígie de Santa Úrsula, profanada pelos vândalos revolucionários... que o Senhor nos perdoe. Nossa cara protetora logo terá novas mãos. Mas, para que toda a sua dignidade lhe seja devolvida, ainda é necessário substituir o rosto que uma picareta profana destruiu. O fato é que, para uma operação tão delicada, mestre Gregorius e seu jovem aprendiz não podem proceder sem um modelo.

Blonde mal conseguia acreditar em seus ouvidos. Então não era para repreender sua falta de assiduidade às aulas que a madre superiora a tinha chamado?

– Deve compreender sem dificuldade que as freiras de Santa Úrsula não podem emprestar seus traços a sua santa padroeira, pois isso seria absolutamente inapropriado. Já no que diz respeito às pensionistas que *de fato* pagam sua educação em Santa Úrsula, é nosso dever proteger a reputação delas. Imagine que um futuro esposo venha a saber que uma dela posou feito uma... feito uma atriz vulgar! Não, realmente, não é possível nem imaginar. Mas você, Blonde, que não é religiosa nem prometida a uma união próxima, não tem nada a perder. Assim, peço como favor: aceite posar para mestre Gregorius e o aluno dele.

*

Ficou decidido que a sessão de pose aconteceria no dia seguinte durante o dia, enquanto as outras protegidas estivessem em aula.

Era um pouco demais dizer que as colegas de Blonde tinham ficado verdes de inveja. Ao passo que a maior parte delas se esforçou para disfarçar a frustração durante toda a tarde, Berenice não se incomodou em revelar o que pensava a respeito da questão durante a aula de moral:

– As irmãs não são loucas – ela exclamou em voz alta na frente de Blonde no momento de sair da sala. – Estão dando você de mão beijada para esses homens porque sabem que é uma moça perdida. Basta ver a maneira como os provocou: uma verdadeira prostituta!

Por um momento, a cãibra despertou na barriga de Blonde, mais forte do que nunca.

Que injustiça, tão injusto!

Ela não tinha feito nada para chamar atenção sobre si, ao mesmo tempo em que as outras moças, com Berenice à frente, não tinham hesitado em brandir sua modéstia para se dar valor.

Blonde levantou-se da carteira com tanta brusquidão que quase derrubou a cadeira.

Como sua barriga doía! E os olhos... um véu vermelho tinha caído sobre eles, deixando o caderno em cima da carteira avermelhado, assim como o rosto de irmã Prudence, que se demorava sozinha na sala de aula.

Embriagada de irritação e medo, Blonde saiu correndo da sala e foi para o quarto batendo pelas paredes cobertas de umidade que também pareciam vermelhas, como se a pedra transpirasse sangue!

Ela se jogou em cima da cama vermelha e, quando fechou os olhos, viu com pavor que o interior de suas pálpebras também estava vermelho.

10

O segundo desaparecimento de Gabrielle

BLONDE DEMOROU UNS BONS VINTE MINUTOS PARA RECUPERAR a calma.

Bem devagar, sua respiração se acalmou, o véu vermelho se dissipou diante de seus olhos e o quarto a seu redor retomou a aparência normal.

O que tinha acontecido?

Aquela não era a primeira vez que ela era vítima dos vexames de Berenice, mas nunca tinha reagido assim. Normalmente, ela se continha.

Mas agora...

Blonde encostou o dorso da mão na testa; estava ardendo. Devia estar com febre, sem dúvida estava doente. Isso servia para explicar a dor de barriga, a visão avermelhada. Será que deveria falar com a irmã enfermeira?

– Miauuu!

– Ah! Você está aqui!

Brunet pulou para cima da cama e se enrolou na ponta do colchão de palha. Blonde sentiu os pelos do animal encostados em suas pernas, no lugar em que o vestido estava levantado. Ela que sempre era tão friorenta, percebeu que, mesmo sem o xale, de repente não estava com frio.

– Suponho que só me reste uma coisa a fazer – ela declarou, tanto para si mesma quanto para Brunet.

Enfiou a mão atrás do travesseiro e tirou a pasta cor de carmim. E então deu início à terceira e última parte do dossiê do inquérito, uma pilha de papel coberta com a letra agora conhecida do delegado Chapon:

Relatório sobre o segundo desaparecimento de Gabrielle de Valrémy, nome de solteira de Brances, ocorrido em 10 de março de 1815

Depoimentos do sr. Charles de Valrémy e de Ernestine Planchet, colhidos por Edmond Chapon, delegado de polícia

Contexto no dia 17 de março de 1815

Hoje, o sr. Charles de Valrémy veio nos informar sobre o desaparecimento de sua esposa, Gabrielle, nome de solteira De Brances. Reproduzimos aqui seu depoimento na íntegra, além do relato de Ernestine Planchet, camareira da desaparecida.

Observemos que não encontramos mais nenhuma testemunha a ser interrogada no castelo De Valrémy, já que a maior parte dos moradores tinha abandonado o local quando chegamos. Os próprios conde e condessa De Valrémy retornaram ao exílio na Inglaterra há dois dias. Depois da notícia de que Napoleão Bonaparte deixou a ilha de Elba e voltou a colocar os pés em solo francês no dia 1º de março, diversos aristocratas voltaram a se exilar para além das fronteiras do país.

Essas condições turbulentas dificultam o inquérito. Já em relação a nós, os delegados da República, do Reino ou do Império, temos a obrigação de cumprir nossa função da melhor maneira possível...

Depoimento de Charles de Valrémy, 30 anos, filho do conde de Valrémy

Por que veio solicitar os serviços da polícia hoje? Quando conversamos pela última vez, há quase um ano, o senhor nos deu a entender que não nos tinha em muita alta conta...

C. de V.: Para ser muito franco, delegado, o senhor é meu último recurso. Já faz uma semana que Gabrielle desapareceu. As buscas que eu organizei para encontrá-la não renderam em nada, e agora já não tenho mais homens suficientes para sair campo afora. Em Valrémy só sobrou um punhado de empregados velhos, idosos demais para empreender a viagem à Inglaterra. Meus pais até levaram minha filha com eles...

Sua filha?

C. de V.: Aquela a que Gabrielle deu à luz há um mês. O senhor não vai me repreender por não ter lhe informado sobre o nascimento de Renée!

Monsieur De Valrémy, se quiser a nossa ajuda, vai precisar demonstrar mais cooperação.

C. de V.: Que seja. Peço desculpas, delegado. É que... sou um homem dilacerado.

Comece pelos detalhes relativos às circunstâncias desse segundo desaparecimento.

C. de V.: Detalhes... este é exatamente o problema. Não tenho nenhum detalhe, nenhuma pista! Aconteceu faz uma semana, na terça-feira à tarde. Depois de amamentar Renée, Gabrielle retirou-se para o seu quarto para descansar. A gravidez deixou-a muito cansada, e os preparativos para a mudança não ajudaram em nada. O castelo estava virado de cabeça para baixo: era necessário baixar os quadros que haviam sido recolocados em seu lugar na parede apenas alguns meses antes, reempacotar a prataria, enrolar os tapetes. Gabrielle estava exausta, sempre precisava se isolar de toda a agitação.

Naquela noite, quando fui chamá-la para jantar, o quarto estava vazio, com a janela que dava para o parque aberta. Minha cara esposa tinha simplesmente desaparecido.

Desaparecido, é o que diz? Não havia sinal de que tivesse sido sequestrada?

C. de V.: Não. A janela tinha sido aberta pelo lado de dentro.

Encontrou rastros no parque?

(Quando esta pergunta foi enunciada, a testemunha passou alguns momentos calada, visivelmente perturbada.)

C. de V.: Sim... rastros de sapatos de salto... os sapatos de Gabrielle.

A janela aberta pelo lado de dentro... Rastros de sua própria esposa no parque... Parece que ela partiu por vontade própria, não acha?

C. de V.: Jamais! Gabrielle nunca teria agido dessa maneira! Ela me amava assim como eu a amava, e amava nossa filha. Minha família a tinha acolhido de braços abertos, ela realmente tinha se tornado uma de nós, uma verdadeira Valrémy. Ela não *poderia* deixar tudo isso para trás, está escutando? Ou, então, o que a teria forçado...

Talvez... Mas quem e por qual motivo?

C. de V.: Não faço ideia. Bonapartistas, sem dúvida, invejosos da boa sorte dos Valrémy?

Deixe Bonaparte onde está. Neste momento, ele e os seus partidários têm outras preocupações além de sequestrar uma moça no interior. Minha intuição me leva mais para a cabana onde Gabrielle foi encontrada dez meses antes. O senhor voltou lá?

C. de V.: É claro que sim. Foi o primeiro lugar a que fui com meus homens, na mesma noite em que Gabrielle desapareceu. Mas a cabana estava deserta, no estado exato em que a tínhamos deixado no verão passado.

Que mistério! Nós nunca encontramos vestígios dos moradores da cabana. Concluímos que foram se alojar em outro lugar. Sua esposa às vezes mencionava o período que passou presa?

C. de V.: Não. Ela nunca falava sobre isso, e eu compreendo. Deve ter sido uma experiência atroz para uma pessoa tão gentil como ela! De todo modo, tenho certeza de que ela não sabia nada mais além do que revelou ao senhor.

E o senhor voltou a pensar naquilo tudo? Quero dizer, na cabana e em seus moradores?

C. de V.: Às vezes. Acredito que tenhamos lidado com bandidos, crápulas que acreditavam poder pedir um resgate por Gabrielle. Certamente nos atacaram com cães bravos, devido aos rugidos e aos ferimentos que levaram à morte os homens azarados que me acompanhavam. Estava escuro naquela noite...

No entanto, não pediram resgate. E, na época do massacre, as únicas pegadas de cachorro que recolhemos ao redor da cabana eram dos seus próprios animais.

C. de V.: E então? O que isso quer dizer de acordo com a sua conclusão?

Não sei. Ainda não. Falou de alguns empregados que permaneceram no castelo De Valrémy. Há algum que conhecia bem a sua esposa?

C. de V.: A velha Ernestine, talvez. Ela pertencia à casa dos De Brances, mas quis acompanhar a patroa a Valrémy depois do casamento.

DEPOIMENTO DE ERNESTINE PLANCHET, 62 ANOS, CAMAREIRA

Há quanto tempo a senhora conhece Gabrielle de Valrémy?

E.P.: Minha nossa! Desde que ela nasceu! Posso dizer que servi a senhora baronesa De Brances durante mais de quarenta anos antes de me colocar a serviço da senhora condessa De Valrémy.

Então deve ter uma afeição particular por Gabrielle para escolher mudar de casa assim tão tarde em sua existência.

E.P.: Ah, sim, sempre adorei aquela mocinha. Para mim, que não tenho nenhum filho, ela era um pouco como se fosse minha filha. Eu teria ficado com o coração dilacerado de vê-la partir sozinha para esta família desconhecida – principalmente depois do drama na floresta.

De seu ponto de vista, Gabrielle foi bem recebida junto aos Valrémy?

E.P.: Bem recebida? Eu diria que sim. Mas, também, a pequena é tão encantadora, não vejo como alguém poderia ser maldoso em não recebê-la bem!

Então, ela era feliz?

(A testemunha pensa na pergunta por alguns instantes.)

E.P.: Feliz... Eu vi quando a srta. Gabrielle era feliz na Prússia, isso sim. O sorriso dela era como o sol, e a risada dela, como uma fonte. Compreende o que eu quero dizer? Deus é minha testemunha, ela me fazia enxergar todas as cores com suas travessuras! Ela me pregou tantas peças! Mas eu não reclamo: ela iluminou cada dia de minha vida.

Mas como era na casa dos Valrémy?

E.P.: Para dizer a verdade, quando ela se tornou a sra. De Valrémy, foi como se a srta. Gabrielle tivesse... se apagado um pouco. Não me compreenda mal, por favor, ela continuou sorridente como sempre! Mas o sorriso dela já não era tão alegre quanto antes. Sim, pensando melhor agora: havia tristeza em seu sorriso.

Charles de Valrémy disse que a gravidez da esposa deixou-a muito cansada.

E.P.: É necessário dizer que o jovem conde não esperou nem um pouco para engravidá-la, assim que foi libertada daqueles demônios da floresta, sem nem lhe dar tempo para se recuperar!

Era maltratada?

E.P.: Eu não disse isso, de jeito nenhum! Ele a ama mais do que qualquer outra pessoa, eu acredito. É quase demais.

Demais?

E.P.: Como posso explicar... Ele ficou tão preocupado com a languidez dela, com tanto medo de que a gravidez pudesse não se passar bem. Ele lhe dava muita atenção, muito cuidado! Examinava tudo o que ela comia, fazia com que fosse se deitar ao menor bocejo, impedia que as pessoas falassem muito alto na presença dela. Mas a srta. Gabrielle é uma flor que precisa de ar, compreende? De ar, de sol e de liberdade para se desenvolver.

Exatamente, acredita que Gabrielle de Valrémy possa ter abandonado o castelo para retomar... como colocar... sua liberdade?

E.P.: Retomar sua liberdade? Está fazendo troça de mim, delegado! Não há liberdade fora do casamento para as pessoas do nosso sexo, e sabe disso tão bem quanto eu, e Gabrielle também sabia. E, além do mais, para onde ela iria? Não, minha Gabrielle não era assim tão louca, de jeito nenhum. Ela encontrava sua liberdade em seus devaneios, quando passava horas à janela do quarto, observando o céu.

O céu... Tem certeza de que era para o céu que ela olhava?

E.P.: E para o que mais? O senhor que me responda. No final do parque só há a floresta e as montanhas.

Blonde virou a folha para ler a última página do dossiê com o qual tinha convivido nas últimas 48 horas.

Só fazia dois dias que o homem de sobretudo preto tinha levado a pasta para ela, mas parecia que Gabrielle de Brances sempre fizera parte de sua vida. Blonde tinha a impressão de que a pequena

Renée, que sem dúvida recebeu esse nome por causa do livro de Chateaubriand, era sua própria filha.

Era como se Gabrielle fosse uma irmã gêmea descartada no nascimento, mas que sempre tinha estado lá, no vácuo.

Agora que Blonde a conhecera, como poderia suportar a ideia de voltar a perdê-la?

Durante um breve momento, a menina teve vontade de não ler o último parágrafo, de parar por ali, de deixar o destino de Gabrielle nas névoas da dúvida.

Mas o desejo de saber foi mais forte: ela atacou as últimas linhas.

Contexto do dia 27 de maio de 1815

Faz dois meses e meio que Gabrielle de Valrémy desapareceu pela segunda vez.

No dia 20 de março, pouco depois de seu depoimento, e quando Napoleão Bonaparte retornava a Paris, foi a vez de Charles de Valrémy imigrar para a Inglaterra. No momento em que escrevo estas linhas, o castelo De Valrémy está totalmente abandonado há semanas.

Áustria, Prússia, Rússia: agora, os exércitos das potências aliadas contra o Império ressuscitado se apresentam a nossas fronteiras. A guerra que se anuncia é sem dúvida a mais terrível, a mais assustadora entre todas as que já presenciamos ao longo dos últimos anos. Centenas de milhares de soldados vão mais uma vez marchar para o combate, e dezenas de milhares vão certamente morrer. De que vale a vida de uma moça desaparecida frente a essa infinidade de vidas que está prestes a se apagar?

À exceção de mim, quem mais se lembra da Gabrielle de Valrémy?

Nenhuma batida, nenhuma busca foi capaz de nos dar a menor pista a respeito do que aconteceu com a moça, nem sobre o lugar em que ela possa estar no momento, morta ou viva.

Hoje, todos os meus homens foram mobilizados para o exército do imperador, e eu me apresso para me juntar a eles.

Temo que, com todos os mortos que estão por vir na guerra que se anuncia, o desaparecimento de Gabrielle de Valrémy caia definitivamente no esquecimento. No decurso da minha carreira, creio poder dizer que servi bem à França. Independentemente de quais tenham sido os regimes, sempre obedeci a uma única mestra: a Lei. No entanto, há uma mancha no meu balanço. Uma mancha escura, indelével, negra como aquela noite do dia 21 de maio de 1814, quando três homens foram mortos sem que saibamos quem os matou.

Montei esse dossiê para poder retomar o inquérito quando retornar – ou então, se eu não retornar, para que o meu sucessor na delegacia de Épinal possa mergulhar nele.

Edmond Chapon

11

Uma lembrança antiga

Padre Matthieu saiu da sacristia, onde tinha acabado de arrumar os objetos do culto, depois de ter celebrado a missa da manhã.

Sem as moradoras do convento e as religiosas que, alguns momentos antes, tinham enchido o lugar de cânticos divinos e de calor humano, a velha capela entregara-se ao silêncio e ao frio. Tudo estava absolutamente imóvel naquele mausoléu dos séculos: longe, bem no fundo, a cortina do confessionário ondulava com suavidade.

Como não havia nenhum sopro de ar na capela, padre Matthieu percebeu que era seu dever que chamava à missão de deixar mais leve uma consciência pesada demais.

Ele tomou seu lugar no recinto isolado e descobriu a grade que permitia a comunicação com a penitente.

– Estou escutando, minha filha – ele disse. – Qual é o seu pecado?

– Peço a bênção, meu padre, porque pequei. Confesso a Deus todo-poderoso, reconheço perante o senhor que pequei de verdade.

O bom padre sobressaltou-se em seu banco ao reconhecer a voz da priora, já que esperava escutar a voz de uma jovem moradora do convento pronta para soluçar em relação a qualquer delito menor, um pedaço de pão roubado do refeitório ou um romance pego às escondidas na biblioteca.

– Irmã Marie-Joseph? – ele balbuciou, tão surpreso que por um instante se esqueceu do anonimato da confissão.

– Sou eu mesma...

– Mas como foi que pecou, minha filha?

– Por ganância e por orgulho, temo.

– Por ganância e por orgulho? A senhora que é um bastião de virtude, um modelo vivo de humildade para todas essas mocinhas que...

– Por favor, meu padre, não julgue antes de escutar o que tenho a dizer.

– Que seja, que seja, mas ainda assim!

O padre tentou enxergar o rosto da penitente através da grade, porém estava escuro demais no confessionário.

– Foi em uma manhã de maio, há treze anos – a priora disse com a voz baixa, uma precaução inútil na capela deserta, mas que traduzia bem a perturbação de sua alma. – Na época, nós éramos mais liberais do que somos hoje com as pensionistas, permitíamos até que usassem alguns brinquedos no intervalo... De lá para cá, graças a Deus, um veto justo de rigor chegou para varrer essas distrações que só servem para excitar os sentidos e aquecer as almas. Em resumo, no tempo de que falo, o arco era preferido pelas meninas, principalmente pelas pequenas. Naquela manhã, duas delas eram pequenas demais para acompanhar a aula, por isso estavam brincando no jardim sob os meus cuidados, enquanto as colegas recebiam a lição. A primeira dessas menininhas deixou nossos muros antes de o senhor chegar para dar as missas, por isso o nome dela não lhe trará nenhuma lembrança; tinha cinco anos e se chamava Angelique. Já a segunda... era Blonde, e só tinha quatro anos.

– A sua pensionista permanente, que cara menina! – padre Matthieu exclamou com toda a bondade que lhe era característica.

O entusiasmo dele foi rebatido da voz da priora, que estalou com a secura que ela costumava usar para fazer as pensionistas se organizarem:

– Espere, eu lhe peço, antes de ter ideias precipitadas! Espere para saber e depois se pronunciar...

Blonde na época era bem diferente da moça taciturna que o senhor conhece. Transbordante de energia e de travessura... de malícia? Ela parecia um turbilhão dourado. Naquela manhã, eu me lembro, ela dava gargalhadas enquanto corria até perder o fôlego pelos caminhos. Com um pauzinho na mão, ela fazia o arco de madeira rolar a sua frente. O cabelo dela, incrivelmente comprido para seus quatro anos, erguia-se atrás dela como se fosse um estandarte costurado com fios de ouro. Já tinha uma densidade, uma consistência notável em uma idade em que o cabelo das crianças costuma ser tão fino quanto penugem. Os raios de sol da primavera faziam com que brilhasse com mil fogos. Parecia que, em seu trajeto maluco, o arco tinha partido para chegar ao fim do mundo!

Chegou um momento em que eu tive de me ausentar para ir escutar as reclamações da irmã tesoureira que pedia que o teto do refeitório fosse reformado porque estava avariado devido a uma infiltração de água. Como ainda não tinha se recuperado das dificuldades vividas durante a Revolução, o convento na época estava em estado ainda pior do que está hoje. A necessidade de reparos era sentida a cada dia, mas nosso orçamento não aumentava em nada... De repente, escutei gritos vindos do jardim: "É meu! É meu!". Era a voz de Angelique, que eu tinha deixado sozinha com Blonde. Eu me apressei para voltar ao jardim e encontrei as duas menininhas brigando; cada uma estava agarrada a um lado do arco e puxava, como se suas vidas dependessem daquilo. O rosto de Angelique estava rígido como um punho fechado; o de Blonde, banhado em lágrimas.

"Que confusão é esta?", eu gritei, contrariada pela atitude tão pouco cristã.

Quando me viu sair do claustro, Angelique largou o arco, e isso já serviu para demonstrar que ela tinha começado a briga. Além do mais, os fios de cabelo dourado que estavam entre seus dedos indicavam que ela tinha atacado a menina mais nova. Ela escondeu as mãos atrás das costas e começou a choramingar, talvez por achar que aquela era uma causa perdida e estava tentando amenizar a sentença.

"É minha vez", Blonde implorou com a voz cheia de esperança, que ressoa até hoje nos meus ouvidos, mesmo neste instante em que relato ao senhor.

Eu sabia que ela estava certa, que era direito dela, porque a coleguinha já tinha brincado com o arco durante todo o início da manhã. Ao mesmo tempo, eu também sabia que os pais de Angelique depositavam todos os meses uma soma que tilintava e pesava para pagar a pensão da filha, ao passo que a nossa pensionista permanente não nos rendia mais nada... Será que foi o demônio que me ditou as palavras, ou será que, de modo mais prosaico, foi o medo de não colocar a perigo uma entrada de dinheiro vital para a sobrevivência do convento? Decidi atender à exigência da menina mimada.

"Largue isto, Blonde", eu murmurei.

Primeiro, ela pareceu não compreender. Ela sem dúvida achou que fosse um engano, coitadinha, tinha tanta confiança no meu julgamento!

"Não escutou o que eu disse? Largue o arco agora mesmo!"

Eu me lembro de ter pegado o braço da menininha sem cuidado nenhum e de a ter arrastado atrás de mim pelo caminho.

"Os pais da srta. Angelique pagam uma pensão muito cara para que a filha deles possa usar o arco sempre que quiser. Você vai ter que recitar dez Ave-Marias antes do jantar."

Enfiei um rosário nas mãos de Blonde e voltei aos meus afazeres no convento. Enquanto irmã Geneviève me mostrava uma poça que cobria toda a largura do refeitório, um berro vindo do jardim voltou a nos interromper.

Irritada, abandonei a irmã tesoureira e saí para o jardim.

"Blonde, eu achei que tinha dito que..."

Nem terminei a frase. Ao longe, no meio do caminho, Angelique estava caída. Blonde estava em pé ao lado dela, com o arco em uma mão e o rosário na outra, tão imóvel ao sol que parecia uma estátua coroada de ouro. Seus olhos fixos estavam injetados de sangue.

Irmã Marie-Joseph fez uma pausa em seu relato. Ela tinha falado de uma tirada só, mal fazendo intervalos para respirar; no momento, o chiado de seu peito atravessava a grade do confessionário. Ao observar através da cortina uma estátua de são Miguel em um nicho, padre Matthieu teve a impressão de estar escutando o dragão de pedra aos pés do arcanjo respirar.

– Apenas a madre superiora, a irmã enfermeira e eu sabemos do episódio que acabo de narrar – irmã Marie-Joseph finalmente concluiu. – Quando retomou a consciência, a pequena Angelique não se lembrava mais das circunstâncias do acidente; assim, ficou estabelecido que ela tinha caído sozinha. Quando foram avisados, os pais vieram buscá-la. Ameaçaram denunciar o convento ao episcopado por negligência; contudo, nunca mais escutamos falar deles. O preço da ganância que tinha me impelido a cometer uma injustiça foi conseguir eliminar a pensão que eu estava tão ansiosa para garantir. É isso mesmo, padre, eu não sou o bastião de virtude em que acredita...

Já Blonde... apesar do estado de prostração em que eu a encontrei, eu tinha certeza de que ela tinha empurrado a coleguinha de brincadeira. Ah, meu padre, os olhos dela! Se tivesse visto o vermelho dos olhos dela! A irmã enfermeira nunca tinha visto nada igual. Por falta de coisa melhor, ela concluiu que devia ser uma degenerescência nervosa causada por excesso de ar e de sol, de uma natureza mesquinha destinada a lugares fechados e confinados. Decidimos que Blonde não deveria jamais voltar a ver a luz do dia.

A priora soltou um suspiro profundo. Agora era ela que examinava as sombras; teve que esperar a noite no confessionário para encontrar coragem de narrar essa história que a assombrava há tanto tempo.

– Durante anos, acreditei que a educação que dávamos a Blonde seria suficiente para que ela ficasse apegada a nós para sempre.

Eu me convenci de que o meu "modelo de humildade", como o senhor colocou tão bem, fosse incentivá-la a me imitar... sim, é isso mesmo: que ela se apressaria em aceitar o hábito em seu aniversário de dezoito anos. Por acaso este não é o cúmulo do orgulho, meu padre? Acreditar que seu próprio exemplo possa servir de inspiração ao serviço de Deus? Isso é esquecer que apenas Deus tem a voz que alcança longe nas almas para lançar seu chamado e criar vocações...

O padre Matthieu deu uma tossida atrás da grade do confessionário, atordoado pela avalanche de lembranças e de culpa.

– Mas o que lhe dá a certeza de que Blonde não vai assumir o hábito? – ele arriscou. – A senhora chegou a perguntar a ela?

– Muitas vezes, e ela sempre só me deu meias-respostas, nas quais apenas o meu maldito orgulho pode me dar um motivo para ter esperança. O meu projeto de fazer com que ela desposasse Cristo era uma loucura, percebo agora que é tarde demais. Ontem, quando madre Rosemonde anunciou a Blonde que ela posaria para os entalhadores de pedra, ela me pareceu absolutamente mudada. Eu vi se abrir em seu rosto um sorriso resplandecente, tão deslumbrante quanto o sol. No espaço de um instante, revi a menininha efervescente e a vitalidade que tentamos conter por trás dos óculos e dos muros. Aquele sorriso me dá medo, confesso. Ele me faz compreender que Blonde jamais será completamente uma de nós. Seja lá qual for o caminho que o Senhor tenha traçado para ela, não será realizado em Santa Úrsula. Aqui é só o começo. Em um dia próximo, eu sinto, ela nos abandonará e ninguém poderá segurá-la... nem mesmo eu.

A priora calou-se de maneira tão abrupta quanto tinha começado a falar.

Ao compreender, com certo atraso, que era a vez dele de falar, o padre balbuciou as seguintes palavras:

– Em nome do Pai, do Filho e do Espírito Santo, eu perdoo todos os seus pecados. Vá na paz de Cristo, reze e complete sua penitência...

Segunda parte
Manhãs de luz

Um dia, brincando aqui e ali, Cachinhos Dourados de repente se encontrou em uma floresta estranha e solitária. Quando quis retraçar seus passos, percebeu que tinha se perdido. Foi então que ela viu uma cabaninha enfiada em um buraco sombrio. O que Cachinhos Dourados não sabia era que três ursos moravam lá...

Cachinhos Dourados e os Três Ursos

1

GASPARD

NAQUELA MANHÃ, IRMÃ FÉLICITÉ BATEU NA PORTA DE BLONDE um pouco antes das seis da manhã.

– A madre superiora pediu que eu me assegurasse de que você iria a sua sessão de modelagem – disse com um sorriso gentil. – Está dispensada do ofício. Achei que seria mais cômodo se tomasse o café da manhã no quarto.

A religiosa colocou na mesinha uma fatia grossa de pão branco, algo normalmente reservado apenas para o café da manhã das irmãs mais avançadas na hierarquia do convento. Era um mimo excepcional para uma pensionista.

Também deixou no chão uma panela grande e fumegante, que tinha trazido da cozinha, para que Blonde pudesse fazer a higiene com água quente.

– Obrigada, irmã!

– Você tem tempo para se preparar, pois os artesãos estarão a sua espera às sete e meia. Ah, sim, mais uma coisa: eu vou acompanhá-la durante toda a sessão.

Blonde duvidava muito que as religiosas iriam deixá-la sem acompanhante; já que era assim, ela ficou contente por ser irmã Félicité.

Ter uma hora e meia de tempo para se preparar era um luxo incomum para uma pensionista de Santa Úrsula.

Depois de saborear seu pão branco, Blonde passou mais tempo do que nunca fazendo a toalete. O fato de que ela podia se lavar sem sentir as mordidas do frio ajudou muito. Quando derramou a água pelando sobre a pele, sobre o cabelo, a menina experimentou sensações desconhecidas, um bem-estar que irmã Marie-Joseph sem dúvida consideraria diabólico, mas que era tão reconfortante!

Na hora de se pentear, ela deu uma olhada tímida no pequeno espelho pendurado na parede.

A criatura que a observava lhe deu um pequeno susto, com o cabelo ainda molhado caindo sobre as costas, os braços cruzados sobre o peito em um gesto de estátua antiga.

Ela se apressou em vestir a blusa que usava por baixo do vestido de sarja para cobrir sua nudez. Depois, por reflexo, a mão alcançou o xale áspero. Mas ela pensou melhor no último instante. Será que precisava mesmo daquele acessório que lhe dava ares de vovozinha? Já não sentia mais a necessidade dele. Por outro lado, apertou mais em volta da cintura magra o cinto de couro preto que completava o uniforme das moradoras do convento, fazendo com que as curvas do quadril e do peito se destacassem.

Quando finalmente ficou pronta, sentou-se na cama para terminar de ler *René* enquanto esperava que irmã Félicité viesse buscá-la. Depois de ter concluído que Gabrielle tinha dado o nome do livro à filha, ele se tornou ainda mais precioso a seus olhos.

Enquanto lia sobre os infortúnios do jovem Chateaubriand, Blonde tentou se colocar na pele da moça que tinha lido a mesma obra duas décadas antes dela para experimentar os sentimentos que ela tinha vivido. O livro todo só falava de uma vontade de estar em outro lugar, de um desejo de mudar tão doloroso porque seu objeto era impreciso: “Ergam-se com rapidez, tempestades desejadas que possam levar René para os espaços de uma outra vida!”.

O monólogo de René era o mesmo de Gabrielle, que era o mesmo de Blonde... e de todas as almas que se recusavam a se contentar com o mundo real. Blonde tinha certeza de que não havia maneira de Gabrielle ter se contentado com seu casamento arranjado com Charles de Valrémy, com aquela vida planejada com antecedência, vivida com antecedência. Seu instinto lhe dizia que o delegado Chapon tinha razão ao supor que ela havia abandonado o castelo De Valrémy por vontade própria.

Sim, realmente, ela tinha certeza: Gabrielle fugira por conta própria.

*

– Você soltou o cabelo!

Estas foram as primeiras palavras de irmã Félicité quando entrou no quarto.

Pela primeira vez, Blonde tinha se esquecido de prender o cabelo em um coque...

– Foi o tal de Gregorius que pediu, por necessidade para a sessão de modelagem?

A menina se segurou para não desmentir a responsável pelos quartos. Estava adorando a novidade do contato dos cachos grossos nas costas; nunca tinha se dado conta de que seu cabelo era tão pesado, tão sedoso.

– Foi – ela respondeu. – Vou levar minha fita no bolso para prender o cabelo mais tarde.

As protegidas já estavam em sala de aula quando irmã Félicité e Blonde chegaram ao claustro; acima dele, o teto do céu clareava a olhos vistos.

Mestre Gregorius e o aprendiz estavam ocupados fixando as mãos novas nos pulsos da estátua, unidas em sinal de oração, como convém a uma abadessa. A lamparina que tinham colocado no peito da santa para enxergar melhor estava menos de acordo com os critérios da estátua católica...

Irmã Félicité tossiu de leve para indicar aos dois homens que elas tinham chegado.

Gaspard se virou de supetão.

Um sorriso iluminou seu rosto concentrado e ele logo o conteve, mas não foi rápido o suficiente para escapar à vigilância de irmã Félicité.

– Muito bem, senhores, chegamos – ela disse e sentou-se ao pé de uma coluna na beira do claustro. – Tenho a impressão de que fiz bem de vir...

Alguns minutos depois, começaram a esculpir o novo rosto de Santa Úrsula enquanto o cimento que segurava as novas mãos da estátua secava.

– Meu aprendiz, Gaspard, é muito talentoso para seus dezenove anos – mestre Gregorius explicou. – É por isso que eu me dou ao trabalho de orientá-lo; na minha idade, eu poderia tranquilamente ficar no meu ateliê e atender apenas os clientes que me batem à porta...

Apesar de nunca ter saído dos confins do convento, Blonde foi capaz de perceber um pouco de exotismo na voz ríspida do mestre pedreiro. Era alguma coisa que rolava, que cantava, que falava de uma outra região que não era o vale frio do rio Mosela.

– ...eu decidi que ele próprio vai executar o rosto da estátua. Essa seria uma boa preparação para mestre de obras, que vai lhe permitir conquistar oficialmente o título de profissional.

Irmã Félicité fez uma cara feia; estava claro que ela achava que a santa merecia a atenção de um artesão experiente, não de um iniciante. Apesar disso, ela se poupou de qualquer comentário porque, afinal de contas, o caixa do convento estava vazio e os dois operários trabalhavam de graça.

Mestre Gregorius fez Blonde sentar-se em uma banquetinha na frente de um torno que segurava um bloco de pedra obtido durante a reforma da grande escadaria do convento.

Com alguns gestos secos e certeiros, acompanhados de poucas palavras, ele guiou o cinzel do aprendiz para entalhar a pedra.

De vez em quando, pedia a Blonde para virar um pouco o rosto na melhor direção da luz. Por duas vezes, ele ajeitou os cachos que lhe caíam sobre o rosto com uma delicadeza que as mãos calejadas não pareciam ser capazes de desempenhar. Porém, o mais importante foi que ele tirou os óculos coloridos dela. De início, a luz da manhã deixou a visão de Blonde tão ofuscada que ela quase reclamou: ela tinha vivido tantos anos naquele halo azulado! Mas, pouco a pouco, seus olhos foram passando da dor à admiração. Ficou maravilhada ao descobrir as cores do claustro, que sempre lhe pareceu mergulhado em um azul indistinto, e foi perdendo o desconforto.

Não pediu os óculos de volta.

Durante longas horas, a modelo e o escultor não trocaram nenhuma palavra. Mas entre eles se travava um diálogo mudo em que as palavras se reduziam ao bater das pestanas, à dilatação íntima de uma pupila, ao tremor de uma narina de vez em quando. Blonde sentia o olhar de Gaspard roçar nela como o voo de uma borboleta, ao mesmo tempo tímido e audacioso. Sentia o olhar penetrando seu corselete, sua silhueta presa pelo cinto, a extensão de suas pernas envolvidas pelo vestido de sarja cinzenta, só para retornar aos seus olhos, sem ter coragem de olhar dentro deles nem por um instante.

Irmã Félicité sem dúvida ficaria com a visão ofuscada se não estivesse sentada de costas para o sol, banhada pela luz da manhã. Depois de meses de tempo cinzento, o sol pela primeira vez perfurava as nuvens; naquela manhã de março, era como se o céu fosse cúmplice de Blonde e de Gaspard.

Quando o sino do meio-dia finalmente tocou, as linhas gerais do rosto da menina haviam sido transpostas para o bloco de pedra. Mestre Gregorius pareceu satisfeito, mas Blonde, de sua parte, tinha certeza que Gaspard tinha feito todo o possível para atrasar o avanço de sua obra... e multiplicar as futuras sessões de modelagem.

Blonde comeu durante o segundo serviço, à uma hora, junto com os dois entalhadores de pedra e irmã Félicité.

Ao entrar no refeitório no momento em que as outras pensionistas saíam, ela ficou com a impressão de atravessar uma nuvem de inveja. Mas ninguém teve coragem de erguer a voz, porque a priora vigiava o deslocamento com seus olhos atentos.

A servente ofereceu a eles pratos grandes de lentilhas com toucinho. Irmã Félicité logo esquentou as mãos geladas no prato de cerâmica. Blonde não sentiu a mordida do frio nem por um instante, apesar de ter passado horas imóvel.

Pela primeira vez, ela teve o privilégio de poder comer sem aguentar a leitura do *Tratado da educação das meninas* nem de outra obra do gênero. Em vez disso, a responsável pelos quartos, feliz com a refeição fumegante, relaxou por um instante a postura severa exigida por sua função de acompanhante e começou a interrogar mestre Gregorius em relação à vida dos profissionais.

– Nossa existência não é nem um pouco diferente da sua, minha irmã – ele declarou enquanto limpava o prato. – Nós também dedicamos nossa vida a um ideal. O de um trabalho bem-feito. É por isso que percorremos o país quando somos jovens, para aperfeiçoar nossa arte com o estudo das práticas de gente aqui e ali.

– Mas diga uma coisa, seu sotaque... de que região de França você é?

– De nenhuma, minha irmã. Eu nasci em Roma e depois vim para o seu país para me tornar profissional.

– Em Roma! – irmã Félicité exclamou, esquecendo que estava com a boca cheia.

A simples menção à Cidade Eterna, o local de residência do Santo Pai, era suficiente para atribuir ao mestre um prestígio sem igual.

Enquanto irmã Félicité continuava a fazer perguntas ao novo ídolo, Blonde e Gaspard largavam a comida para se devorarem com olhares.

Eles mal tinham tocado no prato quando chegou a hora de retomar o trabalho.

Durante toda a tarde, o claustro ficou inundado pelo sol.

Ao pé da estátua, a natureza que tinha sido submetida a tantas provações pelo inverno retomava seus direitos com o banho de luz e de vida. O mato crescia, as flores se abriam, toda a umidade da estação morta se evaporava da terra e subia para o céu.

E então, de repente, sem aviso, Gaspard começou a cantarolar enquanto entalhava a pedra.

Irmã Félicité, que digeria suas lentilhas tirando um cochilo, encostada na coluna, sobressaltou-se. Abriu a boca para exigir que o insolente ficasse quieto e respeitasse a tranquilidade daquele lugar sagrado, mas as reclamações ficaram travadas em sua garganta. A voz do rapaz era tão doce, tão combinada ao zumbido da natureza que acordava de seu sono, que pareceu um sacrilégio impor o silêncio a ele. Além disso, ele não estava pronunciando nenhuma palavra que pudesse ser considerada profana, tendo em vista que cantava com a boca fechada. Assim, a religiosa decidiu voltar a se sentar e se deixar embalar pela melodia.

Ela não tinha dúvidas de que a cantoria, apesar de chegar a todas as orelhas, era destinada a uma pessoa apenas: Blonde.

A menina se deleitava com o calor do sol na nuca, o ar quente que despertava o perfume de seu cabelo, a claridade que penetrava através de seus cílios loiros. Depois da toalete da manhã, ela ficou com a impressão de ter descoberto mais do que novas sensações: seu próprio corpo, finalmente saído de um casulo de umidade, de frio e de trevas que as irmãs haviam tecido em volta dela. Não conseguia acreditar que este sol que a fazia renascer pudesse lhe fazer mal. Na verdade, nunca se sentira tão viva.

Quando a noite caiu, o rosto da santa estava a metade feito e já começava a se assemelhar ao da modelo. Os artesãos começaram a guardar as ferramentas, porque ainda tinham um longo caminho a percorrer até chegar à casa da senhora que os hospedava na cidade. Voltariam no dia seguinte para terminar o trabalho.

Mais uma vez devolvida a sua situação de moradora do convento, Blonde foi então para o refeitório, para jantar com as outras.

*

Quando Blonde entrou no recinto, foi acolhida por cochichos fervorosos.

A maior parte das meninas já estava sentada.

– Olhem só para ela! – Berenice exclamou. – Já está se achando uma Vênus que desceu do pedestal. O estranho é ter mantido o vestido no corpo!

Blonde observou que a servente e as irmãs encarregadas de manter a disciplina durante a refeição também olhavam para ela de um jeito estranho.

De repente, percebeu que ainda não tinha voltado a usar os óculos escuros e, principalmente, que seu cabelo ainda estava solto, e isso era um desrespeito considerável às regras do convento. Enfiou a mão no bolso do vestido para procurar a fita que tinha guardado ali pela manhã ao sair do quarto. Não encontrou nada.

– Desculpem – ela murmurou, sem deixar claro se estava se desculpando com as religiosas ou com as pensionistas. – Perdi minha fita pelo caminho.

Antes que alguém a detivesse, saiu para o corredor e correu até o claustro: tinha certeza de que a fita tinha caído durante a sessão de modelagem.

Depois da explosão multicolorida da manhã, Blonde chegou ao claustro e viu que estava tomado pelos tons azulados e esverdeados da noite, que eram a cor verdadeira do convento. Banhada pela lua, a estátua da santa de mãos juntas, mas ainda com o rosto apagado, ficava parecida com uma divindade arcaica e caprichosa; o novo rosto formado pela metade aguardava ao lado dela, ainda preso no torno. Incomodada ao se reconhecer, Blonde ficou paralisada por um momento.

Foi então que Gaspard apareceu de trás da estátua.

Tinha na mão a fita preta que se agitava com suavidade à brisa da noite.

– Encontrou a minha fita? – Blonde sussurrou.

– Não. Tirei do seu bolso na hora do almoço, no refeitório.

Blonde sentiu as batidas de seu coração se acelerarem. Qualquer um poderia pegá-los. Mesmo assim, ela não se mexeu nem um dedo quando Gaspard se aproximou dela.

– Eu queria que você deixasse sua marca naquela que a partir de agora vai ter o seu rosto – o aprendiz disse, enigmático.

Tirou um cinzel e um martelinho do avental e se aproximou de Blonde. Passou pelas costas dela, colocou as ferramentas em suas mãos e a conduziu com delicadeza até o bloco meio esculpido.

– É difícil? – ela murmurou.

Em vez de responder, Gaspard guiou a mão de Blonde na direção da massa bruta que rodeava o rosto, de onde o cabelo ainda não tinha surgido.

A menina ficou com a impressão de que seu braço não lhe pertencia mais. Viu quando se movimentou a sua frente como o braço de um manequim de madeira, sustentando pelo punho sólido de Gaspard. Ela sentia o calor do torso dele contra as costas dela, a carícia da respiração dele contra a nuca dela. Sentia o cheiro dele, um perfume de mel e hortelã; era o mel que a senhora que os hospedava oferecia toda manhã aos trabalhadores para que se dedicassem de coração à obra; a menta que os artesãos esfregavam toda noite nos braços cansados pelo trabalho na pedra.

O cinzel não parava de dançar na frente de Blonde, desenhando na pedra os cachos de seu cabelo. Sem esforço. Sem limite.

– Sente a textura da pedra? – a voz de Gaspard murmurou. – Mestre Gregorius disse que é igual ao grão da pele.

Na verdade, a pedra era bem mais delicada do que Blonde imaginava; parecia amortecer os choques para que nenhuma orelha os escutasse fora do claustro.

Onde a lâmina atravessava mais uma vez, o cabelo embaraçava. Logo, o lado direito da cabeça estava cheio de vinhas, arabescos, uma floresta de espinheiros.

Obscura.

Úmida.

Fria.

Em um piscar de olhos, Blonde teve a impressão de avistar a cabana no fundo da pedra, um quadrado minúsculo no coração do carrossel de cabelo. Lembrou que a criatura que emprestou os lençóis a Gabrielle e que a tinha carregado contra o peito para fora da cabana no dia 21 de maio de 1814 cheirava a hortelã; lembrou-se das oferendas de mel que a mesma criatura tinha feito à prisioneira durante toda a sua estadia.

Hortelã e mel...

Gelo e fogo...

– Chega!

Surpreso, Gaspard largou a mão de Blonde com brusquidão, e ela largou o cinzel e o martelinho. Um eco sinistro soou no momento em que atingiram o solo.

A cãibra despertou no esterno de Blonde e quase cortou sua respiração. Perante seus olhos, o branco da pedra não era mais branco: começava a assumir um tom avermelhado.

"Ai, não", ela pensou. "Ainda isso? Agora não!"

Fechou os olhos e concentrou-se com todas as forças para expulsar a imagem da cabana de sua alma.

Quando voltou a abri-los, a pedra tinha retomado a cor normal.

Virou rápido o rosto na direção do de Gaspard. Nunca o tinha visto assim de tão perto. Surgiram mil detalhes em que ela nunca tinha reparado até então: a textura irregular da pele; a curvatura das narinas estremecendo feito o focinho de um cavalo; a cor real das íris que não eram apenas castanhas, mas também verdes, ocres e salpicadas de brilhos dourados como um rio das Índias carregando milhares de pepitas.

Blonde sabia que jamais poderia ter percebido tanta riqueza nem tanta cor se estivesse usando os óculos que a mantinham em uma noite azulada. Agora ela se dava conta, no fundo de si mesma, de que nunca tinha precisado das lentes coloridas, nem de qualquer filtro que fosse para protegê-la da luz do mundo. Os óculos não passavam de uma máscara para ela, da mesma maneira que o xale não passava de um disfarce. Uma farsa: a vida dela tinha sido assim até então. Suas palavras não haviam sido ditas, mas sim escritas com antecedência. Tinham lhe dado um papel a representar, o da pobre reclusa triste e doente, e isso tinha sido fácil... tão fácil de aceitar!

Mas o papel tinha chegado ao fim.

A peça estava terminada.

Pegou a fita das mãos de Gaspard e saiu correndo pela galeria.

2

Edmond Chapon

BLONDE TEVE SORTE DE A PRIORA NÃO ESTAR PRESENTE AO jantar naquela noite. Talvez por estar enaltecida com o prestígio de ter servido de modelo para a nova Santa Úrsula, nenhuma irmã fez com que ela explicasse sua longa ausência quando retornou ao refeitório.

Prendeu o cabelo em um coque, voltou a colocar os óculos para disfarçar e se esforçou para passar despercebida até o final da refeição.

A hora de dormir não demorou a soar.

Ao subir para o quarto, Blonde se virou para trás dez vezes para ver se Gaspard não a seguia. No entanto, dez vezes, ela só viu as sombras do convento atrás de si; o jovem aprendiz sem dúvida tinha saído apressado junto com ela para se encontrar com o patrão na cidade.

Quando entrou nos lençóis depois de uma toalete rápida, Blonde ainda pensava em Gaspard. Ficou imaginando se ele estava jantando naquele momento, a que horas iria para a cama, se esfregaria os braços com hortelã nesta noite também, depois de passar o dia inteiro entalhando pedra, se ele...

Um barulho seco contra a vidraça interrompeu os pensamentos da menina.

Ela se levantou em um gesto brusco.

Dessa vez, não pensou nem por um instante que pudesse ser um esquilo ou um passarinho da noite, nem o velho de sobretudo preto; era Gaspard, só podia ser Gaspard que tinha ficado esperando por ela ao pé do convento!

Ela se levantou e caminhou até a janela.

Abriu bem a janela.

Não adiantou nada examinar as sombras, pois ela não enxergou nada ao redor além dos contornos das árvores nuas que balançavam sob as estrelas...

...e então, de repente, uma forma esférica se projetou da noite, avançando em disparada na direção de sua janela.

Blonde mal teve tempo de se desviar para que a coisa não a acertasse; ela caiu no chão com um baque surdo.

Era uma bola de jogo da pela, com um pedaço de papel preso com um barbante.

Ofegante, Blonde passou mais um longo minuto examinando a escuridão, mas não conseguiu identificar de onde o projétil tinha vindo nem quem o havia lançado.

Acabou fechando a janela para pegar a bola e soltar o barbante. Ao desdobrar o pedaço de papel, reconheceu imediatamente a letra que ela agora conhecia muito bem: a do autor do relatório de inquérito de 1815.

Senhorita,

Espero que tenha lido até o fim o dossiê que eu lhe entreguei. Espero, sobretudo, que ele a tenha interessado mais do que seria possível se um velho tivesse lhe contado tudo em voz alta. No entanto, acredito que eu precise utilizar esta voz para lhe contar o final de meu inquérito...

Há uma abertura, a leste, no muro que rodeia o jardim do convento – não é de modo algum grande o suficiente para que se possa passar, mas também não é pequena a ponto de impedir que conversemos através dela.

Eu estarei ali amanhã quando escutar o sino do intervalo do meio-dia. Encontre-se comigo se quiser saber por que eu lhe entreguei o relatório do inquérito e o que aconteceu com Gabrielle de Brances.

Edmond Chapon

Blonde precisou se segurar na cadeira de tanto que sua cabeça girava.

O homem de sobretudo preto e Edmond Chapon eram um só! Ela não saberia dizer como tinha imaginado o delegado no decorrer de sua leitura, mas com certeza não era com os traços daquele velho de cabeça esquelética que parecia ter surgido diretamente do lugar onde as almas penadas vagavam.

Agora, as evidências que ela não quis enxergar lhe saltavam aos olhos.

O dossiê tinha a mesma idade que ela, que inferno!

O bebê de Gabrielle tinha a mesma idade que ela!

Será que antes de ter sido batizada de Blonde pelas irmãs ela tinha, durante algumas semanas ou alguns meses, carregado o nome de Renée?

Tomada pela curiosidade e pela angústia, Blonde não conseguiu fechar os olhos naquela noite. Tinha a impressão de que seus pensamentos estavam mais rápidos e mais claros do que nunca.

Era como se alguma coisa tivesse se desbloqueado nela.

Como se, ao se desfazer dos óculos cor de noite, ela tivesse se livrado de uma chapa de chumbo que esmagava seu cérebro desde sempre.

Até o amanhecer, ficou repassando na cabeça os vários elementos do dossiê de 1815. Só o tinha lido uma vez, mas vivera a leitura com tanta intensidade que tinha impressão de saber tudo de cor. Só tinha lido algumas páginas escritas do próprio punho de Gabrielle e, no entanto, sua personalidade e sua voz pareciam tão próximas quanto as de uma irmã... de uma mãe.

*

– Coitadinha de você, minha menina! Como está!

Blonde fez questão de acalmar irmã Félicité:

– Não se preocupe, irmã. Só tive um pouco de dificuldade para dormir.

Depois que a freira se retirou, a menina afundou o rosto na panela que ela tinha levado. Assim como na véspera, sentiu o calor a encher de energia, dissipar seu cansaço. Devorou a fatia de pão branco em algumas mordidas, surpresa com o próprio apetite.

No claustro, mestre Gregorius e Gaspard já estavam trabalhando.

Blonde sentiu o rapaz estremecer quando ela se aproximou. Porém, naquela manhã, ele não teve coragem de sorrir quando a viu; Blonde observou que o olhar do mestre repousava pesado sobre o aprendiz. Ele a mirou com a mesma severidade e logo passou para o cabelo delineado na estátua.

Ela logo percebeu que ele sabia.

Ele tinha entendido o que estava se desenrolando entre os dois jovens. Não tinha necessidade de falar para lhes propor um acordo: ele não diria nada às irmãs a respeito do encontro no claustro se os dois se comportassem de maneira irrepreensível a partir de agora.

O sol não chegou a brilhar durante a manhã, e Gaspard não cantarolou. Trabalhou com rapidez sob a vigilância do mestre, bem mais rápido do que na véspera, para falar a verdade. Nesse ritmo, o trabalho foi concluído um pouco antes do meio-dia.

– Não precisamos do cabelo – mestre Gregorius disse. – A estátua usa véu.

Ele pegou um cinzel com a lâmina do tamanho da de um machado e, com um golpe com o martelo que fez todo o claustro vibrar, cortou o bloco de pedra na linha do couro cabeludo para manter apenas o rosto.

A sessão de modelagem estava terminada.

Blonde levantou-se devagar da banqueta.

Pela primeira vez desde o início da manhã, os olhos dela encontraram os de Gaspard. Ela identificou neles uma angústia e um desejo sem-fim, o espelho da ânsia que ela também sentia.

– Temos trabalho a fazer, meu rapaz! – o mestre entoou. – Agora precisamos extrair o rosto antigo da estátua antes de fixar o novo.

Irmã Félicité acompanhou Blonde ao refeitório. A menina já não tinha mais motivo para comer no segundo horário com os homens.

Um bochicho maldoso, orquestrado por Berenice, recebeu-a quando entrou no salão. Contudo, ela mal prestou atenção. Os pensamentos que não lhe saíam da cabeça faziam com que se colocasse bem acima do sarcasmo, longe, bem longe, para além dos muros do convento. Quanto tempo Gaspard ainda permaneceria em Santa Úrsula agora que o trabalho chegava ao fim? Com a ideia de que nunca mais o veria, Blonde sentiu os olhos arderem. Levou a mão às pálpebras e quase ficou surpresa por não encontrar seus óculos no rosto.

Quando soou a hora do intervalo antes da aula, Blonde pediu à irmã Félicité autorização para ir ao jardim em vez de ficar na sala de aula como era seu costume.

– Mas a sua fraqueza... – a irmã protestou.

– Eu aguentei muito bem ficar posando dez horas ao ar livre, ontem e hoje de manhã.

Como não encontrou resposta, a responsável deixou a menina ir.

Quando chegou ao jardim, Blonde não teve nenhuma dificuldade em se isolar. As outras pensionistas estavam reunidas no muro oeste, de onde podiam espiar as janelas do refeitório e os homens que almoçavam.

Se Blonde tivesse escutado apenas seu coração, teria ido se juntar a elas para tentar enxergar Gaspard. Porém, ao mesmo tempo sabia que isso não adiantaria nada. Se um dia voltasse a ver o jovem entalhador de pedra, queria que acontecesse quando ela fosse uma mulher livre, não uma reclusa. E apenas o delegado Chapon poderia lhe mostrar o caminho da liberdade.

Blonde percorreu a muralha alta que fechava o jardim a leste até encontrar um falha coberta de musgo.

Ficou paralisada.

A abertura tinha a largura de dois dedos e a profundidade de dois pés, que era a espessura do cerco do convento. Atrás dele, dava para ver os galhos esqueléticos das árvores enormes, com folhinhas que mal começavam a brotar.

De repente, o olho leitoso do velho apareceu na brecha.

Superado seu primeiro ímpeto de recuar, Blonde fez sinal de que queria falar primeiro. Ela chegou bem perto da abertura e sussurrou junto à muralha a pergunta que a tinha deixado ansiosa:

– Eu sou filha de Gabrielle?

Então apertou a bochecha contra a pedra para escutar a confirmação de sua intuição:

– Se eu tivesse dito isso naquela noite no seu quarto, você não teria acreditado, não é mesmo? – a voz rouca do velho murmurou.

Algo bem no fundo de Blonde gritava a ela que desse meia volta enquanto ainda havia tempo para que pudesse permanecer na ignorância; isso era com certeza um instinto de preservação. Mas uma outra força, tão primitiva quanto essa, batalhava no coração da menina: uma necessidade visceral, seja lá qual fosse o preço a pagar. Manteve a orelha colada à abertura.

– A senhorita é sim a filha de Gabrielle, de fato. Nasceu como Renée de Valrémy. Foi o seu pai, Charles de Valrémy, que a colocou neste convento pouco depois de seu nascimento.

Blonde ficou lá boquiaberta, apoiando todo o peso do corpo contra a muralha que a segurava como se fosse uma muleta.

Ela não compreendia.

Como se tivesse imaginado o turbilhão de dúvidas que rodavam na cabeça da menina apoiada na pedra, o velho delegado retomou a palavra:

– Eu nunca descobri o motivo por que seu pai a abandonou. Quando retornei a Épinal depois da derrota de Waterloo, não havia mais lugar na delegacia para um velho soldado napoleônico. Eu, que tinha conseguido manter meu cargo durante todos os regimes, fui eliminado pela segunda Reforma. Vítima do desmantelamento da polícia do Império, fui forçado a me aposentar aos cinquenta anos com uma pensão pequena para me consolar – hoje tenho 67 anos. O que fiz durante todos esses anos? Tudo e nada, pesquei, joguei cartas, bebi um pouco, fumei meu querido cachimbo, claro, porque é ele, eu sei, que vai acabar com a minha pele no fim. Eu sem dúvida já estaria morto de tédio se uma frustração não tivesse me mantido vivo durante todo esse tempo: a de jamais ter elucidado o desaparecimento de Gabrielle de Brances. Pouco depois da guerra, fui me encontrar com o conde Charles, de volta do exílio, para propor que ele retomasse o inquérito a título pessoal, mas ele mandou me expulsar por ser tão inapropriado. Como se a sorte daquela que havia sido sua esposa já não lhe importasse mais. Menos de um ano depois, ele voltou a se casar com uma tal de srta. de Champromont, jovem aristocrata da região. Naquela ocasião, consegui amolecer o padre da paróquia o suficiente para saber que o segundo casamento só tinha sido possível com a anulação do primeiro...

Isso foi demais para Blonde.

Era demais saber que, depois de ter abandonado a filha, Charles de Valrémy tinha renegado a mulher.

A menina descolou a orelha da abertura para apertar os lábios contra ela. Quase berrou através da muralha para obrigar o velho a escutar:

– É impossível! A igreja proíbe a dissolução dos laços do casamento!

Assustada no mesmo instante por ter erguido a voz, ela se virou em um movimento abrupto para o jardim.

As moradoras do convento continuavam aglomeradas no muro oeste, apesar das tentativas das irmãs de arrancá-las para longe do espetáculo do refeitório. O tagarelar das alunas tinha encoberto o grito de Blonde. Ela apoiou a bochecha contra a muralha com muita delicadeza, como se agora temesse que o menor som pudesse chamar a atenção das freiras de Santa Úrsula.

– Fique calma, que inferno! – a voz de Edmond Chapon resmungou na surdina. – E não berre se eu lhe disser que foi o papa quem anulou pessoalmente o casamento de Charles e Gabrielle!

O papa...

O Santo Pai, aquele que recebia as preces das freiras de Santa Úrsula a cada manhã durante as laudes e a cada noite durante as vésperas...

Essa revelação parecia tão irreal que, desta vez, Blonde nem teve vontade de gritar. Deixou que Edmond Chapon continuasse com sua narrativa sem soltar nem mais um pequeno gemido.

– Eu não sabia qual tinha sido o argumento que convenceu o pontífice soberano a concordar com o pedido de Charles de Valrémy. Mas pode imaginar que minha curiosidade foi despertada! Então me lembrei da criança que Charles havia tido com a esposa que queria tanto apagar da memória. Eu me informei com os empregados domésticos do castelo De Valrémy: ninguém tinha visto Renée desde o outono anterior. Segundo boatos, ela havia sido entregue a uma ama de leite em algum lugar da Lorena. Assim começou o inquérito mais longo da minha vida, que se estenderia por mais de quinze anos. Estação após estação, fui de vilarejo em vilarejo batendo na porta das mulheres que comercializavam seu leite e seu afeto para criar a prole dos grandes deste mundo. Nenhuma tinha recebido nenhum bebê de peito no outono de 1815. Quando terminei essas pesquisas infrutíferas, eu me entreguei às evidências: ou a criança estava morta, ou havia sido colocada em uma instituição. Minha cruzada recomeçou. Mas eu já não tinha nem energia nem fôlego, e as portas dos conventos não se abriam com tanta facilidade quanto as das amas de leite. Sem poder penetrar nesse lugares proibidos, comecei a juntar informação com os únicos homens que tinham autorização de entrar: fornecedores, trabalhadores, comerciantes que compravam os bordados que as irmãs às vezes produziam. Quando faziam suas breves visitas, a maior parte deles nunca via as pensionistas, tratavam apenas com a porteira e a tesoureira. Mas, um dia, conheci um vendedor de sementes que me falou de um convento perdido no fundo de um vale úmido onde corria um pequeno afluente do rio Mosela. O lugar, chamado Santa Úrsula, agora era só uma sombra do que tinha sido no Antigo Regime. Apesar disso, as irmãs continuavam acolhendo meninas de famílias que ainda prezavam pelos valores de antigamente. Para os fornecedores de Santa Úrsula, a brincadeira era tentar ver uma menina que, diziam, estava fadada a terminar seus dias no convento. Aqueles que tinham tido a sorte de vê-la diziam que era linda como o dia e loira como o sol.

O pudor de Blonde agitou-se com a menção e todos os anos em que ela se acreditava invisível enquanto velhos indiscretos não paravam de espioná-la.

Pensou em Gaspard e no mestre dele: será que eles também tinham sido atraídos pela reputação da reclusa de Santa Úrsula?

– Durante várias semanas, passei as noites espiando as janelas do convento – Edmond Chapon prosseguiu com sua narrativa. – Eu estava tentando enxergar cada uma das moradoras antes que a luz se apagasse. Assim que eu vi a senhorita pela primeira vez, era igual à descrição do vendedor de sementes. O resto, já sabe. Subi até a sua janela para lhe entregar o relatório que eu mesmo tinha composto dezessete anos antes. Eu sabia que ele seria um orador melhor do que eu... que as palavras de sua mãe, principalmente, saberiam conversar com a senhorita melhor do que eu...

Ao longe, vindo da capela, o tinir do sino marcou o fim do intervalo. Edmond Chapon também deve ter ouvido, porque foi breve:

– Agora a escolha é sua. Eu não passo de um velho que concluiu sua missão e está chegando ao fim da vida. Tenho a sensação de ter feito um pouco de justiça a Gabrielle de Brances ao entregar o testemunho dela à senhorita... diria mesmo que é a herança dela!

De repente, Blonde sentiu seu coração se apertar. Uma silhueta vestindo um hábito mirava em sua direção, de longe, no patamar onde as moradoras do convento estavam reunidas.

Era irmã Marie-Joseph.

Um impulso doloroso ordenou à menina que abandonasse a muralha e se juntasse às fileiras enquanto ainda havia tempo; porém, a necessidade de saber mais foi mais forte: manteve a orelha colada à abertura.

– Pode decidir ficar entre as freiras de Santa Úrsula, mas eu vou voltar para Épinal. Se quiser se confrontar com seu pai, eu ajudo, porque adoraria conhecer o desfecho do meu último caso antes de morrer...

A priora estava na extremidade do jardim; seu hábito esvoaçava feito duas asas negras, suas bochechas estremeciam de indignação:

– Blonde! Não escutou o sino?

Mas a pensionista continuava obstinada, encostada no muro: isso fez a raiva de irmã Marie-Joseph redobrar.

– Hoje à noite, quando todo o convento estiver adormecido – Edmond Chapon sussurrou para arrematar –, agite sua lamparina à janela se desejar fugir. Se não, se preferir permanecer na tranquilidade deste local, prometo que nunca mais ouvirá falar de mim.

A voz se calou no exato momento em que a mão da priora se fechou no braço da pensionista desobediente.

– Ficou surda, minha menina?

A religiosa empurrou Blonde sem nenhuma cerimônia e colocou o olho na abertura com a mesma vivacidade que tinha usado para observar a noite, dois dias antes, no quarto da menina. No entanto, do outro lado do buraco só havia a floresta silenciosa.

– É aquele rapaz, não é? – irmã Marie-Joseph disse irritada, com o rosto tomado pela frustração de não ter conseguido surpreender a pessoa que imaginava estar do outro lado do muro.

– De quem está falando, minha irmã?

– Não se faça de inocente. Eu vi muito bem a maneira como aquele malandro olhava para a senhorita enquanto posava para ele. É muito mais fácil enganar irmã Félicité do que a mim! Mas eu tinha avisado a madre superiora de que era má ideia usá-la como modelo. Agora o rapaz foi embora para sempre, graças ao Senhor!

Foi embora!

As palavras ecoaram na cabeça de Blonde como um trovão. Ela se esforçou para esconder a inquietação da priora, que ficou pensando que a menina baixou os olhos para se submeter a sua autoridade; nem por um instante acreditou que ela estivesse escondendo lágrimas.

3

De volta ao pai

NAQUELA NOITE, BLONDE ENTROU NOS LENÇÓIS COMPLETAMENTE vestida. Esperou até que Santa Úrsula caísse nas brumas do sono com os ouvidos atentos e os olhos bem abertos para o teto escuro acima dela. Alguém que a surpreendesse nessa posição imóvel pensaria que estava morta. E ela de fato teve a impressão de morrer no fundo de si mesma, de morrer para o convento, para as irmãs, para tudo o que era sua existência até então. É verdade que ela quase sempre tinha sido infeliz em Santa Úrsula. A rigidez das religiosas e o desprezo das outras meninas a tinham feito sofrer vezes demais. Mas, ao mesmo tempo, ela tinha algumas lembranças alegres dos primeiros dezessete anos de sua vida, ainda mais luminosas por terem sido carregadas por esse rio de trevas: guardava no coração o sorriso maternal de irmã Félicité, o ronronar de Brunet a seus pés, as raras amigas que tinha feito entre as sucessivas pensionistas. Agora que chegava a hora de abandonar o convento, eram essas lembranças que vinham do fundo de sua memória, quase eclipsando os vexames, as dúvidas e os longos momentos de solidão.

Entretanto, a decisão de Blonde era inabalável.

Ela se considerava tão firme e tão corajosa quanto sua mãe, Gabrielle, tinha sido.

Ela precisava falar com aquele homem, Charles de Valrémy, para saber da boca dele por que quis apagar com tanta obstinação toda lembrança do que a esposa dele tinha sido e toda evidência daquela que era sua filha.

Além disso, Blonde tinha a sensação de que nenhum momento de alegria estava à espera dela entre os muros de Santa Úrsula agora que Gaspard tinha ido embora para sempre. Se ela ficasse ali, tudo iria lembrá-la da passagem-relâmpago do jovem entalhador de pedra: o claustro, o refeitório, seu próprio quarto ficariam marcados por essa estrela cadente desaparecida para sempre.

Blonde logo interrompeu a corrente de seus pensamentos: o convento estava perfeita e totalmente silencioso. Que horas eram? Acostumada a viver sem relógio ou qualquer aparelho que indicasse as horas, a menina tinha desenvolvido uma consciência interna do passar do tempo. Achou que estava perto de meia-noite; ninguém ficava acordada até tão tarde assim em Santa Úrsula.

Levantou-se devagar e acendeu sua lamparina a óleo.

– Miauuu!

Brunet soltou um miado abafado, como se também estivesse ciente de que não devia fazer barulho.

– Adeus, meu amigo – Blonde murmurou.

Ela tirou o pequeno espelho da parede do quarto, no qual tinha se visto crescer durante dezessete anos, e enfiou no bolso do vestido. Colocou os ramos secos com delicadeza na mesa e hesitou em levar também a imagem colorida de Maria Madalena afixada acima da cama. Finalmente, desistiu: preferia saber que a santa estava protegida pelos muros sagrados em vez de sair com ela para uma aventura que cheirava a sofrimento.

Blonde foi até a janela e traçou círculos com a lamparina durante um bom minuto.

Depois ficou esperando, e a espera pareceu-lhe a mais longa de toda a sua existência.

E se Edmond Chapon não estivesse ali, entre as sombras da floresta?

E se tivesse desistido?

E se...

Um ruído surdo soou contra a vidraça. Com a mão febril, Blonde se apressou em abrir a tranca. Os degraus da escada estavam apoiados no peitoril, igual à outra noite quando o velho foi lhe fazer uma visita. Porém, desta vez ele estava embaixo, no pé da escada, esperando por ela.

Sem nenhuma palavra, fez sinal para que ela descesse.

Blonde jogou a pasta vermelho-carmim que tinha amarrado com barbante primeiro; ela aterrissou no solo sem fazer barulho, amortecida pelo musgo. Depois, ela se firmou no peitoril com as duas mãos. Com cuidado para não prender as pernas no vestido comprido demais, abriu a janela e colocou os pés no primeiro degrau da escada.

Durante toda a descida, sentiu o vento da noite assobiar em seus ouvidos, erguendo o cabelo ao redor de seu rosto. Não pôde deixar de pensar que, se estivesse usando os malditos óculos que a deixavam meio cega, sem dúvida teria perdido o equilíbrio...

Finalmente, sentiu o húmus esponjoso sob a sola dos sapatos.

Era a primeira vez na vida que ela pisava em um solo que não pertencia ao convento.

Quando Blonde pousou os pés no solo, Edmond Chapon jogou uma capa preta grande por cima das costas dela e cobriu sua cabeça com o capuz. Transformando-a assim em uma sombra entre as sombras, ele dobrou a escada com a mesma força que já tinha surpreendido a menina duas noites antes. Depois ele a arrastou pelo bosque até um caminhozinho de terra onde um cavalo velho e cansado esperava, atrelado a uma pequena charrete.

Enquanto o velho ajeitava a escada na traseira do veículo, arfando, Blonde lançou um último olhar à enorme massa escura do convento, rasgada entre as garras das árvores sem folhas. Reconheceu o sino rachado da capela, o telhado avariado da ala do alojamento das irmãs, as chaminés meio afundadas: o mundo que tinha tanta dificuldade de sobreviver em uma época que já não era mais sua.

Então ela subiu para o assento de madeira ao lado de Edmond Chapon e a charrete começou a andar devagar.

Blonde não tinha dormido nada na noite anterior e não estava nem um pouco acostumada a passar noites em claro. O sacolejo suave da charrete logo a fez cair no sono, tanto que ela se apoiou no ombro de Edmond Chapon.

O sono foi povoado por sonhos estranhos que tinham a cor verde do mar antes da tempestade e o cheiro picante dos musgos no coração das florestas profundas.

Blonde começou escutando algo que rolava, sem dúvida inspirado pela charrete. Achou que era o barulho de uma onda invisível.

Até que uma pequena forma apareceu.

Era uma criança usando um vestido de sarja cinzenta à moda das pequenas de Santa Úrsula. Com a ajuda de um pauzinho, ela empurrava a sua frente um arco grande de madeira que estalava ao rolar sobre o cascalho do caminho.

De repente, Blonde sentiu a barriga se contrair.

Um véu vermelho caiu sobre o verde do sonho, assim como cai a cortina no teatro depois da apresentação. Só que ela enxergava através da cortina.

Ela viu que o arco era dela.

Ela viu que a menininha era uma ladra, uma usurpadora.

Ela viu o sorriso maldoso da menina, que a provocava com tanta insolência!

"É meu! É meu!", ela repetia com voz cavernosa que não se parecia nem um pouco com a de uma menina de seis ou sete anos.

E, quanto mais ela repetia, mais seu rosto tomava a forma do rosto de um demônio de olhos escuros, sem pupilas...

Mais seus dentes iam ficando afiados...

Mais seu maxilar se alongava, e seu nariz, e suas patas também...

Suas patas?

Horrorizada, Blonde prestou atenção nos pelos que cresciam rápido sobre a mão da menininha; suas unhas se transformavam em garras, se enfiavam na madeira do pauzinho; sua boca já não era mais capaz de articular nenhuma palavra, só soltava um grunhido ininteligível:

"Auuu! Auuu!"

Logo não sobrou nenhum pedacinho de seu rosto que não estivesse coberto de pelos.

Não era mais uma criança humana.

Era um ursinho vestido com roupa de gente, como se faz com os animais amestrados nos circos.

Desesperada, Blonde virou o olhar e soltou um grito de terror quando se viu nariz a nariz com seu próprio reflexo em um espelho.

Ficou com a impressão apavorante de que era ao mesmo tempo ela e uma outra que a observava através do vidro. Parecia que os olhos do reflexo estavam mais abertos, que a boca era mais vermelha, que os cabelos, principalmente, eram mais grossos, abastados como uma crina selvagem.

Blonde passou o dedo lentamente pelo espelho e sua dupla fez a mesma coisa; contudo, em vez de parar atrás da superfície polida, a mão do reflexo a atravessou e, com um gesto brusco, agarrou o cabelo de Blonde com toda a força!

"Nunca ame!", o reflexo murmurou com voz sepulcral. "Porque você nasceu para matar, e meu amor só trará a morte a todos a quem se dirigir!"

Edmond Chapon pegou sua passageira bem no momento em que ela ia cair do assento.

Blonde abriu as pálpebras e o sol invadiu seus olhos. Tomada de vertigem, ela quase escorregou mais uma vez: nunca tinha visto tanto espaço diante de si. Até agora, sua perspectiva havia sido limitada pelos muros do convento ou pelo que o bosque mostrava na frente de sua janela. Os campos vastos que se estendiam de ambos os lados da estrada sobre a qual a charrete avançava surtiam nela o mesmo efeito que o mar para alguém que nunca tinha saído da terra firme. A ela, parecia que as colinas e os vales ondulavam, como as ondas de um mar infinito, e a cabeça dela girava de tanta imensidão.

– Teve um pesadelo? – o velho resmungou sem tirar o cachimbo da boca.

– Tive, mas agora estou melhor.

Assim como no outro dia no claustro, Blonde sentiu os raios de sol esquentarem seu corpo, banhando sua pele, leitosa por ter permanecido tanto tempo fechada nos vazios das sombras. Dissipado por tanta luz, o pesadelo já tinha sido esquecido, substituído pela lembrança ofuscante do rosto de Gaspard.

Parecia que ela enxergava o brilho dos olhos...

Escutava o barulho da respiração...

Sentia o contato da mão dele contra a dela enquanto a ajudava a manejar o cinzel.

Um sentimento de perda irremediável fez seu coração se partir, a ponto de fazer com que tivesse vontade de gritar de dor.

Talvez ela tenha começado a tremer para não berrar. A melodia que tinha nascido dos lábios dele era a única coisa que restara de Gaspard, era a melodia com que ele a tinha acariciado durante uma manhã inteira enquanto a amava com o olhar.

Pouco a pouco, o sofrimento de Blonde amainou.

A duração da viagem agia como um bálsamo.

Edmond Chapon queria chegar a Valrémy antes dos emissários de Santa Úrsula que talvez tivessem sido enviados depois da descoberta do desaparecimento da pensionista permanente. Blonde duvidava, porque o convento não tinha nem cavalo nem maneira nenhuma de se comunicar com o mundo externo; além disso, o velho cavalo de trabalho atrelado à charrete avançava em um ritmo tão lento que já teriam sido alcançados se alguém fosse atrás deles.

Atrás de cada curva da estrada, a menina se surpreendia ao descobrir um novo horizonte, ao ver o terreno continuar a se abrir como uma sanfona imensa. Às vezes, ela avistava o rio Mosela que corria um nível abaixo da estrada, no sentido inverso. Outras vezes, eram os telhados das casas minúsculas que apareciam ao longe, e Blonde começava a imaginar as pessoas que moravam nelas. Ela se deu conta de que o mundo, além de ser rico em milhares de paisagens, também tinha milhares de rostos que ela ainda iria conhecer.

O velho delegado quase não falou no decorrer do trajeto, fumando seu cachimbo com a regularidade de uma máquina a vapor. Era um homem de poucas palavras. O que ele tinha a dizer, já tinha escrito no relatório do inquérito. Ele mal se dignou a colocar de lado seu cachimbo durante alguns minutos na hora de comer; a passageira devorou o pão e o queijo que ele lhe ofereceu com o novo apetite que havia descoberto.

O sol tinha ultrapassado seu ponto mais alto quando a charrete finalmente avistou os telhados do castelo onde, dezessete anos antes, Blonde viera ao mundo...

O castelo De Valrémy se localizava a uma légua do vilarejo de mesmo nome, no fim de um caminho comprido de choupos; Edmond Chapon parou a charrete na entrada.

– Deve prosseguir sozinha agora – ele disse a Blonde. – Eu não sou bem-vindo por aqui. Leve isto consigo...

Ele tirou de trás da charrete uma mochila grande de pele de cervo com um par de fivelas.

– Era a minha mochila de soldado no Grande Exército. Coloquei o dossiê do inquérito aí dentro. Pode ser que você precise dele. Tem também isto aqui...

Ele apontou para o apito de cobre preso às fivelas da mochila.

– Se o perigo ficar grande demais, assopre aqui. Duvido que eu possa ajudar muito, mas prometo que darei o melhor de mim.

– Obrigada... por tudo.

O velho esboçou um sorriso; depois voltou a colocar o cachimbo na boca e subiu no assento da charrete.

Blonde percorreu o caminho de choupos em silêncio. Tinha decidido deixar o cabelo solto; ela não sabia explicar por quê, mas o fato de sentir os fios flutuando ao redor dela lhe dava segurança.

O pátio rodeado por arbustos estava vazio quando Blonde o alcançou. A sombra do castelo estendia-se à luz da tarde. À primeira vista, dava para ver que tinha sido construído com adições de várias épocas. O guerreiro da Idade Média deixara-lhe um torreão fortificado, ao qual o Renascimento tinha acoplado um corpo central guarnecido de pequenas torres, frestas e cornijas trabalhadas; um gosto mais recente tinha erguido baias altas por toda a extensão do térreo para que a claridade pudesse penetrar no castelo de parte em parte. O conjunto passava uma impressão de amplidão, de abertura e de opulência... bem ao contrário de Santa Úrsula, um vestígio gótico e sombrio meio desabado sobre si mesmo.

Blonde subiu os degraus que levavam à grande porta envernizada. Sem dúvida, tinha vários séculos de idade e, ainda assim, parecia tinindo de nova em todos os aspectos, até a aldrava de cobre reluzente.

Blonde tirou do bolso o espelhinho que tinha trazido do quarto do convento e verificou que não estava despenteada. Quase se sobressaltou ao ver seu reflexo sem os óculos: ainda não tinha se acostumado. Então ergueu a aldrava e a deixou cair com um barulho surdo.

Depois de alguns segundos, a porta se abriu e apareceu uma mulher alta e magra de meia-idade, usando pequenos óculos redondos e um avental preto.

– Madame De Valrémy? – Blonde balbuciou, pega de surpresa.

– Eu sou Madeleine, a governanta. A senhora condessa está visitando Épinal.

– Peço licença. Eu... hum... gostaria de falar com o sr. De Valrémy.

A governanta examinou a menina dos pés à cabeça, reparando nos sapatos sujos de lama, no tecido da capa preta, no vestido de fazenda grosseira, no cinto de couro duro. Seu olhar parou no cabelo, ainda mais dourado com a luz do fim do dia.

Sentindo-se julgada dessa maneira, Blonde percebeu que não sabia nada sobre os hábitos deste mundo no qual nunca tinha vivido. Como poderia ter pensado que aquela mulher era a dona da casa? E como poderia esperar que fossem acreditar nela se fosse se anunciar como a filha do conde?

– Quem é a senhorita? – a governanta finalmente perguntou. – Parece ter saído de um convento...

Blonde aproveitou-se da situação:

– É isso mesmo! Fui... enviada pela minha congregação para agradecer o sr. De Valrémy por seu bom trabalho.

– Bom trabalho, é o que diz? Isso não faz o gênero do senhor conde... Deve estar enganada.

– Não, não, eu garanto! Diga a ele que foram as irmãs de Santa Úrsula que me enviaram e tenho certeza de que ele vai se dignar a me receber.

A governanta franziu a testa, mas não reclamou.

Fez Blonde entrar.

– Espere aqui até que eu retorne – ela ordenou. – A quem devo anunciar?

– Irmã... Marie-Joseph.

4

Os olhos vermelhos

UM CHEIRO DE CERA FRESCA TOMAVA CONTA DO HALL DE entrada do castelo.

Blonde aproveitou a espera para examinar os retratos que enfeitavam as paredes. Os mais antigos representavam homens de armadura e mulheres com penteados complicados, cheias de pérolas e joias, enquanto os mais novos mostravam pessoas com roupas comuns. Mas todos pareciam lançar sobre Blonde um olhar de reprovação. Então, será que todos eram seus ancestrais? Deviam ser...

O olhar dela parou na pessoa representada no último quadro, em cima da porta de entrada. Pelo jeito moderno e pela boa condição, ela logo se deu conta de que se tratava de Charles de Valrémy. Ele era alto e formoso, com o peito inchado dentro do colete justo. Seu sorriso irradiava confiança, e seu olhar era como Blonde tinha imaginado ao ler a mensagem de Gabrielle: tão penetrante quanto o de uma águia.

Examinando a tela com atenção, a menina terminou por notar o tronco da árvore à sombra do bosque em que as costas do jovem conde repousavam. Entre os galhos e as folhas de hera que o cobriam, dava para distinguir uma forma humana, parecida com uma ninfa presa ali para sempre...

– O senhor conde vai recebê-la no escritório.

Blonde sobressaltou-se; não tinha percebido quando a governanta se aproximou às suas costas.

– Parece... que tem mais uma pessoa neste quadro, que o pintor cobriu – Blonde murmurou.

– A senhorita é com toda a certeza uma religiosa estranha, não usa o hábito e fica examinando o interior da casa de pessoas honestas como se estivesse preparando um roubo...

Blonde estremeceu: será que sua fraude já tinha sido descoberta?

– ...mas suponho que seja de tanto examinar almas que tenha desenvolvido esse apurado senso de observação. Está certa. Antigamente havia uma mulher no lugar em que o artista colocou uma árvore. Este retrato foi pintando alguns dias depois do casamento do senhor conde com a primeira esposa, Gabrielle. Originalmente, era um retrato de casal, mas o senhor conde ordenou que fosse refeito para esconder a presença da mulher depois que ela desapareceu.

– Desapareceu?

– Ninguém nunca mais voltou a ver a sra. Gabrielle. Mas ela era boa e caridosa, e sua lembrança permanece nesta casa. Deve ser por isso que estou lhe contando tudo isto: para reavivar a memória desta cara senhora que desapareceu...

O rosto da governanta, que se abriu por um instante, voltou a se fixar na máscara de austeridade.

– Não diga ao conde que eu contei à senhorita sobre o quadro. Agora, se puder fazer o favor de me acompanhar...

Com as mãos segurando firme as fivelas da mochila, Blonde foi atrás da governanta por uma escadaria grandiosa e depois por uma série de corredores com o triplo da largura do quartinho que ela ocupava em Santa Úrsula. A antiga pensionista nunca tinha pensado que uma única residência pudesse conter tanta riqueza. As tapeçarias suntuosas penduradas nas paredes, os lustres majestosos que brilhavam nos tetos: cada objeto fazia parte de uma sinfonia atordoante de luxo e refinamento.

– É aqui.

Madeleine parou tão bruscamente na frente de uma porta dupla, coberta de couro reluzente, que a menina quase deu um encontrão nela.

Bateu na porta e entrou no cômodo na frente da visitante.

– Senhor conde: irmã Marie-Joseph! – ela anunciou.

Apesar de a silhueta da governanta esconder a vista do conjunto do cômodo, Blonde reparou imediatamente que o lugar tinha decoração ainda mais suntuosa do que o resto do castelo. As paredes estavam cobertas de estantes que exibiam o brilho de fragmentos de quartzos raros, conchas exóticas e borboletas de asas extravagantes: lembranças maravilhosas de um mundo que Blonde nem era capaz de imaginar.

– O acordo feito com madre Rosemonde era perfeitamente claro! – chiou uma voz grave, vinda do canto do cômodo que estava escondido por Madeleine. – Em nenhuma circunstância as freiras de Santa Úrsula deveriam vir aqui, apenas o correio é...

A governanta se retirou de repente e fechou a porta atrás de si.

Blonde ficou paralisada no mesmo lugar, incapaz de cumprimentá-lo, de fazer uma reverência ou de pronunciar qualquer civilidade que tinham lhe ensinado em Santa Úrsula. Ela não conseguia tirar os olhos da pessoa atrás da escrivaninha de pau-rosa, embaixo da janela, envolta em um sobretudo comprido de pele de chinchila. Dava para reconhecer os traços do rapaz pintado na tela grande do hall de entrada... mas como tinham mudado! De acordo com as datas mencionadas no relatório de Edmond Chapon, Charles de Valrémy não tinha mais de cinquenta anos no momento. Sua aparência, no entanto, era de um velho. O cabelo era totalmente grisalho; o rosto, marcado por rugas profundas na testa, nos cantos da boca, em todos os lugares em que o amargor costuma deixar suas marcas.

Ao ver a visitante, seus lábios secos formaram um círculo: ele pareceu ainda mais surpreso do que ela.

– A senhorita não é irmã Marie-Joseph! – ele exclamou.

Levantou-se bruscamente, seus olhos estavam agitados e ele respirava com dificuldade.

– É parecida com... A senhorita é...

– Sou, sim – Blonde respondeu em tom de voz agudo demais por causa da angústia. – Sou sua filha.

O conde bateu com o punho fechado em cima da escrivaninha com tanta força que os papéis que estavam ali deram um salto.

– Não! – ele vociferou. – Não pode ser! Esta de que fala está em reclusão, bem longe daqui!

Enquanto o conde falava, seu olhar recaiu no uniforme de pensionista que Blonde usava por baixo da capa.

Soltou um gemido que parecia um violino desafinado.

– Eu sou, sim, sua filha... – Blonde repetiu.

Ela percebeu que teve o reflexo de falar o mais alto possível, como se estivesse tentando passar uma segurança que não tinha e espantar o medo.

– ...aquela que o senhor teve com Gabrielle de Brances e que mandou para o convento de Santa Úrsula. O senhor mesmo disse: fez um acordo com madre Rosemonde! As irmãs me batizaram de *Blonde*, mas meu nome era Renée, se eu acreditar no relato deixado por minha mãe.

Ela então tirou a pasta vermelho-carmim de dentro da mochila, esforçando-se para controlar o tremor da mão, e pegou a mensagem redigida por Gabrielle na cabana da floresta.

O olho do conde faiscou.

Obviamente, ele reconheceu o manuscrito.

– Que... Como foi que este documento caiu nas suas mãos? Entregue para mim imediatamente!

– Ele pertence tanto a mim quanto ao senhor.

– Nada lhe pertence, está escutando? Nada! Nem a menor parcela dos bens dos De Valrémy, porque não é minha filha!

A cãibra.

Ela tomou conta da barriga de Blonde com tanta rapidez quanto uma armadilha de lobo.

Ela estava esperando tudo, menos isso. A ideia de que poderia exigir a herança dos Valrémy nem lhe passara pela cabeça; a ideia de que alguém achava que ela seria capaz de se apresentar no castelo apenas por ganância lhe dava vontade de vomitar.

– Dê aqui esta pasta, sua difamadora imunda! – o conde vociferou e se jogou para o outro lado da escrivaninha.

Agarrou o braço de Blonde com violência.

Aos olhos da menina, a escrivaninha começou a ficar vermelha, como se a lareira estivesse cuspindo suas brasas por todo o aposento. A maré azul do medo se esvaiu e foi substituída pela maré púrpura da raiva.

– Eu não sou difamadora coisa nenhuma! Solte-me!

– Maldita corja! Foi aquele teimoso de Chapon que mandou você aqui, não foi? Ele vai pagar por isso! Que erro eu cometi de não ter matado você quando usava fraldas! ...Ai!!!

O punho de Blonde movimentou-se involuntariamente.

Acertou direto o estômago do conde, que foi de encontro à escrivaninha, sem fôlego.

Atordoada, Blonde avançou para ajudá-lo a se levantar.

– Pai, peço perdão!

Mas, antes que ela se aproximasse, o conde pegou uma sineta de cima da escrivaninha e a agitou com todas as forças.

Uma porta de serviço se abriu com um estalo na frente da escrivaninha; dois homens em mangas de camisa e colete, com a cabeça raspada como a dos brutamontes, irromperam no cômodo.

– Ambroise! Alphonse! Segurem esta menina!

Todo o campo de visão de Blonde agora estava saturado de vermelho vivo.

Desvairada, ela deu meia-volta e o cabelo loiro comprido cortou o ar como se fosse um chicote. No momento em que o olhar dela cruzou com o dos dois homens, eles se detiveram bruscamente, com os olhos arregalados de medo.

A menina aproveitou o instante de hesitação para fugir pela janela.

Contudo, no momento em que pousou a mão na tranca, viu seu reflexo na vidraça.

Soltou um grito estridente.

Seus olhos não passavam de dois buracos vermelhos, um de cada lado do rosto.

Quase desmaiando, ela se agarrou à escrivaninha. Seus olhos caíram sobre a pilha de papéis que o dono da casa estava lendo antes de ela entrar no escritório; ao lado, havia um envelope grande separado com uma caligrafia que Blonde poderia ter reconhecido entre mil: a letra de Gabrielle:

Aos cuidados de Charles de Valrémy

– Levem este diabo para longe daqui! – o conde ordenou com a voz esganiçada.

Depois de superar o primeiro susto, os dois homens fortes avançaram.

Blonde pegou o monte de papéis, enfiou na mochila com a pasta vermelho-carmim e, com um belo chute, virou a escrivaninha sobre os homens que a atacavam.

Abriu a janela e subiu no peitoril.

O céu, os choupos e o pátio, doze pés abaixo: tudo havia sido tomado por um turbilhão vermelho. Se Blonde pulasse, com certeza quebraria o pescoço.

Ele ouviu os brutamontes se levantarem aos berros atrás dela.

Fechou os olhos e pulou.

*

Quando Blonde voltou a abrir os olhos, estava acomodada em um banco.

A posição sentada foi tão perturbadora que ela quase perdeu o equilíbrio e caiu no assoalho vibrante.

Como é que...?

Olhou ao redor de si.

Sentados de dois em dois em uma meia dúzia de bancos, os outros passageiros olhavam para ela com um misto de irritação e de medo. Estupefata, Blonde percebeu que estava a bordo de um barquinho a vapor, ou de uma barcaça melhorada, equipada com uma roda de propulsão rudimentar. Entre os postes que seguravam a cobertura, ela viu as margens do rio Mosela desfilarem rosadas pelo anoitecer.

– Está com dor de cabeça? – o marinheiro em pé perto da caldeira berrou enquanto coçava as costas. – Está passando mal? Precisa se cuidar!

Logo atrás de Blonde, uma camponesa toda arrumada, coberta da cabeça aos pés em lã, comentou com a comadre:

– Você não viu como ela o atacou! E, depois, veja só os olhos dela, parece que foi possuída pelo demônio!

Pouco a pouco, Blonde se deu conta de que todos os olhares estavam fixos nela. Tomou consciência da velhinha no banco da frente, encolhida com seu cesto como se estivesse com medo de que a menina a levasse; do menino da roça vestido com um macacão e uma gaita nos lábios, que parou no meio do refrão; do bebê de fraldas que chorava de pavor do outro lado do barco.

Quando o assobio estridente da chaminé soou, Blonde de repente voltou a si.

– O que eu fiz? – ela perguntou com a voz assustada.

A camponesa soltou uma risadinha nervosa.

– Ela quer saber o que fez! – cochichou na orelha da vizinha, mas alto o suficiente para que o barco inteiro pudesse escutar. – Simplesmente pulou para dentro do barco feito uma louca, desequilibrando todo mundo. O marinheiro tem razão: é uma doente! O lugar dela é no asilo.

O marinheiro tossiu:

– Espero que tenha dinheiro para pagar, mocinha, se não, jogo a senhorita na água!

Pagar?

Durante toda a vida, Blonde nunca tivera um tostão. Não fazia a menor ideia de como tinha chegado ao barco, nem do destino para o qual seguia.

– Aliás, onde vai desembarcar?

– Eu... eu preciso voltar para Santa Úrsula.

As palavras derramaram-se da boca de Blonde como se fossem evidência. Ela não sabia onde Edmond Chapon estava agora, nem onde ele morava na cidade de Épinal. Já em relação a Gaspard, como saber para que região o final de sua volta pela França iria conduzir? Santa Úrsula era o único lugar que Blonde conhecia no mundo. Além disso, as irmãs lhe deviam explicações. Madre Rosemonde, principalmente, que tinha feito aquele acordo misterioso com Charles de Valrémy dezesseis anos antes.

– Santa Úrsula? – o marinheiro resmungou. – Nunca ouvi falar!

– Eu conheço.

Blonde volta os olhos para a velhinha com o cesto.

– É um convento antigo, perdido no bosque – ela disse com um fiozinho de voz. – Dá para chegar lá a pé seguindo o Durbion, depois de Châtel.

O marinheiro soltou um assobio ruidoso:

– Châtel! É exatamente o último lugar a que vou nesta noite, e ainda vai demorar umas três horas. Vão ser três francos para a senhorita, a pagar na chegada.

Blonde baixou os olhos sem coragem de explicar que, para ela, três francos era demais. Tirou o espelhinho do bolso e acendeu a lamparina pendurada na cobertura sem prestar atenção no marinheiro, que berrava:

– Vai ser um franco a mais pela luz!

Não era para menos que a camponesa havia dito que ela tinha olhos de demônio: a parte branca ainda estava irritada; não tão vermelha quanto ela tinha visto na vidraça do escritório, mas de um rosa claro que ia empalidecendo com rapidez. Será que era sangue? Uma hemorragia passageira nos globos oculares que tingia os olhos e a visão? Seria uma reação extraordinária, talvez por causa da ausência dos óculos coloridos? Afinal de contas, depois de se desfazer deles é que ela tinha começado a enxergar vermelho, como se o azul dos óculos só existisse para prevenir esse sintoma estranho...

Enxergar vermelho.

Quando a menina pensou nessas palavras, logo foi acometida por seu significado. Tinha ouvido a expressão "enxergar vermelho" várias vezes, e sem dúvida ela mesma a tinha usado com frequência. Mas nunca tinha tomado a expressão ao pé da letra. Mas o que estava acontecendo com ela? As ocasiões em que realmente tinha *enxergado vermelho* nesses últimos dias tinham sido momentos de enorme raiva. Uma raiva que ela tinha se esforçado ao máximo para conter, agora ela percebia: sim, percebia que as cãibras no estômago eram, na verdade, seu corpo todo se contraindo para conter a raiva!

Naquela tarde, no castelo, ela não conseguiu conter.

Quando pulou pela janela do escritório, perdeu o controle.

Tinha perdido a consciência.

O que tinha acontecido desde o momento em que seus pés se soltaram do peitoril da janela e seu traseiro pousara no banco do barco? Blonde não fazia a mínima ideia.

Nem a mais mínima ideia.

Por um instante, ficou imaginando se não tinha sonhado tudo aquilo. Deu uma olhada furtiva no interior da mochila: o monte de papéis ainda estava lá; continuava coberto pela letra de Gabrielle.

A menina tinha roubado o documento, uma carta que Charles de Valrémy sem dúvida tinha tirado dos arquivos para reler quando lhe anunciaram a visita de irmã Marie-Joseph.

E agora, o que ia acontecer? Será que o conde ia denunciar o roubo da carta à polícia? Isso era pouco provável, porque assim ele teria que justificar o motivo que o levou a mandar trancar a própria filha em um convento, sob nome falso. Que palavras será que ele tinha pronunciado no auge de sua cólera? Não dissera que se arrependia de não ter matado Renée quando ela ainda usava fraldas?

Ao lembrar as palavras dele, Blonde sentiu um nó na garganta.

Mas engoliu os soluços e forçou os olhos a se fixarem nas primeiras linhas da carta sob o halo da lamparina. A explicação do ódio que seu pai tinha por ela estava ali, ela tinha certeza.

5
Confissões

21 de março de 1815, floresta de Vosges

Charles,

Hesitei antes de escrever esta carta.

No começo, pensei que o silêncio seria melhor do que a verdade. Que seria mais fácil suportar assim.

Mas o senhor recusou esta solução fácil demais. Não ficou satisfeito com o silêncio. O senhor ficou obstinado, como bom militar que é. No momento em que escrevo, faz mais de uma semana que seus pais partiram para a Inglaterra, levando Renée com eles. Sei que procura pela floresta todos os dias desde que eu desapareci. Primeiro com alguns empregados, depois com os agentes do delegado Chapon. E então, ontem, chegou a sua vez de tomar o caminho do exílio. Dizem que Bonaparte retornou a Paris; o senhor ficou firme em seu lugar até o fim, e eu teria preferido que tivesse partido antes. No momento, rezo para que consiga alcançar Londres sem ser detido pelas forças imperiais. Eu sei que, se cair nas mãos delas, a culpa será minha, e eu jamais vou me perdoar.

Nove meses.

Foi o tempo que durou a minha gravidez.

Foi também o tempo que passei ao seu lado, desde a primeira noite que o vi, naquela floresta obscura de onde me resgatou.

É muito e é pouco. É suficiente para que a barriga de uma mulher fabrique um pequeno ser; é pouco para precisar toda a complexidade de uma pessoa formada. Será que eu o conheci o suficiente durante estes nove meses? Tenho certeza de que, se eu tivesse resolvido passar o resto dos meus dias em Valrémy, veria reveladas facetas suas de que nem desconfio. Não me faltaria nada ao seu lado, Charles, não tenho a menor dúvida disso na alma. Sei que seu amor por mim é sincero, que sempre colocaria os meus interesses na frente dos seus e o meu bem-estar antes de qualquer outra coisa. O senhor é amoroso, protetor, fogoso: qualquer moça sonharia com um marido assim. E eu não poderia sonhar com nada melhor se não conhecesse mais ninguém.

Mas não é o caso.

O destino colocou essa cabana maldita no caminho que ligava a Prússia a Épinal, o senhor a mim.

E aquilo que eu vivi me marcou para sempre.

Será que devo confessar?

Eu não contei tudo ao delegado Chapon no dia em que fui libertada.

Não contei tudo ao senhor.

Porque eu acreditava que essa página da minha vida estivesse virada para sempre. Que o sonho tinha acabado, que eu tinha acordado para nunca mais voltar a dormir, para viver a existência à qual eu estava destinada: moradora de um castelo, esposa de um nobre, mãe dos filhos dele. A perspectiva de ser nada mais do que um elo na longa corrente da linhagem dos Valrémy de repente me pareceu algo seguro!

Eu já me via envelhecer rodeada de honras e de filhos, sem nunca ter que contar o que realmente tinha acontecido na cabana da floresta.

Estava enganada.

Agora chegou o momento de contar tudo.

Porque eu lhe devo isso.

Porque é necessário que pare de me procurar. É necessário que abandone esta busca sem fim quando retornar de Londres, daqui a alguns meses ou alguns anos, quando encontrará esta carta que mandei deixar no seu castelo deserto.

Sei que o senhor pertence à raça daqueles que não gostam de desistir, e é isso que me dá medo...

Blonde percebeu que a carta tremia em suas mãos e que o tremor não se devia somente ao do motor a vapor do barco. Portanto, sua intuição não a tinha enganado: Gabrielle tinha mesmo deixado o castelo De Valrémy por vontade própria. E ela finalmente saberia por quê.

Estalou os dedos três vezes para relaxar, então voltou a pegar a carta e retomou a leitura.

Eu menti no meu depoimento.

Fingi que nunca tinha visto meus captores e que não sabia nada sobre eles.

É mentira.

Porém, era tão mais fácil dizer isso. De resto, não creio que qualquer pessoa teria acreditado em mim; e, se alguém tivesse acreditado, teria sido ainda pior, porque as batidas não se limitariam a uns poucos homens: seria todo o exército do rei a examinar a floresta, seguido pelas tropas do imperador logo atrás!

E, nessas condições, como eu poderia ter escapado?

Eu o vi pela primeira vez na quarta noite em que passei presa.

Declarei no meu depoimento que, todas as manhãs, eu encontrava na entrada do quartinho onde eu estava presa água limpa, frutas e mel; isto é verdade.

Contudo, na quarta noite, pouco antes do amanhecer, escutei alguém abrir a tranca do quartinho e logo fingi que estava dormindo. De olhos fechados, escutei passos cuidadosos deslizarem pela terra batida.

No momento em que senti o piso vibrar sob o peso da bacia que colocavam ali para mim, abri as pálpebras bruscamente.

Ele deve ter sentido que eu estava olhando; ficou paralisado, feito uma estátua, no raio de luar que entrava pela janelinha.

Como descrevê-lo?

Ele parecia humano, mais do que eu esperava. Suas vestimentas eram uma calça sem polainas e um casaco militar azul diretamente sobre a pele, sem camisa. Um pelo curto loiro subia pelo peito dele na abertura do casaco, e de lá vinha o cheiro fresco de hortelã que eu tinha sentido nos lençóis; o cabelo e a barba dele, cortados bem curtos, tinham o mesmo tom dourado. Apesar de ter corpo de atleta conquistado após anos de exercício, seu rosto era doce como o de um rapaz – ele não parecia ser mais velho do que eu.

Ele estava completamente imóvel, a não ser pelos olhos, nos quais as íris azuis tremiam como uma onda em um lago.

Ficamos alguns instantes assim, um na frente do outro, sem fazer nenhum gesto, sem dizer nenhuma palavra. Mas, na minha cabeça, as ideias disparavam a toda velocidade. Era impossível não reconhecer nas roupas dele os restos de um uniforme de soldado do Grande Exército de Napoleão.

Um desertor!

Era isso que ele era, e os outros que moravam com ele com certeza eram iguais!

Isso explicava tudo: a existência reclusa no seio daquela floresta inóspita, a razão por me manterem prisioneira. Eles deviam viver com medo de serem encontrados. Em tempos de guerra, o destino que aguarda os desertores é o pelotão de execução...

"Pobres coitados!", pensei comigo mesma. "Eles conseguiram se isolar tanto do resto do mundo que não sabem sobre a queda de Napoleão e seu exílio à ilha de Elba!". Agora que Luís XVIII tinha retornado a Paris, todos que tinham desertado as fileiras do imperador seriam anistiados, não havia dúvida. Os mora-

dores da cabana não tinham mais motivo para se esconder na floresta, nem de me manter prisioneira.

– Napoleão... – eu finalmente disse. – Ele perdeu a guerra.

Dei um passo mais para perto do desertor.

Ele tremeu feito um animal selvagem pouco acostumado ao contato com os homens.

– Não precisam mais se esconder. Acabou.

Estendi a mão em um gesto tranquilizante. Mas o rapaz pegou a colher de pau que tinha trazido junto com a tigela de cuia e brandiu entre nós como se fosse uma arma.

Não era mais uma onda que passava no azul de seus olhos, mas sim uma tempestade: ele parecia apavorado.

– Não compreende o que eu digo?

Então me lembrei dos trechos de conversa que eu tinha escutado através da porta do quartinho, sempre em uma língua estrangeira.

– Quem sabe não fala francês? Sprechen Sie Deutsch?

O rapaz não reagiu ao meu alemão.

Repeti mais alto:

– Sprechen Sie D...

Ele largou a colher e estendeu o braço na minha direção, em um gesto tão brusco que eu não consegui me esquivar.

A mão dele tapou a minha boca. Era tão grande que cobriu metade do meu rosto; achei que, se ele quisesse, podia ter quebrado o meu queixo com a mesma facilidade que uma das xícaras de porcelana da minha mãe.

Ele se contentou em cochichar algumas palavras, com os olhos tremendo a alguns dedos dos meus:

– Não fale... fique em silêncio...

Apesar do sotaque forte, a voz dele era suave.

Bati as pálpebras para sinalizar que eu tinha entendido, e ele tirou a mão. Foi naquele instante que vi seu sorriso pela primeira vez, antes que ele desaparecesse atrás da porta do quartinho.

O mesmo ritual se repetiu na noite seguinte.

Uma hora antes do amanhecer, o rapaz se apresentou com suas oferendas. Dessa vez, já sorria quando entrou no quartinho. Colocou o dedo por cima do sorriso para me dizer que ficasse em silêncio.

Eu tinha compreendido a lição da véspera: as visitas dele eram secretas, não podiam chamar a atenção dos outros com quem compartilhava a cabana. Mas será que ele era meu aliado? Será que me ajudaria a fugir da minha prisão?

Quando eu era menina e acompanhava minha mãe em suas visitas de caridade, estive várias vezes na instituição para crianças mudas em Potsdam. Lá, eu tinha observado longamente a linguagem que os preceptores ensinavam aos alunos, uma língua feita de gestos e sinais. Naquela manhã, usei isso como inspiração para me comunicar com meu estranho visitante.

Primeiro bati no peito, depois apontei para a floresta atrás das barras.

O rapaz pareceu compreender. O sorriso abandonou o rosto dele e ele sacudiu a cabeça com tristeza, apontando com o dedo para o fundo da cabana, para o lado do quarto que eu tinha visto quatro dias antes. Deduzi que ele acreditava que os companheiros não permitiriam que eu fugisse com tanta facilidade.

Depois, voltou a dar um sorriso tímido e empurrou a tigela de frutas na minha direção. Mas eu empurrei de volta para ele.

– Não posso ficar aqui, compreende? – eu sussurrei. – Prefiro morrer de fome.

Uma expressão de desespero passou por seu rosto, dando a entender que ele tinha compreendido pelo menos em parte o sentido da ameaça.

Mesmo assim, voltou a empurrar a tigela na minha direção, implorando com os olhos; dessa vez, eu chutei a tigela e derrubei todo o conteúdo sobre a terra batida.

O rapaz se sobressaltou como se eu tivesse dado um chute nele. Apressou-se em recolher as frutas cobertas de mel, e percebi que era para evitar que os outros desertores descobrissem meu tratamento favorecido pela manhã.

No fim, ele se retirou sem ter coragem de me olhar nos olhos.

Depois do meu gesto mal-humorado, não esperei mais que meu estranho visitante me ajudasse.

Para dizer a verdade, eu não esperava nem uma curta visita.

Eu tinha certeza de que a minha impaciência tinha feito com que perdesse meu único aliado – se é que um animal selvagem pode ser considerado um aliado. Porque, quanto mais eu pensava, mais o rapaz me fazia imaginar um animal. A timidez dele, seus gestos bruscos e desajeitados, seu olhar fugidio – e tão intenso quando finalmente era possível captá-lo... havia a barreira da língua que nos separava. Havia também um instinto. O instinto do mundo selvagem na presença da civilização.

Eu que sempre tinha me sentido livre, desafiando as regras apesar da minha mãe e da minha pobre Ernestine, agora era, para este ser, a encarnação da sociedade com suas leis. Leis que os reclusos da floresta com toda a certeza tinham negado a partir do dia em que desertaram. A liberdade deles era incondicional, era uma questão de vida ou morte; em comparação, as pequenas liberdades com que eu tinha me alegrado até então de repente me pareceram bem mesquinhas. O rapaz representava o risco, o imprevisível, o incerto; e eu me debatia para reencontrar a segurança, a prevenção, a certeza.

Era isso que me esperava em Épinal, de repente eu avaliei.

Da mesma maneira que avalio neste momento como as minhas palavras podem parecer duras, Charles. Eu suplico: não as considere como sinal da minha crueldade, mas sim da confiança que tenho no senhor. A traição é uma acusação pesada de se carregar no silêncio de uma alma; no entanto, a confissão da traição é ainda mais dolorosa.

A decisão de abandoná-lo foi a mais difícil de toda a minha vida. Mas acredito que eu já tinha começado a tomar a minha decisão antes mesmo de nos conhecermos. Que sinistra ironia! Foi na minha prisão da floresta que eu vislumbrei pela primeira vez a prisão que me aguardava quando eu fosse libertada.

Era para lá que o nosso casamento arranjado me lançaria.

6

Acorrentado!

BLONDE INSPIROU PROFUNDAMENTE.

Tinha ficado tão absorta pela leitura que nem percebera o cair da noite sobre o rio Mosela. A luz da lamparina presa acima de sua cabeça se refletia nas águas negras em movimento.

As emoções mais contraditórias giravam no coração da menina. Por um lado, ela sofria com a traição de Gabrielle, da qual tinha sido vítima tanto quanto Charles; mas, por outro lado, como ela compreendia bem a mãe!

As freiras de Santa Úrsula sempre tinham repetido a suas ovelhinhas que o único futuro seria encontrar um marido. Também tinham dito a Gabrielle que o casamento seria a única salvação.

Mas ela tinha recusado.

Mas ela tinha se rebelado.

Mas ela tinha escolhido a liberdade, independentemente das consequências.

Eu estava errada.

Errei ao pensar que o rapaz não viria mais me visitar.

Ele voltou a aparecer no dia seguinte, pouco antes do amanhecer do sexto dia.

Será que devo lhe revelar isto também, Charles? – meu coração pulou de alegria ao avistá-lo, e eu me dei conta de que tinha medo de nunca mais voltar a vê-lo, a não ser no meu pensamento. Prometi a mim mesma que seria mais prudente dessa vez, mais paciente, que não me apressaria em acalmá-lo e aceitaria a comida dele sem humilhá-lo.

Mas os braços dele estavam vazios naquela noite.

E seu rosto estava sério.

Ele estendeu a mão para mim, e percebi que tinha resolvido atender ao meu pedido.

Ele tinha vindo para me ajudar a fugir.

Coloquei meus dedos trêmulos na palma da mão dele. De repente, senti minhas pernas amolecerem sob o corpo. Depois de cinco dias praticamente imóvel no meu quartinho, era como se tivessem perdido todo o vigor conquistado em dezoito anos de caminhada pelos bosques de Potsdam.

Ainda assim, saí pela porta do quartinho.

Uma luz pálida e fantasmagórica entrava pelas velhas cortinas da cozinha, um prelúdio da manhã que chegava. Roncos ruidosos vinham da porta entreaberta do quarto. Eles cessavam de vez em quando, e meu coração parava junto; eu tremia a cada gargarejo, ao menor raspar da garganta. Só precisávamos percorrer alguns passos de distância para chegar à sala de jantar e, no entanto, o trajeto me pareceu demorar um século.

Quando finalmente chegamos até lá, meu olhar recaiu na segunda cadeira, aquela que tinha as costas cobertas de correntes. Elas caíam pesadas, parecidas com os tentáculos de um polvo morto. Essa visão me encheu de um pavor mais violento do que eu sou capaz de descrever. Eu tinha ficado incomodada na primeira vez em que vi aquelas correntes; porém, neste amanhecer sepulcral, neste casebre perdido onde a respiração entrecortada do perigo estava à espreita, elas me deixaram apavorada.

Toda a tensão acumulada ao longo do tempo em que fiquei presa desabou sobre minhas costas de uma vez só, feito uma chapa de chumbo.

Eu estremeci e, por reflexo, me segurei nas costas da cadeira maldita para não cair.

As correntes tilintaram de maneira mais apavorante do que se fossem de vidro, produzindo um som funesto.

O rapaz soltou a minha mão e voltou apressado até o fundo da cabana.

Parecia que ele sabia que não adiantaria nada correr.

Parecia que ele não tinha outra solução além de bloquear a pessoa que viria com o corpo tapando a abertura da cozinha.

Ele era alto, mais do que eu tinha imaginado que fosse quando me visitou no quartinho, onde era abrigado a se abaixar. A largura das costas dele tapava toda a minha visão.

Cega, eu só sentia um tipo de martelar se aproximando bem rápido, cada vez mais forte, fazendo as correntes pularem nas costas da cadeira: alguma coisa corria na direção da sala de jantar!

O choque foi terrível.

Jogado para o chão, o rapaz caiu de costas e quase esmagou minhas pernas. Uma silhueta negra, enorme, tinha se jogado em cima dele... E ela rugia, como rugia!

Fiquei com a impressão de que os meus tímpanos se romperiam, de que todo o meu cérebro estava a ponto de se liquefazer. Esse rugido, Charles, o senhor também escutou na calada da noite do dia 21 de maio; e acho que vai concordar comigo se eu disser que é a voz do demônio. Uma voz que enche de pavor e de desespero cada partícula do corpo, que paralisa cada fibra dos músculos. Uma arma de um grande predador, capaz de imobilizar as presas antes de atacar.

Mas o rapaz não estava paralisado.

Ele não era presa, mas sim predador também.

Soltou um grito rouco, investiu contra o adversário e rolou com ele sobre a terra batida enquanto eu me escondia embaixo da mesa. Foi assim que a criatura que atacava entrou na luz pálida do amanhecer...

Tirando a calça de lona rasgada abaixo dos joelhos, estava nua. Mas sua nudez não era igual à dos homens – era a de um animal. Suas panturrilhas, sua espinha, suas costas eram cobertas de pelagem negra e grossa, eriçada feito um tapete de espinhos. Os pelos também cobriam os braços, as mãos, cada um dos dedos com garras com que ele segurava meu protetor.

De repente, virou a cabeça e me olhou bem nos olhos.

Quando atinge seu grau máximo, a tendência do medo é se anular.

Ou melhor, fica mudo, transforma-se em outra coisa.

O corpo para de tremer.

A garganta para de berrar.

O coração para de bater.

Nesse estado de estupor, é como se a gente estivesse morta...

Apesar de a criatura ter braços e pernas com mãos e pés, não merecia a denominação de "homem". E aquilo que tinha na ponta do pescoço mais grosso do que o de um touro não merecia o nome de "rosto". Era uma cara peluda, coberta de pelos da testa ao queixo. Estava com a boca aberta, ofegante, cheia de dentes de aparência humana odiosa.

Mas o pior...

...o pior eram os olhos.

No lugar em que deviam se localizar, só havia dois buracos inundados de sangue.

Blonde largou a carta como se ela queimasse seus dedos e começou a remexer no bolso. O espelhinho quase escorregou de suas mãos quando ela o pegou.

Seus globos oculares tinham retomado a cor normal, pelo menos de acordo com o que ela era capaz de enxergar sob a luz da lamparina de tempestade.

Mas isso não serviu para tranquilizá-la.

Porque agora ela sabia que isso era apenas temporário; cedo ou tarde ela teria mais uma dessas hemorragias... era apenas questão de tempo.

"O que está acontecendo comigo?", ela pensou, tentando encontrar em seu próprio reflexo o início de uma resposta.

Contudo, o azul de suas íris permanecia insondável.

A pessoa que olhava para ela do espelho não piscava.

"Gabrielle?..."

Com um gesto seco, Blonde guardou o espelho e cortou o contato com aquela outra versão dela mesma que queria forçar sua volta através do redemoinho do tempo.

– E então, mocinha, está passando mal?

Esbaforida, Blonde virou a cabeça. Era o marinheiro que a chamava da caldeira.

Só tinham sobrado a velhinha e ele no barco; todos os outros passageiros já haviam desembarcado.

– Está muito pálida!

– Eu... Está tudo bem, garanto.

Ela se esforçou para sorrir, mas ficou com a impressão de fazer uma careta.

Percebeu que estava com frio.

Enrolou-se bem em sua capa e retomou a leitura.

O rapaz aproveitou o momento em que o monstro olhava para mim para tentar dominá-lo.

Imobilizou sua mão direita prendendo-a ao piso, mas não conseguiu segurar a mão esquerda a tempo, que disparou como uma flecha na direção do peito exposto na abertura do casaco. Deixou ali cinco arranhões fundos, do esterno ao umbigo.

Depois, soltando seu berro infernal, o monstro aprumou-se.

Eu via as massas de músculos se agitarem sobre o pelo horrendo, uma máquina de destruição feita de carne e sangue. Em um instante, ele voltou a ficar por cima e ergueu a mão (ou pata). Dessa vez, mirava a carótida do rapaz...

Mas as garras nunca atingiram o alvo.

O terceiro morador da cabana impediu que isso acontecesse.

Por que milagre ele foi se meter no meio dos combatentes? Eu não saberia dizer. No instante anterior eram apenas dois; no seguinte, o terceiro se meteu entre eles e segurou o braço mortal com o punho fechado.

Os punhos dele eram tornos; suas pernas, tronco; seu corpo, uma montanha.

Se os primeiros moradores da cabana eram muito grandes, o terceiro era simplesmente colossal, a ponto de precisar se recurvar para não bater no teto com a cabeça enorme, que era emoldurada por uma cabeleira ruiva grossa que se prolongava em uma barba da mesma cor; logo procurei os olhos no meio daquela selva...

Não eram vermelhos, mas castanhos.

Isso foi um pequeno conforto – porque, de resto, o gigante era mais parecido com o monstro peludo do que com o rapaz. Uma floresta de pelos engolia o torso nu e as costas dele. Suas unhas eram grossas feito chifres.

Eu vi as garras se enterrarem no pescoço do monstro quando ele o agarrou com ambas as mãos. Em poucos instantes, o rugido ficou estrangulado na garganta comprimida, transformando-se em um gargarejo nojento.

O monstro largou o rapaz.

Irritado, ele golpeava o ar com suas garras, fechando os dentes sobre o vazio.

Mas o colosso ruivo era mais forte. Ele vociferou algumas ordens naquela língua gutural que eu não compreendia; logo o rapaz se levantou e desapareceu nas profundezas da cabana. Voltou com os braços carregados de correntes – sem dúvida as que eu tinha visto em cima do segundo colchão, no quarto, na noite em que cheguei.

Juntos, o colosso e o rapaz prenderam o monstro com tanta firmeza que eu vi as correntes se afundarem no pelo, incrustando-se na carne. Nunca vou me esquecer do olhar dele quando estava sendo imobilizado, aquelas duas brasas vermelhas que queimavam os meus olhos, que brilhavam cheias de instinto mortal!

Quando a criatura ficou completamente imobilizada, o rapaz fez um movimento na direção da mesa embaixo da qual eu estava escondida para me ajudar a levantar. Mas o colosso agarrou o braço dele e o jogou contra a parede no fundo do cômodo. Depois, virou a mesa com um soco e se lançou para cima de mim.

Ele ignorou meus berros, me ergueu e me levou até o quartinho, onde me jogou sem nenhum cuidado.

A porta se fechou com um estalo sinistro.

O rugido do demônio acorrentado cessou e a cabana voltou a mergulhar no silêncio da madrugada.

Eu gostaria de acreditar que aquilo foi um pesadelo, o mais atroz que eu já tive na vida; porém, o cheiro almiscarado e animal do colosso ruivo ainda impregnava minhas narinas.

Era o mesmo cheiro do monstro.

E o mesmo do rapaz também, agora eu compreendia.

Entendi que ele esfregava o corpo com folhas de hortelã para disfarçar.

– Pronto, senhorita.

Surpresa, Blonde ergueu os olhos da carta.

A velhinha estava em pé sobre o assoalho do barco, segurando firme o cesto em uma das mãos e estendendo a outra para a menina. No meio da palma da mão brilhavam quatro moedas.

– Aceite, são pelo trajeto e pela luz – ela disse. – Percebi que a senhorita não tem dinheiro nenhum. E, se está a caminho de Santa Úrsula, não deve ser má pessoa. Para mim, a viagem termina aqui.

A vovozinha apontou para pequena casa na margem, na altura em que o barco tinha parado.

Blonde recolheu as moedas, uma por uma.

– Nem sei como agradecer – murmurou.

– Não é nada, estou dizendo. A menos que...

– Pois não?

A velhinha pareceu incomodada ao dizer:

– Bom, meu marido está doente há duas semanas. Tomou friagem, na idade dele... Se puder fazer a gentileza de pedir às irmãs que rezem uma missa por ele. Para que melhore, ora. O nome dele é Paulin.

7

A escolha de Gabrielle

DEPOIS DE PROMETER À VELHINHA QUE REZARIA PELO MARIDO dela, Blonde voltou a mergulhar na carta.

Agora ela estava sozinha no barco.

Somente ela, Gabrielle e a noite.

O que aconteceu depois, Charles, o senhor já sabe.

Na noite seguinte à minha tentativa de fuga, os seus empregados e o senhor mesmo vieram me libertar. Ao ler o que escrevi, com certeza compreende melhor o que causou a morte dos três escudeiros no auge de sua força e de todos os cachorros.

Aquelas criaturas escondidas na cabana não eram de fato homens, nem de fato animais. Eram as duas coisas ao mesmo tempo. Criaturas impossíveis, que desafiam todas as leis da natureza e da religião. Aberrações vivas que fogem do olhar das pessoas e do julgamento de Deus no fundo das florestas. Não importava o exército que tinham desertado, não importava o exército que tinham traído: a sociedade nunca iria acolhê-los em seu seio. Para esses banidos, o único horizonte de vida possível era a clandestinidade.

O ser que me carregava sobre o ombro, em quem o senhor atirou, era o rapaz – se é que ainda posso chamá-lo assim, agora que sei que ele é algo diferente de um homem. Quando foi atingido na coxa, ele me largou. Ouvi o colosso ruivo rugir do alto da encosta, ordenando a ele que se juntasse aos dois, o monstro e ele. Mas ele já tinha começado a descer até onde eu tinha escorregado para me pegar. Teria pegado se eu não o tivesse detido.

Não ouviu quando eu gritei, Charles?

Não viu quando eu mandei o rapaz para a salvação com um gesto com a mão?

É verdade que estava muito escuro.

Mas ele me obedeceu. Ele se afastou antes que o senhor pudesse atirar pela segunda vez.

Está compreendendo, Charles? Não foi para me salvar que eu pedi a ele que desse meia-volta.

Foi para que ele se salvasse – que se salvasse de seus tiros!

Em seguida, tudo aconteceu muito rápido.

O reencontro com meus pais que choravam no castelo De Valrémy, minha apresentação aos seus próprios pais, nosso casamento, finalmente, que foi celebrado nos dias seguintes.

Por que tanta impaciência? Nós nunca tínhamos nos encontrado, Charles! Eu tinha a impressão de conhecê-lo menos do que conhecia o rapaz da floresta! Fazia anos que nossas famílias consideravam a nossa união em missivas enviadas entre a Prússia e a Inglaterra; será que não podíamos ter esperado algumas semanas antes de pronunciar nossos votos? Talvez assim eu pudesse ter encontrado forças para falar com o senhor, para contar tudo. E para fazer com que desistisse de se casar com uma mulher que não era para o senhor, de jeito nenhum.

Fiquei grávida pouco tempo depois de ser libertada.

Era uma boa desculpa para a minha melancolia; ninguém tentou examinar a questão mais a fundo, buscar um motivo mais profundo. Meus pais retornaram à província deles e deixaram a boa Ernestine comigo. Seus médicos me prescreveram infusões de ervas e vomitivos. Declararam que a cabeça de uma mulher funciona mais devagar quando seu corpo trabalha em formar uma vida, que eu tinha necessidade de muito descanso.

Mas a verdade era que a minha cabeça estava funcionando com força total.

Eu passava o dia todo pensando nos detalhes da minha prisão.

Eu me lembrava do cheiro dele e do gosto do mel da floresta, o mel que tinha a mesma cor do cabelo dele.

E, principalmente, eu inventava novos estratagemas para voltar a vê-lo sem que ninguém mais soubesse.

Porque eu voltei a vê-lo.

Eu me reencontrei com o rapaz da floresta.

Mais de uma vez.

Mais de dez.

Chegou o momento da minha confissão mais terrível, que faz de mim uma mulher adúltera além de ingrata: durante as minhas primeiras semanas no castelo De Valrémy, eu me encontrava com meu raptor quase todas as noites.

Nós nos encontrávamos ou no pomar ou atrás do estábulo. Mas, com mais frequência, nos limites do bosque, no fim do parque.

Por instinto, eu sabia quando ele estava lá, à minha espera. Então eu escorregava para fora de nossos lençóis, sem acordar o senhor, e saía pelos corredores do castelo em silêncio, feito um fantasma.

Eu ouvia os cachorros rosnarem quando passava pelo canil; e mesmo sabendo que era o cheiro do rapaz que eles sentiam, apesar da hortelã, eu não podia deixar de pensar que eles latiam para mim, a traidora, a infiel que tinha sido introduzida no seio do lar.

Na primeira noite em que fui até ele, o rapaz ainda tinha no peito as feridas frescas que o monstro causara, algumas noites antes. Ele me esperava embaixo de um carvalho grande, com os olhos inquietos, as pálpebras tremendo. No entanto, quando eu apareci, seu sorriso de marfim iluminou seu rosto e fez até com que a lua empalidecesse.

– Por que veio aqui? – eu perguntei. – Vão matar o senhor se souberem.

O rapaz se contentou apenas em sorrir. Colocou a mão no peito e pronunciou o nome pelo qual eu iria chamá-lo a partir de então:

– Sven.

Por que estou lhe contando tudo isso, Charles?

Não é para fazer com que sofra. Mas para fazer com que desista de vir atrás de mim. Não vai me encontrar; a única coisa que conseguiria é desperdiçar sua existência e a felicidade a que tem direito. Da mesma maneira que, se eu tivesse ficado em Valrémy, teria sacrificado minha existência e minha felicidade.

Eu não vivo, eu não respiro a não ser que esteja na presença de Sven. É absurdo, eu sei, tropeça na a razão e na moral também. Nesse amor contra a natureza e contra a lei, eu sei que estou condenada. Mas não pude fazer nada, Charles! Eu não poderia fazer nada... e o senhor também não pode.

Tentei lutar contra meus sentimentos, juro. E sofri mais do que nunca na vida.

Quer a prova? Aqui está.

No final do mês de julho, Sven me informou que precisava abandonar a floresta e pediu para que eu fosse com ele:

– Sven, Oluf e Baldur partir amanhã. Floresta não segura. Homens atrás de nós. Precisamos ir muito longe.

No decurso dos nossos encontros noturnos, eu compreendi que Oluf era o nome do colosso e que Baldur designava a coisa com olhos de sangue. As batidas organizadas pelo delegado Chapon os obrigava a encontrar um refúgio novo a cada dia, uma gruta nova para se esconder. E, a cada noite, Sven percorria léguas para retornar a Valrémy, apesar do perigo.

Mas agora todos os esconderijos tinham sido descobertos, todas as tocas tinham sido reviradas. A floresta já não oferecia mais asilo seguro. Oluf decidira que os três deveriam ir embora.

– Gabrielle... vem com Sven?

As íris claras dos olhos dele tremiam como na noite do nosso primeiro encontro.

Eu sentia que uma tempestade estava para se abater sobre a expressão de falsa calma dele. Veja bem, Sven tem isso em comum com os animais: dá para ler as emoções em seus olhos.

– Eu não posso ir. Estou grávida do bebê de Charles de Valrémy. Compreende? Um bebê...

– Compreende. Pode proteger o bebê.

– Proteger, talvez. Mas criar? Dar-lhe um lugar quente para dormir, roupas adequadas, educação digna de um ser humano?

As narinas de Sven se abriram. Ele passou a mão nervosa na nuca raspada.

– Sou ser humano. Sou homem. Posso criar criança!

A voz dele agora soava como a tempestade. Fiquei com medo de que ele chamasse a atenção dos cachorros, de que acordassem as pessoas adormecidas no castelo.

Esse era o orgulho dele, sua razão de ser: se desvencilhar do caráter animal que fazia sombra sobre seus dois companheiros, reivindicar todos os atributos da humanidade. Era por isso que ele aparava com cuidado a barba e o cabelo, lavava as roupas com a água limpa do riacho, esfregava a pele com ervas fragrantes – para eliminar o cheiro animal.

– Não posso ir com você – eu repeti com a maior clareza possível, esforçando-me para disfarçar minha alma dilacerada.

Eu mal tinha pronunciado essa frase quando o branco dos olhos de Sven ficou todo vermelho. Pela primeira vez, o rosto bonito dele se deformou em uma expressão de raiva que me lembrou o de Baldur. Ele brandiu o punho e bateu no tronco atrás da minha cabeça com toda a força. Quando puxou a mão, vi que estava pingando de sangue.

Depois disso, ele saiu correndo pela floresta.

Não voltei a vê-lo durante sete meses.

Quanto mais minha barriga ficava redonda, mais a minha força diminuía. Está lembrado dos pesadelos atrozes que me faziam acordar no meio da noite? Mais uma vez, seus médicos atribuíram à gravidez. Mas, na verdade, eu sonhava com Sven e com a última vez que ele tinha me olhado.

Eu estava petrificada de medo e de arrependimento. De medo ao pensar naquele olhar feroz cheio de sangue; de arrependimento ao me lembrar daquele sorriso luminoso, daquela pele de perfume selvagem, daquele corpo vasto com um navio e protetor como uma fortaleza.

Tenho vergonha de colocar isto por escrito: a primeira angústia que me veio, quando a criança nasceu, foi de não encontrar outra desculpa para a minha melancolia agora que a gravidez tinha terminado.

Decidi colocar o nome de Renée na nossa filha, em homenagem ao meu caro Chateaubriand e a todas as almas românticas que desejam renascer uma segunda vez no sonho e nos livros.

Porém, dentro de mim mesma, eu tinha a impressão de ter morrido duas vezes...

E então, em uma noite de março, senti que ele tinha voltado.

Havia me retirado para o meu quarto depois de amamentar Renée, com o pretexto de me afastar das preparações da mudança que tinham começado desde que ficamos sabendo do retorno de Napoleão a solo francês.

Estava mergulhada nas páginas de Atala, tentando realmente encontrar na leitura uma derivação da minha tristeza. Sem saber por quê, ergui a cabeça com brusquidão e voltei o olhar para a janela que dava para o parque. As primeiras sombras da noite começavam a cair, e os limites da floresta, lá no fundo, já estavam escuros. Mas eu tinha certeza de que ele estava lá, esperando por mim.

A partir desse instante, tudo aconteceu muito rápido e com muita facilidade, como uma evidência. De repente eu me senti muito leve, livre de um peso que o fim da gravidez não tinha conseguido levar embora. Abri a janela e pulei o peitoril. Depois, caminhei até a floresta sem olhar para trás.

Ele estava lá, de fato, embaixo do mesmo carvalho onde tínhamos nos encontrado na primeira noite.

Os ferimentos do peito estavam completamente fechados.

Ele tinha barbeado as bochechas, e a pele exposta dava-lhe um ar ainda mais jovem.

– A criança... – ele murmurou, e essas foram suas primeiras palavras. – A criança nasceu?

Baixei a cabeça.

– Gabrielle pode vir com Sven agora. Se quer. Se não, nunca mais ver Sven.

Baixei a cabeça pela segunda vez.

Entendi e aceitei. Aceitei tudo.

Caminhamos durante mais de uma hora antes de chegar ao acampamento.

Ele estava instalado dentro de uma gruta. Naquelas últimas semanas, a floresta tinha voltado a ser um lugar seguro. As batidas tinham cessado, todas as atenções agora estavam voltadas a Napoleão e a seu trajeto inexorável até Paris.

Sven me fez compreender que, durante os meses de inverno, ele e seus companheiros tinham se retirado em uma caverna nos confins das montanhas. A cada ano, durante a estação morta, eles eram acometidos de um torpor, seus pensamentos e seus gestos ficavam mais lentos, como acontece com os animais, e eles entravam em um estado de hibernação do qual só despertavam em ocasião dos primeiros degelos.

Quando despertaram do longo sono, no início do mês de março, voltaram a se aproximar dos vilarejos da montanha para atacar os tropeiros e saciar a fome. Foi assim que ficaram sabendo que o imperador tinha retornado à França, que havia ameaça de guerra mais uma vez.

Mas havia algo ainda mais grave... À medida que as semanas e os meses se passavam, os três fugitivos sentiam que estavam retornando a um estado selvagem do qual, em breve, nada poderia fazer com que saíssem; Baldur já tinha atingido o ponto em que não dava mais para voltar atrás, era ele que tinha o olhar injetado de sangue de maneira permanente. Só havia um meio de escapar desse destino funesto, um só remédio, que Sven chamava de "água-luz". Eu não entendi muito bem o que era, apenas que se encontrava bem longe, nas brumas do norte... Para bebê-la, Oluf tinha decidido que eles precisavam ir para lá. O colosso tinha partido com Baldur dois dias antes. Na direção da terra de origem deles, a Dinamarca – eles teriam tempo de chegar antes que o inverno seguinte fizesse com que caíssem mais uma vez no limbo da hibernação.

Era da Dinamarca que eles tinham vindo três anos atrás.

– Morava na casa grande da charneca. Foram pegar nós lá. Levaram à força, em jaulas.

– Mas quem, Sven? Quem pegou vocês?

– Homens com esta roupa.

Ele apontou para o casaco azul com ombreiras e adornos vermelhos, que eu tinha reconhecido desde a primeira noite como o uniforme dos soldados de Napoleão.

– Os soldados imperiais levaram vocês? Mas por quê?

– Para batalha. Para batalhar contra homens do leste, ao som dos tambores que embriagam.

Enquanto Sven falava, meus pensamentos desenrolavam-se em alta velocidade. Eu não podia ignorar o fato de que, desde o início do império, o rei da Dinamarca tinha se aliado a Napoleão. Ele tinha até mobilizado soldados para reforçar as fileiras do Grande Exército no momento em que este se preparava para atacar a Rússia em 1812. Seria possível que tivesse fornecido ao aliado algo além de homens? Como criaturas com passado imemorável, que o mundo todo, menos um pequeno reino perdido na parte mais alta das cartas geográficas, tinha esquecido havia séculos?

– Eles alistaram vocês à força no Grande Exército – murmurei. – Vocês conheceram o inverno russo... o incêndio de Moscou... a derrota do rio Berezina...

As imagens de fogo e de sangue me passaram pela mente. A campanha da Rússia tinha sido a mais ampla e a mais mortal entre todas as aventuras militares de Napoleão. Centenas de milhares de homens tinham morrido de frio, de fome ou de doença. Na época, os exilados de Potsdam e de toda a Europa se deleitavam com cada uma das derrotas do imperador em solo russo – e eu me lembro de ter me deleitado junto com eles. Mas, agora, eu sabia que Sven tinha conhecido aquele inferno. Eu sabia que ele tinha sido arrastado até Moscou para lutar em uma guerra que não compreendia. E eu sabia que ele fazia parte dos poucos punhados de homens que haviam retornado, os sobreviventes da retirada terrível da Rússia. Foi assim que eles tinham ido parar na floresta de Vosges, Oluf, Baldur e ele, com algumas sacas de aveia roubadas dos estoques do exército para garantir sua subsistência.

Vendidos por seu próprio país.

Desertores de um exército que não era o deles.

Pior do que exilados: proscritos.

Agora eles queriam voltar para casa.

Agora eles queriam esquecer a guerra, o sangue e o medo e se curar de sua animalidade antes que fosse tarde demais.

– Nunca perguntei – eu finalmente disse. – Quem vocês são na verdade, você e os outros?

Minha voz não passava de um sussurro. Percebi que havia um motivo para eu nunca ter feito essa pergunta antes. Era porque eu tinha medo da resposta.

Sven não respondeu imediatamente.

Ele passou vários minutos atiçando o fogo que tinha acendido no fundo da gruta, como se fosse um adivinho procurando as palavras nas brasas.

– Não sei... – ele finalmente disse.

Naquele instante, apesar de sua força e de seus músculos, apesar das cicatrizes que marcavam seu peito, ele parecia uma criancinha perdida na noite.

– Não conheço meus pais. Lembro de uma casa grande na charneca. Era lá que moravam todos iguais a mim. Todos aqueles...

– Todos aqueles?

– ...Todos aqueles que nasceram sob o signo do Urso. Agora, Sven precisa voltar para a casa da charneca se não quer ficar igual Baldur. Se não quer... matar aquela que ama mais no mundo inteiro.

Tropeçando nas palavras, sem coragem de me olhar nos olhos, Sven me contou a história trágica de seu companheiro de miséria. No início, Baldur era o mais gentil entre aqueles que se tornariam os moradores da cabana – e também o mais frágil. Às vezes, os soldados deixavam que ele saísse dos vagões negros grandes em que mantinham os outros homens-urso trancados feito animais entre as batalhas. Foi assim que, no caminho de Moscou, no início da campanha da Rússia, Baldur se apaixonou por uma camponesa que não sabia nada a respeito do mal que lhe acometia. Sob o olhar surpreso dos soldados, os amantes malditos juraram que se casariam depois da guerra. Porém, quando a hora da retirada chegou, uma criatura mudada, de maneira irremediável, tinha voltado da Moscou incendiada – foram mortes demais, furor demais, angústia demais para Baldur... e a privação longa demais da misteriosa água-luz. Os soldados, horrorizados, foram encontrá-lo ao amanhecer, saindo do sítio onde a noiva dele morava. As mãos dele estavam cobertas de sangue, assim como seus olhos, cheios de uma hemorragia que nunca mais estancaria. Baldur tinha passado definitivamente para o lado da animalidade e assassinado a moça que estava prometida a ele...

Era isso que apavorava Sven, por isso ele estava decidido a me abandonar para sempre se eu não concordasse em ir com ele.

Terminei.

Agora sabe tanto quanto eu a respeito dos moradores da cabana e a respeito do que aconteceu na noite de 21 de maio de 1814.

Amanhã, parto em direção ao norte, seguindo o rastro de Oluf e Baldur. Talvez eu não volte nunca mais. Mas é lá que se encontra a água-luz que permitirá que Sven se cure, que evitará que ele entre em um estado de loucura selvagem do qual jamais poderá escapar.

A casa grande da charneca traz a chave do destino dele, e do meu também a partir de agora.

Duvido que o mundo vá me perdoar por ter abandonado um marido e uma filha. Mas será que o senhor, Charles, depois de ter lido esta carta, conseguirá compreender?

Talvez compreenda que eu seja mais necessária a Sven do que a Renée e ao senhor. Não terá nenhuma dificuldade em encontrar uma mulher que o mereça, não uma ingrata como eu; sei que Renée pode contar com Ernestine e com as amas de leite providenciadas pelo senhor. E quanto a Sven? Ele é ao mesmo tempo um homem e uma criança, tem necessidade dupla de mim. Seja lá qual for o destino que o espera, lá no alto, entre as brumas do norte, preciso estar ao lado dele para enfrentarmos isso juntos.

Tenho um último pedido a lhe fazer, com o qual talvez concorde. Coloquei neste envelope uma mecha do meu cabelo – um dos meus "cachinhos dourados", como Ernestine diria. Entregue-o a nossa filha quando ela perguntar quem foi a mãe dela.

Adeus.
Desejo-lhe toda a felicidade que merece.

Gabrielle

A chaminé do barco soltou um assobio comprido no momento exato em que Blonde terminou a leitura.

Ela ajeitou com cuidado a carta na mochila e apagou a lamparina pendurada acima de sua cabeça. A noite envolveu-a como um sobretudo.

Pela primeira vez desde o início dessa aventura, ela ficou com a impressão de estar frente a frente com Gabrielle. Porque ela sabia de uma coisa que a moça ignorava no momento em que escreveu sua carta de despedida: a hereditariedade dos olhos vermelhos tinha prosseguido até aquele dia. Blonde tinha herdado aquilo, ela carregava a maldição, tinha nascido sob o *signo do Urso.*

"A senhorita não é minha filha!", Charles de Valrémy tinha vociferado quando ela se apresentou a ele.

Estava certo.

Contrariamente ao que Gabrielle acreditava, o sangue dos Valrémy não corria nas veias de Blonde.

O pai dela não era ninguém menos do que o desertor de cabelos loiros.

8

O segredo de madre Rosemonde

O FINAL DA VIAGEM SE PASSOU EM SILÊNCIO.

Com o olhar fixo na noite, Blonde segurava entre os dedos a mecha de cabelo que estava no fundo do envelope. O cabelo era tão parecido com o dela, assim como os olhos dela se pareciam com os de Sven.

Que herança estranha, esse cabelo e esses olhos!

O ouro e o sangue: era isso que os amantes malditos tinham deixado para a filha, para além do tempo. E também a promessa de que existia um porto seguro para aqueles que pertenciam a sua espécie: a casa grande na terra onde Sven tinha nascido e crescido, até que os soldados de Napoleão chegaram para capturá-lo.

Qual seria o remédio enigmático que Sven tinha mencionado a Gabrielle?

Será que aquela água-luz realmente era a única escapatória da maldição do signo do Urso?

Será que a própria Blonde havia sido acometida pelo mal que faria com que ela, de modo inexorável, deixasse de lado suas qualidades humanas para se afundar no comportamento animal?

Ela tinha um pouco de dificuldade em acreditar; apesar da perda de consciência momentânea no escritório de Charles de Valrémy, parecia que ela tinha retomado todos os sentidos e que conseguiria controlá-los, agora que sabia no que prestar atenção. Sim, da próxima vez, ela saberia detectar os sinais que antecediam um ataque e poderia reagir de acordo.

Ela tinha certeza de que seria capaz de vencer a maldição do signo do Urso com sua força de vontade.

Quando o barco avistou as luzes do município de Châtel, o marinheiro deu uma tossida.

– Ei, senhorita! É aqui que o Durbion se junta ao rio Mosela, se ainda está interessada...

Depois de colocar na mão enorme do marinheiro as moedas que a velhinha entregara-lhe uma hora antes, Blonde desceu para a terra firme.

A margem acolheu seu sapato com uma borbulha. Naquele período do ano, os rios da região transbordavam do leito com frequência, enchendo a terra de água e de lodo. Felizmente, o céu estava limpo e a lua, cheia; assim Blonde podia avançar desviando-se das poças e dos buracos.

Dessa maneira, ela foi subindo o Durbion durante quase duas horas, ignorando a fome que incomodava seu estômago e o frio que penetrava na espinha. Na maior parte do tempo, o curso do rio serpenteava entre pradarias e bosques. Três vezes, ela atravessou povoados com janelas fechadas e fumaça nas chaminés, passando na frente das casas feito uma sombra, com o capuz da capa baixado por cima do rosto.

Finalmente chegou a um bosque mais denso do que os outros que tinha atravessado até então. Alguma coisa no ar, o cheiro de incenso e de pedra antiga, indicou que ela tinha chegado a seu destino.

De fato, a silhueta do convento logo surgiu no meio da noite.

A porta se abriu rangendo e revelou a silhueta robusta de irmã Bienvenue, a vigilante que cuidava das entradas e saídas do mundinho fechado que era Santa Úrsula.

– Quem é você para acordar a casa de Deus a esta...

Surpresa, a religiosa deixou cair seu molho de chaves quando Blonde ergueu o capuz.

O barulho de metal batendo na pedra ressoou feito moedas tilintando.

– A senhorita! – a porteira exclamou. – A senhorita tinha ido embora!

– E agora voltei.

Blonde viu a irmã respirar fundo e colocou o indicador sobre a boca dela antes que começasse a gritar.

– É a senhora que vai acordar a casa de Deus sem motivo – ela disse. – Acha mesmo que eu me entregaria assim, se fosse para fugir mais uma vez?

O grito de alerta ficou entalado na garganta de irmã Bienvenue.

– Só precisa acordar uma pessoa – Blonde disse com a voz calma. – A madre superiora.

*

– Criança maldita, que demônio a inspirou para fugir de nós dessa maneira? Que Deus perdoe...

– Talvez eu perdoe a senhora primeiro por ter mentido para mim.

Madre Rosemonde fez uma careta e adicionou algumas rugas às milhares que já tinha. Ela chegou a seu escritório apenas alguns minutos depois que Blonde mandou avisar de sua chegada, como se fosse uma múmia saindo das catacumbas. Com sua idade avançada, talvez ela dormisse vestida, ou talvez nem dormisse mais.

– Que falta de respeito! – exclamou a priora, que também participava da reunião.

Diferentemente de sua superiora, ela ainda exibia os estigmas do sono do qual a tinham arrancado. Uma marca grande de travesseiro atravessava a bochecha direita e uma touca de dormir lhe caía sobre o rosto no lugar do hábito.

– Sente-se, minha irmã – Madre Rosemonde disse e ergueu os dedos finos como palitos. – Deixe que ela se explique. E a senhorita, Blonde, responda: por que acha que eu menti?

– Por omissão, madre. Escondeu de mim o segredo do meu nascimento.

A madre superiora baixou a cabeça. Pela primeira vez, Blonde teve a impressão de enxergar seus olhos entre as dobras de carne que formavam suas pálpebras. Eram vivos como os de uma menina.

– Não é pecado nenhum proteger uma criança das desgraças do século – ela respondeu. – O mundo além dos muros do convento não tem nada a lhe oferecer; espero que sua fuga tenha ao menos ajudado a perceber isso. Está aborrecida comigo por eu ter ocultado a identidade do homem que a abandonou sobre os degraus da nossa instituição há dezesseis anos? Que ajuda isso representaria se soubesse, já que o homem não queria mais saber da senhorita? Com o casamento de Charles de Valrémy e Gabrielle de Brances anulado, passou da situação de filha legítima a bastarda. Essa é a crueldade do mundo, e foi bondade nossa esconder essa triste verdade.

– Muito bem, mas não é por esse segredo que eu a condeno.

– Então, qual é?

– Por que eu fui proibida de sair ao ar livre e à luz durante todos estes anos, se não para me deixar desesperada? Por que me forçaram a usar estes óculos inúteis, se não para me cegar? Por que não me deram um nome cristão, se não para me desacreditar aos olhos de todos?

A madre superiora aprumou-se atrás da escrivaninha.

Sua silhueta frágil tremia tanto que parecia que ela ia se quebrar a qualquer instante.

– Eu não poderia julgá-las por terem escondido de mim a identidade do conde De Valrémy – Blonde prosseguiu. – Porque ele não é o meu pai.

– Nós desconfiávamos mesmo: um homem não abandona a própria carne dessa maneira, e a igreja não anula um casamento sem que o adultério seja averiguado.

– Teria sido necessário mais do que um simples adultério para convencer o papa a anular esse casamento. Não foi a um outro homem que minha mãe se entregou antes de se casar com o conde: foi a um demônio. A criatura que me gerou não é totalmente humana.

Madre Rosemonde pegou no crucifixo que estava pendurado em seu pescoço, agarrando-se a ele como a uma boia salva-vidas.

– Foi por sua saúde e pela nossa – ela gemeu. – Não devia jamais saber disso e jamais deveria falar desse assunto conosco...

– O que está dizendo sobre sua saúde? A questão aqui é a minha vida, escute bem: *a minha vida!*

Incapaz de continuar em pé, Madre Rosemonde afundou-se na cadeira.

– Diga a ela, Marie-Joseph, revele tudo de um só fôlego. Conte tudo a ela, porque a hora é agora...

A priora então se levantou.

Seu rosto já não estava apenas severo ou grave; era trágico.

– No início, acreditamos que tinha nascido do erro de sua mãe com um senhor muito poderoso, talvez um rei – ela disse sem ter coragem de cruzar o olhar de Blonde. – Será que tenho coragem de confessar? Tínhamos imaginado que, na tormenta da guerra, Gabrielle tivesse cometido o pecado da carne com um príncipe do Império, quem sabe com o próprio Napoleão! O conde De Valrémy tinha pagado tão caro para que não fosse considerada sua descendente... Já no que diz respeito ao relato das autoridades eclesiásticas, ele estipulava que a senhorita era fruto de um adultério gravíssimo, que seria melhor para o andamento do mundo e a paz dos homens que jamais deixasse os muros deste convento. Começamos a criá-la como as outras moradoras do convento. A única diferença era que ficaria para sempre entre nós, porque nenhuma situação, nenhuma parte estava a sua espera no mundo. De resto, a senhorita brincava, estudava, rezava de acordo com a regra comunal. Ainda se chamava Renée; Blonde não passava de um apelido que nós às vezes usávamos.

E então, um dia, aconteceu um drama. Com certeza não se lembra... mal tinha quatro anos! Um acidente...

– Um acidente?

Blonde sentia o coração bater a cem por hora na caixa torácica que de repente pareceu pequena demais.

– Aconteceu no jardim. Uma outra pensionista quis pegar o seu arco. Eu devia cuidar das duas enquanto brincavam, mas estava ocupada examinando uma goteira no refeitório. Ouvi um grito. Quando voltei ao jardim, sua companheira de brincadeiras estava caída de cara no chão.

– Morta? – Blonde murmurou quase sem fôlego.

– Só tinha sido derrubada. Mas os seus olhos, Blonde... os seus olhos! Estavam vermelhos de sangue! Quando voltou a si, a senhorita não se lembrava de nada.

Blonde sentiu ânsia de vômito.

"Animal selvagem!", berrava a voz dentro de sua cabeça. "Besta feroz! Monstro!"

Pela primeira vez, ela sentiu pesar sobre as costas todo o peso da maldição misteriosa mencionada na carta de Gabrielle, o fardo composto de centenas de cadáveres deixados por Sven e seus semelhantes pelo caminho.

– Apenas Madre Rosemonde e eu sabemos do acidente – irmã Marie-Joseph voltou a falar. – E nós resolvemos que deveria permanecer assim. A vítima não se lembrava de mais nada. Nós dissemos aos pais dela que tinha caído por acidente. Sabíamos que, se a tivéssemos denunciado, teriam tirado a senhorita de nós para sempre. É uma idiotice dizer, mas... nós nos apegamos à senhorita.

Blonde nunca tinha visto a priora em tal estado. Os olhos dela pareciam ter se derretido como dois pedaços de gelo e, no momento, parecia que ela estava segurando lágrimas. Logo ela, a freira mais intransigente de Santa Úrsula!

– A irmã enfermeira experimentou todo tipo de tratamento, sedativos e vomitivos. Mas é impossível encontrar o remédio quando não se sabe qual é a doença! A senhorita foi colocada em quarentena temporária para preservar as outras pensionistas, e só pudemos constatar uma coisa: a sombra, a umidade e o frio pareciam mergulhá-la em um estado de coma, em um torpor próximo à hibernação. Por isso, decidimos protegê-la para sempre dos raios de sol.

"Feito um urso!", Blonde pensou, assustada. Percebeu que, durante dezesseis anos, as irmãs tinham construído um inverno permanente ao redor dela, transformando o convento na caverna em que ela passou a infância toda hibernando!

– Para reforçar ainda mais sua apatia e protegê-la melhor da luz, a irmã enfermeira pegou os fragmentos de vitral mais escuros que encontrou; ela confeccionou então os óculos que a senhorita usou obedientemente durante tanto tempo e que fiquei tão desgostosa quando a vi deixar de lado há alguns dias... agora compreende por quê! Os óculos, os xales, o intervalo dentro do prédio enquanto as outras brincavam lá fora, tudo isso foi para protegê-la e para proteger o convento! Em relação ao apelido de Blonde... talvez tenha pegado por já termos o pressentimento de que a senhorita não era humana de verdade, e por isso não tinha autorização para carregar um nome que uma santa tivesse recebido antes. Mas talvez também quiséssemos protegê-la daqueles que, em um dia próximo, viessem em busca de Renée de Valrémy para tirá-la de nós...

Enquanto escutava a priora, Blonde repassou toda a sua infância na mente.

As irmãs, que ela tinha considerado tão duras de vez em quando, nunca tinham deixado de protegê-la de si mesma. Tinham feito de tudo para abafar a loucura adormecida no âmago daquela menininha loira de pele clara.

– Anos se sucederam a anos, e acabamos concluindo que a sua doença tinha sido curada – irmã Marie-Joseph concluiu. – Ficamos esperando que se tornasse uma de nós para que o hábito a protegesse um pouco mais do sol e totalmente do mundo. Mas tomou outra decisão. Mostre seus olhos, não estão vermelhos? Diga uma coisa: teve um... ataque recente?

– Não – Blonde mentiu.

Permitiu que a priora a observasse com paciência: sabia que seus olhos tinham retornado ao tom normal; ela tinha verificado em seu espelhinho, várias horas antes, no barco.

Quando irmã Marie-Joseph terminou o exame, Blonde havia tomado sua decisão: era a sua vez de dar uma explicação às religiosas.

Relatou o conteúdo dos documentos que tinham projetado sua existência em uma dimensão desconhecida: a mensagem fechada na garrafa, os relatórios do delegado Chapon, a carta de despedida de Gabrielle, os pedaços de papel que tinham mudado para sempre sua visão sobre a existência. Falou da visita de Edmond Chapon, da fuga ao lado dele até Valrémy, do encontro com o homem que acreditava ser seu pai.

Enquanto ela falava, as duas mulheres soltavam exclamações, depois caíram em lágrimas e começaram a rezar. A criatura que semeara o ventre de Gabrielle de Brances tinha, aos olhos delas, todos os atributos do demônio!

Afetadas pelas revelações que abalavam sua fé, como teriam reagido se Blonde lhes tivesse dito que os ataques de fúria tinham retornado? Como, sem lançá-las a um estado de terror, a menina poderia ter explicado as perdas de consciência que a acometeram alguns dias antes, o véu vermelho que lhe caía sobre os olhos, tão parecidos com o do monstro da cabana?

Resolveu repassar tudo em silêncio.

Da mesma maneira, ficou quieta em relação ao caráter de evolução da maldição do signo do Urso, como estava descrito na carta de Gabrielle: em parte porque ela não queria assustar as religiosas, principalmente porque, na verdade, ela mesma não acreditava completamente naquilo. Era impossível imaginar perder o controle dos sentidos a ponto de se transformar nessa... *nessa coisa* em que Baldur se transformara.

A noite ia chegando ao fim quando as religiosas terminaram de escutar todos os ecos do passado e de chorar todas as lágrimas que tinham dentro do corpo.

– E agora, minha menina, o que pensa em fazer? – Madre Rosemonde perguntou a Blonde. – As portas aqui continuam abertas.

– Vou passar um tempo com as senhoras, já que me autorizaram. As freiras de Santa Úrsula sempre foram minha verdadeira família, só percebo isso agora. Mas, um dia, terei que ir embora para procurar a casa grande da charneca, porque é lá, eu sinto, que está a chave do meu passado.

"É para lá que meu pai foi para procurar o antídoto que o salvaria de si mesmo", ela pensou. "Preciso saber se ele finalmente encontrou a água-luz."

– Que seja assim. O fato de que há treze anos não tem nenhum ataque é tranquilizador. Nossas orações sem dúvida renderam frutos, extirpando o mal adormecido dentro da senhorita. Nossa missão foi cumprida; agora está curada e é dona de si mesma. No dia em que desejar nos abandonar, saiba que vamos utilizar os fundos da tesouraria para lhe dar um dote conveniente. Enquanto isso, faz parte de nós completamente.

Pela primeira vez, Madre Rosemonde acolheu Blonde em um abraço e apertou com o máximo de força que seus membros fracos permitiam. A menina tremeu, pensando que não merecia o carinho, porque agora era ela que tinha mentido por omissão.

Do lado de fora, o galo da alvorada cantou.

9

Novas regras

O CONVENTO ESTAVA ACORDANDO QUANDO BLONDE CHEGOU a seu quarto.

Ela se afundou no colchão de palha, cansada demais para fazer carinho em Brunet, contente de vê-la de volta tão cedo. Ela caiu em um sono pesado em que a silhueta fantasmagórica de uma casa grande se fazia perceber, mas que ela não conseguia alcançar...

Quando abriu os olhos, o dia já ia avançado do outro lado da janela, e seu espírito pareceu-lhe mais límpido do que nunca.

Por um instante, saboreou o prazer de observar o mundo com clareza e em todas as suas cores, sem o filtro sombrio dos óculos que tinham prejudicado sua vida durante tanto tempo. Será que eles realmente tinham contribuído para a manutenção de um estado de torpor constante? Era melhor acreditar que sim. Combinados à atmosfera enclausurada do convento, tinham puxado Blonde para baixo feito um peso morto. Tudo aquilo lhe parecia óbvio, olhando agora a distância. Durante o tempo em que passou entre as irmãs, o mesmo roteiro repetira-se de modo incansável: a cada outono, ela mergulhava lentamente no torpor da hibernação e só retornava de modo vago, com a aproximação do verão.

Sempre a mesma história, sempre a mesma lenga-lenga, ano após ano...

Mas, agora, a vida fechada na concha tinha terminado. Ao se desfazer dos óculos, ao parar de usar os xales, ao se expor à luz do sol, Blonde teve a impressão de se transformar naquilo que era de verdade. Seria impossível para ela retornar à existência anterior. Impossível.

A primavera que chegava seria a primavera *dela.*

E a vida que se estendia a sua frente seria a vida *dela.*

Depois de fazer a higiene e se vestir, Blonde foi direto para o refeitório.

As outras pensionistas já estavam na aula fazia muito tempo, mas uma fatia grossa de pão estava à espera da menina sobre a mesa vazia. Como luxo supremo naquele lugar, tinha até um pote de mel ao lado!

Blonde jogou-se sobre a comida. Isso também tinha mudado: o apetite dela. Ela tinha vontade de comer açúcar, alimentos energéticos, como se todo o seu corpo, depois de passar tanto tempo meio adormecido, tivesse passado para a velocidade acelerada.

Ela se maravilhou com o gosto do mel. Nunca tinha se dado conta de como adorava aquilo; a cada bocado, era uma natureza inteira que desabrochava nela, campos de flores multicoloridas, florestas de pinheiros com cheiro de resina. Ela realmente devorava seu pão com mel com todos os sentidos.

Quando as onze horas finalmente bateram, Blonde desceu para a última aula da manhã. Por respeito às convenções, ela tinha prendido o cabelo; mesmo assim, sentia que irradiava uma segurança que jamais havia experimentado.

Exclamações sonoras receberam Blonde quando ela entrou na galeria, que as pensionistas estavam usando para ir para a aula depois de um breve intervalo.

Normalmente, Blonde tinha dificuldade de abrir caminho entre o bando ruidoso; porém, naquela manhã, as conversas cessaram como que por mágica, e as garotas se afastaram para deixá-la passar. Pela primeira vez, a pensionista permanente de Santa Úrsula já não fazia mais parte dos móveis e utensílios, já não se esgueirava junto às paredes; agora caminhava bem no meio da galeria, fazendo cabeças virarem ao passar. Ela ficou com a impressão de que estava vivendo um sonho, como nos contos de fadas em que a renegada que se torna princesa de repente revela toda a sua nova glória repentina.

Ela ouvia cochichos a seu redor:

– Olhem, é Blonde!

– Ela voltou!

O grupinho das mais velhas estava reunido na frente da sala de aula onde teriam a lição de história. Como de costume, Berenice era o centro de todas as atenções: pelo menos até Blonde aparecer. Mais uma vez, o encanto funcionou: as línguas pararam de se agitar como que por magia, e a recém-chegada atraiu todos os olhares.

– Bom dia – Blonde disse com toda a simplicidade. – Sobre o que estão conversando?

– Hum, bem... estávamos falando sobre os romances que lemos às escondidas – Sophie Adelaide balbuciou.

– É mesmo? E o que anda lendo de bom, Sophie Adelaide?

– Eu?

A aluna-modelo ficou corada, como se uma preceptora tivesse feito uma pergunta que ela não soubesse responder.

– Para dizer a verdade... absolutamente nada. Não tenho coragem de pegar romances na biblioteca, visto que as irmãs proíbem...

Uma risadinha de desdém tomou conta do grupo.

Blonde não deu risada. Ela já tinha sofrido demais com esse tipo de sarcasmo para se juntar a ele.

Pousou a mão nas costas de Sophie Adelaide.

– Você não devia escutar as irmãs sempre – ela aconselhou. – Elas são mulheres santas, mas, por quererem tanto nos proteger, às vezes nos sufocam...

As risadinhas cessaram no mesmo instante, e Blonde retirou um livro fino das dobras de seu vestido: o exemplar de *René* que ela tinha pegado na biblioteca.

– Tome – ela disse e estendeu o livro para Sophie Adelaide. – Eu já terminei. Espero que ele faça uma outra pessoa sonhar agora.

Sophie Adelaide pegou o livro com a mão trêmula. Todas as presentes naquela manhã ficaram com a impressão de que assistiam a um pequeno milagre, vendo-a respirar pela primeira vez, como se lhe tivessem tirado uma corda do pescoço. Ninguém mais teve vontade de caçoar.

Foi naquele exato momento que Blonde o viu.

Ali, atrás das colunas, no meio do claustro: Gaspard.

Ele também tinha voltado.

Com a ajuda do mestre, ele estava ocupado erguendo uma coroa de pedra pesada sobre a testa de Santa Úrsula.

Blonde ia se separar do grupo para falar com ele quando uma voz a deteve:

– Não nos deixe curiosas, Blonde. Diga por que gostou do livro.

Era Berenice.

– Por quê? – Blonde repetiu com a voz distante, sem conseguir tirar os olhos do claustro.

Ela se ergueu na ponta dos pés no momento em que Gaspard levantou a cabeça. O olhar dos dois se cruzou, e Blonde quase gritou o nome dele, mas, no último instante, o rapaz desviou os olhos.

– Nossa, que eloquência a sua! – Berenice caçoou. – Estamos aqui imaginando se de fato leu o livro...

Sorrisinhos maliciosos se abriram em um ou dois rostos.

– ...ou se a gracinha que fez com que parasse de usar os óculos também fez com que fosse incapaz de decifrar uma única linha!

Algumas risadas misturaram-se ao sino que marcava o começo da aula, porém já não eram mais tão numerosas como na época em que Berenice reinava todo-poderosa sobre as protegidas.

O vento tinha acabado de mudar de direção.

*

Mesmo assim, Blonde sentiu a pressão tão conhecida na boca do estômago.

O rosto sorridente de Berenice tinha começado a ficar vermelho perante seus olhos.

Mas o sinal de repente fez com que o mundo retomasse as cores normais.

Levada pelo grupo, Blonde entrou na sala de aula sem resistir.

Por que Gaspard tinha desviado o olhar?

Por costume, os passos da menina dirigiram-se à última fileira, para o lugar onde ela tinha se encolhido durante tantos anos.

– Blonde... tem um lugar ao meu lado, se quiser...

Era Sophie Adelaide, sentada comportadamente na frente da mesa da professora, como de costume.

Blonde não hesitou durante muito tempo:

– Obrigada, é muita gentileza sua.

Ela nunca (*e com um nunca bem grande!*) teria tido coragem de se sentar na primeira fila antes, deixando os cabelos expostos aos comentários do resto da classe toda atrás dela. Agora, isso não a incomodava mais. Só uma coisa importava: poder continuar a observar o claustro através da janelinha da porta. O que tinha acontecido com o rapaz que a devorava com os olhos, apenas dois dias antes, enquanto ela posava para ele? Por que tinha ficado com os olhos tão fixos na estátua agora?

– Bom – irmã Esther disse ao se instalar a sua mesa. – Vamos retomar as coisas no ponto em que paramos. Chateaubriand. François René de Chateaubriand. Nós lemos juntas um trecho do panfleto em que o autor faz um relato da retirada da Rússia. Deviam ter feito uma redação sobre o episódio. Vou passar pelas carteiras para recolher.

De repente, o texto terrível de Chateaubriand retornou à mente de Blonde: o frio, a fome, o medo dos milhares de soldados lançados à derrota. A menina sabia que, entre eles, arrastavam-se três combatentes que não eram homens. Três criaturas que nem se lembravam de ter um teto para se aquecer no vazio das noites geladas; nem mesmo a promessa de uma medalha para fazê-los avançar na direção do horizonte. Animais de guerra, sem passado e sem futuro. A deserção tinha sido a única escapatória, e a cabana da floresta, o único refúgio...

– Muito bem, Blonde: sua redação?

Blonde ergueu os olhos.

Parada na frente da carteira dela, a preceptora a espiava por trás de seus óculos de leitura. Assim como as alunas, ela parecia impressionada com a transformação física da menina.

– Eu... me esqueci de fazer. Mas entrego amanhã sem falta.

Foi nesse momento exato que Berenice decidiu atacá-la. Sua voz aguda soou às costas de Blonde:

– Na verdade, ela esqueceu os óculos. Não é nada cômodo fazer uma redação quando se é míope feito uma toupeira!

Depois, sem nem parar para respirar, ela começou com a velha ladainha:

– Senhoritas, conhecem a história da desmiolada que vai ao oculista? Ela diz: "Preciso de óculos, senhor..."

– Basta, Berenice! – irmã Esther repreendeu.

Mas nada poderia fazer aquela diabinha parar:

– "São para miopia?", o oculista pergunta. E sabem o que a desmiolada responde? "Não, senhor, são para mim!"

Berenice nunca tinha sido tão agressiva. Será que era por se sentir ameaçada pela nova aparência de Blonde? Porque queria devolver à classe como objeto de zombaria aquela que as outras pensionistas começavam a considerar com admiração?

Em sua exaltação pérfida, ela tinha se levantado por cima da carteira, esperando sentir sobre o rosto a chuva de risadas da sala toda.

Não conseguiu despertar nem um único sorriso, nem o menor deles.

Pela primeira vez na vida, a maravilhosa Berenice tinha sido rebaixada.

E, pela primeira vez, Blonde sentiu que teria sido possível reagir à provocação de sua inimiga: nada mais fácil do que afundar alguém que já não estava mais nas graças da multidão, e ela sabia disso melhor do que ninguém. Mas ela não o fez, porque seu temperamento não era o de um urubu atrás de carniça, e sim de uma águia que voa alto, por cima dos cadáveres; a altivez de seu silêncio reforçou sua categoria.

Irmã Esther aproveitou o silêncio para dizer às alunas que se comportassem.

– Ora, ora: quem quer ler a redação em voz alta?

Berenice saiu da classe emburrada no fim da aula, com o rosto corado.

Blonde achou que poderia aproveitar para se aproximar de Gaspard a caminho do refeitório, mas um grupo de meninas se fechou ao redor dela.

– Fez bem em não se rebaixar a responder, Blonde!

– Sempre achei essa Berenice uma vulgar...

– Precisava ter visto a cara dela!

A classe das protegidas era assim, igual a todas as massas humanas que flutuam ao sabor das belas palavras e dos fracassos. Blonde percebeu que não tinha raiva delas por terem sido cúmplices de seu martírio durante tanto tempo; sabia que elas também precisavam amadurecer.

Quando a jovem finalmente conseguiu abrir uma passagem no meio da maré alta que sua popularidade repentina tinha causado, Gaspard tinha deixado o claustro...

Já em relação a Berenice, ela apareceu alguns minutos depois, na entrada do refeitório. Parecia mais serena, quase relaxada, como se tivesse aproveitado a ausência para acalmar os nervos.

– Peço desculpas pelo que fiz agora há pouco – ela disse a Blonde. – Minha piada não foi nada engraçada. Que tal almoçar comigo?

Blonde ficou estupefata com a ousadia da menina. *Desculpá-la?* Depois de tudo o que tinha feito com que ela aguentasse?

– Qual é o seu plano agora? Passou anos fazendo com que minha vida fosse impossível e, de repente, quer almoçar comigo? Acha que eu sou a desmiolada da sua piada? Ninguém muda assim da noite para o dia.

– No entanto, olhe só para você. Passou por uma transformação em dois dias. Está resplandecente! Já antes...

– Antes?

– Não se incomode. Só quero dizer que agora tenho vontade de ser sua amiga.

Blonde deu um sorriso triste.

Tanta inconsequência a afligia. Ela tinha pena dessa menina que, depois de a ter perturbado durante tanto tempo, parecia pronta para catar as migalhas de sua amizade. Supondo que Berenice fosse sincera, estava pedindo muito, cedo demais.

– Quem sabe um outro dia, Berenice – ela murmurou. – Um outro dia.

Na hora do almoço, naquele dia, Blonde comeu sentada à frente de Sophie Adelaide. Durante toda a refeição, respondeu distraída às perguntas que a colega fazia. Sua cabeça estava em outro lugar. Não conseguia parar de pensar em onde estariam os trabalhadores, se almoçariam no refeitório. A frieza inesperada de Gaspard tinha deixado um pedaço de gelo no peito dela que nem mesmo aquela sopa quente, nem a tagarelice entusiasmada de Sophie Adelaide eram capazes de aquecer.

10

Fúria

BLONDE SENTIU O CORAÇÃO PARAR DE BATER QUANDO SAIU DA mesa.

Gaspard e o mestre estavam chegando na direção oposta pelo corredor, abrindo caminho entre as fileiras de moradoras do convento, acompanhados pela priora. Quando enxergaram Blonde, pararam de conversar.

Passaram na frente dela sem proferir nenhuma palavra e entraram no refeitório. A servente fechou a porta atrás deles antes que menina pudesse dizer qualquer palavra.

Tonta de inquietação, Blonde deu um encontrão em Berenice, que tinha parado no meio do corredor enquanto as últimas pensionistas desciam para o intervalo pelas escadas que levavam ao jardim.

– Berenice... – ela murmurou. – Pensei sobre o seu convite. Amigas de verdade devem contar tudo uma à outra, não é mesmo?

– Acredito que sim. Mas por que me pergunta isso, se não me considera digna de ser sua amiga?

– Não foi isso que eu disse... pelo menos, não exatamente. Tudo é possível. Mas, por enquanto, deve reconhecer que nós não estamos quites...

– Não estamos quites?

Blonde ficou impaciente. Não estava mais disposta a fazer esse tipo de joguinho de gato e rato.

Pegou Berenice pelo braço:

– Sabe muito bem o que eu quero dizer. *A priora e os dois trabalhadores.* Passaram a poucos passos de distância, e tenho certeza de que escutou a conversa deles. Por que pararam de falar de repente quando me viram?

– Como é que eu vou saber? Eu não estou dentro da cabeça deles.

– É impossível que não tenha escutado a conversa!

– Eles só perguntaram quando você tinha voltado para o convento, nada mais. Sinto muito por não poder dizer mais nada.

Blonde desviou o olhar, incapaz de saber que conclusão tirar das palavras de Berenice.

– Então é isso? – ela perguntou. – Faz com que eu vislumbre a possibilidade de uma amizade simplesmente para tentar saber mais sobre esse rapaz? Porque é ele que a interessa, não é mesmo? E agora que sabe que eu não posso ajudar, ainda *acha* que somos amigas – disse Berenice.

– Amizade... nem tenho certeza se nós duas atribuímos o mesmo sentido a essa palavra. Quando vejo todas as moças que ficam ao seu redor e que voltam sempre, apesar das maldades que faz com elas... Por que precisa rebaixar todo mundo o tempo todo?

– Por quê? *Por quê?* Você que está me fazendo esta pergunta? Você, a loira alta de olhos azuis? Quando eu disse que se parecia com uma Vênus, outro dia mesmo, falei sério. Preste um pouco de atenção em como são as mulheres que se dão bem no mundo. Sabe muito bem que eu estou destinada a um velhote, mas que outra pessoa poderia dar valor a uma morena baixinha de olhos negros que mal consegue entrar no corselete?

– Ora, não vá dizer que os homens não apreciam curvas, não é mesmo?

Se dissessem a Blonde que ela um dia pronunciaria tais palavras, que ela tentaria reconfortar exatamente aquela que tanto tinha lhe causado sofrimento!

No entanto... no entanto, a sina de Berenice parecia dar certo sentido a sua maldade. E se toda aquela agressividade, todos aqueles ataques não passassem apenas de reflexos de defesa?

– Eu não aguentava mais, quando era mais nova, antes de chegar a Santa Úrsula para a classe das pequenas – Berenice prossegue. – "Gorducha, Gordinha, Porquinha": recebi todo tipo de apelido, um mais pavoroso do que o outro. Logo percebi que ninguém me daria nada de mão beijada, que aquilo era só o começo. Então resolvi contra-atacar. Parar de arrastar o meu corpo feito uma bola de ferro presa ao tornozelo e, em vez disso, criar balas de canhão. Fazer todos os homens ficarem aos meus pés, e as mulheres andarem atrás de mim. Para que ninguém, jamais, tivesse coragem de caçoar de mim.

Berenice olhou com seus olhos maquiados bem nos olhos de Blonde. Uma película brilhante cobria suas íris da cor da noite.

– Quando entrei no convento e vi você, há três anos, fiquei com medo. Achei que todos os meus unguentos, meus pós, meus cremes de beleza certamente não seriam suficientes. Você era diferente das outras meninas. Alguma coisa a impedia de ser você mesma, mas, no dia em que essa coisa desaparecesse, nada nem ninguém iria resistir. E, nesse dia, eu deixaria de ter o papel principal. Então resolvi me esforçar para que esse dia nunca chegasse. Eu me detesto por ter desejado isso, mas fiz todo o esforço para apagar você. Porque eu estava apavorada, Blonde. Apavorada com a ideia de ser relegada a segundo plano, de voltar a ser a "Gordinha" que eu tinha sido. Isso eu nunca suportei...

– Mas tinha lugar para nós duas na classe, Berenice. Não entendo por que você podia acreditar que não. Tantas piadas idiotas com o meu cabelo...

– Eu também achava que eram idiotas. Mas é exatamente o seu cabelo... ele era a maior ameaça, era o que eu precisava neutralizar em primeiro lugar. Eu nunca vi um cabelo assim em toda a minha vida, nem nas gravuras do *Jornal das damas e das modas*. Tão brilhantes, tão dourados, tão... luminosos. Preciso confessar que, desde que eu era muito pequena, sempre sonhei em ser loira...

Blonde ficou sem ar.

Aquela era a confissão máxima, a mais inesperada de todas.

Blonde avaliou toda a coragem de que Berenice precisou para conseguir dizer aquilo, depois das milhares de vezes que tinha caçoado do cabelo loiro de sua inimiga.

– Agora que eu disse tudo isso, duvido que algum dia vá se dignar a aceitar a minha amizade. Mas, se eu tiver coragem, tenho um favor a pedir...

Berenice respirou fundo. A máscara de arrogância da "quase dama" de repente caiu e só deixou para trás uma menininha cheia de complexos.

– Eu sempre quis tocar no seu cabelo – ela disse em um tom de timidez. – Desde o primeiro dia que vi. Por favor...

Blonde abaixou a cabeça com delicadeza e, no mesmo instante, a voz de uma irmã irritada soou do pé da escada:

– Senhoritas! O que estão fazendo aí em cima? Juntem-se imediatamente às outras pensionistas no jardim!

O barulho de um passo pesado se fez ouvir na escada.

Enquanto Berenice se aproximava dela, Blonde repassava todos os vexames que ela a tinha feito suportar e ficou pensando que eram todo frutos amargos do medo.

Por isso, não viu quando a morena baixinha enfiou a mão discretamente no bolso do vestido.

Não viu quando ela tirou de lá um frasco azul de boticário, aquele que ela tinha ido buscar no quarto antes do almoço, sobre o qual uma mão experiente havia traçado as seguintes palavras:

Água do Egito

Dissolução de nitrato de prata para ser usado para a depilação imediata, para deixar as pernas lisas e macias como a das egípcias. Utilizar com parcimônia.

Não ouviu imediatamente o barulho da rolha sendo aberta.

Mas no final sentiu o contato frio do líquido em seu couro cabeludo.

– O quê... – ela gritou e virou-se de supetão.

O rosto de Berenice não passava de uma máscara fria de júbilo.

Blonde sentiu a raiva fechar seu maxilar de aço por cima do estômago.

– Sua harpia, o que colocou no meu cabelo?

– Algo para acabar de uma vez por toda com a fonte dos meus complexos! – Berenice respondeu e deixou o frasco vazio cair no chão.

Virou-se para a escada sem perceber que os belos olhos azuis de Blonde tinham mudado de cor e se apressou em descer para o jardim.

E também não perceberia jamais.

*

Quando Blonde voltou a si, estava empoleirada no telhado do convento.

A visão do chão lá embaixo quase fez com que ela perdesse o equilíbrio; vacilou sobre as telhas escorregadias, por pouco conseguiu se segurar na chaminé.

Depois da visão, todos os seus sentidos foram se reativando.

Primeiro, um cheiro doce e picante ao mesmo tempo lhe fez cócegas nas narinas: o primeiro perfume das primeiras flores. Depois sentiu o gosto de sangue na boca e voltou a escutar. A primeira coisa que percebeu foram os gritos das pensionistas reunidas no jardim inundado de sol; as irmãs se esforçavam para fazer com que elas voltassem para dentro do convento para poupá-las do espetáculo.

E foi só então que sentiu o sopro do vento no rosto... e na cabeça.

Levou a mão lentamente até o crânio.

A pele estava nua, a não ser por alguns tufos que ainda estavam presos. Fechou os dedos ao redor de um deles e a mecha se soltou do couro cabeludo com tanta facilidade que mais parecia nem estar presa. Blonde abriu os dedos e os restos do cabelo dourado voaram feito a penugem de um dente-de-leão.

Tudo lhe voltou à mente.

A conversa com Berenice no alto da escada...

O remorso aparente da rival, que não tinha passado de pretexto para adormecer a desconfiança de Blonde...

A água do Egito!

Enquanto ia se lembrando, Blonde viu duas religiosas saindo do convento, carregando uma maca com um corpo estirado.

"Ai, meu Deus!", ela balbuciou. "O que eu fiz?"

Como ela pode acreditar que a vida do convento voltaria ao normal depois dos acontecimentos dos últimos dias? Que arrogância maluca poderia ter feito com que ela acreditasse que seria a única a escapar do signo do Urso, a romper a maldição de séculos? Predadora, seu lugar não era entre as ovelhas; era na casa grande da charneca, no lugar onde os animais selvagens e os monstros se refugiavam.

Só havia um porto seguro no mundo para ela e só um remédio!

Blonde sentiu a cabeça girar mais uma vez e se agarrou com mais força à chaminé.

Desde a primeira vez que tinha visto tudo vermelho, dois dias atrás, tinha passado do medo ao estupor e ao alívio. Houve um alívio em descobrir a origem de sua diferença. Houve um alívio em finalmente descobrir por que tinha sofrido tanto durante a sua existência e, sobretudo, que a responsabilidade não era sua, que era algo com que simplesmente teria de conviver.

Porém, agora, os temores de Madre Rosemonde e de irmã Marie-Joseph tomavam sentido. Treze anos depois do dia em que ela quase matou alguém, a protegida do convento tinha voltado a atacar.

Quanto tempo será que Blonde tinha ficado nesse transe estranho, inconsciente de seus atos?

O que tinha feito antes de chegar ao telhado do convento?

Será que tinha assassinado Berenice?

O solo do jardim, cinquenta pés abaixo, de repente pareceu uma promessa à menina. A promessa de não ter que enfrentar uma existência de fuga e de dissimulação, como tinha sido a existência de Oluf, Baldur e Sven; a promessa de não exaurir sua alma em busca da tal casa grande da charneca que talvez não passasse de uma miragem; a promessa de morrer sem deixar descendentes e de romper uma linhagem maldita.

Era possível.

Aqui e agora.

Blonde sentiu os dedos relaxarem em volta da chaminé.

Como que em um sonho, viu seus pés avançarem na direção do vazio.

Lá embaixo, as religiosas finalmente tinham conseguido fazer as pensionistas debandarem. O vento tornava qualquer comunicação articulada impossível; elas esperavam, já rezando pela alma daquela que se preparava para cometer um pecado capital.

Mas Blonde não estava com a impressão de estar se encaminhando para o inferno; ao contrário, parecia-lhe que seu corpo já não pesava mais nada, que não era mais nada: que sairia voando em direção ao céu assim que ela chegasse à beira do telhado...

De repente, uma melodia bem fraquinha chegou até ela e fez com que retomasse consciência de si mesma.

Ela hesitou um instante.

Teria sido mais fácil ignorar a vibração sonora e dar mais alguns passos, só mais alguns passos...

Mas é preciso acreditar que a hora dela ainda não tinha chegado.

Firme sobre as pernas, lutando com todo o peso contra as borrascas que tentavam derrubá-la, segurou na chaminé e se inclinou para o outro lado do telhado, para o lado do claustro.

Era de lá que vinha a melodia, uma música que Blonde reconheceria entre todas as outras.

Sozinho no meio do claustro, Gaspard estava em pé ao lado da santa com sua coroa de pedra e cantava a plenos pulmões, entoando o hino que pertencia aos dois.

A vontade de Blonde era colocar a mão na cabeça para esconder a testa nua, mas, assim, teria largado a chaminé e o vento teria feito com que ela saísse voando. Por isso, ficou imóvel ao sol, com o rosto voltado para o bardo sem instrumento que cantava para uma bela sem cabelos e que não virou os olhos ao vê-la assim careca.

As rajadas de vento engoliam as palavras, mas não apagavam a melodia. A menina reencontrou as notas com que o entalhador de pedra a tinha envolvido enquanto esculpia seu rosto, um belo romance do qual ela jamais conheceria as palavras se decidisse acabar com a própria vida naquela manhã de luz e de vento.

Com os olhos cegados pelo sol da primavera que se iniciava, ela se inclinou por cima do alçapão embaixo da chaminé e entrou nele para tomar o rumo da vida.

11

RENASCIDA*

A MAIOR PARTE DAS RELIGIOSAS ESTAVAM REUNIDAS NO JARDIM enquanto as outras mantinham as pensionistas protegidas dentro do convento.

Quando Blonde apareceu no gramado, as conversas fervorosas cessaram imediatamente. O espetáculo de todas aquelas mulheres silenciosas tinha algo de realmente solene. No rosto de algumas, Blonde identificou medo e ficou achando que sua cabeça nua era responsável por aquilo, sem dúvida, mas a maior parte a observava com fascínio.

Então ela passou pela frente de irmã Esther e irmã Prudence, de irmã Félicité e irmã Scholastique, e foi parar na frente de irmã Marie-Joseph.

Tomada pela emoção mais profunda, a priora tomou as mãos dela nas suas:

– Como está se sentindo, minha menina? – ela balbuciou.

– Não é para mim que deve perguntar, minha irmã, mas sim a Berenice...

Irmã Marie-Joseph soltou um suspiro:

– A senhorita de Beaulieu caiu sozinha da escada, deve ter pisado em falso em um degrau. Irmã Esther foi testemunha, viu quando subia para buscá-las no andar de cima. Parece que ela só quebrou o tornozelo.

– Caiu sozinha... – Blonde repetiu, pensativa.

O alívio de saber que Berenice estava viva brigava em seu coração com a perplexidade causada pela atitude da priora. Mais do

* Jogo de palavras com o nome da personagem: em francês, Renée significa renascida. (N.E.)

que qualquer outra pessoa, ela sabia o perigo que a pensionista permanente representava, depois de a ter visto se enfurecer treze anos antes no mesmo jardim onde estavam agora.

– Irmã Esther também disse que a senhorita estava com os olhos vermelhos de chorar quando saiu correndo na direção do telhado. Depois do que a senhorita De Beaulieu fez no seu cabelo, é compreensível! Foi até o telhado para esconder sua tristeza. Foi isso que aconteceu, não foi?

– Foi... foi isso.

Blonde tomou consciência de que a priora queria que ela se ativesse a essa história não tanto por elas duas, mas por todas as religiosas que a presenciavam. Para que fosse forjada uma versão dos fatos que tirasse da jovem uma responsabilidade pesada demais para carregar.

Dessa maneira, o último acesso dela foi interpretado como o resultado de uma simples briga, e a fúria que deixava seus olhos vermelhos, como a aflição de uma menina magoada por Berenice.

– Blonde?

Ela se virou.

Era Madre Rosemonde, acompanhada de dois agentes de polícia vestidos com casacos azul-marinho de colarinho reto e um sabre na cintura. Com eles estava uma figura barriguda com o mesmo uniforme, coberto com um chapéu de duas pontas na cabeça que lhe caía por cima dos olhos.

– O inspetor Vacheux, da delegacia de Épinal, quer interrogá-la – a madre superiora disse. – Eu falei que este não era o momento certo, que você precisava descansar depois dos acontecimentos terríveis que...

– Não se preocupe, madre. Está tudo bem. – Então ela se virou para o inspetor e completou: – Estou à disposição.

*

– Sabe por que viemos aqui falar com a senhorita hoje?

Madre Rosemonde tinha colocado seu escritório à disposição dos oficiais para o interrogatório de Blonde. O inspetor Vacheux tinha se instalado no lugar da freira depois de expulsar as religiosas da sala e colocar os dois agentes de guarda na porta.

A menina tinha percebido a presença de um quarto homem ao entrar no escritório que, por sua vez, não tinha uniforme de polícia: ele usava um colete de veludo com listras de cetim cinza, com lenço e bolso combinando. Uma cartola de feltro estava em cima de seus joelhos e um bigode fino e engomado com cuidado completava a figura de dândi perfeito.

– Por que vieram falar comigo... – Blonde repetiu, pensativa.

A vontade dela era responder: "Porque é o sentido da história. Porque é necessário afivelar a fivela. Porque eu não posso fingir, de modo impune, que ignoro ter a marca do signo do Urso".

Mas ela sabia que o inspetor não compreenderia. O olhar inquieto que o homem lançava para a cabeça nua da suspeita já servia bem para mostrar seu mal-estar.

Então ela mesma lhe deu uma resposta imediata:

– Por causa da carta que eu roubei da casa do sr. De Valrémy.

– Isso mesmo! Muito bem, pelo menos reconhece os fatos.

Satisfeito com o interrogatório que se anunciava mais fácil do que ele tinha imaginado, o inspetor voltou-se para o homem de colete cinza:

– Eu lhe apresento mestre Ferrière, advogado da ordem de Épinal. Foi enviado pelo conde De Valrémy para representá-lo nesta questão.

O advogado inclinou a cabeça em um gesto galante para cumprimentá-la.

– Esta moça acaba de reconhecer seu erro – o inspetor comentou de modo inútil. – Vamos terminar: senhorita, pode por favor devolver a famosa carta?

– A minha obrigação é verificar que não está faltando nenhuma página – o advogado especificou.

Blonde abriu a mochila que tinha mandado buscar no quarto.

– Não se preocupe, caro mestre – ela disse. – Vou lhe devolver tudo. Mas será que também devo dizer ao inspetor que o conde De Valrémy ameaçou me matar? O que acha?

O homem da lei ficou pálido.

– Não sei que testemunha poderia comprovar... – ele balbuciou.

– Mas sua expressão já serve para provar muita coisa! Prova que o senhor tem medo, tanto medo quanto aquele que o enviou, que eu reivindique parte da herança.

– O casamento que gerou a senhorita foi anulado! Você não é filha do conde De Valrémy!

Blonde tirou a carta da mochila e colocou em cima da mesa do inspetor.

– Não se preocupe, caro senhor, e diga a seu empregador que não precisa se inquietar. Garanto que não há nem uma gota de sangue dele no meu corpo. Ele pode dormir sem medo de que eu venha exigir aquilo que não me pertence. Por outro lado, um homem da lei como o senhor pode confirmar, sem dúvida, que, sem a ligação de parentesco, o conde de Valrémy não tem mais nenhum direito sobre a minha pessoa.

O inspetor tossiu de leve:

– Bom, então, tudo está bem quando acaba bem, não é mesmo? A senhorita devolveu os documentos. Tendo em vista que ela não tem antecedentes, ainda assim deseja manter sua queixa?

Mestre Ferrière apertou o maxilar. Blonde era capaz de enxergar a dúvida que dobrava os traços de sua testa, que fazia com que se agitasse feito uma onda. Ao que parecia, a intenção dele era acabar com a menina. Mas a razão lhe dizia, sem dúvida, que deixar as coisas como estavam era preferível a um processo arriscado.

Um som vago vibrou entre os lábios apertados do advogado.

– Perdão? – o inspetor disse. – O senhor poderia articular melhor?

Mestre Ferrière foi então obrigado a parar de cerrar os dentes:

– Renuncio às acusações.

Logo completou com mais algumas palavras, virando-se para Blonde, mas ela ficou com a impressão de que ele, na verdade, queria se assegurar para si mesmo:

– Se voltar a incomodar o conde, temos meios de provar que a senhorita não tem nenhum direito à fortuna dele.

Contudo, a menina já não escutava mais.

Ela se levantou colocando fim à discussão que já não a interessava.

O inspetor acompanhou-a até a porta.

– A senhorita não está mais envolvida em nenhum caso judicial, já que não há mais queixa. Mas, no futuro, evite ler correspondência que não lhe foi destinada; isto não é muito educado.

Blonde deu um sorriso e deixou a sala.

Atrás da porta do escritório, o corredor havia sido tomado por religiosas e pensionistas.

Com o rosto deformado de angústia, irmã Félicité foi a primeira a se aproximar de Blonde.

– Ah, minha menina! O seu cabelo! Foi por isso que quis se jogar do telhado?

O corpo todo da freira baixinha tremia.

– Não se preocupe, minha irmã – Blonde disse e apertou a mulher corajosa em um abraço. – Eu jamais teria pulado.

Ela se sentia forte como nunca.

– Agora acabou. Tudo retomou sua ordem.

Quando se desvencilhou do abraço, Blonde reconheceu mestre Gregorius que esperava a alguns passos de distância, ao lado da madre superiora e da priora. Gaspard também estava lá, com o cabelo desgrenhado pelo vento e os olhos tão penetrantes quanto no dia em que ele a tinha esperado no claustro ao crepúsculo.

– Fico feliz que não tenha pulado, senhorita – disse o mestre artesão. – E feliz igualmente que a senhorita tenha voltado para o convento. Faltaram alguns retoques no rosto de Santa Úrsula. Meu aprendiz tinha ficado muito contrariado de perder a modelo antes de finalizar a obra. O pobre rapaz ficou tão absorvido por sua arte que estava até falando em traição!

Gaspard, obviamente, não podia se declarar na presença das irmãs, mas seus olhos ardentes falavam por ele, colocavam perguntas mudas a Blonde. Ela de repente compreendeu a atitude distante que ele vinha exibindo desde a manhã. Era difícil para ele parecer homem, ainda estava apenas no amanhecer da vida, assim como ela, assim como todas as pensionistas de Santa Úrsula, com seus medos e suas dúvidas.

Pensou que havia sido abandonado sem notícias, apesar de terem sido apenas por vinte e quatro horas, enquanto o convento se agitava com o boato da fuga.

– Seu aprendiz pode se acalmar – Blonde respondeu sem tirar os olhos dos de Gaspard. – Eu voltei. Ele poderá terminar sua obra, sob a condição de aceitar uma modelo sem cabelos.

Gaspard não conseguiu mais segurar:

– Se me permite uma reflexão puramente artística, senhorita: o cabelo é como uma graça que apaga os defeitos dos rostos imperfeitos, mas que também cobre a perfeição dos rostos sem defeitos.

Madre Rosemonde tossiu de leve para indicar que considerava o elogio descabido. Colocou fim ao diálogo sem se dar conta de que Gaspard tinha corado até as orelhas com sua audácia e convidou os dois homens para entrar em seu escritório e conversar sobre os últimos reparos necessários ao convento.

– Acho que o rapaz tem razão! – Sophie Adelaide exclamou e aproximou-se de Blonde. – Este visual lhe dá um ar divino, um pouco parecida com uma antiga guerreira amazona.

Blonde percebeu seu reflexo no vidro de uma janela.

Curiosamente, a primeira coisa que lhe chamou a atenção não foi a cabeça nua, nem a forma oval desimpedida de seu rosto, nem mesmo o pescoço agora desprovido dos louros cachos pesados.

Foram seus olhos.

Eles lhe pareciam maiores, mais profundos, mais azuis do que nunca.

Na verdade, não eram apenas *seus* olhos.

Eram também os olhos de Sven.

Eram os olhos dos três seres nascidos sob o signo do Urso e que renasciam nela. Como René de Chateaubriand, como o primeiro nome que ela tivera, tinha nascido e renascido, tinha nascido duas vezes: no dia em que veio ao mundo e naquele em que tinha tomado consciência de seu sangue.

Lembrou-se então da intuição que sentira no telhado do convento. Não, sua vida não seria um mar calmo. Não, ela jamais conheceria a existência tranquila e fechada de uma pensionista permanente, sem nenhum risco e sem nenhuma emoção. Ela sabia que seu destino iria lançá-la no coração do furor do mundo, no mesmo lugar onde tinha jogado todos os nativos do signo do Urso antes dela...

Ela tinha de retornar à fonte do distúrbio.

Tinha que ir ao país de Sven, Oluf e Baldur.

À casa grande da charneca.

À água-luz.

Seria assim, e não se entregando à morte, que ela colocaria fim à maldição.

Mas, por enquanto, Blonde ainda era uma menina no limiar da idade adulta, com as preocupações de seus dezessete anos. Ao retornar a seu quarto, só pensava em uma coisa: a próxima chance que teria de se encontrar com Gaspard.

– Miauuu!

Brunet apareceu na curva do corredor e se esfregou nos tornozelos dela. Ergueu seus olhos grandes e dourados, e ela poderia jurar que o gato sorria com um ar maroto de quem guardava um segredo.

– Ah, chega disso! – ela disse ao abrir a porta do quarto.

O felino deslizou pela abertura sem tirar o sorriso da boca; havia uma folha de papel em cima da cama de ferro, coberta com a letra muito trabalhada de alguém que não escreve com regularidade.

Linda, se quiser
Podemos dormir juntos, Lonla
Em uma cama grande e quadrada
Coberta de linho branco, Lonla
E ali vamos dormir
Até o fim do mundo, Lonla
Até o fim do mundo

Blonde compreendeu que agora era capaz de colocar palavras na cantoria de Gaspard, e na música que soava no fundo de seu coração desde que o olhar dos dois tinha se cruzado.

12

Presságios

FAZIA DUAS SEMANAS QUE BERENICE NÃO SAÍA DO QUARTO NO hospital São Maurício, em Épinal. Ela tinha sido levada para lá às pressas, para ser cuidada pelas irmãs do hospital da ordem de caridade de São Carlos, conhecidas por suas habilidades medicinais. O diagnóstico logo foi feito: fratura tripla do calcanhar. Foi necessário colocar uma tala antes de engessar.

Berenice ficou esperando que algumas de suas "amigas" do convento obtivessem permissão especial para visitá-la, mas nenhuma apareceu. O enxame que a rodeava o tempo todo desde que havia chegado a Santa Úrsula de repente tinha voado para longe. O ruído incessante de elogios fora sucedido por um silêncio mortal.

Assim, Berenice ficou completamente entregue ao demônio que tinha passado a vida toda exorcizando com seu método de pronunciar as palavras mais terríveis e de cometer os atos mais cruéis: o medo da solidão. Agora só esse medo existia, ele enchia o quarto inteiro, lançava todo o seu peso sobre a convalescente. Berenice nem podia pensar em retornar ao convento sem tremer de pavor, coisa que deveria acontecer na semana seguinte. Será que as outras meninas ainda falariam com ela? Será que os artesãos de passagem continuariam a observá-la com paixão? Ou será que só teriam olhos para a *outra?*

Pela milésima vez, o rosto de Blonde reapareceu na mente atormentada de Berenice, do mesmo modo que lhe tinha aparecido no alto da escada do convento. A água do Egito já tinha começado a dissolver a cabeleira loira; e Berenice já tinha previsto sua derrota. Tinha percebido que sua rival não ficaria nem menos bela nem menos desejável mesmo que sem cabelos; só mais estranha e, talvez também, mais fascinante. Esse sentimento de frustração era a última coisa de que Berenice se lembrava com certeza. Depois, tudo tinha ficado tão confuso, tão incerto quanto um pesadelo.

Será que a imaginação de Berenice tinha brincado com ela?

Será que ela tinha tanta vontade assim de transformar Blonde em um monstro... a ponto de tomar seus desejos como realidade e imaginar que ela estava se transformando de fato em uma monstruosidade?

Os olhos cheios de sangue...

As veias inchadas como serpentes na testa e nas têmporas...

Os lábios em um sorriso ameaçador, afastados dos dentes que abocanhavam o vazio...

Berenice percebeu que seus dedos se agitavam de nervosismo, ritmados contra a cabeceira de ferro: no ritmo da mandíbula que estalava em sua cabeça havia duas semanas, noite e dia.

"Uma alucinação...", ela murmurou, como que para convencer a si mesma. "Não passou de uma alucinação..."

Mas foi real o suficiente para fazer com que ela perdesse o controle sobre si mesma e se jogasse sem esperança escada abaixo, assim quebrando o tornozelo.

Três batidas soaram de repente e tiraram Berenice de suas reflexões.

Uma irmã enfermeira toda vestida de branco abriu a porta do quarto e deixou dois homens entrarem. Um deles usava avental de médico e óculos redondos com armação de tartaruga; o segundo usava um colete de cetim cinza com corte perfeito, com lenço e bolso combinando.

– Bom dia, senhorita – o homem de avental disse. – Eu sou o professor Diogène, diretor do hospital. Este aqui é mestre Ferrière, advogado.

Berenice se retesou com a menção da palavra "advogado".

– Não posso acreditar! Não venham me dizer que aquela maldita Blonde quer me processar. Prefiro lhes dizer logo que foi ela quem começou; e depois, de todo modo, o cabelo dela vai voltar a crescer!

Mestre Ferrière sorriu:

– Processar? Não, não. É mais um inquérito. Um inquérito particular. Será que pode nos dizer exatamente o que aconteceu no alto da escada do convento de Santa Úrsula na segunda-feira passada?

– Mas eu já contei tudo! Se querem me tomar por louca mais uma vez...

– Não se preocupe. Temos bons motivos para pensar que a senhorita não é louca, de maneira nenhuma.

Berenice ergueu a sobrancelha depilada com ar desconfiado.

– É mesmo? E posso saber que motivos são esses?

Mestre Ferrière fez um sinal com a cabeça para o professor Diogène, e Berenice percebeu que o médico pareceu muito preocupado. Enfiou a mão no bolso do avental e tirou uma proveta que continha alguns fios de cabelo loiro.

– O que é...? – Berenice murmurou em tom de nojo. – Eca! Esta maldita pavorosa continua me perseguindo!

– Estes fios de cabelo foram colhidos por mestre Ferrière nos degraus do convento – o professor Diogène disse.

– Que nojo!

– Talvez. Porém, seguindo o conselho de mestre Ferrière, eu tomei a liberdade de examiná-los no microscópio.

– No microscópio? Mas que ideia despropositada! Agora vai me dizer que foram tecidos com ouro fino?

– Não exatamente...

O médico estava pálido.

– ...a medula é compacta e densa... as cutículas são longas e resistentes... seu aspecto exterior é mais o de pelo de um animal...

hum... dos grandes mamíferos carnívoros, mais exatamente: lobo, lince ou urso.

Berenice ficou sem voz, sem conseguir concluir se os dois homens estavam caçoando dela ou não. Eles pereciam tão sérios...

Foi mestre Ferrière quem retomou a palavra.

– A doença perigosa de que a menina chamada Blonde sofre faz com que seja legítimo que seja interrogada em nome da ciência e que seja presa em nome da segurança. Bastaria um testemunho... Senhorita, está disposta a colaborar conosco? Está pronta para fazer uma queixa contra essa jovem por golpes e ferimentos?

Berenice sorriu pela primeira vez em duas semanas. Agora ela sentia o rancor que emanava de cada palavra do advogado: um rancor vivo, palpável, que lhe aquecia o coração.

– Uma queixa? – ela exclamou. – É claro que sim! Afinal de contas, aquela pessoa extravagante tentou me matar. Querem que eu lhes faça uma confidência? Foi ela quem esmagou meu tornozelo com um chute.

Agora foi a vez de mestre Ferrière sorrir com a mentira.

Sentiu que poderia se entender com aquela menina. Ela era da mesma raça que ele, da espécie que não perdoa nunca, que segue com obstinação até o fim. Para cansar a presa, os cães de caça mais eficazes não são os mais fortes, nem os mais corajosos; são os mais tinhosos.

– Declaro aberta a temporada de caça – o advogado falou. – *A caça ao urso!*

*

Uma camada de névoa branca, fina como um lençol, cobria o campo romano; lá longe, o amanhecer era tão transparente quanto cristal. Nessa primeira hora da manhã, o mundo parecia mergulhado em sono eterno.

O velho passou um bom tempo imóvel, contemplando o horizonte através da janela de sua casa. Era uma construção minúscula, empoleirada no alto de uma colina no coração do Latium, a léguas de distância de qualquer vilarejo habitado. O velho morava lá havia anos, na solidão e no silêncio. E, havia vários anos, ele observava, a cada manhã, a noite dar seu último fôlego. Aquele definhamento lento e progressivo parecia-lhe uma maneira perfeita de abandonar o mundo, uma morte ideal. Quando chegasse sua hora, ele desejava que também se dissolvesse no éter, que se vaporizasse nos raios de sol do amanhecer. E que esquecesse, que esquecesse tudo...

Mas, naquela manhã, os outros pareciam estar demorando mais do que o normal na abóbada celeste que o sol nascente já deixava rosada. Uma estrela especificamente se recusava a empalidecer; ela se mantinha obstinada acima do horizonte, brilhante e clara.

A estrela Polar, com certeza.

Ela piscava feito um olho único, apontado para a janela da pequena casa, para o próprio velho. Nenhuma pálpebra de nuvem chegava para fechar aquele olho, nenhum cílio de bruma chegava para abrandar o brilho implacável.

O velho sentiu uma tentação furtiva de fechar a veneziana por cima da vidraça e de voltar a se enfiar nos lençóis. Mas logo percebeu que não adiantaria nada, que o brilho da estrela Polar não diminuiria: ela tinha projetado seus raios nas maiores profundezas de sua consciência, iluminando sua memória, a lembrança do Norte Distante que ele tinha visitado anos antes.

Através da estrela, o céu lhe mandava um sinal, anunciava que tinha chegado a hora de acertar as contas com o passado, de quem sabe recuperá-lo. Esta seria a prova máxima, o último confronto: e, em seguida, o velho poderia mergulhar inteiramente nas águas mornas do esquecimento.

– Venha... – ele murmurou, sem saber na verdade com quem estava falando. – estou esperando. Há tanto tempo, não faço nada além de esperar por você.

A estrela Polar, os campos envolvidos pela névoa, o rosa do céu: tudo aquilo se fundiu à paisagem vaporosa enquanto o olhar do velho se fixou em seu próprio reflexo na vidraça.

No lugar de seu rosto, só havia um inchaço de carnes arroxeadas.

Terceira parte
Tempo de raiva

– Alguém dormiu na minha cama! – o primeiro urso resmungou.

A voz dele era ensurdecedora, faria montanhas tremerem.

– Alguém dormiu na minha cama! – o segundo urso reclamou.

A voz dele era cruel, faria rios congelarem.

– Alguém dormiu na minha cama – o terceiro urso disse.

A voz dele não era nem ensurdecedora nem cruel.

Estava comovido.

– É uma menina humana e ainda está dormindo.

Cachinhos Dourados e os Três Ursos

1º DE ABRIL (SETE DA NOITE)

PRIMEIRO DE ABRIL: DATA ESTRANHA PARA INICIAR UM DIÁRIO pessoal...

Por pouco, vai ficar parecido com um engodo.

Para dizer a verdade, toda a minha vida parece um engodo nos últimos dias: um engodo obscuro que não se parece com a inocência dos peixes de papel que colávamos nas costas umas das outras para nos divertir quando eu era pequena.

O que aconteceu comigo é tão extraordinário que eu não posso falar sobre isso com ninguém, a não ser Madre Rosemonde e irmã Marie-Joseph, minhas únicas confidentes. Mas quatro orelhas não são suficientes para absorver tudo o que brota e transborda em mim. Eu preciso encontrar um outro receptáculo; se não, acho que vou explodir.

Assim, só me resta o papel.

Nenhum outro olho além dos meus deve pousar sobre estas páginas – um diário nunca mereceu tanto este nome.

Mas se, de todo modo, isso acontecer algum dia, suplico ao leitor indiscreto que não me tome por louca. Minha intenção é escrever apenas a verdade, toda a verdade. Para começar, coloquei na capa deste caderno novo os documentos que me foram entregues por um tal de Edmond Chapon. Quem estiver lendo estas linhas, pare imediatamente e não leia mais nenhuma palavra antes de se inteirar desses arquivos.

Eles são, de fato, as únicas provas de que eu não sou demente.

E são os únicos elementos que servem para apoiar esta história inacreditável... *minha história.*

Há muitos anos eu me chamava Renée, mas agora me chamo Blonde. Tenho dezessete anos e, há nada menos do que três semanas, ainda acreditava ser uma menina como as outras.

Mas, na verdade, não era assim, de jeito nenhum...

Tinha o cansaço que me acometia desde a infância, uma impressão de estar exausta o tempo todo, com os nervos à flor da pele – principalmente durante o inverno. Preciso dizer que os óculos escuros que me forçavam a usar não adiantavam nada: faziam com que eu enxergasse o mundo como se fosse através de um aquário. Tanto na aula quanto no intervalo, no refeitório e na missa, eu tinha a impressão de estar sempre atrasada, de correr o tempo todo atrás das minhas palavras. E, o cúmulo da desgraça, eu era loira como o trigo.

Se um dia alguém for escrever a respeito de todos os preconceitos, disparates e maledicências em relação a quem herdou a cabeleira de Eva e de Maria Madalena, eu me apresento para ajudar. Não fui poupada de nada; ouvi tudo o que há para ouvir a respeito do assunto. As irmãs sempre me falaram para tomar cuidado com a cabeleira, vistosa demais aos olhos delas, e às vezes eu ficava com a impressão de que elas me consideravam pessoalmente responsável por aquilo. Desconfio ainda que o fato de eu ser loira fez com que as outras pensionistas fizessem brincadeiras maldosas comigo, inspiradas tanto pela inveja quanto pela simples rejeição ao que é diferente.

Sim, de fato, eu poderia fazer aqui uma lista dos aborrecimentos que meu cabelo me criou.

Mas não estou disposta a essas mesquinharias.

Lastimo do fundo do coração o próximo inconsequente que vá pronunciar tais tolices na minha frente.

A desmiolada de que todo mundo caçoava mudou. *Eu mudei.* As névoas que encobriam minha mente se ergueram como que por mágica no momento em que eu tirei meus óculos cor de noite. Eu, que passava o tempo todo com frio, agora sempre sinto calor. Antes, quando me atormentavam, eu sofria em silêncio; agora... *agora, eu é que atormento os outros.*

Eu sou um monstro.

É tão simples, tão louco assim.

Eu sou um monstro e meus ancestrais também foram antes de mim.

Meu pai, Sven, era um monstro, meu avô era um monstro, meu bisavô era um monstro...

Nascidos sob o signo do Urso.

Nós todos nascemos sob o signo do Urso.

O que isso significa? Que ficamos muito cansados no inverno e que, no resto do tempo, é melhor não nos contrariar. A menor provocação pode nos lançar a um ataque de raiva *cega* (este não é um efeito estilístico para deixar este diário mais interessante: nós ficamos *cegos de verdade*, como se o sangue deixasse nosso cérebro e ocupasse nossos olhos, e depois não nos lembramos de mais nada, de absolutamente nada).

O pior é que o problema se intensifica com o passar do tempo. No início, eu não queria acreditar, e até hoje é difícil me convencer. Minha mente me parece tão clara enquanto escrevo estas linhas! Mas a experiência provou que essa claridade é enganadora. Os ataques podem me acometer a qualquer momento, sendo cada vez mais longos e mais violentos.

Tenho medo de mim mesma.

Tanto medo de não poder me abrir para o meu futuro marido.

Eu que estava destinada a envelhecer no convento, virgem e intocada, como posso fugir do homem que me está destinado ao revelar meu segredo? Seria uma loucura. Mas, se eu não disser nada, não seria um pecado?

Gaspard...

Seria precipitado demais se prometer a um homem que você mal conhece há poucas semanas? Mas tenho a impressão de ter passado todos estes anos apenas à espera de Gaspard! Nem a nossa pouca idade, nem o momento de nosso encontro fizeram com que hesitássemos apenas um instante; ficamos noivos na semana passada. De acordo com as evidências, não há nenhum espaço para dúvida. Em preparação a nossa união em breve, as irmãs até começaram a fazer um enxoval para mim: vestidos de sarja tingida, escovas e pentes, rendas e fitas, os lençóis de algodão branco que envolverão Gaspard e eu na nossa noite de núpcias.

Reconheço que deixei de contar tudo a ele em diversas ocasiões.

Não sei como explicar; porém, cada vez que ele veio me visitar no convento, eu me senti segura, fiquei com a impressão de que mais nada de ruim poderia me acontecer.

Sim, de fato, eu poderia ter dito a ele, mas não revelei nada. Durante nossos encontros, eu usei como desculpa a presença de uma acompanhante para me calar. No fundo, é melhor assim.

Em menos de uma semana, Gaspard partirá para completar os últimos seis meses de sua formação de escultor – não podemos mais falar em "volta pela França", porque a última etapa vai acontecer além de nossas fronteiras...

Mestre Gregorius está especialmente satisfeito com o trabalho executado por seu aluno com a estátua de Santa Úrsula. Ele acredita que Gaspard tem capacidade de se tornar mais do que um artesão excelente: pode vir a ser um grande artista. Desse modo, ele obteve autorização junto à ordem profissional para levar Gaspard a Roma, para que aprimore sua técnica e realize lá uma obra-prima que servirá para que seja considerado profissional. Essa oportunidade extraordinária jamais teria sido apresentada se mestre Gregorius não fosse ele próprio italiano de nascimento e não tivesse, aliás, a melhor das relações com o diretor da vivenda Médici (pelo que entendi, é uma instituição que abriga as jovens esperanças da arte francesa na Cidade Eterna para que possam copiar os modelos deixados pelos antigos). Nascido sem patrimônio, sem poder se valer de nenhum privilégio, Gaspard não pode deixar passar uma ocasião dessas para brilhar e abrir um caminho para sua futura carreira. Eu o incentivei a aceitar a proposta do mestre quando, de acordo com o que ele disse, teria recusado para ficar perto de mim. Mas não quero que ele sacrifique seu talento; afinal, já me ofereceu seu amor sem impor condições.

Para dizer a verdade, há uma outra razão pela qual eu incentivei Gaspard a terminar seu aprendizado na Itália, apesar de isso me dilacerar...

A história de Baldur não para de me assombrar. Não se passa nenhuma noite sem que eu não sonhe com o companheiro de meu pai e com o crime pavoroso que ele cometeu quando estava acometido de sua fúria animal. Assassino do objeto de seu amor: que destino abominável! Não adianta nada eu jurar que não farei mal a Gaspard, não consigo me convencer de que será assim. O que terá se passado na mente torturada de Baldur quando ele matou sua prometida? Como ter certeza de que o mesmo arroubo de loucura não vai soprar sobre o meu rosto quando o meu marido apertar o corpo contra o meu? Os animais selvagens não suportam ser encurralados, nem em jaulas nem em abraços... Por isso, não vou me permitir me entregar a Gaspard sem ter obtido o remédio para o mal que me atormenta, a tal de "água-luz" que brota por todos os lados lá no alto, nas brumas da Escandinávia. Minha única pista é um nome que mais parece uma lenda: a casa grande da charneca.

Durante a primavera e o verão que Gaspard vai passar longe de mim, terei tempo de empreender a viagem que não posso mais adiar. Estou decidida: quando meu noivo deixar a Lorena, vou a Épinal em busca da única pessoa capaz de me ajudar: Edmond Chapon. Sei que ele não vai me negar ajuda. Juntos, vamos desfrutar dos dias bonitos para rumar ao norte, na direção da terra dos meus ancestrais. Assim, vamos retraçar a viagem executada pelos meus pais há dezessete anos. Enquanto Gaspard pensar que estou ocupada bordando nossas iniciais nos lençóis do enxoval, à sombra do convento, vou percorrer a terra dinamarquesa com o delegado em busca da casa grande.

Enquanto isso, preciso continuar calada.

E continuar me depilando.

Porque essa também é a maldição do signo do Urso.

Percebi pouco tempo depois do meu primeiro ataque, quando passei a mão nas pernas depois de fazer a higiene pela manhã. O contato foi áspero, diferente da maciez a que eu estava acostumada.

Pelos!

Montes de pelos loiros, não muito visíveis a olho nu, mas bastante perceptíveis ao toque.

Fui tomada pela vergonha, mas o que eu podia fazer? Nem imaginei conversar sobre o problema com as outras pensionistas, muito menos com as irmãs... A consequência de minha timidez foi cometer o maior erro de minha vida: peguei uma lâmina afiada na cozinha e me raspei (ai!).

Um erro de iniciante, sem dúvida, mas só fui perceber isso depois de alguns dias, quando os pelos voltaram a crescer. Duas vezes mais densos, duas vezes mais ásperos. E agora estavam bem visíveis, posso garantir!

Depois disso, eu me abri em relação à calamidade que me acometeu com a freira de Santa Úrsula com quem tenho mais intimidade: a supervisora dos quartos, irmã Félicité. Sem procurar entender o motivo dos pelos extravagantes, ela me beneficiou com uma receita que jamais imaginei aprender da boca de uma filha de Deus.

Trata-se de uma mistura de água, açúcar e mel esquentada em fogo baixo, que forma um melado grosso que é aplicado sobre a pele para arrancar a penugem desgraçada. Quantas vezes a bondosa Félicité trouxe da cozinha uma panela cheia da mistura! O problema é que o pelo continua crescendo, cada vez mais duro...

Hoje, eu pagaria caro para colocar a mão em um frasco da famosa água do Egito que Berenice de Beaulieu usou para fazer o meu cabelo cair antes que uma queda desastrada a enviasse para uma cama de hospital...

Uma queda desastrada...

Pelo menos essa é a versão oficial, em que o convento inteiro acredita. Só eu conheço os acontecimentos que precederam a queda – ou melhor, não conheço, tendo em vista que perdi a consciência no momento em que Berenice jogou sua loção odiosa em cima de mim.

Eu menti à Madre Rosemonde e à irmã Marie-Joseph quando disse que não tinha experimentado mais nenhum ataque desde aquele dia funesto quando eu era bem pequena, quando a fúria me fez cometer algo irreparável...

A verdade é que meus olhos não pararam de ficar avermelhados desde que deixei de usar meus óculos.

A verdade é que Berenice se confrontou com o meu rosto real.

A maldição do signo do Urso só faz piorar: esta é a verdade!

Mas isso eu não posso confessar a ninguém, nem mesmo à madre superiora. Não quero enchê-la de preocupações além das que ela já tem. Em relação à priora, talvez ela desconfie de algo, mas parece que preferiu fechar os olhos.

Portanto, meu futuro se estende para além dos muros de Santa Úrsula. Quando Gaspard tomar a estrada, eu farei o mesmo, por minha vez. Quando voltarmos a nos encontrar em setembro, em Santa Úrsula, eu estarei curada. Vou então revelar tudo, porque a maldição estará quebrada. O padre Matthieu vai nos casar na capela do convento e poderemos jurar fidelidade eterna com toda a transparência, sem segredos entre nós.

6 DE ABRIL
(TRÊS DA TARDE)

HÁ ALGUNS MINUTOS, FIQUEI SABENDO QUE TINHA SIDO chamada à presença da madre superiora.

Disseram que era para eu levar uma troca de vestido e meu nécessaire de toalete. Vou pegar a capa de lã também. A santa mulher com certeza quer me fazer uma surpresa, dizer que posso ir ao vilarejo onde Gaspard está hospedado para me despedir na noite em que ele partirá do país para passar seis meses inteiros fora. Madre Rosemonde já abençoou nosso noivado e não proferiu nenhuma das reservas que a prudência costuma ditar. Consentiu em permitir que eu deixasse o convento no outono, desde que como mulher casada.

Ela ainda não sabe que eu decidi abandoná-lo amanhã, ainda solteira.

Vou aproveitar essa excursão para me separar das irmãs.

No caminho de volta, quando retornarmos a Santa Úrsula, vou fugir para Épinal.

Quando eu voltar ao convento em setembro, não precisarei mais de mel quente para acabar com meus pelos, porque estarei livre da maldição do signo do Urso. Quero que, na nossa noite de núpcias, minha pele esteja macia sob os dedos de Gaspard, como o mármore das estátuas que ele costuma acariciar.

Meu cabelo está crescendo devagar, mas firme, um capacete de ouro que me deixa com jeito de menino – Gaspard ri e diz: "De Diana caçadora". Quando ele erguer meu véu no altar, daqui a seis meses, espero que encontre cachos com pelo menos cinco dedos de comprimento!

Alguém está batendo à porta para vir me buscar...

6 DE ABRIL
(NA CALADA DA NOITE)

PRONTO.

Recomeçou.

Mais rápido do que o previsto, e em circunstâncias mais dramáticas do que todas que eu poderia ser capaz de imaginar.

Eles sabem quem eu sou.

Eles sabem *o que* eu sou.

Eu devia ter percebido na hora em que entrei na sala da madre superiora. Ela estava com uma expressão de desespero. Ao lado dela havia um médico, um homem com o rosto tão branco quanto seu avental.

– Este é o professor Diogène, do hospital São Maurício – Madre Rosemonde declarou em tom grave. – Ele fez o favor de acompanhar a comitiva que trouxe Berenice de Épinal de volta até nós.

O sangue congelou nas minhas veias.

Por que me apresentar a este homem?

Ele mal me cumprimentou, quase sem mexer os lábios. No começo, considerei a atitude dele como presunção, antes de perceber que sua expressão era de medo.

– A senhorita é quem chamam de Blonde? – ele me perguntou.

– Sim.

– Fui informado de que está sujeita a momentos... de ausência.

Lancei um olhar cheio de preocupação para a religiosa, implorando do fundo da alma por meio dos olhos. Por que ela tinha me traído? Será que irmã Marie-Joseph tinha lhe revelado suas dúvidas em relação ao "acidente" da escada?

– Madre...

– Sinto muito, sinceramente, minha menina. A senhorita garantiu a nós que não tinha sofrido mais nenhum ataque. O relato de Berenice diz outra coisa. Ainda é perigosa. Meu dever é entregá-la para que possam cuidar da senhorita.

A partir daquele instante, o avental do professor começou a mudar de cor.

A ficar rosado.

– A senhorita de Beaulieu nos deu sua versão do que aconteceu no dia em que ela caiu da escada – ele começou a explicar com a voz aguda. – Preciso escutar a sua... para estabelecer um diagnóstico justo, é claro.

Eu me levantei e apertei com força a mochila em que tinha colocado as minhas coisas de viagem, pensando que iam me levar para ver Gaspard, mas estavam me afastando dele, talvez para sempre.

Senti a cãibra, ali na boca do estômago, a cãibra terrível que já tinha me retorcido as entranhas três vezes – no refeitório quando Berenice me acusou de ter seduzido Gaspard com maldade, no castelo dos Valrémy e no alto da escada do convento. Meu instinto berrava que, se eu permitisse que me levassem para o hospital, eu nunca alcançaria a casa grande da charneca e me perderia em uma fúria que nenhum remédio humano seria capaz de curar.

O professor então se levantou e derrubou a cadeira.

Ele tremia feito uma folha ao vento.

Começou a gritar, porém eu já não escutava mais nada – ou melhor, escutava uma mistura de sons desarticulados que saíam da boca dele como borbulhas.

Uma porta se abriu no fundo da sala e três homens saltaram para dentro do cômodo. O primeiro não era ninguém menos que o inspetor Vacheux com o chapéu de duas pontas afundado sobre a cabeça; havia voltado com os oficiais que o tinham acompanhado duas semanas antes. Não reconheci o azul-marinho dos uniformes: ao meu redor, tudo já estava vermelho, vermelho, vermelho!

Fechei as pálpebras.

Quando voltei a abrir os olhos, estava no pequeno cemitério onde as irmãs de Santa Úrsula eram enterradas havia séculos, no meio do bosque atrás do convento.

Como acontece toda vez em que retomo a consciência de maneira brutal, quase perdi o equilíbrio, então me segurei em uma lápide. Eu estava sem fôlego, tão esbaforida quanto um maratonista; e, principalmente, eu me sentia encharcada da cabeça aos pés por baixo da roupa.

Baixei os olhos para o meu vestido de sarja entre as dobras da capa.

Uma grande mancha vermelha cobria o peito.

Eu não entendi imediatamente.

Precisei observar o verde do musgo aos meus pés e o azul do céu acima da minha cabeça antes de compreender que minha visão tinha voltado ao normal.

Foi só então que eu entendi que o sangue estava *sobre o meu vestido*, não mais sobre os meus olhos.

Se ainda me restasse um único fôlego nos pulmões, acho que eu teria berrado, e tudo teria parado por ali porque, assim, eu teria revelado minha posição; porém eu só consegui escutar um gemido estrangulado.

Ouvi muitos gritos e galhos estalando em algum lugar no bosque atrás do cemitério.

Puxei a gola do vestido e passei a mão no corselete, rezando para que meus dedos encontrassem um ferimento, mas minha pele estava lisa e intacta. Eu estava ilesa.

O sangue que me cobria não era meu.

Eu poderia ter me rendido.

Eu poderia ter retraçado o caminho até o convento e me entregado ao inspetor Vacheux.

Mas não fiz isso.

Por mais forte que fosse o meu sentimento de culpa, havia algo ainda mais forte. Algo como uma voz interior que me dizia que aquilo tudo era uma armadilha. Aquelas pessoas não estavam ali para me ajudar. Se a intenção delas fosse essa, não teriam armado uma emboscada para mim, como se eu fosse um animal selvagem. Meus olhos não teriam ficado vermelhos, a cãibra não teria apertado meu estômago.

Eu só estou começando a compreender a medida da maldição do signo do Urso. Eu não herdei apenas os acessos de raiva de meu pai; ele também me legou um instinto de sobrevivência irresistível. Isso é o mais terrível, esse instinto que me impede de voltar a Santa Úrsula, de implorar perdão a Madre Rosemonde. É como se eu não fosse mais eu mesma, como se houvesse uma consciência por baixo da minha consciência que tomava as decisões por mim.

Meu Deus, no que eu me transformei!

Já faz várias horas que está escuro.

Ninguém veio me pegar na sombra do ossuário no qual eu me enfiei, depois de erguer uma grade meio tomada por espinheiros.

Não há nenhum eco de batida no silêncio do bosque, tomado apenas pelo pio das corujas, pelo farfalhar das presas e dos predadores invisíveis no fundo da escuridão.

Ninguém vai me procurar nesse buraco úmido que tem cheiro de húmus e de decomposição, pelo menos não nesta noite. Se os homens de Vacheux tivessem sido capazes de encontrar minha pista, já estariam aqui.

Em relação a Gaspard, ele sem dúvida está longe agora, talvez já tenha até saído da Lorena, cavalgando com o sorriso confiante daqueles que não têm dúvida de que encontrarão a felicidade na volta. De resto, mesmo que eu tivesse um meio de me juntar a ele, será que me permitiria arrastá-lo para o pesadelo que estou prestes a viver? Acho que não, de jeito nenhum.

Rabisco estas linhas com a iluminação de um raio de luar que entra pela grade, apoiada na pedra fria de um túmulo, antes de me permitir algumas horas de sono...

E amanhã?

Será que amanhã minha mente estará calma o suficiente para que eu reencontre forças para subir à superfície e assumir minhas responsabilidades? Será que terei coragem de erguer a aldrava do convento e perguntar quem derramou o sangue que mancha meu vestido?

Não sei.

Não sei de mais nada.

Acredito que preferia não acordar nunca mais.

10 DE JUNHO (AO AMANHECER)

É A PRIMEIRA VEZ EM MAIS DE DOIS MESES QUE ENCONTRO coragem para escrever neste diário, aproveitando os primeiros raios de sol, enquanto todos os outros ainda dormem.

Tentei retomar a escrita várias vezes, mas, a cada ocasião, eu me desmanchava em lágrimas no momento em que a pena tocava no papel. Simplesmente é demais: medo demais, desespero demais, nojo demais de mim mesma.

Mas a gente se acostuma a tudo, até ao pior.

O pior não é assim tão terrível quanto pensamos.

Pode até ser reconfortante quando dizemos a nós mesmos que não dá para se afundar mais.

Então, há dois meses, eu acordei no ossuário das irmãs freiras de Santa Úrsula um pouco antes do amanhecer.

Ao reler as linhas que eu tinha escrito na ocasião, percebi a que ponto minha alma era presunçosa ao imaginar que uma noite de sono seria suficiente para fazer com que eu escutasse a razão e fizesse brotar em mim a vontade de me entregar.

Ao contrário!

Meu corpo descansado transbordava de energia, e essa energia estava toda voltada para a fuga. Essa era a única ideia que ocupava minha mente: a obsessão de abandonar o bosque, de ir embora o mais rápido possível. Afinal de contas, não era isso que eu tinha planejado fazer desde o início? O surgimento do inspetor Vacheux e de seus homens só serviu para precipitar um plano que já estava bem estabelecido na minha mente.

Épinal.

Esse era o destino para o qual todos os meus pensamentos, toda a minha vontade, todas as minhas forças animais convergiam.

Era necessário que eu chegasse a Épinal acompanhando o rio Mosela, que eu espiasse através de cada janela, que virasse cada pedra até encontrar a casa do delegado Chapon. Havia chegado o momento, eu acreditava, de retomar o inquérito que ele tinha iniciado anos antes. De encontrar a casa grande da charneca e o medicamento que não existia em São Maurício nem em nenhum hospital do mundo: a água-luz.

Segura dessa decisão, deixei meus instintos assumirem o controle sobre o meu corpo.

Eu me vi arrancar minhas roupas cobertas de sangue seco e colocar o vestido limpo que estava na minha mochila. Como se estivesse fora de mim mesma, observei a criatura furtiva em que eu me transformara se esgueirar pela grade do ossuário, deslizar ao longo dos túmulos e se fundir aos troncos das árvores.

Aproveitando as sombras dos ocos das árvores, envolta pela noite da minha capa, atravessei o bosque sem cruzar com vivalma – até que o vi na curva de um mato seco: um lobo muito magro a alguns passos de mim, tão próximo que eu era capaz de sentir seu cheiro, de escutar o ronco de sua barriga vazia. Ele ficou lá imóvel, olhando fixamente para mim com seus olhos cor de lua crescente. Tinha sido a fome, sem dúvida, atiçada por um longo inverno, que o tinha feito descer das montanhas de Vosges e penetrar tão baixo no vale. Durante um longo minuto, eu me senti tão vulnerável quanto Gabrielle, dezoito anos antes, quando os lobos da floresta a tinham encurralado. De repente, percebi que o lobo não me olhava como se eu fosse uma presa, mas como uma igual. Não sei como explicar, porém era isso que se passava nos olhos amarelados, essa era a mensagem que ele me transmitia: "Está caminhando no meu território, amiga. Pode atravessar em paz, mas não cace aqui". Passei na frente do lobo, surpresa de sentir que todo o meu medo tinha me abandonado; e ele me deixou avançar, apesar de poder atacar minha garganta para saciar sua fome.

Cheguei à margem do Durbion.

Refiz no sentido inverso o itinerário que eu tinha percorrido duas semanas antes. Dessa maneira, segui o rio até sua desembocadura no Mosela.

Agora já não era mais questão de tomar uma barcaça ou qualquer outra embarcação que fosse. Eu só podia contar com minhas pernas e minha agilidade para me locomover entre os arbustos para me fazer passar despercebida. Quando o sol se ergueu, empreendi a viagem mais absurda de todas: ir ao encontro de um homem sem ter seu endereço, em uma cidade que eu não conhecia.

Depois de sair dos arredores de Châtel ao amanhecer, cheguei a Épinal quando o céu se vestia de seu manto do entardecer.

A partir do momento em que os telhados apareceram além das árvores, fui tomada por um sentimento de angústia que só fazia crescer à medida que eu me aproximava do meu destino. Pouco a pouco, fui me dando conta de que tinha me lançado ao ataque de uma *cidade*, do alto de toda a minha presunção. Uma cidade de verdade, com centenas de casas e milhares de habitantes: um monte de feno enorme em que eu estabelecera a missão de encontrar uma agulha...

Percebi que tinha penetrado nos subúrbios da cidade quando a trilha de terra coberta de vegetação se transformou em um cais ladeado por fachadas. Já não era mais possível avançar despercebida. Sem coragem de cruzar o olhar com o de qualquer outra pessoa, continuei subindo o rio Mosela. Eu me esforçava para ficar com a atenção concentrada nas ruínas do castelo medieval lá no alto da colina, nas quais eu já enxergava o presságio da minha própria destruição. Fiquei com a impressão de ouvir as lavadeiras pararem de bater a roupa enquanto eu passava e erguerem os olhos para mim, desconfiadas. Elas sem dúvida estavam se perguntando quem era a jovem mendiga encapuzada que seguia com o olhar fixo; talvez a notícia da minha fuga já tivesse chegado a Épinal.

Quando a sensação de ser observada se tornou insuportável, entrei em uma ruela perpendicular ao rio Mosela, que se estendia a oeste, para o coração da cidade. No mesmo instante, tomei consciência da fome que atacava meu estômago: eu não tinha comido nada desde a véspera. Respirei bem fundo para acalmar as convulsões do meu estômago; meu nariz encheu-se de odores tão fortes que precisei levar a mão até ele, como se tivesse recebido um golpe. Eu nunca tinha experimentado um turbilhão olfativo assim. Será que era apenas o cheiro da cidade ou o meu sentido que tinha ficado aguçado de modo anormal, animal? Hoje, escrevendo estas linhas, já sei a resposta.

Épinal se desdobrava à minha frente como uma confusão de perfumes. Parecia que eu enxergava com o nariz o caminho que cada pescador tinha tomado para levar para sua loja a pesca do dia, cada assador para levar seus frangos à casa de alguém. Eu também percebia o cheiro dos cachorros e dos gatos, cuja urina se misturava à dos homens nos cantos escuros que faziam as vezes de latrina para animais de duas e de quatro patas. Entre todas essas emanações orgânicas, um odor metálico de repente me pegou pelas narinas; eu ergui os olhos: uma placa esmaltada balançava acima da minha cabeça, mostrando um homem com uma prensa e duas palavras: *Imagens Pellerin.*

O rosto meigo da santa Maria Madalena pendurado em cima da minha cama me veio à mente com a mesma nitidez que os odores que saíam da prensa. Mas não deu tempo para a nostalgia da inocência perdida brotar em mim: um cheiro de farinha logo levou embora o odor de tinta fresca, e a pontada de fome dissipou o anseio da lembrança. Havia uma barraquinha de padeiro logo ali, bem perto, na esquina da rua, exibindo os pães recém-assados da manhã.

O instinto dos animais despreza a lei dos homens, não coloca limites a seu desejo e toma aquilo que lhe convém sem pensar nas consequências: ao passar na frente da barraquinha, sem parar, peguei um pão redondo que escondi nas dobras da capa. Menos de dez segundos depois, uma voz estridente começou a berrar às minhas costas:

– Ladra! Segurem a ladra!

Comecei a correr, não tanto para me safar quanto para proteger a padeira. Eu sabia que, se permitisse que ela me alcançasse, o medo tomaria conta de mim e apagaria as últimas chamas da minha consciência. Eu não podia permitir que a pobre mulher fosse agredida e quem sabe morta por causa de um pão roubado!

Assim, eu saí correndo até perder o fôlego pela cidade que já ia escurecendo no fim do dia, confiando no meu olfato para escolher as ruas mais vazias.

No momento em que achei que finalmente havia despistado minha perseguidora, fui dar em uma praça que tinha ao fundo uma construção grande, com uma escadaria na frente, onde caminhavam religiosas todas vestidas de branco. Letras grandes de ferro forjado se estendiam entre os dois pilares de pedra ao pé da escadaria: *Hospital São Maurício.*

Mudei de rumo como se fosse um jumento picado por um marimbondo. Quase me joguei na própria goela do lugar onde queriam me prender!

Enlouquecida, retomei meu caminho subindo por uma rua de terra que parecia se afastar da barriga da cidade-monstra. As casas que a ladeavam iam ficando cada vez mais raras e cada vez mais pobres; logo só restou a mureta de um cemitério com um exército de cruzes erguidas em formação de batalha por trás.

Talvez porque na véspera eu tinha encontrado refúgio em um lugar parecido, empurrei o portão. Os túmulos não tinham muito a ver com os das freiras de Santa Úrsula; as arestas afiadas, as beiradas salientes demonstravam sua juventude perante os séculos.

Mastigando meu pão com todo o gosto, comecei a percorrer os corredores em busca de um abrigo para passar pelo menos parte da noite. Mas, aqui, as grades dos ossuários estavam fechadas com cadeados, e placas sólidas de pedra bloqueavam a entrada dos mausoléus.

Eu me lembro perfeitamente do momento em que reparei no meu reflexo no vidro de uma capela em miniatura que devia ser a sepultura de uma família rica de Épinal. Enxerguei apenas uma silhueta encapuzada de preto, na qual eu mal me reconheci. Eu me aproximei devagar da capela, até quase encostar a bochecha no vidro. Havia uma espécie de sombra dourada sobre as minhas bochechas, na beirada do capuz, que no início atribuí ao sol poente... até passar a mão sobre minha pele.

Mordi a língua para não berrar.

Os pelos!

Depois de terem invadido minhas pernas, haviam subido até o meu rosto!

Por enquanto, não passavam de uma penugem loira, mas como tinham crescido rápido desde o dia anterior... e como continuavam crescendo rápido!

Eu acreditava ter chegado ao fundo do desespero e, no entanto, o pior ainda estava por vir. Cambaleando por entre os túmulos, não dei nem dez passos até que meu olhar recaísse sobre o nome daquele que eu tinha vindo procurar nessa cidade maldita. Doze letras recém-gravadas na pedra, como uma peça pregada pelo demônio:

EDMOND CHAPON.

Senti as pernas amolecerem embaixo do corpo.

Não tive nem oportunidade de ter esperança de que fosse alguma outra pessoa; as datas eram implacáveis: *1765-1832.*

Deixei meu corpo deslizar até o chão na beira da passagem. Mal toquei o solo e senti uma mão pousar no meu ombro. Eu me enfiei bem no fundo do meu capuz, sem coragem de erguer a cabeça, com medo de que a pessoa visse minha barba que nascia.

No meio da noite que já tinha caído, havia uma sombra escura, debruçada por cima de mim como a morte que se prepara para recolher uma vida. Porém, na verdade, não passava de uma velha enrolada em um xale.

– Era próximo da senhorita?

– Desculpe? – balbuciei.

– O homem que está enterrado aqui, a senhorita o conhecia bem?

Eu me aprumei devagar, mas sem erguer o rosto.

– Bem? Não...

– Foi o que me pareceu mesmo. Não se conhece nenhum parente dele. Foi o município que pagou meus honorários... um antigo funcionário público, imagine só, trinta anos de carreira: deviam-lhe ao menos isso!

– Seus honorários?

– Sou mortuária. Preparo os corpos que são confiados a mim para a sua última viagem, a mais longa de todas. Ajeitar esse aí não foi nada fácil, para ser sincera. Estava mais furado do que uma peneira! Os bandoleiros que tiraram a pele dele não saíram de mãos vazias! Fiz meu trabalho como pude, mas ninguém compareceu ao velório. Acho que tenho pena do pobre diabo, por isso venho visitá-lo com mais alguns abandonados toda noite antes do jantar.

Bandoleiros? Não pude acreditar! Lembrei que Charles de Valrémy tinha pronunciado o nome de Edmond Chapon quando estive com ele em seu castelo. O próprio ex-delegado não tinha sido nada misterioso em relação a todas as vezes que tinha interpelado o conde. Como não tive mais notícias do senhor de idade depois de retornar ao convento, deduzi que ele acreditava ter completado sua visão ao abrir as portas do passado para mim, que tinha retomado sua pesca e seu cachimbo. No entanto, talvez ele nunca tivesse deixado a entrada do castelo onde me esperava quando fui acometida pela fúria...

– Quando e onde? – perguntei com a voz surda. – A morte dele.

– Faz pouco mais de duas semanas, lá para os lados dos De Valrémy, acredito...

A senhora se afastou entre as sombras para visitar outros defuntos esquecidos por todos, menos por ela.

Tinham sido os homens do conde que assassinaram Edmond Chapon, eu tinha certeza. Essa convicção me encheu de raiva, mas a convicção com a mesma força de que eu não jamais poderia provar me afundou no desespero. Sem saber, a senhora tinha feito seu trabalho comigo tal como fazia com todos aqueles de quem cuidava: com poucas palavras, ela tinha me sepultado.

Fiquei um bom tempo daquele jeito, prostrada na frente do túmulo, com a cabeça cheia do barulho do vento que entrava por baixo do meu capuz. Pela primeira vez, pareceu-me ter compreendido totalmente as palavras do livro *René*, de Chateaubriand, o sentido das "tempestades desejadas" que deviam levá-lo para outra vida. Eu queria que o vento ficasse mais forte, que se transformasse em temporal e que me levasse para além do tempo...

Como eu seria capaz de chegar até a casa grande da charneca sem a ajuda de Edmond Chapon? Além de ser uma quimera entre humana e animal, também era uma menina que nunca tinha saído do convento, que não sabia nada sobre o mundo e seus costumes.

E então, de repente, outra melodia chegou para se sobrepor à do vento. Algumas notas desfiadas no espaço, sempre as mesmas, como se fosse a cantilena de uma caixinha de música. Havia também uma voz longínqua que dizia: "Circo Croustignon! Última noite em Épinal! Venham admirar a bravura do valente Angelo perante grandes felinos desacorrentados! Tremam com as acrobacias de Sylviana, a amazonas feroz! Deem risada com os gracejos de Remus e Romulus, os bufões gêmeos hilários! E, se tiverem coragem, escutem as previsões muito verídicas da grande vidente astral, a ilustre sra. Lune! Apenas nesta noite, às oito horas, na praça Vosges...".

Como se eu fosse um boneco articulado, fui levantada, deixei o cemitério e percorri as ruas da cidade seguindo aquela música noturna até uma praça quadrada, rodeada de arcos.

No meio dela se erguia uma marquise grande, ou melhor, uma tenda, com listras amarelas e vermelhas tão desbotadas que mal dava para distinguir. Cinco carroças velhas estavam estacionadas em U ao redor de uma jaula com barras redondas e com duas silhuetas em tom bege encolhidas no fundo. Havia um nome pintado em letras grandes e rebuscadas, em estilo antigo, na lateral das carroças: CROUSTIGNON.

Entrei na tenda.

O ar lá dentro era úmido e ardido.

Os dois homens que montavam a arquibancada de madeira pararam de trabalhar para tentar me enxergar por baixo do capuz. Tinham a mesma cabeça careca, as mesmas bolsas sob os olhos, o mesmo queixo duplo cansado, e logo vi que eram Remus e Romulus, os "bufões gêmeos hilários".

– Ainda não abrimos – um dos dois resmungou.

– Eu gostaria de falar com o diretor, por favor.

O sr. Croustignon não me pareceu grande coisa.

Ou melhor: era parecido com sua tenda caindo aos pedaços, seus animais encolhidos pelo reumatismo, seu mundinho que podia ter as cores vivas de uma imagem de Épinal, mas que só possuía as de uma estampa desbotada. Com cerca de sessenta anos e cabelo grisalho, cheio de tiques e com seu colete de lã puída, ele reinava sobre a sua trupe do alto de seu metro e meio, incluindo os saltos. Fazia vinte anos que ele tentava implantar um tipo novo de espetáculo de rua em que os espectadores não ficam assistindo em pé, mas sentados ao redor de um picadeiro circular, como um carrossel. Ele chama isso de "circo" e acredita que seja o futuro.

Naquela noite, quando eu disse a ele que queria me juntar à trupe, começou fazendo uma careta. Contudo, soltou uma exclamação no momento em que baixei o capuz:

– Pelos cornos de Satã: uma mulher barbada!

Confesso que quase arranhei o rosto dele devido ao seu pedantismo e, dessa vez, nem precisei enxergar vermelho para ficar irritada. Mas engoli a fúria, porque eu tinha ido até lá vender minha monstruosidade para ele.

– Então, aceita me contratar?

– Depende... A sua barba não é muito impressionante, menina.

– Garanto que vai crescer rápido.

– Dou quinze dias. Se em duas semanas as pessoas estiverem dispostas a pagar para ver você, pode ficar. Se não, terá de procurar outro lugar para ficar.

Agora já faz mais de dois meses que eu sou integrante do circo.

Como o sonho de chegar à Dinamarca me parece distante agora! A casa grande da charneca e sua água-luz nunca me pareceram tão inacessíveis. Curiosamente, a evolução da maldição ou da doença – não sei mais como chamar – já não me assusta tanto. Minha estranheza se tornou minha razão de ser no seio do circo; quanto mais meus pelos crescem, mais o sr. Croustignon parece satisfeito.

Ao sair dos arredores de Épinal, a caravana se dirigiu para o sul, não para o norte – na direção do Franche-Comté e da Borgonha, a léguas e léguas de distância da jurisdição do inspetor Vacheux. E, quando retornarmos na direção da Lorena na semana que vem, quem vai se lembrar da fugitiva de Santa Úrsula?

A vantagem com o sr. Croustignon é que ele não faz nenhuma pergunta, não quer saber nada da minha vida anterior. Aceitou que eu adotasse um nome artístico sem buscar entender por que eu queria esconder minha identidade. Afinal, o mundo do espetáculo parece com o dos romances: é possível inventar para si uma nova existência. Eu cheguei ao mundo com o nome de Renée, cresci chamada Blonde.

Agora eu me transformei em Barbaruna, a mulher selvagem do Norte Profundo que eu sem dúvida jamais vou conhecer.

17 DE JUNHO
(AO AMANHECER)

OS DIAS SE SEGUIAM E SE PARECIAM NA VIDA DO CIRCO.

Só a decoração mudava, cada semana uma cidade diferente, um público novo. Mas os números são sempre os mesmos.

Ao contrário do que o nome poderia fazer imaginar, Angelo não tinha nada de angelical. O bigode basto e o rosto desfigurado por uma cicatriz horrorosa, lembrança de uma de suas antigas "alunas", pareciam mais com os de um diabo. Ele tinha humor sanguíneo e um gancho de direita fácil, principalmente quando estava bêbado, quer dizer, toda noite. O hábito dele é descarregar sobre Chipo e Dario. A primeira vez que eu vi esses dois, senti meu coração se partir. Pareceu-me ter lido em seus olhos escuros um desespero que eu jamais tinha identificado com olhos humanos; tive sobretudo a impressão de enxergar Sven e os seus atrás das barras tubulares. Chipo e Dario são ursos capturados nas florestas negras dos Abruzos, lá na Itália, e arrastados até a paisagem azulada de Vosges. Com o pelo sempre molhado, eles usavam focinheiras de couro mal engraxado, desbotado pela umidade que impregna tudo por aqui. Eles observavam seu mestre com uma mistura de medo e ódio, assim como os banidos da cabana deviam considerar os soldados que os arrancaram da casa grande da charneca para colocá-los em jaulas. Eu fiz uma promessa a mim mesma quando cheguei ao circo: no dia em que eu for embora, meus irmãos animais vão comigo.

De resto, desconfio que Angelo não restringe seus golpes apenas aos animais. Ele sem dúvida já atingiu os gêmeos, pela maneira como eles evitam se aventurar para os lados do alojamento dele depois que a noite cai. Eles me dão quase tanta pena quanto os ursos, com o rosto de três pés de comprimento sobre o qual toda a tristeza do mundo parece estar gravada. Eles se arrastam o dia inteiro, resmungando e reclamando não se sabe o que a respeito de algo que ninguém conhece. Quando chega a noite, passam horas pintando o rosto antes de entrarem em cena. Continuam resmungando e reclamando durante seu número, só que bem mais alto, enquanto trocam tapas e humilhações pesadas. As gesticulações grosseiras fazem as crianças darem muita risada: passada a idade da razão, os adultos também dão risada, mas é um riso amarelo.

Com a silhueta magra e a pele cinzenta, Sylviana se apresenta como se fosse índia da América – mas a verdade é que nasceu em Nancy. Sua entrada em cena é sempre marcada por rufar de tambores, enquanto o sr. Croustignon gira em gestos frenéticos a manivela de uma máquina de iluminação que ele inventou e que supostamente cria o efeito de relâmpagos. No mesmo momento, Remus e Romulus ficam encarregados de acionar foles enormes nas coxias para fazer esvoaçar as franjas da fantasia da amazona e, assim, fazer uma espécie de homenagem aos povos indígenas da Nova França. A jumenta sobre a qual Sylviana executa suas acrobacias já não é tão jovem – os foles que erguem sua crina também ajudam a criar a ilusão de que ela galopa com mais rapidez.

A tarefa pesada de vir depois da amazona é minha. O sr. Croustignon insistiu para que eu usasse uma fantasia feita de pele meio puída, que ele mesmo comprou bem barato e costurou. A pelagem de gola alta vai até os meus olhos quando entro no picadeiro. Meu número consiste em tirar uma a uma as camadas de pele morta ao som do tambor para revelar por baixo minha pele viva. Começo revelando a barba, que parece não crescer mais do que meio dedo, mas que a cada dia ganha em densidade o que não ganha em comprimento. Então eu tiro as luvas que cobrem os meus braços e descalço as botas de pele que me apertam as pernas. Exclamações de estupor surgem invariavelmente quando o público termina por descobrir sobre o meu corpo os reflexos dourados que se parecem cada vez menos pelos e cada vez mais uma pelagem. A minha apresentação termina quando só me resta sobre as costas minha camisa fina de baixo. Curiosamente, meus gestos não são refreados por nenhuma timidez ao longo desse ato de me despir, apesar de as freiras de Santa Úrsula terem me incutido o pudor. Talvez elas estivessem certas ao desconfiar do meu cabelo, de ver nele o sinal da cortesã adormecida dentro de mim... Como ela parecia distante agora, a pequena pensionista míope e desajeitada que assombrava os corredores de Santa Úrsula! Quando entro no picadeiro, os movimentos me vêm naturalmente e sem reservas, como se fossem uma segunda natureza; o ritmo do tambor penetra sob a minha pele e chega até a minha alma: do momento em que entro em cena até ao que saio dela, é como se eu atravessasse um transe. A luz dos candelabros é fraca demais para que eu possa distinguir os rostos que me observam. Assim, tenho liberdade para imaginar que Gaspard é o único espectador sentado nas arquibancadas e que é só para ele que eu danço...

O último número da noite é de longe o mais interessante. Quando entra no palco, a sra. Lune não parece nem um pouco saudável. Todos os integrantes do circo são mais ou menos decrépitos, mas sra. Lune parece ter retornado dos mortos. Encurvada sobre a bengala, com orelhas enormes que se projetam da cabeça quase careca e com sua tez esverdeada, ela me lembra o Sotré, o duende desgraçado do folclore de Vosges que a irmã Félicité incluía nas histórias que me contava quando eu era pequena.

O sr. Croustignon adora apresentar a sra. Lune como uma maga vinda do Oriente distante, usando muitos superlativos e efeitos de voz. Não sei se devo acreditar nas declarações dele ou se devem ser consideradas como as elucubrações que rodeiam a falsa índia da trupe. Para dizer a verdade, tenho impressão de que a sra. Lune, além de vir de outro país, também é de outra época... Cada vez que ela se senta em sua banqueta no meio do picadeiro, fico com a impressão de que nunca mais terá força para se levantar, e os espectadores sem dúvida ficam com a mesma impressão que eu.

Até que ela abre a boca.

O som que sai daquele pequeno ser todo encolhido é simplesmente... extraordinário. Seria de se esperar uma voz trêmula, mas o som que sai é amplo e profundo, envolve o auditório como um tom magnetizador. Basta a sra. Lune começar a falar para que todo o seu ser se transforme. Seus olhinhos aumentam de tamanho, e dá para perceber que são azul-safira por debaixo das pálpebras caídas; o tom cor de pântano parece se iluminar de dentro e se tornar fosforescente; a boca com rugas fundas, marcadas pelo vermelho dos lábios, transforma-se em um oráculo fascinante para o qual todos os olhares convergem.

A sra. Lune começa sempre seu número de adivinhação com truques clássicos – por exemplo, ela adivinha o número de moedas na bolsa da senhora na primeira fileira ou então o número de chaves no molho do senhor lá no fundo. Nesse estágio, os espectadores ainda podem se convencer de que é tudo armado, que a vidente tem cúmplices no salão. Mas a sequência os força a rever sua posição. Por exemplo, quando a sra. Lune começa a chamar cada um deles pelo nome – porque, afinal, não podem *todos* ser cúmplices, não é mesmo? Quando ela começa a desfilar suas previsões, não sobra ninguém para reclamar sob a tenda.

Às vezes, as revelações da sra. Lune são inofensivas – "A carta de titia Gilberte, que acredita ter perdido, caiu atrás da cômoda da entrada" – e, em outras ocasiões, são dramáticas de verdade – "Essa dor que sente na barriga há algumas semanas e que não contou para ninguém... é um tumor que ainda pode ser operado, não espere mais nem um dia para se consultar com um médico". Ela profere tudo no mesmo tom, tanto as banalidades quanto as tragédias, sem alarde e sem truques de efeito. As palavras lhe vêm à boca sem intervalo, às vezes em uma cadência tal que ela precisa parar alguns instantes para se acalmar com um gole de um pequeno frasco marrom que ela guarda no corselete apertado. Ela nem precisa voltar a falar: todas as noites, o público se entrega, e eu também, preciso confessar.

Minha vida ficou assim: eu jogo longe minhas peles, me dispo e me exibo, sem criar confusão além das paredes de lona da tenda. "O espetáculo terminou, podem ir andando, não há mais nada para ver... até amanhã à noite."

Aqui não me falta nada, apesar de eu não ser paga pelos meus serviços (nem tive a ideia de exigir isso do sr. Croustignon). Não tenho como comprar nem confeccionar produtos de depilação, mas, afinal de contas, de que adiantaria batalhar contra os pelos se eles se transformaram em material de comércio, em identidade?

Como até saciar a fome, apesar de a comida preparada por Remus e Romulus ser tão triste quanto seus rostos cinzentos. Durmo toda noite bem aquecida, apesar de ter dificuldade para me virar sem bater em algo no canto que me deram, no fundo da carroça onde ficam guardados os mastros da tenda.

Já em relação às lembranças...

Não escondo que, de vez em quando, no jantar, o cozido ruim dos gêmeos me lembra as receitas das freiras de Santa Úrsula, que na época me pareciam sem sabor, mas que hoje me parecem dignas de uma mesa principesca. Algumas noites, o fato de minha cama ser tão estreita faz vir do fundo da minha memória o saco de aveia sobre o qual Gabrielle dormiu em um quartinho ainda mais estreito. E, depois, quando escuto Angelo xingar os animais em italiano, não consigo me impedir de pensar em Gaspard, que já deve ter chegado a Roma há semanas. Nessas noites, sinto o peso na consciência me esmagar o peito. Fico com tanta raiva de mim mesma por não ter mandado notícias para ninguém...

Fico me perguntando se Madre Rosemonde e as irmãs rezam por mim.

Fico me perguntando se Gabrielle está viva em algum lugar do mundo, se de vez em quando pensa na menininha que abandonou há dezessete anos.

Fico me perguntando especialmente se Gaspard já sabe da minha fuga, ou se acha que eu ainda estou à espera dele em Santa Úrsula...

O simples fato de pensar nele me crucifica. Sinto meu estômago se retorcer de dor, como se estivessem arrancando uma parte de mim mesma. Cada fibra do meu corpo clama por Gaspard, quer estar com Gaspard. Tenho medo da chegada do outono. Será que eu terei forças para permanecer no circo quando chegar a hora fatídica do casamento? Cada vez que penso nisso, invoco na minha mente a lembrança do sangue que manchava o meu vestido quando eu acordei no cemitério do convento. Eu me lembro de que sou uma assassina, e a cãibra que me ataca quando penso em Gaspard é tão violenta quanto aquela que me atacou no momento em que perdi a consciência em Santa Úrsula. Meu lugar é aqui, entre os marginais, os fenômenos de exibição, os esquecidos da vida. A tenda me protege e protege o mundo: enquanto eu ficar aqui embaixo, nada pode me acontecer.

E nada pode acontecer com Gaspard.

17 DE JUNHO (ANTES DE DORMIR)

HOJE DE MANHÃ MESMO, QUANDO EU ESTAVA ESCREVENDO neste diário, nem poderia imaginar que bateria na porta da sra. Lune. Sem dúvida porque eu tinha medo de que ela se recusasse a me ajudar, mas também porque eu não tinha certeza de estar ou não preparada para escutar as respostas às perguntas que giravam na minha cabeça.

Agora não tenho mais escolha.

O incidente que ocorreu nesta noite me abriu os olhos: a proteção que o circo me oferece não passa de ilusão. Querendo ou não, vai chegar o dia em que o meu instinto vai se tornar baixo em definitivo. Aí será tarde demais para pensar em um plano de ação, tarde demais para tentar racionalizar o animal em mim. Ela não vai mais escutar. Nesse dia, vou abandonar o circo sem olhar para trás. E irei diretamente para Gaspard, como Baldur foi para a sua prometida: faminto de amor, mas incapaz de amar.

Fico imaginando o que deve ter se passado na cabeça animal dele quando os olhos da mulher que tinha lhe oferecido suas promessas o avistaram com pavor... com nojo. Imagino o medo, a vergonha, o sentimento de abismo infinito que nada é capaz de aplacar. E a raiva que jorra feito magma, que sobe aos olhos, que toma conta do cérebro. Baldur com certeza quis falar, mas apenas grunhidos saíram de sua boca. E quando ele quis abraçar a jovem camponesa para que seus berros se calassem...

Aconteceu há algumas horas, em uma cidadezinha ao norte de Dijon.

A apresentação foi mais tumultuada que o normal. Uma turma de jovens visivelmente embriagados, sentados na parte mais alta da arquibancada, passou a comentar em voz alta todos os números.

Quanto mais o espetáculo avançava, menos eles se acanhavam de participar com comentários muito ruidosos e até jogando coisas. No momento em que saía do picadeiro, Remus foi atingido por um talo de maçã bem na cabeça; as pessoas pensaram que aquilo fazia parte do espetáculo, a julgar pelos aplausos que o ato desencadeou. Os gritos que os energúmenos começaram a soltar durante o número de Sylviana assustaram tanto a jumenta que a cavaleira errou o salto e acabou de cara na serragem do chão...

Quando entrei em cena, o sr. Croustignon declamou com sua ênfase de sempre:

– E agora, senhoras e senhores, um fenômeno que chegou até nós da noite eterna do Norte Profundo, onde o sol jamais se levanta. Apresento a arrebatadora, a deliciosa, a perigosa Barbaruna, uma jovem criatura com um charme dos mais... peludos!

Os arruaceiros então começaram a maior algazarra, abafando até o som do tambor com seus assobios grosseiros. Na despedida, eu ainda os ouvi exclamar bem alto:

– Que moça mais gostosa!

– A cavaleira?

– É claro que não, idiota. Não estou falando daquela velha magricela. Quero dizer a outra, a selvagem coberta de pelos falsos.

Eu me apressei em puxar minha gola alta de pele até as bochechas e saí do picadeiro antes do fim dos aplausos.

Teria sido melhor se eu não tivesse saído sozinha: os arruaceiros estavam à minha espera atrás da minha carroça. Eram quatro, filhos de burgueses bem-vestidos e limpos, diferentes da nossa clientela habitual que costumava vir do povo dos subúrbios. Eles tinha ido ao espetáculo para espantar o tédio, em busca de uma diversão que os bairros bonitos não eram capazes de oferecer.

– Um minuto, minha linda – disse um que estendeu a bengala barrando a minha entrada na carroça. – Por que tanta pressa?

– Deixe-me passar, senhor.

As quatro sombras começaram a tremer com uma risada indecente e, pela primeira vez desde que fugi do convento, deixei de me sentir predadora para me ver como presa.

– Ouviram só? Ela me chamou de "senhor"! Eu não sabia que as bárbaras eram assim tão bem-educadas. A menos que ela não seja tão selvagem quanto o palhaço deu a entender...

Com essas palavras, o rapaz da bengala enfiou a mão pela abertura da minha gola de pele e enfiou até alcançar o meu peito.

A brutalidade do seu gesto me deixou tão surpresa que eu não reagi imediatamente.

– Nossa, senhores, fizeram a coisa muito bem! Os pelos que colaram sobre a pele dela são macios como cetim. Vamos ver se o resto também é tão sedoso assim...

Ele pegou meu meio dedo de barba e puxou. Com toda a força.

A dor foi tão forte que eu soltei um grito.

Meus olhos se encheram de lágrimas.

E, o mais importante, eles se encheram de sangue.

Percebi quando vi que as listras da tenda atrás da carroça não eram mais amarelas e vermelhas, que na verdade já não havia mais listras, mas sim apenas um vermelho unificado por todos os lados: nas estrelas do céu, no pavimento das ruas, no rosto espantado no rapaz à minha frente.

– Nossa! Não é postiço...

Ele ficou lá me olhando feito bobo, com alguns pelos loiros na mão, sem desconfiar do nó nas minhas entranhas.

Percebi que, se eu continuasse na frente dele por mais um segundo que fosse, esta noite seria a última de sua vida.

Então eu me desvencilhei do seu toque repugnante e me joguei contra a tenda.

Literalmente.

Eu me joguei contra os postes que seguravam a cobertura com todo o peso do corpo, como uma bala de canhão, com o único objetivo de me acalmar.

Os gritos dos espectadores que estavam saindo das arquibancadas do outro lado perfuraram meus ouvidos no momento em que a estrutura desabou em cima deles.

Eu também caí, enroscada nos mastros, nas amarras, na lona encerada. Achei que tinha vencido, que tinha conseguido evitar o pior. Porque meu corpo todo doía, menos a boca do estômago, onde a dor tinha se calado. Porque se meus olhos ainda choravam, era por causa da serragem e não mais da raiva. A lona afundada da tenda ao meu redor tinha retomado as cores normais.

O sr. Croustignon teve que reembolsar todos os espectadores e choramingar feito uma criança para os que foram embora com um galo na cabeça ou algum hematoma não o processassem.

Depois disso, ele engoliu os soluços para lançar sobre mim uma enxurrada de xingamentos, dizendo que, em toda a sua vida, nunca tinha visto uma mulher tão desajeitada, tão lerda, tão desastrada. Como eu tinha conseguido derrubar a tenda inteira só de tropeçar estava além do entendimento dele! No meio de sua fúria, ele ameaçou me demitir, antes de se dar conta de que era eu quem mais atraía espectadores. Já em relação a fazer com que eu pagasse o prejuízo, ele primeiro teria que começar a me pagar para que eu tivesse o que usar para o reembolso...

Deitada sobre o meu colchão de palha, eu me contentei em enxugar as lágrimas e os lamentos sem reclamar. A garganta do velho finalmente calou. Então ele saiu da carroça batendo a porta, e eu peguei minha pena para escrever estas palavras.

Sei que me enganei de acreditar que estava em segurança no circo. O perigo não é externo, está dentro de mim, pronto para explodir à menor fagulha. Dessa vez, escapei com apenas algumas contusões, e os xingamentos causados pelo meu fingimento de desastrada acabaram sendo superficiais.

Mas o que poderá desencadear a fúria da próxima vez?

Uma observação equivocada de um espectador, ou o olhar horrorizado de um amante por cima de mim?

Só há uma pessoa que pode me ajudar a antecipar o futuro e, talvez, a evitá-lo...

18 DE JUNHO (ANTES DE DORMIR)

– PODE ENTRAR, BARBARUNA!

A voz da sra. Lune me recebeu hoje de manhã antes mesmo que eu batesse na porta da carroça dela, como se tivesse sentido a minha chegada...

Virei a maçaneta cheia de apreensão.

O antro dela estava mergulhado em uma meia penumbra, iluminado apenas por uma lanterna oriental com facetas múltiplas. Gotinhas fosforescentes salpicavam o piso coberto de tapetes persas e as paredes com estantes repletas de uma coleção incrível de caixas. Elas eram de todos os tamanhos e de todas as formas, de madeira, de metal e de porcelana, das mais simples às decoradas com mais detalhes. Não vi cama no aposento, apenas um baú grande de madeira e uma cadeira de balanço sobre a qual a sra. Lune se equilibrava, envolta em seu xale.

– Estava à minha espera? – murmurei.

– Há mais tempo do que você imagina.

Os olhos da vidente brilhavam sob a lamparina. A pele dela parecia mais esverdeada e enrugada do que nunca, parecida com a de um lagarto velho.

– Estou esperando que venha falar comigo desde o dia em que se juntou ao circo.

– E... sabia que seria hoje? Quer dizer, fez essa previsão?

A sra. Lune olhou para mim com ar de indulgência, como as irmãs preceptoras faziam nos dias bons, quando consideravam o sorriso torto das alunas como sinal de ignorância.

– Eu sou *vidente*, Barbaruna. Eu não *prevejo* nada, eu me contento em *ver* aquilo que passa despercebido aos mortais comuns. Foi assim que eu vi que você viria.

– Está dizendo que não é capaz de prever o futuro?

Fiquei um pouco decepcionada. Confusa, eu esperava que a sra. Lune me entregasse as chaves do meu futuro, que me mostrasse a saída no fim do túnel. Comecei a entender que, infelizmente, não seria assim tão fácil.

– Não, eu não sou capaz de prever o futuro. Mas posso prever o presente, e isso já é muita coisa. Porque a maior parte do presente é silenciosa, invisível. Fica escondida sob a superfície das coisas, como a parte submersa de um pedaço de gelo enorme... essa imagem deve lhe dizer algo, não é mesmo, já que veio do Norte Distante?

Um raio fino brilhou no olho da velha, mostrando que ela não se deixou enganar nem um pouco pela personagem que eu tinha criado para mim.

– Vejo o objeto que a cabeça de vento acredita ter perdido para sempre. Vejo a enfermidade que se retorce no doente que a ignora. Vejo aqueles que vêm bater à minha porta antes que batam. Ou, para ser mais exata, existem milhares de olhos que veem todas essas coisas para mim e que me contam.

A vidente desenhou um gesto amplo com o braço esquelético que fez as pulseiras de prata tilintarem.

– Todas as caixas que vê ao meu redor guardam meus pequenos espiões.

– Seus... espiões?

– Espíritos. Seres imateriais que são os meus olhos através das divisórias, minhas orelhas através das paredes. São esclarecedores, Barbaruna! ...ou, melhor, será que devo dizer "Blonde", como está no seu diário?

Por instinto, coloquei a mão na mochila de que nunca me separei desde que cheguei ao circo, usando-a até como travesseiro para dormir. Ela contém o diário, o dossiê do delegado Chapon, uma mecha de cabelo de Gaspard e alguns desenhos que ele fez de mim: todos os meus parcos segredos.

– Ah, não se preocupe. Todos nós temos nome artístico aqui e todos nós temos nossas gracinhas: eu, por exemplo, durante muito tempo hesitei entre ser a sra. Soleil ou a sra. Lune, antes de me decidir pela segunda opção... Se quer saber, eu não fucei no meio das suas coisas para saber qual era o seu nome verdadeiro. Não foi necessário. Da mesma maneira que não precisei ir até Santa Úrsula para saber o que você deixou para trás: meus esclarecedores foram até lá por mim.

Com essas palavras, senti minha barriga se apertar. O pânico tomou conta de mim sem aviso, um instinto de animal que caiu na armadilha, pronto para fazer de tudo para fugir. Se a sra. Lune ficasse nervosa, se fizesse um gesto brusco, acredito que eu não teria conseguido segurar minha ferocidade...

Mas ela se contentou de me olhar com um sorriso, sem qualquer outro movimento além do balanço leve da cadeira.

Pouco a pouco, senti a cãibra relaxar.

Deixei meus olhos flutuarem sobre as fileiras de caixas e constatei com alívio que não haviam ficado vermelhas ao meu olhar.

O ataque tinha passado com tanta rapidez quanto tinha chegado.

– Acha sinceramente que, se eu quisesse denunciar você, já não teria feito isso? De todo modo, não há motivo para inquietação, nenhum homem morreu...

– O que quer dizer?

– Se pensa que matou alguém quando fugiu do convento, não precisa se preocupar. Um dos homens que tentou deter você quebrou o braço, o outro teve um corte na sobrancelha; a essa altura, os dois já estão curados. Já o terceiro homem, o inspetor, ele saiu ileso do último encontro. Até os estragos que você causou ao quebrar a janela da madre superiora quando fugiu já foram consertados.

Eu nem imaginava. O sangue que me cobria no cemitério das irmãs, portanto, não era sinal de assassinato, mas sim de um simples ferimento! E eu passei tantas semanas pensando que era uma assassina; agora descobria que era inocente, e isso me encheu o coração de alegria!

Será que a sra. Lune realmente era capaz de ver *tudo isso?*

É o que estou pensando enquanto escrevo estas linhas, e não consigo conceber uma explicação: a velha me disse a verdade. As caixas dela contêm realmente coisas que lhe permitem enxergar a distância.

Em que tipo de mundo nós vivemos? Somos ensinados que todos os países estão marcados nas cartas geográficas, que todos os acontecimentos estão descritos nos livros de história, que as leis da física e da biologia são incontornáveis. E, no entanto, este é o mesmo mundo em que Gabrielle de Brances conheceu Sven, é neste mesmo mundo que a sra. Lune conversa com os espíritos. A vidente está certa em dizer que a realidade é como um pedaço de gelo que flutua, do qual apenas uma parte muito pequena parece existir; desde o início da primavera venho descobrindo a outra parte, a parte que os homens enfiaram nas profundezas mais distantes de seu ser, para esquecer com mais facilidade. Para se proteger melhor.

– A senhora sabe *o que* eu sou? – perguntei sem rodeios.

– O que você é? Uma moça encantadora, sem dúvida, apesar de ser um pouco diferente. A barba? Combina com a sua pele. O que você fez com aqueles homens, no convento, e também com a tal de Berenice que meus esclarecedores viram com a perna engessada? Imagino que, de um modo ou de outro, eles fizeram por merecer. Eu mesma fui julgada demais na juventude para me ater a esse tipo de detalhes. Há muitas coisas que podemos condenar no circo desse velho avarento do Croustignon, mas pelo menos ninguém nos julga. Não conte comigo para atirar a primeira pedra.

– Na verdade... não é só a barba. Berenice e os outros experimentaram mais do que um simples ataque de raiva. Temo que esteja cometendo um eufemismo quando afirma que eu sou apenas "um pouco diferente".

Foi assim que eu contei minha história à sra. Lune.

Ah, ela já conhecia os capítulos principais, pois tinha se colocado a par por meio dos olhos fantasmas sobre o relatório no fundo da minha mochila. Mesmo assim, ela me deixou falar, porque sentiu que esse desabafo foi para mim como perfurar um abscesso.

Eu relatei tudo a ela, desde a invasão de Edmond Chapon no convento até minha fuga desvairada para Épinal. Não deixei nada de fora, principalmente a vergonha de ter desistido tão rápido de procurar o remédio para a minha doença. Porque eu tinha vergonha, nossa, tanta vergonha! Até agora, eu não tinha me dado conta, achava que a exibição cotidiana do meu número tinha matado todo o meu amor-próprio... mas, durante esse tempo todo, a vergonha só tinha aumentado dentro de mim.

Ah, como aprecio o fato de a sra. Lune não ter me interrompido, de ter me escutado até o fim sem emitir um só comentário incrédulo! Não havia julgamento em seus olhos: apenas uma curiosidade imensa e uma compaixão ainda maior.

No final, implorei do fundo do coração:

– Foi por isso que perguntei se sabia *o que* eu era, o que eram Sven e meus ancestrais antes de mim. Seus espíritos... Como disse mesmo? ...seus esclarecedores, será que eles têm a menor ideia que seja sobre a minha natureza? Será que eles sabem onde fica a casa grande da charneca, esse lugar misterioso nas profundezas da Dinamarca onde Oluf, Baldur e Sven foram criados?

A sra. Lune pareceu refletir por alguns instantes, depois apontou uma caixa na estante mais alta. Era uma caixa de bombons, de ferro e muito velha, coberta com lindas inscrições douradas em uma língua que eu não conhecia.

Eu a peguei.

Não pesava quase nada, mas fiquei com medo de esmagar os joelhos da vidente com o peso, de tanto que me pareciam frágeis.

A sra. Lune respirou fundo e ergueu a tampa; eu recuei, como se estivesse esperando que não sei o quê saltasse a caixa.

Mas nada.

Nada além da luz fraca da lamparina, da respiração chiada da vidente e, do lado de fora, do barulho de Remus e Romulus terminando de desmontar a tenda que eu tinha derrubado no dia anterior.

– Não... não...

Com os olhos apertados pela concentração, a boca entreaberta, a sra. Lune se parecia mais do que nunca com um réptil. No espaço de um instante, eu me perguntei se estava certa em fazer confidências a essa mulher que eu, afinal, não conhecia nem um pouco.

Contudo, ela nem me deu tempo de pensar:

– Não, não enxergo esta casa grande. Não tenho indícios suficientes para localizá-la. Mas enxergo todo o resto, tudo o que você descreveu. Vejo o castelo De Valrémy onde Gabrielle morou, vejo o túmulo novinho em folha onde o velho Chapon está enterrado. Acredito em você, Blonde. Acredito em cada palavra que pronunciou.

– Obrigada, é gentileza sua dizer isso.

– Espere! Há mais uma coisa...

A sra. Lune parecia estar em transe. Eu poderia jurar que a pele enrugada e bronzeada pelos anos dela era ressecada até os ossos... no entanto, era com certeza suor que eu via na testa dela.

– Há uma claridade que vacila na escuridão... Uma pequena chama que está se apagando, mas que ainda consegue iluminar o passado, se chegarmos lá a tempo...

– O que é?

Tentei enxergar também o que a sra. Lune via através de sua caixa entreaberta, mas é claro que eu não conseguia. Não tinha muito problema: a vidente vibrava com tanta intensidade que não era necessário ver para acreditar.

– É uma vida, Blonde... Uma vida que queimou por muito tempo e agora vai se apagar sem que seu relato tenha sido ouvido... Nas escuderias do castelo De Valrémy... No último cômodo do andar de cima, sobre os estábulos onde ficam os cavalos... O quarto é escuro demais para que eu consiga enxergar, é o quarto de um moribundo, com as cortinas sempre fechadas... Mas escuto um fio de voz que murmura! Como uma prece, como se sua entrada no céu dependesse disso, queimando em seus lábios, que repetem duas palavras sem parar: "Gabrielle, perdão!".

De um só golpe, sem aviso, a sra. Lune fechou a tampa da caixa com tanta violência quanto uma armadilha de lobo. Ela estava ensopada de suor, agitada com tremores nervosos da cabeça aos pés.

– Como está se sentindo?

– São os esclarecedores... vão acabar com a minha pele!

Ela sorriu, porém o sorriso mais parecia uma careta e, por trás dela, eu escutava seus dentes baterem. Eu me lembro de ter tremido apesar da quentura do lugar, imaginando que pagamento estranho os espíritos exigiam da vidente em troca das visões que obtinham.

– É melhor eu parar; se não, não vou ter forças para executar meu número hoje à noite e Croustignon ficará furioso. De todo modo, já temos informações suficientes, certo? O circo continua subindo para o norte. Daqui a dois dias, vamos parar em Girandorge, a duas léguas do castelo De Valrémy. Agora, por favor, deixe-me descansar.

Com essas palavras, a sra. Lune pegou o famoso pequeno frasco do corpete, aquele de que tomava um gole toda vez que voltava para a coxia depois de seu número. Dessa vez, assim tão cedo, ela esvaziou todo o conteúdo entre os lábios trêmulos. Depois soltou um suspiro que mais parecia o apelo de uma moribunda, e de repente seu corpo relaxou na cadeira de balanço, como se fosse uma marionete cujos fios tivessem sido cortados. Seja lá qual fosse o líquido que o frasco continha, logo vi que era algo bem diferente de água...

– A senhora... a senhora não vai dizer nada disso para o sr. Croustignon, certo?

A sra. Lune me lançou um olhar vidrado. O azul-safira de seus olhos estava velado, como um céu que de repente fica carregado com nuvens de tempestade. Ela me pareceu mais velha do que nunca, entorpecida por sua bebida, depois de ter ficado agitada por causa de seus demônios.

– Pode ir em paz – ela balbuciou com um fio de voz. – Faz muito tempo que aquele velho e eu encontramos um meio-termo. Ele não exige nada de mim, e eu não exijo nada dele. Ele não vai ficar sabendo de nenhuma palavra da nossa conversa. Mas há outras pessoas que mereciam saber...

– Madre Rosemonde?

– Não. Ela ainda está muito abalada com a sua fuga e é vigiada de muito perto pelas pessoas que estão tentando encontrar o seu rastro. O momento de chamá-la ainda não chegou. Mas o rapaz, por outro lado... Ele é capaz de absorver muito mais do que você pensa. Por mais pesado que seja o fardo, é mais fácil de carregar em dois: pode acreditar, fará bem a você conversar com seu noivo do mesmo jeito que conversou comigo.

Quando escutei esta palavra, "noivo", senti meu coração se apertar. A criatura em que eu me transformara era bem diferente da moça com quem Gaspard tinha prometido se casar. Só a ideia de voltar a vê-lo já me enchia de pavor; eu sonhava com suas carícias e, ao mesmo tempo, eram a coisa de que eu mais tinha medo no mundo. Agora, só podia tremer quando pensava na noite de núpcias que antes tinha esperado com tanta ansiedade.

– Não tenho nenhum meio de entrar em contato com ele... Nem dorme sob o mesmo sol que nós. Se por milagre eu encontrasse um jeito de escrever para ele, minha carta só chegaria quando nós já estivéssemos em outra região da França.

– A distância não conta quando pensamos naqueles que amamos... – a sra. Lune murmurou, enigmática.

Ela ergueu a gola da blusa com lentidão doentia, como se pesasse várias libras. Um colar de pérolas grandes e verdes lhe caía por cima do peito murcho. Primeiro pensei que eram de jade, antes de perceber que eram ervilhas secas, cada uma com um colchete minúsculo.

Com os olhos semicerrados, a vidente soltou o fecho do adorno. Então estendeu para mim a primeira ervilha. O torpor ia tomando conta dela à medida que o conteúdo da garrafinha ia se espalhando por seu organismo. Cada palavra que ela pronunciava parecia lhe custar um esforço terrível:

– Tome, fique com isto.

– Uma... ervilha?

– Sim, mas não é qualquer ervilha. A vagem que as originou cresceu em uma terra infestada de relâmpagos, em uma região longínqua, onde eu morei há muito tempo... Aspirados pelas raízes, os espíritos subiram até as ervilhas, onde ficaram encerrados durante vários séculos. Abra a ervilha antes de se deitar hoje à noite e coloque imediatamente embaixo da palha da sua cama. Depois, basta pensar em Gaspard quando for dormir.

Observei o grão seco por um instante, sem coragem de tocar nele.

Tudo aquilo se parecia demais com bruxaria. Quem era na realidade esta sra. Lune que fazia o silêncio falar, que enxergava o invisível e que utilizava poções para deixá-la mais morta do que viva? O rosário de espectros que ela carregava ao redor do pescoço tinha cheiro de enxofre. Tenho certeza de que as freiras de Santa Úrsula iriam denunciar necromancia... Mas será que não considerariam com o mesmo horror sua antiga pensionista se assistissem à sua dança sob a tenda do circo? Pousei minha pata peluda na mão do esqueleto e peguei a ervilha.

– Obrigada...

A sra. Lune não escutou o que eu disse. Largada por cima das costas da cadeira, ela tinha caído em um sono profundo. Saí na ponta dos pés e fechei a porta da carroça sem fazer barulho.

O dia se passou de acordo com a rotina – os aplausos, os assobios, os gritos e a reverência final da trupe toda antes de ir para a cama. Mas nada foi como antes, porque, dentro do meu peito dourado, meu coração batia a toda velocidade. *Gaspard!* O sorriso dele estava em todo lugar, no céu, embaixo da tenda, por baixo do rosto corado dos espectadores.

O silêncio recaiu sobre o circo.

No fundo da minha carroça, escrevi estas linhas e depois segui as instruções da sra. Lune ao pé da letra.

Peguei uma pedra e apertei por cima da ervilha seca até escutá-la se abrir. Confesso que fiquei aliviada por não ver aparecer nem um espectro em forma de larva, nem um espectro reptílico, nada que minha imaginação estivesse esperando. Como se fosse carne, o invólucro só continha uma coisinha escura e mirrada, e isso não era nada surpreendente, se o grão realmente tivesse a idade que a vidente havia dito.

Acabo de colocar a ervilha aberta embaixo da palha que me serve de cama.

No momento em que vou apagar a vela, estou em um estado estranho, alegre e preocupado ao mesmo tempo. Espero sinceramente que a magia da sra. Lune funcione e, ao mesmo tempo, duvido disso. De que vale a promessa que eu fiz a mim mesma de nunca mais voltar a ver o meu noivo antes de me libertar da maldição do signo do Urso?

A esperança varreu-a para longe.

Agora é tarde demais para desistir.

19 DE JUNHO (AO DESPERTAR)

EU VI GASPARD!

Meu coração está exultante, todo o meu corpo está em festa e as minhas contusões foram esquecidas!

Eu vi Gaspard, e foi graças a sra. Lune que consegui. A magia dela não pode ser negra se é capaz de produzir um milagre tão grande como este!

Mas tudo começou como um pesadelo, ontem à noite depois que eu fechei os olhos... Por trás da tela escura das minhas pálpebras, eu me dei conta de que meu coração batia a toda velocidade. Para tentar acalmá-lo, fixei minha atenção nos sons da noite: o ronco ruidoso de Angelo, a agitação de Dario e Chipo contra as barras da jaula, o barulho do vento que fazia a lona da tenda vibrar. Tudo isso acabou se misturando a um rumor indistinto, como uma marola na superfície de um oceano muito profundo. Com o coração cheio de apreensão, trouxe à mente a lembrança de Gaspard com todas as forças e caí no sono, tão pesado quanto uma pedra.

Quando abri os olhos, imediatamente percebi que não estava sonhando.

Havia uma espécie de filtro, um tipo de tela de vapor na frente do aposento em que eu estava e, no entanto, eu tinha certeza de que era *real.* Era um quarto simples, com as cortinas abertas para uma noite mais quente que a da Lorena e mais cheia de estrelas do que a Via Láctea: todas as luzes de Roma brilhavam por trás da janela.

Senti um momento de pânico quando vi o corpo deitado sob os lençóis da cama embaixo da janela se mover. Porém, era tarde demais para recuar; Gaspard acordou e abriu os olhos. No mesmo instante, pensei na minha barba, no meu pelo, na monstruosidade animal que cobria o meu corpo. A cãibra terrível tomou conta do meu estômago ao mesmo tempo em que o vermelho das cortinas transbordou para as paredes como um derramamento de sangue.

Paralisada da cabeça aos pés, vi Gaspard avançar na minha direção.

Medo, vergonha, raiva: eu tinha a impressão de sentir a mesma coisa que Baldur sentira quando chegou ao sítio na Rússia, no momento em que se viu refletido nos olhos arregalados da jovem camponesa.

As emoções que me arrasavam eram de uma violência tão grande que, se eu me movesse, o menor dos meus gestos seria mortal. Eu estava esperando perder a consciência de um momento ao outro; e então...

– Blonde? – Gaspard murmurou.

Não havia nem pavor nem repulsa na voz dele.

Ele estava ali, em pé na minha frente, vestido com um calção simples de algodão, porque o calor italiano fazia com que fosse insuportável usar qualquer outra coisa para dormir. O escultor reduzido à nudez da estátua.

– Blonde, é você?

Eu não me mexi quando ele estendeu o braço na minha direção. Os dedos dele passaram através do meu corpo sem encontrar resistência, e os olhos dele examinaram meu rosto sem se deter nele.

Foi só então que eu percebi que Gaspard não me enxergava de verdade, que percebia a minha presença sem poder me observar nem me apalpar. Também me dei conta de que meu corpo não se encontrava em Roma, naquele quarto, e sim a centenas de léguas de distância de lá, dentro da carroça onde eu dormia. O vermelho que cobria meu campo de visão não passava de uma ilusão, já que o espectro em que eu me transformara não tinha olhos para enxergar nem nenhum corpo tangível. Assim que tive essa percepção, o quarto retomou as cores normais.

– Sou eu mesma... – finalmente murmurei.

O rosto de Gaspard se iluminou.

Ele me escutava! Não era pelos ouvidos, porque eu não tinha língua nem garganta para articular sons, mas através da própria alma.

Foi assim que nós nos reencontramos, nessa fronteira incerta que nenhum dos dois imaginava existir. Quanto mais a voz de Gaspard soava nos meus tímpanos de éter, mais meus medos iam desaparecendo. Sob a coberta do sonho, estávamos em segurança, protegidos um do outro. Gaspard não podia olhar para mim assustado, como eu tanto tinha medo, e eu não podia usar minhas garras vingativas contra ele.

Eu me contentei em dizer a ele que estava bem depois de fugir do convento para escapar dos médicos que queriam me prender sob o pretexto de aquilo ser uma afecção nervosa passageira. Gaspard se lembrava do trauma causado pela agressão de Berenice, ele sem dúvida conectou os pontos; mas, felizmente, não perguntou quais eram meus sintomas nem como eu pensava em me curar, porque eu não seria capaz de responder.

– Onde você está?

Essa foi a única pergunta dele.

– Em um lugar onde nada me falta.

– Mas eu falto a você... Está resolvido: volto para a França amanhã!

– Não!

A sombra que se passou pelo rosto de Gaspard me dilacerou o coração. Só durou um segundo, mas eu fui capaz de decifrar tudo: o medo de me ver desaparecer de sua vida, a suposição terrível de que eu não quisesse mais saber dele, a possibilidade inconcebível de que eu estivesse com outra pessoa. A minha vontade era de abraçá-lo com força para mostrar que não.

Contudo, meus braços fantasmagóricos não podiam se estender, e a minha boca não podia revelar nada.

– Eu não enxergo você – ele disse com a voz triste –, mas sinto que está em perigo. Não peço que me diga o que não quer dizer... ou o que não pode dizer. Mas há uma coisa de que tenho certeza, e quero que você também tenha certeza: eu estarei ao seu lado quando precisar de mim. Seu apelo pode me vir em um sonho, na pata de um pombo-correio, no sopro do vento: sempre vou atender. Mas, diga uma coisa, pelo menos: estou imaginando a sua voz?

– Não, Gaspard, sou eu mesma. Não está imaginando nada.

Ao pronunciar essas palavras, eu pensei dentro de mim: "E está longe de imaginar como está o rosto desta que conversa com você agora".

Ficamos vários minutos sem falar, escutando o silêncio da noite. É loucura como isso me fez bem, só de ficar escutando Gaspard respirar assim, como se estivesse ao meu lado. Estremeci ao lembrar da respiração dele contra a minha nuca quando pegou os meus braços para me ensinar a entalhar a pedra. Na ocasião, minha pele ficou arrepiada e, ontem à noite, no meu sonho, tenho certeza de que senti cada pelo do meu corpo levantar: todo o revestimento loiro e brilhante que cobre as minhas pernas, a barriga e os braços.

Então, de repente, eu me senti ser aspirada para fora do quarto, como se alguém estivesse me chamando de muito longe. Percebi que o poder da ervilha encantada estava chegando ao fim. Fiz Gaspard jurar, já com a silhueta se apagando, que não falaria sobre a nossa conversa com ninguém; por minha vez, prometi que voltaria a visitá-lo desde que a sra. Lune se dispusesse a soltar pérolas de seu colar antes do nosso casamento, que estava próximo.

Nosso casamento...

Esse horizonte me alegra e me apavora. Agora eu sei que não vou fugir dele. A sra. Lune não pode enxergar o meu futuro, mas sei que ele terá o rosto de Gaspard. Meus passos me levarão até ele no outono, assim como os passos de Baldur o levaram a sua prometida. Nada nem ninguém poderá interferir. É apenas uma questão de tempo. A contagem regressiva começou no instante em que eu abandonei o convento. No momento, só me restam menos de três meses até que ela termine. Menos de três meses para encontrar a água-luz e salvar a nós dois.

A caravana vai parar amanhã em Girandorge, e sinto que é lá que começa o caminho que vai me levar à casa grande da charneca. As palavras ditas pela sra. Lune não param de girar na minha cabeça, um refrão que me obceca: "Gabrielle, perdão!".

O ser que está morrendo naquele lugar tem ligação com Gabrielle de Brances.

E tudo o que tem ligação com Gabrielle de Brances também tem ligação comigo.

20 DE JUNHO (MUITO TARDE)

CHEGAMOS A GIRANDORGE NO FINAL DA MANHÃ.

Eu tinha muitas horas livres pela frente antes da apresentação da noite. Vesti a capa de lã negra que não usava havia semanas e baixei o capuz por cima da cabeça. Minha barba estava tão peluda que agora disfarçava minhas formas de mulher, e eu podia me fazer passar por homem. Só precisava evitar falar para não me trair.

Chegar ao castelo De Valrémy a partir de Girandorge não foi nem um pouco difícil; bastou seguir a estrada principal durante um pouco menos de duas horas. A paisagem ao meu redor era bem diferente da que eu tinha visto três meses antes, quando fui ao castelo pela primeira vez, no meio daquele inverno que não acabava. Agora a natureza estava totalmente desperta. À imagem do meu próprio corpo, estava coberta de uma pelagem densa e brilhante; as folhas novas refletiam os raios do sol como milhares de reflexos de vidro, banhando o mundo em um brilho dourado e quente. O ar estava cheio de zumbidos e de cheiros que acometiam meu nariz animal e faziam minha cabeça virar.

Dessa vez eu não tomei o caminho ladeado por choupos que levava à entrada principal do castelo, situada ao sul. Contornei a propriedade para chegar pela fachada norte, aproximando-me pelo meio da floresta: a mesma que Gabrielle usou para fugir, pouco depois do meu nascimento, dezessete anos atrás.

Percorri os limites da propriedade, observando o castelo; as janelas altas que refletiam o verde profundo da floresta se pareciam com olhos esverdeados que observavam cada um dos meus gestos. Eu me apressei para chegar até a construção que ficava no fim da propriedade a nordeste, com a fachada marcada por portas baixas, que só podia ser a cocheira onde a sra. Lune tinha visto as súplicas.

Quando passei sob o arco de pedra do pórtico, minha garganta foi tomada por um bafo de suor, de palha e de esterco misturados. O calor animal se misturava ao do verão e enchia o estábulo com um abafado sufocante. Percebi imediatamente um ruído metálico por trás da respiração dos cavalos: havia alguém atrás do terceiro estábulo, sem dúvida um cavalariço ocupado com os cascos de um animal. Com a respiração presa pela angústia e também por causa do cheiro, eu me esgueirei até a entradinha da escada ao lado do pórtico.

"No último cômodo do andar de cima, sobre os estábulos onde ficam os cavalos", a sra. Lune tinha dito em seu transe. O andar de cima em questão parecia servir de depósito de coisas que não eram usadas. Uma confusão de objetos variados se espalhava pelo corredor: piquetes de cerca, bacias, mangueiras e ferramentas diversas. O assoalho coberto de poeira estalava embaixo dos meus sapatos a todo momento, como se fosse rachar; felizmente, o barulho dos cavalos no andar de baixo encobria o ruído dos meus passos. Misturado ao odor deles, no andar de cima havia um cheiro de umidade e de podridão, como se um roedor estivesse apodrecendo em algum canto, depois de ingerir pedacinhos do veneno de rato empilhado em pires na frente de cada porta. Menos da última.

Virei a maçaneta e a porta rangeu ao se abrir.

O cômodo estava mergulhado em penumbras, apenas um raio de sol bem fino entrava através das cortinas pesadas fechadas à janela. O papel de parede se descolava em tiras grandes da parede irregular. Os únicos móveis do quarto era um guarda-roupa e uma cama cheia de cobertas; ali, embaixo de um crucifixo pendurado na parede, uma mulher bem pequena tremia, tão encarquilhada pela idade que mais parecia uma criança.

– Bernadette?

A voz era tão fraca, tão frágil quanto um pensamento.

Eu me aproximei bem devagar, temendo que um gesto brusco demais pudesse acabar com aquele espectro para sempre.

– É você, Bernadette? – a velha repetiu.

A cabeça dela estava coberta com uma touca de renda, de um branco que contrastava com a pele dela, já amarelada pela luz da outra margem. Quando me ajoelhei ao pé da cama, percebi que os olhos da velha estavam fixos para frente, sem enxergar nada; logo percebi que era cega.

Com a maior delicadeza possível, pousei a palma da minha mão nas costas da dela, descarnadas: era a única parte do meu corpo que ainda não tinha sido coberta por pelos.

– Não, eu não sou Bernadette – murmurei. – As pessoas me chamam de Blonde hoje em dia, mas o nome de batismo que recebi foi Renée. Eu sou filha de Gabrielle de Brances.

A boca da moribunda abriu-se para deixar escapar um sopro leve, tão suave quanto a brisa nas folhas quando a noite cai. Por um instante, achei que seria seu último fôlego.

Mas ela fechou a mão sobre a minha com a maior firmeza que sua fraqueza permitiu:

– É um milagre! – ela balbuciou. – Um milagre!

Ela quis tocar o meu rosto, mas eu impedi; em vez disso, dirigi os dedos dela para o meu cabelo. Ela apalpou os fios, trêmula, sem procurar qualquer outra prova de minha identidade. Estava convencida de que a Providência tinha me enviado até ela.

– Seu cabelo é macio como o de Gabrielle, que eu escovei tantas vezes. Mas por que está assim tão curto? Será a moda de hoje para as moças andarem com corte de cabelo de homem, usando calça?

– Sim, é a moda – menti para ela.

– Ah, o mundo mudou muito desde que a velhice apagou os meus olhos. Mas acredito que Gabrielle... que a sua mãe teria gostado desta moda. Ela era só liberdade, leveza e prazer de viver!

– Fala como se a conhecesse muito bem.

– Eu a conheci melhor do que qualquer pessoa neste mundo, minha criança. Eu a vi nascer e a vi morrer, e carreguei durante muito tempo o fardo das circunstâncias da morte dela sem ter coragem de compartilhar com ninguém...

Essas palavras, murmuradas à meia-voz, me atingiram como um raio.

Eu nunca achei que conheceria minha mãe na vida; no fundo, para mim, ela não passava de uma criatura de papel, feita de pedaços de cartas, de relatórios de um inquérito. No entanto, a notícia de sua morte me deixou petrificada; de repente, tornou concreta a ausência da mulher com quem eu jamais poderia conversar, em quem eu jamais poderia dar um abraço e me aninhar em seu peito.

– Quem é a senhora? – perguntei, tentando controlar o tremor na minha voz.

– Eu me chamo Ernestine Planchet. Fui aia da sua mãe desde que ela era muito nova até sua partida.

As lembranças das minhas leituras voltaram-me como flechas.

Ernestine Planchet, a empregada que tinha acompanhado Gabrielle à floresta no dia de maio em 1814 quando ela se perdeu!

Ernestine Planchet, a doméstica fiel que foi junto com sua patroa quando ela se casou, abandonando a família dos De Brances para se colocar a serviço dos De Valrémy!

Ernestine Planchet, a última testemunha a dar seu depoimento no dossiê do inquérito do delegado Chapon e a última pessoa a ter visto Gabrielle viva antes de seu desaparecimento!

– Eu completei 84 anos nesta primavera – a velha continuou a falar. – E sei que esta será a última para mim. A morte finalmente está chegando, eu sinto, a ceifadora que tanto esperei! Muitos velhos perdem a cabeça quando ela se aproxima e começam a delirar, achando que já estão no paraíso. Mas eu não tenho esse privilégio. Não ainda. Primeiro preciso me confessar, se desejo ter uma chance de poder bater à porta do bom são Pedro. Preciso colocar para fora aquilo que não tive coragem de revelar aos senhores da jurisdição, que não poderia dizer ao abade do castelo quando ele vier me dar a extrema unção: que aquele que o abriga é um matador, um assassino. Eu rezei, pode acreditar, rezei do fundo da alma para que alguém viesse, alguém em quem eu pudesse confiar. Preciso acreditar que as minhas preces foram ouvidas lá no alto, já que o céu a enviou, a própria filha de Gabrielle, a adorável Renée que eu vi bem pequenininha, antes que ela mesma desaparecesse por sua vez! Só lhe peço uma coisa, minha menina: não me interrompa antes que eu termine minha história. O bom Deus pode me chamar a qualquer instante, e cada uma de minhas palavras corre o risco de ser a última...

Assenti com gravidade.

Ernestine Planchet então respirou o mais fundo que seus pobres pulmões permitiam e deu início ao testemunho que demorou tantos anos para dar...

– Eu não sou nem um pouco eloquente, e a fofoca não é nada natural para mim. É que não tive muita oportunidade de praticar essas coisas na vida. Só a minha pequena Gabrielle tirava tempo para conversar comigo, desde que começou a falar, ainda pequena, em Potsdam. Essa criança tão querida até exigiu que me ensinassem a ler ao mesmo tempo que ela... logo eu, uma empregada! Hoje, se o meu testemunho puder dar a ela um grama de toda a bondade que ela demonstrou por mim, vou partir feliz. Então, Gabrielle desapareceu em uma bela noite de março de 1815, pouco depois de ter lhe dado a vida. Alguns dias mais tarde, eu fui forçada a ir junto com meus novos patrões, os De Valrémy, ao exílio na Inglaterra, para fugir daquele diabo de Napoleão sobre o solo da França. A senhorita se lembra de como foi essa viagem? Acredito que não. Passou os primeiros meses de sua existência do outro lado do mar. Os exilados tremiam a cada batalha, à informação de cada vitória, de cada derrota do imperador que era noticiada nos jornais. Mas, para mim, só a lembrança de Gabrielle me fazia tremer. Eu passava os dias rezando, implorando à bondosa Virgem Maria e a todos os santos que a protegessem, onde quer que ela estivesse nessa Europa de fogo e sangue. Eu já estava muito velha para poder lhe dar o seio, mas lhe dedicava todo o tempo em que não estava ocupada rezando, eu brincava com a senhorita e prometia que logo voltaria a ver sua querida mamãe. Não me entendia, é claro, mas era melhor assim, porque eu estava errada... Havia um outro francês em Londres que não ficava com os olhos fixos no campo de batalha do outro lado do canal da Mancha: o jovem conde Charles. Desde que tinha sido forçado a abandonar as buscas para se juntar aos pais no exílio, não passava de uma sombra de si mesmo. Passava os dias repassando as histórias impossíveis da cabana perdida com três tigelas, três cadeiras e três camas, os relatos do sequestro por demônios em pele de urso e os horrores que todos acreditavam ser ilusões... e eu também pensava assim na época, preciso reconhecer.

Sem fôlego depois da primeira parte do relato, que ela soltou de uma tirada só, a velha empregada foi acometida por um ataque de tosse.

Eu me senti mal ao escutar a garganta dela raspar feito um arado na terra ressecada. Peguei o jarro que estava ao pé da cama e aproximei um copo d'água dos lábios dela. Contudo, ela afastou minha mão com delicadeza: queria chegar até o fim da missão que tinha se proposto antes de se dar ao luxo de qualquer respiro.

– No final das contas, o Ogro caiu com tanta rapidez quanto tinha reaparecido. Retornamos ao mar com os Valrémy menos de uma semana depois da batalha de Waterloo, em junho de 1815. Na minha ingenuidade de mulher velha, eu esperava reencontrar minha querida Gabrielle no castelo. Mas não, ela não estava lá. Pior: Charles de Valrémy desistiu de organizar novas buscas para reencontrá--la. De repente, parou de falar nela, nos misteriosos homens-urso, na cabana, em todas as coisas com que ele tinha sido tão obcecado durante o exílio na Inglaterra. Os outros empregados mencionavam aos sussurros uma outra carta que a jovem esposa tinha deixado para ele, uma carta que o tinha feito mergulhar em um humor obscuro, mais obscuro do que a morte. Mas eu nunca vi essa carta. Depois disso, tudo se passou muito rápido. No começo do mês de julho, um mensageiro veio bater à porta do castelo para anunciar que o barão e a baronesa De Brances, meus antigos patrões, tinham perecido com a destruição do império. Eles tinham demorado demais para se decidir a voltar para a Prússia. Haviam sido pegos pelas trocas de tiros no interior da Bélgica, entre as tropas imperiais e o exército aliado. Como a filha única deles, Gabrielle, tinha desaparecido, eles morreram sem deixar nenhum descendente além da senhorita mesma, a pequena Renée. A residência deles na Auvérnia e todos os seus bens, portanto, seriam passados a Charles de Valrémy até que a senhorita tivesse idade para recebê-los. Hoje eu sei que o mensageiro não sabia na época aquilo que o mundo todo até hoje não sabe: que o conde não é, de jeito nenhum, seu pai e que ele não tem nenhum direito sobre a fortuna dos De Brances. Uma fortuna que é pelo menos igual à dos De Valrémy...

A fortuna dos De Brances?

Essas palavras não pareciam combinar. Talvez porque eu própria era uma órfã sem recursos, tinha formado na mente a ideia de uma mãe jovem e nobre, mas sem dinheiro, com sua graça como o único dote que tinha a oferecer à família de seu marido.

Então comecei a me lembrar da lista das riquezas trazidas de Potsdam, enumeradas no começo da carta de Gabrielle.

Também comecei a me lembrar do brilho de avareza que passou pelos olhos de Charles de Valrémy quando eu me apresentei no escritório dele três meses antes: "Nada lhe pertence!", ele se exaltou. "Nada! Nem a menor parcela dos bens dos De Valrémy, porque a senhorita não é minha filha!".

Não, de fato, os bens dos De Valrémy não me pertencem mesmo, mas os dos De Brances são meus de pleno direito!

Comecei a entender por que Charles de Valrémy tinha me mandado para um convento e pagou adiantado minha pensão para a vida toda, para que eu não saísse nunca de lá. Ele vivia com medo de que eu um dia viesse exigir a metade de seu império. Ao me enfiar em Santa Úrsula, ele tinha concebido, à custa das irmãs, a armadilha mais maquiavélica, garantindo-se ao mesmo tempo contra mim e contra a descendência que eu não poderia ter. Que ironia trágica: agora que eu sabia a verdade, agora que eu poderia exigir minha herança, a maldição do signo do Urso tinha me transformado em animal perseguido, em uma proscrita que nenhum juiz se dignaria a ouvir.

Mas eu não tive tempo de nutrir esses pensamentos sombrios durante muito tempo: Ernestine Planchet já tinha retomado o curso de sua narrativa.

– Enquanto o mundo todo não parecia interessado no destino de Gabrielle, eu continuava com esperança de que a minha pequena querida iria voltar, eu rezava cem Ave-Marias todos os dias para que ela fosse devolvida ao castelo. Porém, no começo do mês de agosto, fiquei sabendo que Charles de Valrémy tinha conseguido a anulação do casamento pelo Santo Pai em pessoa. Essa notícia inacreditável me deixou arrasada, passei noites inteiras sem dormir, tentando imaginar que pecado Gabrielle poderia ter cometido para merecer tal castigo. Eu nem tinha secado as minhas lágrimas quando um segundo golpe foi desferido: a senhorita foi arrancada de mim, disseram que iam colocá-la sob os cuidados de uma babá que fosse digna de sua posição. Mas eu sabia que a única intenção do conde era afastá-la o máximo possível dele. Não adiantou nada eu chorar, gritar, dizer que gostaria de criá-la com o meu salário: Charles de Valrémy não quis nem saber. Ele me relegou à lavanderia do castelo, eu que durante toda a vida tinha sido aia de grandes damas. Compreendi que ele não queria mais ver nada que lhe trouxesse a lembrança de Gabrielle: nem filha, nem empregada, nem mesmo um retrato pintado. E, para ter certeza de que ia esquecer, ele voltou a se casar no mesmo ano com uma senhorita da região. Logo fiz as contas: não restava mais nada para mim nesta parte do mundo. Todas as pessoas que eu tinha amado haviam partido. Eu me arrastava no meio dos vapores da lavagem, nas águas-furtadas de uma residência que eu mal conhecia, rodeada de gente que me ignorava. Fui esquecida por todos e até pela morte, que demorava a chegar apesar dos meus pedidos e das minhas preces. Afinal, era a ceifadora o objeto de todas as minhas orações, e não mais Gabrielle, porque eu tinha deixado de esperar que ela voltasse. Mas foi exatamente aí que ela voltou...

Um novo ataque de tosse tomou conta da velha, ainda mais violento do que o primeiro. Fiquei com medo de que o barulho ecoasse no estábulo no andar de baixo. Eu sabia que, se me pegassem no andar de cima, naquele quarto sem saída, eu não teria nenhuma chance de fugir.

Mesmo assim eu fiquei lá para escutar o fim do relato de Ernestine.

– Era uma noite em julho de 1819, faz treze anos desde que aconteceu. Eu estava ocupada, como de costume, pendurando a roupa nos varais do sótão. No andar de baixo, os De Valrémy e as visitas do dia tinham se recolhido à sala para uma partida de carteado. Ainda mais abaixo, nas cozinhas, os empregados faziam sua refeição antes de preparar o serviço da ceia... mas eu tinha perdido o apetite e já não compartilhava da mesa deles havia muito tempo.

Enquanto eu terminava minha tarefa, meu olhar flutuava através da fresta na direção do parque e na floresta além dele. Eu tinha quase me esquecido de que, quatro anos antes, havia sido nessa floresta que Gabrielle desapareceu. E, também, eu não a reconheci quando a vi sair de trás dos troncos. Preciso dizer que estava escuro, a lua já estava no céu, e a pequena... bom, ela tinha mudado muito. Ela que eu sempre tinha visto com as roupas mais bonitas e mais bem-arrumadas, agora estava vestida como uma selvagem, com uma espécie de pele de animal que deixava de fora os braços e a pernas dela, até o joelho. Apesar disso, não tinha perdido a graça, posso até dizer que era bem o contrário. A pele dela, antes branca como leite, tinha ficado cor de âmbar, como mel. O cabelo parecia mais comprido e mais dourado do que nunca. O seu jeito de andar era tão suave quanto o de um gato. Ela me lembrava as gravuras das índias das Américas que eu tinha visto em um Atlas da biblioteca do senhor barão De Brances, anos antes. Uma criatura feroz e arisca, uma mulher-leoa: mas era, sim, Gabrielle, disso não há a menor dúvida. Larguei meus pregadores e me lancei escada abaixo, correndo o risco de quebrar o pescoço dez vezes. "Gabrielle! Minha Gabrielle! Ela voltou!" Cheguei ao parque pela porta de serviço, aquela que se abre atrás do monte de feno. Mas, quando fui dar a volta nele, fiquei paralisada. Uma outra pessoa falava ali atrás. Era Charles de Valrémy, e a voz dele tremia de raiva. "Como tem coragem de voltar", ele ia dizendo, "depois do que você fez?" Ouvi passos leves na grama: eram os passos de Gabrielle que se aproximava. E ouvi a voz que pensei que nunca mais escutaria antes de ir para o céu: "O único lugar onde Sven e seus companheiros podiam encontrar o remédio para a doença deles desapareceu. Foi você que nos denunciou, Charles, confesse. Você foi até Roma. Deu a carta que eu enderecei a você aos agentes do Vaticano. Revelou a eles que seres como Sven existiam em algum lugar do norte. Sem isso, eles jamais teriam nos encontrado... sem isso, eles nunca teriam incendiado a casa grande da charneca!".

Ao ouvir as palavras proferidas pela velha, senti os batimentos do meu coração pararem no peito.

A casa grande da charneca, incendiada!

O remédio contra a maldição, desaparecido!

Será que isso significava que a água-luz estava perdida para sempre, e com ela todas as esperanças que eu tinha? O retrato de Baldur que eu tinha lido sob a pena de Gabrielle me voltou à mente, mais abjeto do que nunca. Eu não conseguia tirar da cabeça a imagem do monstro saindo do sítio onde tinha assassinado sua noiva, as mãos ensopadas de sangue, o olhar perdido nas brumas vermelhas da loucura.

Será que eu estava fadada a me transformar nisso?

Será que eu estava condenada a matar aquele que eu amava mais do que qualquer outra pessoa no mundo?

Eu não podia acreditar, eu não queria me entregar! Incapaz de decifrar o tormento no meu rosto, Ernestine continuou seu relato, e eu me forcei a engolir meus soluços para não interrompê-la.

– Eu não estava entendendo muita coisa do que me chegava aos ouvidos, apenas que era uma questão de traição e de sacrilégio, e eu me encolhi bem atrás do feno, torcendo para que ninguém percebesse a minha presença. "E por que eu não levaria a sua carta odiosa a Roma?", o conde indagou. "Era necessário que eu tivesse um motivo válido para anular nosso casamento, uma prova da sua abjeção. Bruxa! Bruxa que se deita com o diabo! Espero que o demônio que engravidou você tenha queimado junto com aquela casa grande maldita... e você... você também deveria ter queimado!" Foi nesse momento que escutei o ruído de um fuzil sendo carregado. Eu me ergui na ponta dos pés é coloquei a cabeça por cima do monte de feno. Charles estava com Gabrielle na mira, a menos de cinquenta pés! Talvez eu devesse ter gritado, pedido ajuda. Mas alguma coisa na expressão de Gabrielle fez com que eu desistisse.

O rosto dela parecia transfigurado, como o dos anjos nos vitrais da capela do castelo, transbordantes de alegria e de seriedade ao mesmo tempo. "Então, os agentes do Vaticano disseram a verdade...", ela murmurou. "Renée não é sua filha, é filha de Sven... É este o motivo pelo qual eu voltei a Valrémy depois de todos estes anos. Pode me entregar a menina, Charles. Devolva Renée e eu prometo que nunca mais vai nos ver, nem uma, nem outra." Os olhos de Gabrielle brilhavam como os de um animal... sim, eu me lembro de ter pensado: "Como os olhos de uma loba". Ela deu mais alguns passos na direção de Charles, mas ele começou a berrar: "Você já tinha me prometido isso, mentirosa... na carta em que confessou os seus crimes... já tinha prometido que havia saído para sempre da minha vida. Eu prefiro garantir pessoalmente!" Ele atirou. A bala atingiu Gabrielle na barriga e ela caiu de quatro no chão. Antes que eu tivesse tempo de reagir, algo saiu do bosque no fundo do parque. Uma coisa enorme, que corria com muita rapidez: ou melhor, que saltava e rugia. Será que era um homem, um animal ou um demônio como o conde tinha dito? Será que era a coisa que tinha gerado a senhorita, uma menininha tão pequena? Eu mal tive tempo de ver: a segunda bala fez a cabeça da criatura explodir e ela se estatelou no chão. Gabrielle soltou um grito, mas que grito! Minha nossa! Eu nunca tinha escutado um grito como aquele, capaz de dilacerar o céu e a terra e a alma de uma vez só. Ela tentou se levantar para se jogar sobre o cadáver da criatura, mas o sangue jorrava da barriga perfurada dela. Ela voltou a cair no chão e Charles acertou uma bala bem no coração dela. Depois esvaziou o fuzil no rosto da mulher que tinha sido sua esposa, até que se transformasse em uma massa de sangue irreconhecível. Eu me lembro da náusea que tomou conta das minhas entranhas. Eu me lembro de ter caído de joelhos atrás do monte de feno e de ter tentado vomitar sem conseguir, porque o meu estômago estava vazio, vazio, vazio! Depois, os empregados que tinham sido interrompidos durante a refeição pela confusão começaram a chegar ao parque pela entrada principal. "Dois vagabundos", o conde disse, "que tentaram entrar no castelo para nos roubar. Joguem os corpos no charco." Eu mordia o interior das bochechas para não gritar. Parece que nunca mais parei de morder o freio desde então. Parece que passei treze anos atrás daquele monte de feno, mordendo as bochechas com tanta força que só ficou a carne viva. Hoje, aqui conversando com a senhorita, é a primeira vez que relaxei os dentes depois de todo esse tempo. E me fez um bem louco, nem sabe quanto, minha cara menina. Um bem louco...

Ernestine Planchet soltou um suspiro profundo.

Algo brilhava na bochecha dela, na penumbra do quarto. Eu me inclinei por cima do rosto dela e percebi que estava chorando.

Ela chorava, depois de ter segurado as lágrimas durante tanto tempo; merecia afinal seu repouso, ela que ficou esperando durante treze anos até que chegasse alguém para escutá-la.

Senti um arroubo de afeição pura subir do fundo do meu ser e levar embora por um momento a perturbação em que as revelações da velha tinham feito com que eu mergulhasse. Eu estava cheia de amor por aquela pessoa que tinha cuidado de mim nos meus primeiros dias, que tinha guardado a lembrança da minha mãe no fundo do seu poço de solidão. Eu dei um abraço nela com a maior delicadeza possível, tal como ela deve ter feito com o bebê de colo que eu era dezessete anos atrás.

– Obrigada – murmurei ao ouvido dela, tomando cuidado para que a minha barba não roçasse sua pele. – Obrigada do fundo do coração.

– Sou eu quem agradeço, minha pequena. Isso que eu lhe disse, não poderia ter dito a nenhuma outra pessoa. Quando o abade vier me dar a extrema unção, nem vou precisar me torturar pensando se devo dizer a ele ou não. Agora não preciso mais me preocupar com a salvação da minha alma neste estábulo a que fui relegada para morrer. Mas espere antes de ir embora. Tem mais uma coisa...

– Pois não?

– Faz dois anos, quando eu ainda não estava acamada e ainda enxergava um pouco. Fui até o escritório do conde para soltar as cortinas e lavar. Reparei em um envelope aberto em cima da mesa dele. Era uma carta que tinha chegado pelo correio... vinda da Inglaterra, a julgar pelos selos e carimbos. Eu me aproximei para ver de mais perto e, pela Santa Virgem, pensei que ia desmaiar! Porque, na primeira página do monte de papel, havia um desenho feito com lápis de cor. E como no desenho se viam três ursos em pé como homens, vestidos como homens, em volta de uma mesa posta como se fosse para homens. Eu não entendo inglês, por isso não pude ler a carta. Mas, por outro lado, li o cartão que a acompanhava e me lembro como se fosse ontem. "Para o senhor conde Charles de Valrémy", ele dizia em francês, "uma lembrança da fábula que me contou durante seu exílio no meu país, que me inspirou a escrever esta pequena história que eu naturalmente intitulei *The Three Bears* (Os três ursos). Eu ficaria feliz de saber o que achou do meu conto; peço desculpas por ter enviado a versão original, mas foi assim que ela saiu da minha pena e eu me lembro de que seu inglês é muito bom. Também ouvi falar dos quadros famosos que o senhor tem em Épinal; acredita que algum desses artistas poderia ilustrar o meu texto em vista de sua publicação próxima com algo melhor do que rabisquei na capa? Mando-lhe lembranças afetuosas. Robert Southey."

Eu me lembrei desse tal de Southey, um escritor inglês que os De Valrémy conheceram na primavera de 1815, durante o exílio em Londres. Era na época em que o jovem conde Charles ainda estava muito apaixonado por Gabrielle, quando ele só abria a boca para falar nela e nos homens-urso da floresta. Como todo mundo, como eu na época, o sr. Southey pensava que aquilo era invenção de um rapaz romântico demais. Mas ele não se contentou em sacudir a cabeça como os outros antes de lhe dar as costas: escreveu um conto. Não tenho ideia se a história foi publicada agora enquanto converso com a senhorita. Duvido que muita gente se interesse por essa história que faz dormir em pé e mais ainda que um dia seja traduzida para a nossa língua. Mas eu gostaria que os poucos que a lerem saibam que não é uma fábula. Que saibam que por trás da história de *Os três ursos* há uma moça que viveu de verdade e que eu amei tanto.

Fiquei à cabeceira de Ernestine Planchet até que o sol começou a avermelhar do lado de fora.

Então eu me lembrei do circo, da apresentação que me esperava, das duas horas de caminhada que me separavam de Girandorge. De resto, a mulher que cuidava da moribunda logo chegaria para lhe dar o jantar. Larguei a mão dela, ciente de que nunca mais ia tocá-la em sua vida. Apenas a luz que banhava seu rosto me consolou um pouco.

Saí na ponta dos pés depois de dar um beijo nela, como se faz com uma criança antes de dormir.

Agora é muito tarde. O toco de vela que me ilumina acaba de se apagar com um filete de fumaça preta. Nessa luz trêmula, transcrevi palavra por palavra o testemunho de Ernestine Planchet. Eu gostaria que o mundo tudo pudesse ler isto, pudesse conhecer o desprezível conde Charles de Valrémy.

Isso explica por que um homem que mal tem cinquenta anos parece tão amargo e aflito quanto um velho: é a culpa que o remói. Com um golpe de sangue, esse indivíduo que não é nada meu me deixou órfã. Se o crime dele não passasse de um crime de amor, pelo menos, eu talvez pudesse compreender, quem sabe até perdoar. Mas Charles de Valrémy juntou a avareza à inveja ao se apossar da fortuna da falecida. Talvez o ódio tenha atiçado seu demônio da cobiça, forçando-o a possuir a todo custo os bens da mulher cujo coração ele não pode ter...

Para dizer a verdade, o conde não me tomou apenas a herança da minha mãe; também me tirou o legado do meu pai, a casa grande da charneca que foi incendiada por culpa dele. Será que a água-luz tinha desaparecido para sempre como Gabrielle parecia pensar? Não consigo aceitar esse fato. A esperança acesa pela benevolência da sra. Lune, pelos sonhos que eu compartilho a cada noite com Gaspard é forte demais para ser abafada.

Deve haver uma cura em existência em algum lugar, *e eu vou encontrar!*

21 DE JUNHO (ANTES DE DORMIR)

QUASE ME PEGARAM!

Sem a ajuda da sra. Lune, eu teria sido capturada!

Aconteceu hoje de manhã, quando as dez horas soaram, enquanto os gêmeos dobravam a tenda. Eu ainda estava dormindo no meu cantinho da carroça; tinha ido me deitar tarde na véspera, determinada a anotar no meu diário toda a minha conversa com Ernestine Planchet enquanto ainda estava fresca na minha memória.

Batidas apressadas na porta me acordaram: era a vidente, totalmente sem fôlego.

– Rápido!

Ela me puxou pela manga da camisola sem prestar atenção na minha tentativa de esconder minhas pernas peludas. Eu fiquei muito acanhada de ela me ver assim, mas a vidente não prestou a menor atenção.

– Não temos nem um segundo a perder! Os homens da polícia estão a caminho, estão vindo atrás de você!

– Como...?

– Meus esclarecedores me disseram: dois homens de colete azul. Vão chegar daqui a poucos minutos!

A sra. Lune me arrastou até a suíte dela no meio das carroças, tomando cuidado para que ninguém nos visse, e me levou até seus aposentos. Ali, ela ajudou a me esconder no grande baú de madeira atrás da cadeira de balanço.

Confesso ter ficado com a impressão desagradável de que eu estava sendo tratada como um dos espíritos, um dos esclarecedores que a vidente tinha a função de guardar em caixas. Mas eu não tinha escolha.

– Fique me esperando aqui e, sobretudo, não faça nenhum barulho!

A porta da carroça bateu; eu me vi no silêncio e no escuro completos.

Uns vinte minutos depois, quando comecei a achar que estava esperando tempo demais, ouvi a porta se abrir de novo.

Passos ecoaram no assoalho do aposento, acompanhados de vozes. Reconheci a do sr. Croustignon:

– Bom, este é o último alojamento. Está vendo que ela também não está aqui. Não sei onde pode ter se enfiado.

– É uma grande pena, senhor – um dos policiais disse. – Mesmo assim, o senhor abrigou a criminosa durante várias semanas. Daí a considerá-lo seu cúmplice...

– Mas eu não sei nada, juro! Aliás, como eu poderia saber? Acha que eu peço cartas de recomendação e ficha de estado civil às pessoas que emprego no meu circo?

– Talvez devesse pensar em fazer isso no futuro. Essa moça é perigosa. O acidente que aconteceu na sua tenda há cinco dias não foi nada em comparação ao que ela é capaz de fazer.

– Ah, está sabendo o que aconteceu com a tenda?

– Uma senhora registrou queixa por golpes e cortes...

– Desgraça! Mas eu reembolsei os clientes... Hoje em dia, as pessoas querem a manteiga e o dinheiro da manteiga!

– A descrição que nos fizeram dessa tal de Barbaruna corresponde exatamente à da moradora do convento em fuga que procuramos há meses... tirando a barba, é claro. Diga uma coisa: é postiça, correto?

– Não, senhor! O que está pensando? Hector Croustignon não trapaceia com a mercadoria! Sempre ofereci ao público um espetáculo de qualidade, de autenticidade garantida. Seja lá quais tenham sido os danos que a pequena causou, posso garantir que ela tem talento... tem mais pelo no queixo do que um varão como o senhor, com toda a certeza!

– Hum... não fique nervoso. Apenas pense que, a partir de agora, vai precisar se abster do "talento" de sua protegida. Ela fugiu, com toda a certeza, mas se voltar a fazer contato com o senhor, é seu dever avisar a polícia. Se não, vai se tornar cúmplice definitivamente e, portanto, culpado aos olhos da lei.

Eu ouvi o sr. Croustignon resmungar uma promessa vaga; depois os três homens saíram do aposento.

A porta bateu, e o silêncio voltou.

Foi só então que eu me permiti respirar. Durante todo o tempo que os policiais estiveram na carroça, eu só tinha um medo: que abrissem o baú. Não era deles que eu tinha medo, não: era de mim mesma. Era da criatura de olhos vermelhos que saltaria sobre o rosto deles como um diabo fora de sua caixa.

A sra. Lune veio falar comigo uns dez minutos depois.

Quando saí do baú, achei que ela estava mais esverdeada do que nunca.

– Eles vão voltar – ela disse. – E outros mais. Já em relação a Croustignon, ele sabe muito bem o que é mais interessante: não vai pensar duas vezes antes de entregar você se souber que ainda está aqui. Não está mais em segurança. Precisa ir embora.

Senti minha garganta se apertar. Contudo, eu sabia que a velha tinha razão, que o parênteses do circo estava prestes a se fechar. Na verdade, a decisão de abandonar a caravana para viajar para o norte estava na minha cabeça havia alguns dias. Mas para onde eu iria agora que soube da destruição da casa grande da charneca? Para que direção eu apontaria os meus passos, em que horizonte procuraria a salvação?

– O remédio à maldição que me acomete queimou com a casa grande da charneca – eu disse à vidente. – A própria Gabrielle afirmou isso antes de morrer: os agentes do Vaticano incendiaram o refúgio dos nativos do signo do Urso. Como saber se a água-luz ainda existe em algum lugar?

A sra. Lune olhou-me com muita intensidade.

Ela baixou a cabeça e, sem emitir palavra, pegou uma velha caixinha marchetada. Ela foi se sentar em sua cadeira e logo ergueu a tampa.

Longos minutos se passaram antes que a vidente falasse. Através das pálpebras enrugadas, os olhos dela não passavam de duas fendas brilhantes. Já eu estremecia com cada barulho que vinha do lado de fora, com medo de que o sr. Croustignon e os policiais voltassem a qualquer momento.

Mas eles não vieram, e a sra. Lune começou a murmurar:

– ...O Vaticano... Gabrielle falou do Vaticano... Talvez seja lá que a resposta se encontra...

Ela apertou os olhos com mais força ainda, como se estivesse tentando enxergar através de uma distância muito grande.

– ...Os esclarecedores têm dificuldade de entrar nesses lugares... Há proteções... Barreiras espirituais poderosas contra os seres da espécie deles, os espectros e os fantasmas...

Percebi veias grossas palpitantes tinham se formado nas têmporas da vidente, sob seus raros cabelos grisalhos. Como acontecia toda vez que ela invocava seus conselheiros misteriosos, o corpo dela começou a tremer, fazendo com que a cadeira de balanço sacudisse com nervosismo. Por um instante, fiquei com medo que ela fosse vítima de um ataque.

– Sinto muito – ela soltou em um fôlego. – Não consigo.

Ela enfiou a mão no corselete em um reflexo derivado de anos de prática... anos de intoxicação. Porém, o frasco que ela costumava usar para se embebedar depois de cada invocação estava vazio.

Ela começou a tremer com mais força, todo o seu corpo foi acometido, como se fosse a premissa de um ataque epilético.

– No baú, Blonde! – ela ordenou. – Pegue um frasco novo no baú!

Eu nunca tinha ouvido aquele tom de voz com a sra. Lune: sim, era uma forma de ameaça.

– O que está esperando, maldita? Ande logo!

Recuei até a peça onde eu estava escondida alguns instantes antes. Ergui a tampa apressada, com medo de que a vidente chamasse atenção com seus gritos cada vez mais roucos.

– Embaixo das cobertas! Rápido!

Revirei os panos que forravam o fundo do baú. Uma dúzia de garrafinhas de vidro castanho grosso estavam dispostas ali. Não pude deixar de pensar que aquilo era um esconderijo de bêbada, não tanto motivado por medo de roubo, mas por vergonha...

– Dê aqui! – a sra. Lune praticamente cuspiu e arrancou das minhas mãos o frasco que eu lhe estendia.

Levou até a boca. Ela tremia tanto que a boca do frasco bateu nos dentes dela várias vezes antes de se firmar entre os lábios. A minha sensação foi de que ela detestava reagir assim e também detestava o fato de eu estar presente para vê-la nesse estado de dependência que a tornava quase tão animal quanto eu durante meus acessos de loucura. Eu quis desviar o olhar, mas não consegui. Estava hipnotizada pelo nível do líquido que baixava no frasco à medida que se derramava na garganta da velha. Quando ela virou um quarto do conteúdo, seus dedos relaxaram de repente e ela quase deixou o frasco cair, mas o segurou no último instante e enfiou no corselete. Os braços dela soltaram-se pelas laterais da cadeira, tão moles quanto pedaços de barbante, e o corpo todo dela relaxou. Como na primeira vez que eu tinha me consultado com a sra. Lune, a agitação nervosa provocada pela convocação dos esclarecedores deu lugar a um estado de prostração vegetativa igualmente assustador.

– Não me olhe assim – ela balbuciou com a voz embargada pela bebida terrível. – Você não sabe o que é isto...

Peguei a mão da sra. Lune. Estava flácida, sem vida.

– Sim – eu murmurei. – Eu sei como é. Eu sei como é perder o controle sobre si mesma. Eu sei como é se sentir completamente tomada por um instinto repugnante e enervante.

Apesar de não saber nada sobre a sra. Lune, eu de repente me senti tão próxima dela quanto de uma irmã. A vida dela antes do circo havia sido tão tumultuada quanto a minha. Assim como eu, ela foi até lá em busca de um refúgio, de uma proteção contra o mundo... e contra ela mesma. Os pequenos números de vidência que ela executava para o sr. Croustignon não exigiam grandes esforços da parte dela. A cada noite, algumas gotas da droga bastavam para mantê-la em pé. Mas, para mim, duas vezes, ela tinha forçado seus talentos tenebrosos até o limite e agora pagava o preço.

Apertei a mão dela com mais força na minha:

– Peço perdão por tê-la colocado em perigo...

– Eu mesma me coloquei em perigo no dia em que molhei meus lábios na água negra pela primeira vez para esquecer. Mas eu vou me recuperar, minha menina, não se preocupe. Já sobrevivi a tantas coisas...

Ela me deu um meio sorriso, como se os músculos de seu rosto estivessem cansados demais para ir mais longe. E, no entanto, senti a força formidável que ainda restava naquele toquinho de mulher, uma força que tinha feito com que ela aguentasse até aqui e que iria sustentá-la ainda por muito tempo.

– Um elemento fundamental repousa nos arquivos do Vaticano – ela disse. – Mas os esclarecedores não conseguem entrar. Você terá que ir até lá pessoalmente para consultar as minutas da anulação do casamento de Charles de Valrémy e Gabrielle de Brances. É a única maneira de saber por que a Igreja mandou representantes para incendiar a casa grande da charneca... e descobrir se sobrou alguma coisa das cinzas.

– Mas é impossível! Eu pesquisei... nunca poderei cruzar nenhuma fronteira.

– ...então precisa mandar alguém no seu lugar.

21 de junho

Hoje à noite, pela primeira vez depois que saí de Santa Úrsula, estou me preparando para dormir em uma cama de verdade e não em cima da palha no piso de uma carroça.

Abandonei o circo sem me despedir de ninguém além da sra. Lune. Foi hoje de manhã mesmo e, apesar disso, os rostos que vi todos os dias durante semanas já parecem fazer parte de um sonho: as feições graves de Remus e Romulus, o bigode engomado de Angelo, a maquiagem exagerada de Sylviana. Na minha fuga precipitada, nem pude soltar Dario e Chipo da jaula, como tinha prometido a mim mesma que faria. A pequena lanterna mágica do circo se apagou, e agora estou no quarto de um albergue com paredes caindo aos pedaços, a uma dúzia de léguas de Girandorge e do castelo De Valrémy.

Nem o carroceiro que me trouxe aqui nem a dona do albergue pareceram se incomodar com a voz aguda demais do rapaz barbado que pagou o trajeto e a noitada, sempre com o capuz bem baixo por cima dos olhos. Talvez tenham atribuído o timbre à puberdade tardia... ou talvez nem tenham prestado atenção.

Ninguém faz perguntas a quem lhe entrega dinheiro.

E é a primeira vez na vida que tenho dinheiro. No momento da minha partida, a sra. Lune me mandou abrir uma de suas incontáveis caixas, mas esta não estava vazia como as outras. Ali estava todo o dinheiro que ela tinha juntado, dois mil francos em notas. "Você me devolve depois", ela disse. "Leve também meu colar de ervilhas, vai precisar dele para se comunicar com Gaspard: considere como meu presente de casamento." Então ela caiu no sono, embalada pela droga.

As almas mais generosas nem sempre são aquelas que pensamos ser, em um mundo em que um aristocrata rico está pronto a cometer todo tipo de crime para garantir seus bens, e uma velha senhora sem família nem domicílio não hesita nem um segundo em oferecer suas economias para uma causa que considera justa...

Agora chegou o momento de colocar uma ervilha embaixo do meu travesseiro.

Chegou o momento de me encontrar com Gaspard em sonhos.

Não posso mais esconder dele a verdade sobre sua futura esposa.

Chegou o momento de revelar tudo a ele.

22 DE JUNHO (ALGUNS INSTANTES ANTES DE AMANHECER)

NO MOMENTO EM QUE ESCREVO ESTAS LINHAS, À LUZ DA MINHA lamparina de cabeceira, o dia ainda não amanheceu atrás das persianas. O dia que se anuncia promete ser quente, a julgar pelo calor que fez a noite toda. Na intimidade do meu quarto, dormi nua, e continuo assim, sem nem usar a camisa de baixo.

Ouço o barulho da estrada principal que passa embaixo das minhas janelas e que eu logo vou seguir: com certeza alguma diligência, comboio ou charrete vai aceitar transportar um peregrino misterioso envolto em sua capa preta por algumas dúzias de léguas adiante.

Contudo, no momento, eu não sou esse peregrino.

A imagem que chega até mim do espelho pendurado na porta do quarto, no qual dezenas de viajantes comerciais devem ter se olhado para ajustar a gola falsa antes de sair do albergue bem cedo pela manhã, não é a de um peregrino.

Porque um peregrino não tem ancas, pernas e seios como os meus. Os cílios de um peregrino não são assim tão compridos, seus lábios não são assim tão volumosos e seus traços não são assim tão delicados. Os pelos loiros que agora cobrem todo o meu corpo não conseguem mascarar essa evidência: eu sou mulher. Continuo sendo mulher.

Aliás, será que estes ainda são pelos? Estão tão densos nas minhas coxas, nos meus braços e na minha barriga que nem dá mais para ver a pele por baixo; até as minhas costas estão começando a desaparecer embaixo dessa pelagem que devora tudo, como a hera faz com casas velhas; a barba subiu até as maçãs do meu rosto, até embaixo dos olhos, e parece que meu couro cabeludo desceu pela testa...

Não, estes não são pelos: é uma pele de animal. Não há outra descrição. É uma pelagem que vai tomando conta de mim pouco a pouco, como a de um animal que nasceu nu e finalmente chega ao tamanho adulto. Eu sei que em breve não haverá mais nenhum fragmento de pele que não estará coberto por essa pelagem.

Quando penso na época distante no convento, quando eu tinha vergonha de ser loira, imaginava me esconder embaixo de um hábito! Agora, os pelos dourados espalham-se por todo o meu corpo, como um estandarte.

A verdade é que eu sou mais loira do que qualquer mulher já foi antes de mim... mais loira do que qualquer homem é capaz de imaginar.

Será que Gaspard acreditou quando eu descrevi minha aparência?

Foi a primeira vez que eu contei toda a verdade a ele, sem esconder nada, sem deixar de fora nada do perigo que eu represento para ele. A confissão que eu tanto temia me pareceu fácil demais. Ele escutou minha história sem interromper; pareceu até colocar de lado a razão e o bom senso para confiar em mim completamente. Fiquei esperando perguntas, exclamações, ameaças; só recebi palavras de consolo e declarações de amor eterno que me aqueceram o coração. Tenho a impressão de que Gaspard não apreende a medida de perigo que eu represento para ele.

Gaspard, que está em Roma, às portas da Santa Sé.

Gaspard, que prometeu transpor as muralhas para chegar ao documento que representa a chave do meu passado e também do meu futuro. Durante a busca dele, eu só terei uma tarefa a cumprir: permanecer em liberdade. Agora a polícia sabe que eu voltei à Lorena, sabe como é minha aparência. Não tenho dúvida de que terei que encontrar um lugar diferente para passar cada noite, sempre em pequenos estabelecimentos onde ninguém pergunta nada nem pede documento de identidade.

Eu gostaria de estar convencida de que os arquivos do Vaticano guardam o remédio para a maldição do signo do Urso.

Mas se não contiverem nada...

Mas se Gaspard sair de mãos vazias...

Nem tenho coragem de imaginar qual será a reação dele quando vir meu rosto real, a realidade concreta de tudo o que eu revelei em sonho. Uma coisa é certa: vou lutar até o fim para continuar sendo humana. Porém, quando eu não conseguir mais, quando o animal finalmente assumir o controle sobre mim, então não vou permitir que a tragédia de Baldur se repita. Se os meus lábios nunca experimentarem a água-luz da salvação, só vai me sobrar a "água negra do esquecimento".

Será que farei minha confissão a você, diário, testemunha das minhas infâmias? Além de ter aceitado o dinheiro e o colar oferecidos pela sra. Lune, peguei um dos frascos do fundo do baú dela enquanto dormia. No momento ele está na minha frente, na mesa em que escrevo estas palavras. Não consegui desgrudar os olhos do pequeno rótulo que soa como ameaça... como promessa:

LÁUDANO
Tintura de ópio.
Respeitar as doses recomendadas sob perigo de morte.

28 DE JUNHO (AO PÔR DO SOL)

O HORROR COMEÇOU HOJE DE MANHÃ, POUCO ANTES DO SOL SE erguer.

No momento anterior, acho que eu estava dormindo pesado, mas de repente me senti completamente desperta, com todos os sentidos em estado de alerta.

Ouvi um ruído leve no corredor do posto de correio onde eu tinha passado a noite, a algumas léguas de Metz. Era o barulho de alguém que se aproximava da porta do meu quarto na ponta dos pés, um passo após o outro, bem devagar.

Eu fui para baixo da cama.

Já sentia meu estômago se apertar.

Meu olhar logo foi para a janela, onde a luz do único candeeiro que havia na frente do posto entrava pelas cortinas.

Eu ia abrir a veneziana e me jogar na noite, mas, naquele momento, o contorno de um silhueta apareceu na cortina, como uma sombra chinesa pavorosa. *Também estão a minha espera do lado de fora!*

Presa na armadilha, encurralada feito um rato, acuada como um animal. Era a pior coisa que podia acontecer.

Minha reação foi automática: o véu vermelho caiu na frente dos meus olhos igual a um golpe de machado.

Meu Deus, só de lembrar, fico com vontade de berrar!

O barulho da chave virando devagar na fechadura...

A silhueta ia se aproximando ainda mais devagar da janela...

Fiquei com a impressão de estar olhando para os últimos segundos de calmaria antes da tempestade, e minha vontade era de desaparecer, sim, eu preferiria sumir a ter que enfrentar o que ia acontecer!

Em vez disso, perdi a consciência quando a porta se abriu.

28 de junho

Quando voltei a mim, gritos de pânico e latidos enchiam o amanhecer.

O horizonte estava tingido com uma cor feia de sangue coagulado que não se devia em nada aos meus olhos; as nuvens pareciam pedaços de carne espalhados no céu do amanhecer. Eu estava na estrada principal, a dez passos do posto banhado pela luz amarelada do candeeiro. Havia dois cavalos presos na frente da fachada: os cavalos dos policiais que tinham vindo para me surpreender enquanto eu dormia. Puxando as cordas presas a um anel feito loucos, cachorros esperavam ser soltos para saírem atrás de mim.

Comecei a correr.

Os latidos soavam cada vez mais altos às minhas costas.

E eu corria cada vez mais rápido.

O tiro só serviu para me fazer acelerar ainda mais. Será que o policial tinha realmente mirado em mim ou só atirado para o ar para me forçar a me entregar? Não sei dizer.

Saltei para a beira da estrada e atravessei o mato baixo até a floresta que se estendia além da estrada principal.

A mata me engoliu e também engoliu os gritos do posto de diligência, os tiros e os latidos dos cachorros.

Estava escuro como a noite no fundo do bosque; o dia ainda nem tinha começado ali.

O ar tinha cheiro de húmus e de pólen, os odores eram tão fortes! Mais do que nunca, fiquei com a impressão de que o meu nariz se transformara em alguma outra coisa, em focinho ou em tromba, parecia que eu nunca tinha sentido cheiro de nada antes.

Eu também escutava melhor do que nunca, escutava cada graveto se partir sob os meus pés nus, a expiração de todas as coisas mortas que se decompunham lentamente no ventre da terra.

Os espinheiros tentavam se agarrar às minhas canelas e aos meus braços, mas escorregavam por cima de mim, sem nada para se pegarem no meu pelo.

Em certo momento, prendi o pé em uma raiz e caí com as mãos na frente do corpo, em cima do musgo, mas não desacelerei o ritmo, não, continuei correndo: se é que dá para chamar de "correr" essa maneira de avançar, uma hora sobre quatro patas, outra sobre duas pernas, entre animal e homem.

E então, de repente, uma sombra ruiva saiu de uma moita e parou a alguns pés de distância de mim. Uma raposa. Ou melhor, uma fêmea, seguida de três pequenas gotas de fogo, raposinhas nascidas na primavera. Reconheci no olhar dela o mesmo do lobo que eu tinha encontrado perto de Santa Úrsula, quase três meses antes. Um olhar que não me considerava como inimiga, mas como uma igual. Dois animais selvagens tentando sobreviver em um mundo colonizado por homens, esmagados cada dia mais um pouco pela civilização deles: era isso que nós éramos, a raposa e eu.

Duas irmãs.

Ela soltou um regougo baixo, ao mesmo tempo em que eu ouvia os latidos dos cachorros se aproximarem; entendi que ela estava me dizendo para que eu fugisse na direção de onde ela tinha vindo com sua ninhada, para que os rastros delas disfarçassem o meu. Elas iriam ao encontro da matilha e a atrairiam para outra pista. Os filhotes estavam em idade de aprender a sobreviver; a perseguição era a oportunidade de ensinar a eles como despistar os homens e seus cachorros adestrados.

Comecei a correr, surpresa de ser capaz de seguir a pista da raposa com tanta facilidade, seguindo seu cheiro de almíscar.

E então, de repente, sem saber por quê, eu parei.

Não havia nada ao meu redor além da floresta profunda, mais nenhum som além da brisa nos galhos. Pensei em Gabrielle, é claro, e na maneira como ela ficou aturdida em uma floresta parecida, dezessete anos atrás. Será que eu teria que reviver cada etapa do calvário dela? Teria que me perder como ela se perdeu? Teria que trair a confiança de Gaspard como ela tinha traído a de Charles? Então, qual seria a próxima estação da *via crucis*? Será que eu, por minha vez, também me depararia com uma cabana depois da curva de um tronco, com três tigelas, três camas e três monstros prontos para me carregar para o mais profundo inferno?

A brisa ficou mais forte e eu senti quando levantou os pelos das minhas coxas nuas.

A floresta me lembrou que o monstro era eu.

Eu nem tinha roupas para esconder minha verdadeira natureza: na confusão, abandonei o posto sem nada além da camisa de baixo. E ela ainda se rasgara toda durante a minha fuga. Apenas um reflexo milagroso tinha feito com que eu pegasse minha mochila quando saí correndo; foi a única coisa que eu trouxe comigo. Infelizmente, o dinheiro da sra. Lune tinha ficado no bolso do meu vestido, na cadeira do quarto...

Será que eu viveria nesta floresta para sempre e me submeter de uma vez por todas ao reino animal?

Viver como selvagem, assim como Sven, Oluf e Baldur tinham vivido?

Isso era tentador, uma tentação dos infernos.

A ilusão de uma fuga assim não durou muito tempo; o eco de um relincho em algum lugar me trouxe de volta à realidade de modo brutal: a floresta em que eu avançava já estava chegando ao fim. Não passava de um simples bosque, na comparação com as grandes extensões de mata que cobriam as montanhas de Vosges a leste de Épinal. Aqui, no vale de Metz, a paisagem era bastante desmatada. Só tinham sobrado tocos com ramos, pequenos charcos verdes rodeados de campos, traçados de estradas, aglomerações de vilarejos.

Entretanto, nenhuma floresta, por maior que fosse, jamais me protegeria de mim mesma. Eu não era nem urso, nem raposa, mas sim uma moça perdida de amor. Eu sabia que, assim que baixasse a guarda, meus passos me levariam até a capela de Santa Úrsula, até o rapaz que eu amava... e até o crime. A natureza não podia ser um refúgio para mim, como havia sido para o meu pai e seus companheiros de miséria. Até o exílio era proibido para mim.

Eu precisava retornar à civilização, continuar humana por mais alguns dias, por mais algumas semanas, para estar em condições de absorver a água-luz. Se ainda existia uma chance, por menor que fosse, de Gaspard encontrar o remédio para o meu mal, eu não tinha como deixar passar.

Voltei a caminhar na direção de onde tinha ouvido o relincho.

Cheguei a uma outra estrada, duas vezes menor do que a principal. Era uma via de terra batida, sem calçamento de pedra nem cascalho. Estava deserta, a não ser por uma pequena carruagem parada a uns cem pés de mim. Um cavalo estava atrelado a ela (o relincho que eu ouvi com certeza tinha vindo dele), mas o veículo estava vazio.

Quando vi os arbustos do acostamento da estrada se moverem, percebi que o cocheiro tinha descido para satisfazer uma necessidade natural, tendo por testemunha apenas as árvores. Ele tinha cometido a imprudência de deixar uma maleta bem à mostra no assento da carruagem.

Eu fui direto para ela sem pensar.

Enfiei a mão embaixo da capota meio dobrada, peguei a maleta pela alça e voltei para dentro da floresta do outro lado da estrada, justo no momento em que o pobre homem saía do meio dos arbustos.

Eu o enxerguei através da folhagem; um cocheiro contratado, sem dúvida encarregado de levar a carruagem dos patrões para casa depois de tê-los deixado em algum castelo vizinho. Ele voltou para o veículo assobiando. Acomodou-se no assento como se nada tivesse acontecido, sem nem mesmo perceber que a maleta tinha desaparecido. Talvez não estivesse bem desperto, quem sabe ainda não tivesse tomado seu café da manhã? Ele bateu com as rédeas no lombo do cavalo, que logo partiu na direção do sol nascente.

Coloquei a maleta em cima do capim e abri, sentindo-me trêmula. Dentro da bagagem havia algumas vestimentas simples, meias e cuecas, um par de botas de soldado, uma calça de veludo grosseiro, uma camisa e um colete de algodão: a roupa que o cocheiro usava quando não estava em serviço. Tinha também um lenço de pescoço, um chapéu de feltro preto, um pouco de tabaco de mascar, mas não tinha dinheiro. Vesti a calça e a camisa, calcei as botas e coloquei o colete. Tudo estava um pouco grande demais, mas me camuflava bem. Eu tive um pouco de dificuldade para amarrar o lenço no pescoço: achei que ele completava meu disfarce. O chapéu tinha a aba bem larga e era mole, de modo que cobria toda a minha testa, até os olhos, e caía sobre o rosto.

Vestida assim, eu caminhei cerca de meia hora, acompanhando a estrada sob a proteção das árvores; eu queria me afastar ao máximo do lugar em que tinha executado o meu roubo, com medo de que o cocheiro voltasse. O sol estava cada vez mais forte, o calor ia aumentando. Eu olhava para trás o tempo todo para examinar as profundezas da floresta, para ter certeza de que a polícia não tinha encontrado o meu rastro.

Quando eu finalmente saí do abrigo da folhagem, a estrada estava toda banhada pelo sol.

Mal deviam ser nove horas, mas o ar tremeluzia sobre a terra poeirenta. Depois de alguns minutos, escutei os ecos de cavalos avançando, senti sob os pés a vibração dos cascos batendo no solo: dessa vez, eram vários cavalos que se aproximavam. Com o meu novo olfato, senti o cheiro do suor deles antes de vê-los aparecer na curva da estrada. Eram quatro alazões puxando uma charrete tão grande que ocupava a estrada inteira, pintada de amarelo: reconheci o carregamento postal. Eu já tinha cruzado com várias dessas desde que tinha fugido do circo e sabia que, além da correspondência, às vezes elas também carregavam passageiros.

Ergui os braços sem saber muito bem o que diria ao cocheiro para que ele concordasse em me transportar sem pagamento.

A charrete do correio parou. Vi pela janela que cortava o meio do veículo que não levava nenhum passageiro. O cocheiro, que usava o paletó azul e vermelho dos trabalhadores do correio, inclinou-se do alto de seu assento:

– Está cansado de seguir a pé, meu rapaz?

Baixei a cabeça e tomei cuidado para não erguê-la demais, para ficar escondida embaixo do chapéu de feltro.

– Estou indo para Metz – o cocheiro completou. – Se tiver dinheiro para pagar, pode subir aí atrás, vão ser três francos.

– É que não tenho nem um tostão furado, depois de que um ladrão foi embora com o meu cavalo e a minha bolsa quando fui me aliviar na moita...

A mentira saiu pronta da minha boca, como Minerva da cabeça de Júpiter. Pareceu até que minha voz estava mais grave, como se a minha roupa nova de homem tivesse influência sobre mim.

– Ah, que azar! – o cocheiro exclamou, sem desconfiar que tinha sido eu própria a roubar um azarado há menos de uma hora. – Não é a primeira vez que isso acontece. As estradas estão cada vez mais inseguras, ao que parece. Esses bandidos merecem a forca!

Ele pareceu refletir por um instante; então estendeu a mão para mim.

– Venha, amigo, suba aqui ao meu lado. Não posso permitir que viaje na cabine se não pagar... o patrão do correio de Metz não perdoa nada. Mas, se viajar ao ar fresco comigo, ele não vai poder falar nada!

Sem precisar que ele fizesse o convite duas vezes, eu joguei a maleta no assento da frente e me ergui até o lado do cocheiro.

O início do trajeto aconteceu sem problemas.

O cocheiro falava muito, dava para sentir que ele estava precisando de companhia. Eu só precisava concordar de vez em quando, e isso bastava, era o único preço que ele me cobrava pela viagem. Mas a verdade era que eu nem estava escutando. A solidão da profissão dele na estrada, cada noite em um posto diferente, o salário que não tinha muito peso, os filhos e a mulher que ele não via com muita frequência: tudo isso passava por mim sem que eu prestasse atenção. Minha cabeça estava em outro lugar. À medida que íamos nos aproximando de Metz, a estrada ficava mais larga e mais movimentada. Cada vez que eu ouvia o barulho de cascos atrás de nós, mais rápidos do que os cavalos que puxam a carroça do correio, ficava angustiada, achando que veria os policiais que estavam atrás de mim nos ultrapassar.

No entanto, as léguas se sucediam e os cavaleiros que nos ultrapassavam às vezes eram só estafetas carregando alguma mensagem urgente ou cavalheiros apressados. De resto, o balanço da charrete do correio parecia tão sonolento quanto a cadeira de balanço da sra. Lune. A nossa frente, o céu azul se abria sem nenhuma nuvem. Depois de uma hora, comecei a relaxar. O cocheiro finalmente desacelerou sua enxurrada de palavras e terminou por se calar. Só sobrou o tremor dos cavalos e o calor do sol através da minha camisa. Acho que caí no sono, porque me sobressaltei quando um terceiro passageiro veio se sentar ao meu lado no assento preso ao teto.

Era um notável, a julgar pela aparência, com óculos mais refinados do que as lentes que eu usava em Santa Úrsula, com o bigode bem aparado.

– Tem certeza de que não prefere viajar dentro da charrete, doutor? – o cocheiro perguntou preocupado.

– Seria um pecado perder este sol depois do inverno insuportável que tivemos! Uma bela dose de ar fresco vai me fazer muito bem, digo como médico! De todo modo, vou descer no próximo povoado para as minhas consultas.

O simples fato de ouvir as palavras "doutor" e "médico" trouxe de volta a lembrança da emboscada do professor Diogène no escritório da madre superiora, a angústia que tinha tomado conta de mim quando vi aparecer o hospital São Maurício na curva de uma rua em Épinal.

– Vou descer para lhe dar lugar – eu murmurei.

– Não se preocupe, meu rapaz – o médico retrucou com ar jovial e pousou a sacola de couro em cima dos joelhos. – Podemos nos apertar!

Antes que eu tivesse tempo de reclamar, o cocheiro já tinha agitado as rédeas. O médico soltou um suspiro de alívio, abriu a sacola e pegou um jornal. Senti o cheiro da tinta ainda fresca: era a edição daquela manhã mesmo.

– Ah! Nada como um bom jornal para uma bela manhã de verão! É a melhor cura que se pode prescrever.

O médico mergulhou em sua leitura, tomando como dever comentar cada artigo para que nós pudéssemos compartilhar de seu prazer.

As notícias eram sobre a questão do levante republicano contra o rei Luís Felipe, que tinha abalado Paris no início do mês de junho.

– É bem feito para ele! – o médico exclamou. – Olhem só para este rei burguês que não se deixou consagrar em Reims só para agradar aos republicanos, quanta demagogia. Agora estão todos se voltando contra ele. Sabiam que o povo parisiense está fazendo uma brincadeira de ficar pedindo ao rei, a qualquer hora do dia, que cante *A marselhesa*? Que ridículo! Um soberano só pode reinar se receber sua autoridade do céu. O único herdeiro legítimo do trono da França é Carlos X!

E o médico ousado continuou desfilando suas considerações legitimistas, pedindo o retorno do velho déspota deposto pela Revolução de Julho apenas dois anos antes. Até a conclusão, ele estava absorto demais em seu discurso para notar o incômodo do rapaz sentado a seu lado.

Pelo menos até chegar às páginas que tratavam dos acontecimentos cotidianos...

– Enquanto o rei-cidadão se transforma em motivo de chacota, o país inteiro está mergulhado na anarquia. Olhem: mais uma agressão de bandidos na estrada principal, antes de ontem, para os lados de Nancy.

– Nem me diga, é como este rapaz! – o cocheiro se apressou em exemplificar, apontando para mim com o chicote. – Roubado enquanto mijava atrás de um arbusto...

– Desgraça! Se não se pode mais urinar em paz, prevejo uma epidemia de nefrite por todo o reino!

A angústia de que minha identidade e meu gênero sexual fossem descobertos juntou-se ao acanhamento de escutar homens falando assim de modo tão grosseiro na minha presença. Eu sentia gotas de suor se formarem embaixo da minha camisa, cada vez mais numerosas, que não se deviam apenas ao calor...

– Esperem, ainda não ouviram a melhor parte! Agora há mulheres fazendo isso também. Sim, ouviram bem. Está escrito aqui em preto e branco: *mulheres*! E jovens, ainda por cima! Estão atrás de uma culpada de agressão contra representantes das forças da ordem na primavera, que encontrou refúgio temporário entre uma trupe de saltimbancos. Falam até em atentado: e ingrata, furiosa, até tentou destruir a tenda daqueles que a acolhiam!

– Uma possuída pelo demônio! – o cocheiro comentou indignado.

– Nem sabe como diz a verdade, meu pobre amigo. Escute só o que o jornalista escreveu: "Não se sabe nem o nome da suspeita, ela responde apenas ao apelido de Blonde, algo que poderia ter sido dado tanto a um animal quanto a um ser humano. Porque animal é o que ela é na verdade. Mais peluda do que um turco, tem barba e pelo nas patas, que usa para se deslocar de barriga no chão, como um animal. Ela se alimenta de carne crua, a carne das presas que ela mesma estripa, e os boatos são de que ela gosta especialmente de carne de recém-nascidos".

– Nossa Senhora! – o cocheiro exclamou. – Doutor, o senhor que é sábio, acredita mesmo que possa existir uma mulher assim?

O médico sacudiu a cabeça, sem se dar conta de que eu estava paralisada ao lado dele, com as unhas enfiadas na madeira do assento.

– Sabem, depois de vinte anos de prática, nada mais me surpreende... E, afinal de contas, é o próprio professor Diogène, do hospital São Maurício, de Épinal, que fez a descrição da criatura. Escutem só: "Alta e esguia, a paciente se caracteriza por uma pelagem abundante que cobre todas as partes do corpo geralmente lisas das pessoas femininas. A cor dessa proliferação extravagante não deixa de ser chocante: não é negra nem castanha, como costuma ser o caso dos seres humanos muito peludos, mas dourada como o pelo de um felino. Os membros, as costas, o torso, nenhuma parte de seu corpo foi poupada por esse estranho hirsutismo...".

Só a menção do professor Diogène me pareceu saída diretamente de um pesadelo. Tomada de pânico, comecei a puxar as mangas da camisa para esconder as costas das minhas mãos, apesar de a prudência me ordenar que ficasse imóvel.

O médico calou-se pela primeira vez desde que tinha subido na charrete; agora só se escutava o veículo rodando, que me parecia mergulhar diretamente para os abismos do inferno.

Virei a cabeça devagar na direção dos dois homens, tomando cuidado para espiá-los por baixo da aba do chapéu.

Eles olhavam fixamente para as minhas mãos, como se fossem as garras do diabo em si.

Imediatamente, a cãibra terrível se formou na minha barriga.

Com o rosto pálido, o médico deixou o jornal sair voando.

O cocheiro puxou as rédeas em um gesto tímido, como se tivesse adivinhado que o menor gesto brusco poderia desencadear um ataque de fúria em mim.

Senti que a charrete do correio começou a perder velocidade.

– Não é o que pensam – eu articulei.

Mas não consegui mudar a voz para ficar parecida com a de um homem; ela saiu muito aguda, o que não combinava com a minha barba nem com as minhas roupas.

Fiz menção de pegar a mochila aos meus pés. Não sei o que o médico imaginou, mas enfiou a mão em sua sacola no mesmo instante. Antes que eu percebesse o que estava acontecendo, ele estava com a lâmina de um bisturi apontada para mim.

Eu berrei; o cocheiro largou as rédeas.

O assento e seus ocupantes ficaram vermelhos.

Um relincho perfurou meus tímpanos e a estrada virou na nossa frente em uma grande confusão.

Voltei a abrir os olhos sobre um espetáculo apocalíptico.

Eu estava na beira da estrada, que não passava de uma mistura de terra afundada e madeira quebrada. Centenas de envelopes estavam espalhados por toda a barriga dilacerada da charrete do correio, que estava virada com as rodas girando no vazio. Esmagados em posturas impossíveis, com os membros deslocados, três cavalos soltavam gritos ensurdecedores; o quarto não se mexia mais, morto de choque. Os corpos do cocheiro e o do médico também estavam estirados no solo. Imóveis. Ao longe, na poeira do caminho, já dava para ver a silhueta de um cavaleiro que galopava na direção do sinistro.

Como eu faria para sair viva dali? Não fazia a menor ideia. Sentia dor em todo o lugar, nas costas, dos lados, em cada parte do corpo. A palma da minha mão esquerda estava queimada, como se eu a tivesse apoiado em cima de uma frigideira quente. Mas, mais forte do que a dor era o desgosto, a vontade de acabar de vez por todas com o ser abjeto em que eu tinha me transformado.

Eu me afastei dos restos da charrete do correio, dirigindo-me à pequena ponte que enxergava ao longe, rebaixada em relação à estrada. O rio que ela atravessava não era tão largo quanto o Mosela, era só um pequeno afluente, mas fundo o bastante para afogar uma moça que não soubesse nadar.

Subi na balaustrada, só precisaria dar mais um passo. Contudo, tal como aconteceu no telhado do convento, não tive forças para efetivar o ato. O instinto foi mais forte, essa vontade diabólica de viver que me faz de refém e que me transforma em algo seu, que me impede de esvaziar o frasco de láudano assim como me impediu de me lançar ao vazio...

Então segui até a outra margem.

E fui caminhando reto a minha frente, atravessando os campos que se estendiam a perder de vista, até que os odores de sangue e de poeira abandonassem minhas narinas.

O sol ia baixo no céu quando parei ao pé de um carvalho, a única árvore em léguas, no meio de um mar de trigo.

Foi ali que escrevi estas linhas.

Tenho a sensação de que serão as últimas.

Dos meses infernais que acabo de viver, só guardei uma lição: a realidade não é nada como nós pensamos, já que horrores inomináveis se escondem sob as aparências mais familiares. Acredito que o remédio para o meu problema não existe mais em lugar nenhum deste mundo; para dizer a verdade, duvido que algum dia tenha existido. Ele é o castigo que nada nem ninguém é capaz de obter.

Será que o conto do sr. Robert Southey algum dia será publicado?

Será que um dia vamos ler a história para assustar as crianças, antes de tranquilizá-las dizendo que aquilo não passa de uma fábula?

Será que haverá então alguém para lembrar que "os três ursos" realmente viveram e que não eram ursos coisa nenhuma, nem homens, nem nenhuma criatura conhecida dos humanos?

Talvez me encontrem amanhã de manhã e tudo finalmente vai acabar.

Uma bala na cabeça, como se faz para acabar com os animais ferozes, é a melhor coisa que pode me acontecer. Também é a melhor coisa que pode acontecer a Gaspard, à sra. Lune, às freiras de Santa Úrsula e àqueles que eu amei: que alguém os livre de um monstro que os coloca em perigo, de uma criatura que nunca deveria ter sido dada à luz e que não tem coragem de acabar com a própria vida. Rezo para que Charles de Valrémy reapareça e termine a tarefa iniciada treze anos atrás, eliminando para sempre a descendência odiosa de Sven e Gabrielle.

Mas, principalmente, rezo para que ele me encontre *antes* de eu encontrar meu noivo.

Quarta parte
Noites de sangue

Cachinhos Dourados pulou pela janela da cabana; não sabemos se ela quebrou o pescoço na queda, se voltou a se perder na floresta ou se foi encontrada pela polícia. A maior parte dos narradores afirma que ela nunca mais voltou a ver os três ursos e que os três ursos nunca mais a viram.

Mas quem conhece a verdade?

Cachinhos Dourados e os Três Ursos

1

Roma

GASPARD DEIXOU O CINZEL CAIR EM CIMA DO BLOCO DE ARENITO.

Há dias, parecia-lhe que a lâmina estava cega e que a pedra macia tinha se transformado em granito inexpugnável. A menos que seus braços tivessem perdido toda a força e fosse a vontade dele, não a da ferramenta, que estava entorpecida...

Fazia uma semana que Blonde não aparecia para ele.

"Aparecer" com certeza não era o termo mais apropriado, porque a emanação que visitava Gaspard à noite não tinha rosto nem corpo. Era uma presença, algo como uma claridade que um olho distraído não conseguiria distinguir no fundo da noite, mas que brilhava aos olhos dele como a estrela mais reluzente. Será que ele mal estava acordado quando essa presença falava com ele? Será que ele a escutava por meio da vibração de seus tímpanos ou das profundezas de sua alma? Isso ele não sabia responder. Ele só sabia que a voz era lisa como o mármore polido e a claridade tinha o tom dourado do cabelo de Blonde.

Era ela que vinha assombrá-lo, ele tinha certeza: aquilo não era fruto de sua imaginação. Se dependesse só dele, não passaria nenhuma noite sem que invocasse a presença da noiva.

Agora eram sete encontros que Blonde tinha perdido, sete noites de angústia que tinham deixado Gaspard tão exausto como se não tivesse dormido nada.

Será que tinha acontecido algo com Blonde? Gaspard não suportava a ideia de saber que ela estava à própria sorte, tão longe dele, obrigada a dormir em um lugar diferente a cada noite. Aos olhos dele, ela continuava sendo a menina frágil que ele tinha conhecido em Santa Úrsula, cujos traços ele tinha gravado na pedra em um dia de março que permanecia em sua memória como o mais belo de sua vida.

Tudo o que ela tinha lhe dito em sonho, as histórias da maldição secular, os seres fantasmagóricos entre homem e animal: pareciam abstrações na comparação com as emoções que ele tinha sentido quando ela estava em seus braços, quando ele sentiu o cheiro de sua nuca, quando observou a textura de sua pele. Ele não conseguia imaginar que aquela tez tão fina agora estivesse coberta de pelos, como ela dizia. Acima de tudo, para ele era impossível conceber o fato de que sua noiva tão doce tivesse se transformado em uma criatura perigosa, que ele devia temer por conta de sua violência.

Gaspard dizia a si mesmo que Blonde tinha exagerado a gravidade de sua situação sem se dar conta, que tinha inventado essa história de pelos que a devoravam no momento em que fugiu do convento. Tal desabafo era compreensível da parte de uma menina sozinha e abandonada por todos, lançada à brutalidade da amplidão do mundo depois de passar a vida toda na reclusão de Santa Úrsula. Era uma fragilidade dos nervos causada pela agressão de Berenice: Gaspard preferia se ater a essa versão. Ele não amava Blonde menos por isso. Era justamente por ser tão diferente de todas as outras que ele tinha se sentido atraído por ela desde o momento em que pousou os olhos sobre ela. Sim, ela era um animal selvagem e arisco, mas não da maneira como fantasiava.

Por que Gaspard tinha fingido acreditar nas invenções de Blonde sem a contradizer?

Sem dúvida por medo de perdê-la se parecesse que duvidava da versão dos fatos que ela apresentava.

Por isso, ele preferiu entrar no jogo dela.

No delírio dela.

Ele tinha prometido a ela que entraria nos arquivos do Vaticano para conseguir o ato de anulação do casamento que ela tanto queria. A loucura dela se cristalizava sobre esse documento: ela acreditava que aquilo fosse a chave que iria conduzi-la à misteriosa "água-luz", o remédio para sua doença imaginária. Gaspard tinha se comprometido a encontrar essa chave, sempre pensando que o único verdadeiro remédio para a angústia de Blonde era o amor e a compreensão.

Agora, depois de uma semana de noites sem sonhos, ele não enxergava mais as coisas do mesmo jeito. Sua razão lhe parecia tão anuviada quanto a de sua noiva. Ele se sentia tão sozinho e desamparado quanto ela, nessa cidade que mal conhecia, em busca de um segredo fugidio.

A porta do cômodo abriu-se de supetão.

Era mestre Gregorius.

Sem dizer palavra, ele caminhou até o bloco de granito apoiado em um suporte de madeira. Uma silhueta feminina começava a surgir na pedra, uma efígie antiga em movimento. Dava para distinguir as pregas da túnica, as panturrilhas graciosas, o braço levantado atrás da nuca: não para ajustar um coque, porque o cabelo do esboço era tão curto quanto o de um homem, e sim para pegar uma flecha em uma aljava. Diana caçadora: a personagem que Gaspard tinha escolhido para realizar a obra-prima que faria dele um profissional; era também sua maneira de aludir todos os dias à figura de Blonde como ele se lembrava dela no último dia em que a tinha visto, antes de partir da Lorena.

O jovem escultor dedicara-se à tarefa desde que tinha chegado à vivenda Médici, no quartinho que tinham designado a ele a título de ateliê porque, é claro, não havia como ele desfrutar das instalações destinadas aos moradores regulares. Gaspard não se sentiu ofuscado, bem ao contrário: o simples fato de estar lá, no meio de todas as belezas de Roma já lhe parecia um privilégio maravilhoso. Pelo menos enquanto ele acreditou que Blonde estava em segurança. Desde que ficara sabendo que ela estava perdida pelas estradas, o ateliê dele tinha se transformado em uma prisão; desde que parara de conversar com ela à noite, a prisão tinha se transformado em câmara de tortura.

– Faz uma semana que o seu trabalho avança mais devagar – mestre Gregorius disse enquanto passava a mão sobre a pedra. – A deusa parecia estar saindo da pedra a olhos vistos e agora parece que adormeceu. Machucou o pulso?

– Não, meu mestre...

– Se não é o pulso, então é o coração que está machucado. Porque um escultor não passa disso: um amante da pedra. Um coração e um pulso que batem na pedra, ritmados. E o seu coração, meu rapaz, está batendo devagar.

Gaspard baixou os olhos. Ficou com a impressão de que o velho entalhador lia sua alma como se fosse um livro aberto.

– É Blonde, não é mesmo?

Gaspard baixou a cabeça.

– Então, o que está acontecendo? Já passou a metade da sua estadia em Roma. Em menos de três meses vai se encontrar com ela para casar.

– As coisas já não são assim tão simples...

O rapaz levantou a cabeça em um gesto bruto e olhou bem nos olhos de seu mestre:

– Preciso retornar à França imediatamente.

– Mas nem pense nisso! É a sua obra-prima!

– Mesmo que eu fique aqui, não vou conseguir terminar, porque minha inspiração está correndo perigo. Não me pergunte como eu sei...

– Não, não vou perguntar nada. Mas, por outro lado, peço que considere bem sua decisão. Se partir agora, não terá outra oportunidade de retornar a Roma. Nunca será o grande escultor que poderia ser.

– O que há de grande na minha vida é ter sido escolhido por Blonde como marido.

– Então vou fazer uma pergunta: tem certeza de que você vai ser mais útil para ela lá e não aqui?

Gaspard ficou olhando para mestre Gregorius, imaginando o que iria responder. Percebeu que não sabia quase nada a respeito daquele homem: só que havia saído da Itália na juventude para se fixar na França, onde havia feito carreira. Naquele instante, o rosto de traços grosseiros de mestre Gregorius parecia mais do que nunca uma máscara impenetrável.

– Há muito tempo eu também abandonei tudo por causa de uma mulher – o velho entalhador acabou por murmurar. – E quando digo "tudo", quero dizer "tudo", Deus inclusive.

Mestre Gregorius ficou olhando nos olhos inquisitivos de seu aprendiz sem piscar.

– Sim, Gaspard: eu já fui padre. Faz tanto tempo que me parece ter sido outra vida. Mal fazia um ano que eu tinha sido encarregado de uma pequena paróquia ao sul de Roma quando ela apareceu.

Gaspard não estava acreditando em seus ouvidos: o seu mestre, padre! Parecia inacreditável e, no entanto, explicava muita coisa. Explicava como ele conhecia tão bem as estátuas religiosas, como tinha facilidade de entrar em lugares como Santa Úrsula e, principalmente, dava sentido a seu olhar que sempre parecia ir até o cerne das coisas e dos seres.

– Foi na virada do século. Ela se chamava Julie, era uma jovem aristocrata francesa que estava refugiada na Itália para escapar dos problemas da Revolução. Ela comungava na minha igreja todos os domingos, e eu não conseguia lhe entregar a hóstia sem tremer. Então eu me dei conta de que tinha tomado minha ordenação apressado demais, jovem demais, nem um pouco convencido na minha vontade de me casar com a Igreja e ninguém mais. Depois de passar meses lutando, eu me declarei a Julie e ela pareceu receptiva à minha paixão. Uma semana depois, Bonaparte, que na época era primeiro cônsul, concedeu anistia aos exilados: os pais de Julie resolveram voltar para o seu país. Na pressa, ela não pôde me avisar da partida. Eu poderia ter tentado esquecê-la para abraçar meu sacerdócio; em vez disso, larguei a batina e fui para a França. Não imaginamos a que ponto a paixão é capaz de nos fazer perder a cabeça antes de sermos vítimas de nós mesmos. Quando fui ao encontro de Julie no castelo dos pais dela, deparei-me apenas com uma senhorita distante, a mil léguas da moça apaixonada que eu tinha conhecido na Itália. Não sei se foram os sermões dos pais dela ou a promessa de um casamento próximo com algum senhor da região, mas ela então disse que não tinha mais nenhum sentimento por mim. Ela tinha me amado quando eu era um padre proibido a seu afeto na Itália; agora que eu era um vagabundo totalmente entregue a ela na França, não me amava mais. Tinha ficado tão fria quanto uma estátua. Talvez tenha sido por isso que eu resolvi dedicar minha existência à pedra: para exorcizar a lembrança de Julie e a minha própria presunção a golpes de cinzel. Eu não tinha intenção de retornar a Roma, muito menos de retomar a batina que eu tinha abandonado com tanto desprezo. Precisei aprender uma nova língua e uma nova profissão e assumir uma nova identidade: resolvi fazer a vida na França. Hoje, trinta anos depois, você se prepara para abandonar Roma por sua vez, por algo que talvez só exista na sua cabeça. Por isso, eu me permito perguntar mais uma vez: tem certeza da sua escolha e, principalmente, tem certeza de que é isso que Blonde deseja para você?

Gaspard sentiu-se ao mesmo tempo incomodado e tocado pela história de mestre Gregorius. Ficou pensando que não devia ser comum o velho entalhador se abrir em relação a seu passado: talvez aquela fosse a primeira vez que ele tivesse feito isso.

A confissão pedia outra confissão, e o rapaz sentiu dentro de si o desejo de também se abrir, de contar a ele o que a visitante da noite tinha lhe revelado. Além disso, fazia uma semana que ele tentava se informar a respeito de uma maneira de ter acesso aos arquivos do Vaticano; agora um antigo padre se apresentava a ele: a tentação de pedir ajuda era grande.

Gaspard não hesitou nem por um instante. Afinal de contas, sua obsessão em guardar o segredo de Blonde sem dúvida tinha feito com ele que perdesse dias preciosos. Não era mais momento de fazer mistério.

– Blonde não está nada bem – ele começou a dizer. – Nada bem mesmo.

Mestre Gregorius não ergueu a sobrancelha cor de limalha nenhuma vez durante todo o relato de Gaspard. Não manifestou o menor sinal de incredulidade nem de impaciência enquanto o jovem aprendiz ia repetindo, palavra por palavra, aquilo que a aparição de seus sonhos tinha dito. Ele só escutava com toda a atenção, com toda a experiência de um homem que sabia que o mundo não se resumia às aparências imediatas. Talvez o fato de ter sido padre tivesse lhe ensinado a arte de deixar falar sem interromper; certamente o fato de ter sofrido lhe conferia uma empatia que não transpassava em seu rosto tão austero.

– Blonde está convencida de que representa perigo para mim e para todos que se aproximarem dela – Gaspard concluiu. – Foi por isso que ela me pediu para ir até os arquivos do Vaticano. Para procurar um pedaço de papel que talvez só exista na imaginação dela. E, mesmo que eu encontre, de que vai adiantar? Acredita-se que a casa grande da charneca foi incendiada e, com ela, todos os seus segredos. Supondo que a doença de Blonde seja real, supondo que a água-luz algum dia tenha existido, tudo leva a crer que já não exista mais a esta altura. Essa busca é absurda, não vai levar a lugar nenhum...

– Sem dúvida, vai levar mais longe do que você pensa. Se Blonde realmente enlouqueceu, o papel que ela pediu a você para procurar é a chave da loucura dela; e, se ela está com a cabeça no lugar, então o documento merece ser lido ainda mais, não concorda?

Gaspard baixou a cabeça. De toda forma, ele não tinha nenhuma outra escolha além de colocar suas esperanças no documento misterioso. Voltar para a França sem nenhuma indicação do local onde Blonde se encontrava desde que tinha parado de falar com ele seria a melhor maneira de perdê-la para sempre.

– Será que o senhor consegue uma permissão para eu entrar lá?

– Uma permissão? Os arquivos não são um posto de fronteira! Eu teria que acompanhá-lo se quisesse entrar no santuário dos santuários. Encontre-se comigo amanhã de manhã, às dez horas, na praça de São Pedro. Enquanto isso, trate de avançar um pouco na sua escultura: bater na pedra vai ajudar a relaxar os nervos.

Naquela noite, o jovem aprendiz praticamente não dormiu.

Tinha perdido a esperança de que Blonde viesse visitá-lo em seus sonhos e era impossível, impossível abandonar-se ao sono sem saber onde ela estava, o que fazia e no que pensava.

Cansado de se virar de um lado para o outro indefinidamente nos lençóis, Gaspard acabou se levantando. Atravessou a vivenda mergulhada em escuridão feito um fantasma e entrou em seu pequeno ateliê. Bater na pedra naquela hora tão silenciosa não seria possível, pois Gaspard acordaria os residentes. Pegou o papel de esboço e os lápis de carvão que mal tinha tocado antes de começar a estátua, na ocasião apressado demais para fixar a imagem de Blonde na pedra, e começou a desenhar de memória o retrato da desaparecida. Recomeçou cem vezes, revirando suas lembranças, desenhando Blonde de frente, de perfil, com os olhos fechados ou abertos, com o cabelo longo ou curto.

Ao amanhecer, ao contemplar todos os esboços que cobriam a mesa, quase teve a impressão de ver sua modelo ganhar vida sob seus olhos. Todos os retratos juntos se assemelhavam ao espetáculo em movimento de um caleidoscópio, a caixa estranha de luzes em movimento recém-inventada que ele tinha visto uma vez durante suas viagens de aprendizado pela França e que o tinha fascinado imediatamente.

Foi nesse estado entorpecido, entre o despertar e o sono, que Gaspard se dirigiu ao encontro marcado por mestre Gregorius.

Apesar de o sol brilhar em um céu sem nuvens, o rapaz tinha a impressão de estar caminhando no meio da noite. Sua retina não registrava os monumentos romanos com suas sombras estendidas; só retinha a escuridão das ruelas, sem se deter nas fachadas exuberantes das avenidas.

A multidão já era densa quando Gaspard chegou à praça de São Pedro, o centro nervoso de Roma e do mundo católico. Ele foi se deslocando pelo meio dos peregrinos como se caminhasse entre espectros; todas as bandeiras de todos os países pareciam a ele embebidas em uma água cinzenta que tinha absorvido os desenhos e as cores...

No momento em que ele se encontrou com mestre Gregorius ao pé de uma coluna de pedra, tinha tomado uma decisão: retornaria à França antes do fim da semana, independentemente de as buscas nos arquivos renderem frutos ou não.

2

Os arquivos do Vaticano

O QUE GASPARD ESTAVA ESPERANDO?

Um calabouço de castelo fortificado com paredes corroídas pela umidade?

Um palácio com paredes folheadas a ouro, enfeitado com todas as riquezas da Igreja?

Os arquivos secretos do Vaticano não se pareciam em nada com essas coisas. Com fileiras cobertas de livros e mesas grandes de trabalho, não eram nem um pouco diferentes da biblioteca do convento de Santa Úrsula, onde Gaspard e seu mestre tinham executado alguns reparos três meses antes. Apenas os tetos com pinturas rebuscadas testemunhavam a opulência das instalações.

No lugar das religiosas, uma população de padres vestidos com batinas negras estudava em silêncio. A única coisa que se escutava era o farfalhar das páginas, parecido com uma chuva seca, incapaz de refrescar: naquele começo de julho, um calor ardente já reinava nos arquivos.

Gaspard era de longe o mais novo entre aquela assembleia de barbas brancas e, ao lado de seu mestre, era o único com roupas de civil. Pela maneira como o guardião tinha erguido a sobrancelha na entrada, ele duvidava que o lugar estivesse acostumado a receber leitores como eles. Contudo, mestre Gregorius tinha sussurrado algumas palavras, mostrado um papel com discrição, e os dois entraram sem problemas.

– Eu pensava que seria impossível leigos terem acesso aos arquivos – Gaspard sussurrou.

– Seria, a menos que alguém tivesse frequentado o seminário com o cardeal que é responsável pelos arquivos no momento, e isso já faz 35 anos. Sabe, no Vaticano, assim como em outros lugares, tudo depende dos relacionamentos!

E relacionamentos Gregorius tinha muitos, já que não havia tido nenhum problema para conseguir uma autorização especial de estadia para o seu aprendiz na vivenda Médici junto ao diretor. Por trás de seu mistério, ele mais uma vez revelava recursos inimagináveis.

– E agora, como vamos encontrar a anulação do casamento? – Gaspard perguntou.

– Para o seu governo, um casamento concluído na Igreja não pode ser *anulado* mais tarde – respondeu o homem que tinha celebrado dezenas de sacramentos em seu tempo. – Só pode ser declarado nulo desde o começo. E, para invalidar tal sacramento, é necessário ter razões incrivelmente boas!

Os dois homens se dirigiram para um guichê em que um padre de idade avançada e com óculos grossos meio que cochilava.

Foi necessário esperarem quase uma hora depois do pedido de retirada dos arquivos, em uma mesa afastada em um canto escuro que os raios de sol não conseguiam iluminar. Finalmente, o velho arquivista voltou com uma caixa de papelão reforçado com a tampa coberta de números e letras. Entre os códigos cabalísticos, uma data se destacava com clareza: 5 de agosto de 1815.

– Manuseiem com cuidado, estes são documentos originais – ele resmungou. – Não cheguem perto da vela. Os senhores têm uma hora.

Então, deu meia-volta e se afastou.

Ao estender as mãos para abrir a caixa, Gaspard percebeu que elas tremiam um pouco. Ele se deu conta de que tudo aconteceria dentro daquela caixa; era dentro daquela caixa que ele encontraria a confirmação da loucura de Blonde ou, ao contrário, a prova de que o próprio mundo era louco, radicalmente diferente daquilo que se ensinava às crianças e que os adultos acreditavam durante toda a vida.

– O momento da verdade chegou – mestre Gregorius murmurou.

Gaspard levantou a tampa; uma nuvem de poeira brilhante se ergueu à luz da vela e logo desapareceu.

No interior, havia uma folha de papel.

Ao exumá-la de seu sarcófago de papelão, Gaspard ficou pensando que ele era com certeza a primeira pessoa a tocar nela em dezessete anos. Seus olhos pousaram nas primeiras linhas; estavam escritas em latim, em letra rebuscada, rodeadas de carimbos e selos de cera.

MATRIMONII NULLITATEM DECLARANDAM
CHARLESUS ET GABRIELLA

– Acredito que as minhas lembranças do seminário servirão para alguma coisa – mestre Gregorius disse e sorriu. – Dê licença?

Ele se inclinou por cima do documento.

"Reconhecimento da nulidade do casamento de Charles e Gabrielle", ele traduziu. "Nós, Pio VII, atendemos pelo presente ato ao pedido de Charles de Valrémy, décimo terceiro conde do nome, de reconhecer a nulidade de sua união com Gabrielle de Brances, filha do barão e da baronesa de Brances, mortos durante a última campanha de Napoleão Bonaparte. Julgamos o pedido legítimo, tendo visto que a referida Gabrielle:

* desapareceu sem deixar pistas, rompendo de fato seus compromissos para com o marido, para com a sociedade dos homens e para com a Igreja de Deus;

* admitiu ter cometido o pecado do adultério na carta que deixou para o marido, sendo ela uma adúltera no momento em que pronunciou seus votos perante o padre que a casou com Charles de Valrémy;

* deu à luz um bebê, Renée, cuja constituição física e manifestações oculares estranhas fazem pensar que não é filha do queixoso.

Em particular, a criança está sujeita a ataques nervosos que fazem com que seus olhos fiquem injetados de sangue à menor contrariedade, que a fazem quebrar chocalhos e brinquedos como se fossem hastes de palha. Recomendamos que essa jovem alma seja colocada entre as paredes fechadas de uma instituição da Igreja para que viva ali por caridade.

Em nossa alma e em nossa consciência, estimamos que esses elementos servem para demonstrar que a união de Charles de Valrémy e Gabrielle de Brances era falsa desde a origem e não podia ter sido objeto de um sacramento. Além disso, na ausência de herdeiro legítimo, não existe nenhuma prova conclusiva de que essa união jamais tenha sido consumada.

Aos olhos a Igreja, o casamento não será válido; será considerado como se jamais tivesse ocorrido."

Mestre Gregorius apontou a parte de baixo da página:

– De fato, foi assinado pela mão do papa, com o selo pontífice.

Um sentimento estranho tomou conta de Gaspard.

"Charles", "Gabrielle", "Renée"... Como era perturbador escutar esses nomes saídos da boca de mestre Gregorius, de reconhecê-los no papel entre as palavras em latim. Agora os personagens já não existiam mais apenas em seus sonhos. Pareciam ter se emancipado, finalmente conquistado sua autonomia, vivendo suas próprias vidas. No entanto, Gaspard ficou com uma frustração:

– O ato fala de adultério, mas não menciona Sven nem a casa grande da charneca, e menos ainda algum remédio sobrenatural. Tudo isso me parece uma história banal de divórcio...

– Ainda não acabou. Esta caixa ainda não revelou todos os seus segredos.

De fato, ela continha outras folhas, de um papel menos espesso que o do ato papal. Mestre Gregorius pegou-as apressadamente.

– São anexos – ele murmurou. – Que regem as questões de sucessão e que atribuem os bens dos de Brances aos Valrémy. Entre o castelo da Auvérnia, as dependências, as rendas e as terras, é uma verdadeira fortuna. Estes documentos estipulam que tudo fica para Charles de Valrémy a título de reparação pelos danos sofridos, já que Gabrielle e os pais dela desapareceram sem deixar qualquer herdeiro além de uma bastarda, que é a mesma coisa que ninguém. O conjunto foi avalizado pelo selo da casa da França... para bom entendedor, dá para ver que os Valrémy deviam ter boas relações com Luís XVIII...

– A única coisa que eu vejo é que esse lixo de Charles tinha motivo para matar Gabrielle quando ela retornou anos depois. Ele queria evitar que ela reclamasse a herança dos pais! Pelas mesmas razões, tentou trancar Blonde duas vezes, primeiro no convento, quando ela nasceu, e depois, mais recentemente, no hospital, sob pretexto de doença.

– A inveja é capaz de fazer apodrecer o coração do melhor dos homens. Um amor humilhado às vezes pode se metamorfosear em uma cobiça devoradora. As paixões que não conseguem se expressar não morrem: elas se transformam...

– Em mentiras também? Não há necessidade de imaginar histórias de amante demoníaca e outras diabruras para explicar o crime de Charles de Valrémy. Tenho certeza de que ele inventou a suposta doença de Blonde, que, de todo modo, exagerou para fornecer um motivo para a internação!

– Espere. Ainda tem mais alguma coisa aqui.

A última página do monte era de um papel diferente dos outros. A escrita que o cobria era pequena e fina, como um murmúrio que poderia ter passado despercebido com facilidade. Eram só algumas linhas, haviam sido redigidas em italiano, mas Gaspard foi compreendendo seu conteúdo ao mesmo tempo em que mestre Gregorius ia traduzindo:

ANEXO SUPLEMENTAR AO ATO PAPAL DE 5 DE AGOSTO DE 1815
Relatório do diácono Ambrogio Scopello
enviado ao conselho de Conjuração em 13 de novembro de 1819

Seguiam-se um novo selo e uma nota manuscrita: "documento especial arquivado em separado".

– Mas é claro! – mestre Gregorius exclamou. – O conselho de Conjuração, eu devia mesmo ter imaginado!

Um sorriso de triunfo abriu-se o rosto dele, que brilhava de suor, com sombras estranhas projetadas pela vela. Gaspard se deu conta de que ele também estava suando, a calça se colava a suas coxas, a camisa pegava nas costas. Ele teria adorado poder nadar em um rio de águas frescas, como costumava fazer quando percorria as estradas da França.

Mas, naquela manhã de julho, ele nadava nas trevas ardentes, bem perto do coração fervente da terra, no lugar onde os segredos, as gemas e os monstros dormem.

– Conselho de Conjuração? – ele repetiu a meia voz.

– É um braço da Igreja meio esquecido, mas que foi poderoso no passado. Muito poderoso. Essa organização sempre foi um buraco obscuro no seio da Igreja. Simples padres, como eu era, não sabem nada sobre essa gente: nem quem são, nem o que fazem, nem a quem respondem. Para dizer a verdade, alguns dos meus colegas na época acreditavam que o Conselho da Conjuração não existia mais, que tinha desaparecido junto com a Inquisição medieval. Este documento prova que estavam errados...

– Inquisição? Está falando da época em que bruxas eram queimadas na fogueira?

– Isso mesmo. O conselho de Conjuração é uma emanação do tribunal da Inquisição, um órgão de investigação, como diriam hoje, encarregado de fazer inquéritos relativos a fenômenos sobrenaturais inexplicáveis. E de praticar exorcismos em casos que assim o exijam.

– E... o senhor acredita que é possível ter acesso a esse relatório?

Uma sombra passou pelo rosto do ex-padre.

– Ter acesso a ele? Com certeza que não. Eu posso ter vários contatos em Roma, mas nenhum deles diz respeito ao conselho de

Conjuração. Não há motivo para alimentar esperanças vãs. Nem os seus olhos, nem os meus jamais pousarão sobre esse relatório. Por outro lado, nós temos um nome: Ambrogio Scopello. Vou indagar entre os meus conhecidos, vou reativar meus contatos, revirar cada pedra da cidade para encontrar esse homem... rezando para que ele ainda esteja vivo...

*

Era uma casinha coberta de telhas romanas, com paredes cobertas por trepadeiras, à sombra de três ciprestes que pareciam aqueles que sinalizavam o caminho dos mortos. Chegava-se até lá por uma estrada poeirenta que abria caminho através dos campos: a algumas léguas de Roma, já se localizava em pleno interior.

O calor era tão pesado que Gaspard tinha a impressão de carregar o céu sobre as costas; o pescoço da montaria dele subia e descia a sua frente, sobrecarregado com o mesmo fardo. O diretor da vivenda Médici tinha emprestado dois cavalos do estábulo a mestre Gregorius e seu aprendiz, oficialmente para que eles pudessem visitar ruínas úteis à obra-prima do rapaz. Mas a verdadeira motivação da expedição era bem diferente...

– Pronto! – exclamou o mestre entalhador ao passar para o solo. – Se as informações que me deram estão corretas, é aqui que mora o homem que procuramos.

Os dois visitantes amarraram as rédeas nos troncos dos ciprestes e então se dirigiram para a casa. Ao redor deles, a natureza castigada pelo sol estava em silêncio perfeito, como se os raios pesados mantivessem todos os pássaros e insetos presos ao chão.

Mestre Gregorius bateu três vezes na porta.

A fornalha engoliu o eco no mesmo instante e o silêncio caiu pesado sobre o mundo.

– Talvez ele não more mais aqui? – Gaspard indagou, preocupado. – Pelo menos sabemos se ainda está vivo?

– O padre que me deu essa informação não vê Ambrogio Scopello há mais de cinco anos. E, além disso, ele mal o conhecia. A descrição que me fez foi de um velho solitário entre seus paroquianos, que via de longe na missa do domingo. Ele só o ouviu uma vez em confissão... foi quando Scopello lhe revelou seu nome e que tinha trabalhado para o Conselho de Conjuração no passado.

– E... não há mais nada?

Mestre Gregorius lançou um olhar irritado para o aprendiz.

– Será que a sua cabeça é tão dura quanto a das estátuas, meu rapaz? Não sabe que a confissão é secreta? Eu não sei nenhuma palavra do que foi dito entre o meu amigo e Scopello. A única informação que consegui obter foi o endereço que nos trouxe até aqui. O estranho penitente deixou com o padre as instruções necessárias para encontrá-lo, como se quisesse conservar uma última conexão com a sociedade dos vivos...

Gaspard refletiu alguns minutos sobre as palavras e deixou que seu olhar examinasse os campos como se fosse um gavião.

Ele não sabia realmente o que esperar dessa visita. Uma parte sua continuava acreditando na loucura de Blonde, estava convencida de que o velho que morava ali não teria nada de novo a lhes informar; outra voz, mais insidiosa, murmurava que ninguém se isola assim do mundo se não carregar um segredo muito pesado...

De repente, ele o avistou.

Uma silhueta alta vinha ao encontro deles no contraluz que cegava. Seus membros compridos e desajeitados e seu chapéu de palha imenso invocavam a figura improvável de um espantalho que tinha ganhado vida.

O rosto dele também era de espantalho, Gaspard observou quando a pessoa chegou a poucos passos deles. O inchaço que descia da bochecha direita ao pescoço fazia um contraste horrível com a superfície bem lisa do resto do rosto marcado por manchas e rugas.

– *Signore Scopello?*

Pela primeira vez, Gaspard sentiu que o timbre de mestre Gregorius tinha perdido a segurança que lhe parecia inabalável.

O personagem apavorante assentiu em tom profundo, que fez a língua italiana sempre tão melodiosa soar lúgubre. Então ele se voltou para Gaspard e lhe fez uma pergunta que o rapaz não compreendeu.

Mestre Gregorius se intrometeu:

– *È francese...*

– Achei mesmo que era.

– O senhor... fala a minha língua! – Gaspard exclamou, incapaz de conter a surpresa.

– E falo várias outras também – o velho respondeu em francês perfeito. – Foi por causa da minha facilidade de aprendizado que o conselho de Conjuração me chamou para suas fileiras. Mas faz muito tempo que não uso esse dom de Babel; para dizer a verdade, faz muito tempo que não pratico absolutamente nenhum dialeto dos homens, pois vivo rodeado pela linguagem universal do silêncio...

Ele levou à mão à aba do chapéu em sinal de cumprimento, mas o gesto só serviu para expor os dedos de sua mão direita. Eram tão monstruosos quanto a bochecha, inchados com um invólucro reluzente que parecia mais a quitina de um inseto do que a pele de um ser humano.

– Padre Giuseppe não me disse que o senhor tinha sofrido queimaduras graves – mestre Gregorius confessou com franqueza para se desculpar do incômodo que Gaspard e ele não conseguiam esconder.

– Aquele homem é caridoso demais. Sem dúvida, acredita que é possível proteger as criaturas de Deus aos esconder-lhes as verdades que machucam. Como querer mal a ele? Não é assim que funciona a confissão, na sombra e no segredo? Mas, infelizmente, a verdade sempre termina por vir à tona e sua chama brilha mais por ter passado tanto tempo coberta. Eu sei bem do que estou falando.

Mestre Gregorius tossiu para esconder o mal-estar.

– Sabe por que viemos falar com o senhor?

– Claro que sim. Que razão teriam para procurar um velho esquecido por todos se não para ouvir da boca dele um segredo que ninguém mais no mundo pode lhes revelar? Quando expliquei a padre Giuseppe como me encontrar, anos atrás, eu sabia que um dia alguém viria para me tirar do retiro e pedir que eu voltasse a falar...

Ambrogio Scopello examinou de cima a baixo seus dois visitantes, e Gaspard ficou com a impressão odiosa de vê-lo sorrir através da deformidade do rosto. Que idade teria esse eremita que vivia como um espectro em uma casa que mais parecia um túmulo? Era impossível saber...

– O que eu quero saber, por outro lado, é por que um homem assim tão jovem veio remoer as cinzas de um passado tão antigo – ele disse, apontando Gaspard com o queixo.

– Vou me casar com a filha... de Gabrielle de Brances.

À menção desse nome, os olhos do velho se arregalaram por cima do inchaço.

Ele ficou assim um instante, olhando fixamente para Gaspard. Então se dirigiu à porta de sua morada sem proferir nenhuma palavra, como se não tivesse mais nada a dizer, nem mesmo para convidá-los a acompanhá-lo. Gaspard se abaixou para passar pelo batente baixo e se sentiu como um ator que repetia gestos ensaiados com antecedência; sem que ele fosse capaz de explicar, tal sensação o mergulhava em um profundo mal-estar.

O interior da casa estava envolto por uma meia penumbra. Encostada em uma janela fechada, uma mesinha com xícaras e uma tigela de amêndoas secas parecia estar à espera das visitas, como se sua chegada estivesse marcada por toda a eternidade. Quando ocupou seu lugar, Gaspard reparou que uma aranha havia tecido uma teia entre as amêndoas.

3

A VIAGEM DO DIÁCONO AMBROGIO

– É A TERCEIRA VEZ EM CATORZE ANOS QUE EU RELATO O QUE aconteceu na casa grande da charneca – o homem com rosto de fogo começou a contar. – A primeira vez em que narrei minha história foi em 1818, perante o conselho de Conjuração, antes de apresentar minha demissão; a segunda, nove anos depois, em confissão ao padre Giuseppe, porque tinha ficado difícil demais carregar aquele segredo e eu precisei me abrir com alguém. Os exorcistas do conselho sem dúvida acreditaram em mim, porque o destino deles é se confrontar com os fenômenos mais estranhos do mundo; o bom padre, por outro lado, deve ter achado que aquilo era elucubração de um velho louco. Nos cinco anos desde que me mudei para cá, só vivo à espera do dia em que alguém viria bater à minha porta. Será que vocês dois serão do tipo a acreditar ou a duvidar? Eu juro perante Deus e todos os anjos que cada um dos acontecimentos que me preparo para narrar aos senhores ocorreu de fato. Agora que a casa grande da charneca foi destruída, agora que tudo aquilo que tentamos construir se desfez em fumaça, só resta a minha memória como testemunha desses acontecimentos extraordinários para render homenagem a todas as vidas perdidas nessa tragédia...

Sem conseguir se conter, Gaspard saltou de sua cadeira e agarrou o braço do velho, que lhe pareceu tão duro e seco entre seus dedos quanto um galho morto.

– A única coisa que restou foi sua memória, é isto que o senhor está dizendo? Mas sua memória não será suficiente para curar Blonde!

– Blonde?

– É o nome que a filha de Gabrielle usa hoje... minha noiva. Ela não está nada bem. Se tiver um modo de ajudá-la, preciso que me diga agora mesmo! Onde encontrar a cura, agora que a casa grande da charneca não existe mais? Onde posso encontrar o remédio para o signo do Urso? Onde posso encontrar... a água-luz?

Ambrogio Scopello fixou os olhos desbotados pelo tempo nos de Gaspard. O rapaz logo desviou o olhar, incomodado pela intensidade da mirada tão clara, incrustada naquele rosto tão desgraçado.

– A impaciência é própria da juventude – o velho diácono disse com delicadeza. – Mas, às vezes, é preciso saber esperar e é preciso saber escutar. A história que vou lhes contar agora é mais pavorosa do que tudo o que podem imaginar. A queimadura do meu rosto é apenas a prefiguração desse pavor, creio... Meu relato vai lhes roubar uma hora, talvez duas... dois grãos ínfimos na grande ampulheta do tempo. Devem deixar esses grãos se derramarem se quiserem compreender: antes de procurar o remédio, é necessário conhecer o mal.

O velho respirou fundo e isso fez seu peito chiar.

Quando voltou a abrir os lábios, foi para soltar o fogo que queimara sua pele muito tempo antes, mas que, desde então, nunca tinha parado de consumir suas entranhas.

– Tudo começou em abril de 1816.

Com um punhado de outros exorcistas, eu fui escolhido para participar de uma expedição encarregada de subir até a Dinamarca para encontrar e, se possível, catequizar a tal misteriosa casa da charneca.

De acordo com os documentos reunidos pelo conselho de Conjuração, existia uma população de criaturas possuídas pelo demônio naquela região da Escandinávia. As informações de que dispúnhamos eram pobres. Apoiavam-se principalmente na carta-testemunho de uma tal Gabrielle de Brances, cujo casamento tinha sido declarado nulo pelo Santo Padre no verão anterior, depois de ela ter fugido com uma dessas criaturas. Talvez apaixonada... certamente possuída.

Qual era a natureza desses seres? Nós não sabíamos com certeza, mas as poucas descrições contidas na carta de Gabrielle de Brances revelavam ao Vaticano lembranças muito antigas, do tempo em que o norte da Europa ainda era governado pela lei dos pagãos...

Naqueles tempos obscuros em que a verdadeira fé ainda não tinha estendido suas luzes civilizadoras para além dos mares frios, os povos viquingues dividiam entre si os restos do império de Carlos Magno, como matilhas de cães sobre uma carcaça. Os manuscritos guardados pelos monges da Irlanda, da França e até da Itália contam como os *dakkars* de fundo chato subiam os rios para semear o medo e a morte nos vales fartos no interior das terras. Pilhagens, estupros, destruições: os bárbaros vindos do norte não recuavam perante nada. Sua religião ímpia, toda voltada para o sangue, não havia incutido neles o medo do inferno nem a abominação do pecado que conduz a ele. Ao contrário, prometia a felicidade eterna àqueles que morriam em combate; um céu talhado a golpes de espada e de machadinha na carne dos inocentes, que se chamava "Valhalla".

Por toda a cristandade, esses assassinos eram temidos, não havia nenhum soberano que não se escondesse com a aproximação deles. Porém, alguns entre eles eram mais temidos do que os outros; alguns suscitavam tal pavor que os mais corajosos se benziam só de escutar o nome deles. Nunca havia mais de um ou dois em cada *dakkar*, mas podiam ser avistados de longe, porque os ombros deles se encontravam várias cabeças acima dos de seus congêneres, e os grunhidos possantes deles podiam ser escutados ainda de mais longe, como buzinas de neblina. Quando eles tocavam o pé em terra firme, os azarados que não haviam tido tempo de fugir sabiam que sua vida tinha chegado ao fim.

O nome deles? Havia tantos quantos os condados em que suas ações tinham sido registradas. Aqui, nós os chamávamos de "homens-urso"; ali, de "olhos-vermelhos". Mas uma palavra se repetia na boca dos raros sobreviventes dos massacres, a palavra com a qual os próprios viquingues designavam seus guerreiros demônios: "*berserkers*".

Ao escutar essas três sílabas, Gaspard sentiu um calafrio lhe subir pela espinha.

– *Berserker*... – ele repetiu baixinho.

A palavra começava na língua igual a um vagalhão e terminava como um maremoto, como uma arrebentação parecida com as que tinham devastado o litoral europeu na Idade Média.

Agora o rapaz finalmente podia usar uma palavra para aquilo que sua noiva dizia ser. Uma palavra concreta, que dissipava a hipótese da loucura, que de repente tornava reais as palavras que Blonde tinha lhe dirigido durante o sono.

– O pessoal do Vaticano então sabia... sobre a maldição do signo do Urso? – ele perguntou.

– Sabiam que a maldição realmente tinha causado estragos em um passado distante, mas achavam que tinha sido erradicada da superfície da terra havia muito tempo. Os santos catequizadores que acabaram conseguindo converter um a um os reis das tribos escandinavas atestavam em seus relatos o desaparecimento dos homens-urso à sombra da cruz do Cristo. São Sigfrido na Suécia, são Olavo na Noruega, são Teogdar na Dinamarca: no final da vida, cada um deles prometeu que sua terra de missão tinha sido livrada dos *berserkers*.

Os prelados do Vaticano acreditaram nesses relatórios e nessas declarações. Pelo menos até o verão de 1815, quando Charles de Valrémy chegou para lhes entregar a carta que a esposa tinha endereçado a ele e exigir que a nulidade de seu casamento fosse reconhecida... Portanto, foi um simples pedaço de papel que voltou a lançar luz sobre os pesadelos do passado e de uma época que acreditávamos estar para sempre enterrada nas névoas da lenda. O conselho de Conjuração ficou sabendo da questão e logo organizou um corpo expedicionário com o intuito de exorcizar essa manifestação do maldito.

Os indícios de que dispúnhamos se resumiam a muito pouca coisa. Um país, a Dinamarca, arruinado por anos de guerra no campo de Napoleão Bonaparte, e um nome, a casa grande da charneca. A carta de Gabrielle de Brances não continha indícios mais precisos do que isso. Não tínhamos escolha: precisaríamos fazer uma pesquisa de campo, bater a cada porta de cada povoado, percorrer centenas de léguas pelo litoral da Jutlândia partir da fronteira da Confederação Germânica.

O velho diácono respirou fundo mais uma vez, com um chiado parecido com o vento do norte. Já não estava mais tão quente dentro da morada. À sombra das cortinas fechadas como véus, os três homens estavam prestes a penetrar nos territórios do norte...

– A Dinamarca é um país de vento e de areia. As praias lá se parecem com desertos de dunas cobertas por uma vegetação rasteira e espinhenta à medida que se afundam nas terras: é a charneca que uiva e que se estende a perder de vista, onde nada detém as tempestades surgidas das entranhas monstruosas do mar do norte. Não há nenhuma residência nessas regiões desoladas, esquecidas de Deus e dos homens. Nada resiste ao vento que arranca tudo. É necessário avançar mais para o interior do reino para encontrar os primeiros vilarejos e a primeiras plantações.

Durante muito tempo, ficamos indo e vindo entre a beira-mar e o interior da região, avançando a passo de formiga em direção ao norte. Quando caminhávamos pela charneca, eu podia jurar que o vento usava todas as suas forças para nos expulsar. Ele soprava em borrascas violentas entre nossas pernas para nos fazer tropeçar, cortava nosso rosto mil vezes por dia e, quando caía a noite, apagava nossas fogueiras e arrancava nossas barracas do chão. Quando retomávamos a planície, abatidos por tanta fúria, dávamos de cara com as fachadas austeras das casas de pedra antigas e com os habitantes da região, ainda mais austeros. Ainda havia sangue viquingue naqueles homens de raras palavras e nas mulheres com olhar de aço que pareciam ter sido construídos com a mesma pedra que suas moradas para resistir ao vento.

Nós costumávamos nos apresentar como leigos, folcloristas italianos que queriam recolher na fonte os contos nórdicos que os velhos contavam ao anoitecer. Seis eruditos de cabelo preto, perdidos entre esse povo de gigantes loiros. No começo, apenas um de nós entendia dinamarquês, o padre Bartolomeo. Porém, com o passar dos meses, nós todos começamos a falar aquela língua gutural, talhada do mesmo material que o vento.

Enquanto isso, nossas perguntas deparavam-se quase sempre com o mesmo silêncio. Às vezes, um pastor parecia se lembrar de alguma fera solitária que tinha devorado algum de seus carneiros na primavera anterior... mas quem sabe não tivesse sido uma matilha? Ninguém sabia dizer com certeza, porque ninguém tinha visto nada. Mas nós não conseguimos parar de pensar em quem tinha seguido a rota do norte um ano antes de nós: Gabrielle de Brances e as criaturas que ela chamava em sua carta pelos nomes de Sven, Oluf e Baldur...

Iniciada no começo da primavera de 1816, a expedição deveria retornar a Roma antes do inverno. Mas ele nos surpreendeu já no mês de novembro, sob a forma de chuvas geladas e neve precoce. Ainda não tínhamos nem a sombra de uma pista que pudesse nos levar à casa grande da charneca; portanto, estava fora de questão retomar o caminho de casa. Nós nos refugiamos em um vilarejo que logo ficou isolado pela neve.

Nosso pequeno grupo já tinha começado a rachar. Alguns entre nós duvidavam que a expedição algum dia fosse atingir seu objetivo. O diácono Bernardo foi o primeiro a insinuar que a casa grande da charneca não existia, que não passava da invenção de um espírito demente. Ele se apaixonou por uma jovem criatura loira de olhos azuis, a filha do camponês que nos alojava. Quando a primavera voltou, ele declarou a nós a intenção de permanecer no vilarejo para se casar com ela.

Os cinco restantes retomaram a estrada, mas sei que todos invejavam Bernardo em segredo. A charneca cobriu-se de cores reluzentes, como um tapete de pedras preciosas. Não passava de um engodo: sob as flores cor de malva, amarelas e vermelhas, os espinhos eram mais afiados do que nunca. Eles rasgavam o que tinha sobrado de nossas batinas negras e logo precisamos nos vestir com couro, pele e lã, à maneira dos habitantes locais. A compra das roupas acabou com as nossas economias, que não tinham sido calculadas para durar tanto tempo assim. A partir de então, precisamos trabalhar em troca de abrigo e de comida. Na maior parte do tempo, emprestávamos nosso braços aos aldeões para executar pequenos trabalhos. De vez em quando, permitiam que passássemos a noite em troca de algumas fábulas de regiões distantes (bastava recitar passagens de Virgílio ou de Ovídio para que os olhos das crianças se iluminassem como se uma parte delas se lembrasse dos deuses viquingues por meio da alusão aos deuses romanos). No final do verão, passamos a encontrar trabalho na agricultura para terminar as colheitas; então o inverno voltou a chegar sem que víssemos passar o outono. Um ano se foi e nós não havíamos progredido nem uma polegada no nosso inquérito...

O inverno de 1817-1818 foi mais severo ainda do que o precedente; ou então nós é que estávamos mais frágeis. O subdiácono Luigi, o mais novo entre nós, sucumbiu a uma febre maligna que tinha começado nos primeiros dias de dezembro, apesar de nossas preces. Em fevereiro, foi a vez do padre Raffaele cair doente. Ele ainda não tinha se recuperado em abril, quando chegou o momento de retomar a estrada. Então decidimos deixá-lo aos cuidados dos camponeses e buscá-lo na volta, no inverno seguinte: até lá, esperávamos encontrar a casa grande da charneca. Mas a verdade é que nosso coração já não estava mais na missão. Era muita areia, muito vento, muitas preces que ficavam ser resposta. Eu também rezava, implorava à previdência que nos mostrasse o caminho. Em vão.

E então, em uma noite de verão, quando tínhamos quase chegado ao fim da península da Jutlândia, no lugar em que o mar do Norte se une ao Báltico, avistamos grandes fogueiras na praia, em um nível mais baixo do que a charneca.

O vento tinha amainado pela primeira vez em semanas; se não, teria apagado o fogo. Até o mar estava calmo. O silêncio inesperado parecia sobrenatural, quase satânico. Nós nos aproximamos. Havia um punhado de homens, mulheres e crianças, todos habitantes de um povoado. Eu me lembro dos olhares que nos lançaram, olhares de animais selvagens.

Por um instante, acreditamos serem náufragos que tinham acendido fogueiras para atrair as embarcações na direção dos recifes que despontavam na superfície da água. Éramos apenas três perante uns vinte deles: o padre Bartolomeo, o diácono Leone e eu. Enquanto nos preparávamos para defender a pele com todas as forças, reparamos no homem que cuidava das fogueiras. Era um velho com o rosto enrugado, com um adorno de cabeça tosco no qual se fixavam galhadas de cervo; Leone e eu fizemos o sinal da cruz, pois acreditávamos ter visto o diabo em pessoa. Só o padre Bartolomeo manteve a calma.

"Que dia é hoje?", ele indagou. Precisei fazer cálculos durante vários minutos na cabeça: eu não tinha me dado conta de como havia perdido a noção do tempo.

"Dia 24 de junho, meu padre, se não me engano", respondi.

"Dia de são João, do solstício de verão, a noite mais curta do ano. Uma daquelas em que os espíritos voltam à superfície da terra antes do retorno do Salvador."

O padre Bartolomeo tinha sido sagaz. Ciente de sua função, o velho xamã retomava uma vez por ano suas antigas vestes para celebrar os fantasmas de tempos históricos; no período de uma noite, todo o povoado se tornava pagão.

O que pensariam os responsáveis pelo conselho de Conjuração quando eu fizesse o relato sobre essa noite ao retornar a Roma? Nós três participamos da cerimônia; nós, os exorcistas enviados em missão para difundir a voz do Cristo... Mas que escolha nós tínhamos? Havíamos tentado de tudo, havíamos feito todas as perguntas e não tínhamos recebido nenhuma resposta. Como os vivos não tinham sabido nos guiar, só nos restava interrogar os mortos...

Mestre Gregorius levou a mão à testa. O padre que ele tinha sido não era capaz de escutar tais palavras sem fazer o sinal da cruz. Ele sabia que a necromancia e a adivinhação eram formalmente proibidas entres os cristãos. E avaliava a perturbação que os três exorcistas deviam ter sentido para se entregar a um ritual desses, apesar de suas convicções.

Gaspard estava atiçado demais para se acanhar com escrúpulos:

– O que o xamã disse? – ele indagou. – Revelou onde ficava a casa grande da charneca? Quem sabe nós podemos interrogá-lo pessoalmente... para perguntar onde a própria Blonde está desde que desapareceu!

O velho anfitrião lançou a seu jovem visitante um olhar cheio de tristeza e indulgência. Ele pareceu se lembrar de seu próprio ímpeto ao contemplar o de Gaspard. Pareceu se lembrar de sua própria animação quando o xamã abriu a boca. Como tudo isso estava longe agora!

– Duvido que o xamã ainda esteja vivo neste momento em que conversamos – ele terminou por murmurar. – De onde veio a voz que se exprimiu através dele naquela noite? Será que era realmente a voz dos espectros ou a voz dos anjos que finalmente atendiam nossas preces? Reconheço que minhas referências já não são hoje tão definidas quanto na época em que deixei Roma, há mais de dezesseis anos. Fui testemunha de tantos prodígios desde então... Mais do que nunca, tenho consciência de que os homens não são as únicas criaturas inteligentes sobre esta terra. Os exorcistas acreditam que sua função é combater tais criaturas, já que as Escrituras garantem que o Senhor quis reservar o gozo do mundo apenas à descendência de Adão e Eva. Mas será que nós sabemos mesmo ler as Escrituras?

Então, o velho xamã falou, no final de uma dança apavorante, saltitando por cima das brasas. O dialeto dele só se assemelhava vagamente ao dinamarquês que havíamos aprendido, como se aquilo que ele exprimisse viesse de muito longe. Ainda assim, compreendemos algumas palavras, alguns fragmentos de frases:

"Na charneca além do mar... Lá onde o sol se põe, dormem as feras que têm corpo de homem, os homens que têm alma de fera..."

O olhar convulsionado do velho fixava o horizonte a oeste, arriscando-se a queimar com os raios avermelhados.

Então nós também olhamos.

E vimos.

Vimos, no rio de luz sanguinolenta, um pequeno pedaço de terra que tinha se soltado, um esquife negro contra o sol poente.

Durante todos aqueles meses, nunca tínhamos examinado o mar; sempre voltávamos o olhar para a charneca interior, em busca de uma miragem que nunca apareceu.

Mas ela aparecia agora, ela finalmente aparecia!

Na manhã do dia seguinte, compramos um barco dos aldeões e saímos ao mar, na direção da ilha onde nosso destino seria selado.

4

A CASA GRANDE DA CHARNECA

O SOL COMEÇAVA A DESCER ATRÁS DAS CORTINAS DA CASINHA.

A luz que entrava através do tecido puído parecia ouro líquido nos buracos de uma bateia. Projetava pontos cintilantes na mesa baixa, na tigela de amêndoas secas, no rosto de Ambrogio Scopello. Os seus olhos tinham ficado tão vivos enquanto ele ressuscitava a lembrança do passado por meio da palavra que eram só o que se enxergava. Todo o resto tinha sido esquecido: o inchaço do rosto, as rugas incontáveis, o cômodo cheio de teias de aranha.

Sem se dar conta, Gaspard tinha fechado as mãos nas bordas da mesma como se fosse um esquife, como se estivesse agarrado ao casco do barco que iria levá-lo às extremidades setentrionais do mundo...

– Nenhum aldeão aceitou nos acompanhar na travessia – o velho diácono voltou a falar. – Mesmo depois de termos oferecido nossas últimas economias, não quiseram nem saber. Para eles, a ilha não existia, não passava de um fantasma. De fato, na manhã que se seguiu à noite da cerimônia, uma névoa espessa cobria o horizonte e o pedaço de terra avistado no dia anterior tinha desaparecido. Ainda assim, colocamos o barco na água e começamos a remar na direção da ilha.

Navegamos uma hora ao sol nascente. A bruma se fechava sobre a terra atrás de nós, e à nossa frente só havia névoa. Poderíamos muito bem estar descendo o curso do Estige.

De repente, a ilha apareceu, semelhante a um monstro marinho surgido de um abismo: uma forma escura e imensa, eriçada de aguilhões e pontas. A apenas alguns passos da praia, avistamos mastros e cascos, dezenas de navios afundados com restos de velas podres que balançavam. Acostamos em um silêncio mortal; parecia que a névoa absorvia tudo, até o barulho de nossos passos sobre a areia.

E então, de repente, o vento ganhou força.

A névoa se dissipou em poucos instantes, vaporizada pelos raios do sol. Além do cemitério de embarcações, a charneca insular se estendia à nossa frente feito um tapete de espinhos salpicado de flores até o contorno de uma construção grandiosa: a casa grande, finalmente!

Nós nos entreolhamos; nós, os três sobreviventes de uma expedição que havia começado dois anos antes, e mal nos reconhecemos. Fazia muito tempo que nossas bochechas tinham esquecido o que era o contato da navalha. Agora exibiam um pelo basto como a charneca, uma magra proteção contra os ataques do vento. A pele que a barba não cobria estava vermelha e queimada, prova de que o sol do norte queima tanto quanto o dos desertos mais quentes. O que mais tinha mudado eram nossos olhos, rodeados de rugas que não tínhamos quando partimos de Roma; estavam cheios com uma lassidão mais vasta do que o oceano.

O padre Bartolomeo foi o primeiro a falar, e suas palavras foram as do Pai-Nosso. Não havia mais nada a adicionar. Tínhamos chegado ao nosso destino. Nossa sorte agora repousava nas mãos da Providência.

Começamos a caminhar na direção da casa grande.

A ilha parecia deserta de homens, mas não de animais. Em grandes intervalos, manchas brancas marcavam a charneca: eram carneiros lançados à própria sorte, como se tivessem retornado ao estado selvagem. Às vezes, um coelho selvagem saltitava por baixo de um arbusto ou um pássaro saía voando com um pio estridente que ressoava durante muito tempo. Mas eram principalmente as abelhas que pareciam reinar sobre a ilha. Uma nuvem de zumbidos surgiu do nada quando o sol começou a brilhar e se espalhou por toda a charneca; agora, o ar estava cheio de asas. Quando os insetos colhiam pólen das flores, demoravam-se mais, e em grupos mais espessos, ao redor de cardos altos de uma cor pálida estranha, quase transparente. Os caules pareciam de vidro e as pétalas de gelo empilhado. Eu nunca tinha visto nada assim, nem na Dinamarca nem em nenhum país onde a Providência tivesse me levado.

Continuamos a avançar no meio dos insetos, com os lábios tremendo de preces mudas, imaginando se tínhamos realmente colocado os pés nos degraus do inferno. À nossa frente, a casa grande ia se definindo. Era totalmente vermelha, construída em três andares com tijolos de cor escarlate que claramente tinham sido importados até este pedaço de terra perdido. Por quem? Por quê? Mistério.

As vidraças de várias janelas estavam quebradas, gaivotas faziam ninho atrás das telhas rachadas do telhado. Lá no alto, um galo dos ventos enferrujado girava lentamente e rangia. A base da construção estava coberta por dois pés de areia, menos na frente da porta de madeira marchetada: a entrada havia sido varrida recentemente...

"Coragem, meus irmãos", o padre Bartolomeo disse. "Finalmente vamos cumprir nossa tarefa."

Por baixo das vestes dinamarquesas, nós todos tínhamos mantido um crucifixo benzido pelo Grande Exorcista em pessoa e uma adaga de prata, metal conhecido como sendo eficaz contra as encarnações do demônio. Tinha chegado o momento de usar nossas armas. A fé em uma mão e a força na outra: esses são os instrumentos de todos os exorcistas, desde sempre e até a eternidade.

O padre Bartolomeo empurrou a porta, que não estava trancada, e nós entramos na casa grande da charneca. O interior da construção parecia ainda mais amplo, pelo menos de acordo com o que éramos capazes de avaliar na penumbra. Havia areia espalhada por todo o hall de entrada, cobrindo o piso em tiras compridas, como se fossem lagunas.

"Olhem!", exclamou Leone, apontando para uma língua de areia grossa sobre a qual caía um raio de sol que entrava por uma janela alta. Havia uma pegada bem funda ali. À primeira vista, parecia humana. Porém, quando nos aproximamos, percebemos que a configuração da planta do pé era estranhamente inchada, como se tivesse almofadas, e a forma de garra fazia com que cada um dos dedos se prolongasse...

De repente, um ruído surdo soou. Vimos alguma coisa se remexer na sombra da escada monumental que subia para os andares superiores. Então uma voz soou, uma voz de mulher:

"Larguem as armas."

Nenhum de nós se mexeu. Estávamos petrificados, incapazes até de respirar.

"Larguem as armas se têm amor à vida", a voz repetiu.

Ela se exprimia em dinamarquês, mas o sotaque não era de jeito nenhum o mesmo dos camponeses do litoral. Evidentemente, não era sua língua materna.

"A terra desta ilha já absorveu sangue demais. Mas não está saciada a ponto de não poder absorver o dos senhores também."

Uma silhueta branca se destacou das sombras... e juro que tive a impressão de ver um anjo surgir. Envolta em um vestido de algodão imaculado, amarrado nas costas à maneira antiga, os cabelos dourados dela flutuavam em volta de seu rosto como se fossem uma auréola: estava à nossa frente aquela que procurávamos havia meses, havia dois anos. *Gabrielle de Brances.* O fato de ela ser tão magra sem dúvida contribuía para seu aspecto etéreo. As suas bochechas eram fundas de sombras; tinha os braços e as pernas finas como caniços; parecia que ia sair voando.

Padre Bartolomeo foi o primeiro a largar a adaga.

Ela caiu sobre o tapete de areia com um som abafado.

Eu logo fiz como ele.

Mas Leone ficou com o punho fechado na arma e a mandíbula tão firme quanto a mão. Ele olhava fixamente para a moça, com o mesmo pavor que teria lhe causado um súcubo surgido diretamente do ventre do inferno.

"Vamos lá, meu filho", o padre Bartolomeo disse e pegou o braço do diácono.

Ele foi soltando um a um os dedos que seguravam a empunhadura da adaga, depois a jogou no fundo do cômodo. Foi só então que as criaturas saíram da sombra da escada, onde estavam escondidas. Sob nossos olhares aterrorizados, foram se revelando uma a uma, magras e desengonçadas, passando da posição agachada à ereta. Porque elas ficavam em pé como homens, eram constituídas como homens: homens bem mais altos, bem mais fortes do que os que Deus tinha criado. Ainda hoje, hesito em usar o nome "rosto" para descrever aquelas caras cobertas de pelos, perfuradas com olhos brilhantes como espelhos: será que não eram cabeças esvaziadas pelo jejum? A magreza também tinha levado embora a gordura daqueles corpos extraordinários, sem afetar os músculos, duros e salientes. Dava para vê-los se agitar por baixo da pelagem densa, nos peitos e nas costas nuas até os pés sem calçados, sob as calças de lona gasta.

Acredito que meus companheiros tenham tido o mesmo reflexo que eu: examinar aqueles pés em busca do que tinha deixado a pegada monstruosa. Apesar de alguns conservarem aparência humana, outros, tão grandes e pesados quanto bigornas, revelavam mais um jeito animal.

"Foi Charles, não é mesmo?", a moça indagou. "Foi Charles de Valrémy que falou?"

"A carta que a senhora endereçou a ele falou por si quando ele a entregou ao Santo Padre", padre Bartolomeo explicou com todo o respeito. "Seu casamento foi anulado, madame."

"Anulado? Mas Renée, nossa filha..."

"*Sua* filha, madame. *Sua* filha, não do conde De Valrémy."

Gabrielle de Brances equilibrou-se apoiando a mão no antebraço da criatura mais próxima dela, um atleta com o pelo mais curto e mais claro do que os outros. Era Sven, com certeza. O pai da criança.

"Eu achei mesmo que sim", a moça murmurou e seus olhos se encheram de uma tristeza profunda.

"Toda criança tem direito à mãe", disse padre Bartolomeo, "e toda mãe tem direito ao filho. Deve ir buscar sua filha..."

"Não, é impossível. Eu não posso abandonar esta ilha... e os senhores também não."

Ambrogio Scopello soltou um suspiro profundo, como se a invocação de tantas lembranças o tivesse exaurido.

Mas Gaspard não estava pronto para lhe conceder nem um segundo de respiro. Pela primeira vez, ele escutava a descrição dos homens-urso pela voz de alguém que realmente os tinha visto. Aquilo que até agora não passava de uma hipótese vaporosa de repente se tornou algo odiosamente concreto. O rapaz não conseguia evitar a irritação, a revolta. Ele não quis acreditar em Blonde quando o sonho lhe disse que o corpo dela estava coberto por uma pele de animal; ele não conseguia imaginar que o rosto dela, tão liso quanto o da estátua de Santa Úrsula, pudesse estar coberto de pelos. Agora, miragens abominantes surgiam em sua mente: pedaços de fera misturados a pedaços de mulher, em um turbilhão que não tinha mais nada de humano.

– É impossível! – ele exclamou para conjurar a quimera que não era capaz de reconstituir.

– De fato, é impossível – Ambrogio Scopello respondeu com delicadeza. – No entanto, existe...

Gaspard soltou um gemido. Finalmente compreendeu a medida toda do calvário por que sua noiva tinha passado. Ele finalmente enxergava o pavor e a rejeição a si mesma, o sentimento de solidão abissal que devia ter esmagado Blonde desde o momento em que descobriu sua verdadeira natureza.

"Ela não merece isso... eu não mereço isso..."

Ergueu a cabeça bruscamente e lançou os olhos febris para os do velho diácono. Havia uma provocação naqueles olhos que beirava a blasfêmia.

– Se Deus existisse, não permitiria que tal abominação ocorresse! – ele acusou, como se julgasse o diácono responsável pela falha divina.

– O diabo corrompe aquilo que Deus cria, Deus conserta o que o diabo corrompe – o velho respondeu cheio de mistério. – Essa é a história do mundo desde as suas origens. Se pela maldição do signo do Urso o diabo corrompeu a natureza humana para fabricar máquinas de morte monstruosas, os cardos brancos foram a reparação de Deus.

Gaspard arregalou os olhos.

– Está dizendo que...?

– Sim: os cardos brancos, as plantas estranhas cuja cor espectral refletia a luz de outro mundo... do paraíso, quem sabe. As abelhas tiravam deles um mel que não era apenas doce ao paladar, mas também à alma. Os homens-urso sobreviventes chamavam a bebida fermentada a partir desse mel de "água-luz", porque ela assumia a cor das plantas de onde tinha saído e também porque tinha a virtude de dissipar as trevas animais. Esse hidromel não embebedava aqueles que o tomavam, ao contrário: dissipava a embriaguez do sangue para despertar a consciência e prevenir a degenerescência dos *berserkers* para o estado feroz. A água-luz lhes trazia lucidez, quer dizer, no sentido próprio, a luz do espírito.

O coração de Gaspard batia a toda velocidade.

Então, o remédio tinha realmente existido! Essa ideia enchia-o de esperança e de angústia: esperança de encontrar alguns pés dessas plantas milagrosas, angústia de que tivessem desaparecido da superfície da Terra para sempre.

– Os cardos brancos – ele indagou ofegante. – Será que crescem em algum lugar além da ilha?

O diácono limpou a garganta.

– Acredito que não. No passado longínquo, na época em que os reinos pagãos dominavam o norte do mundo, talvez os cardos brancos brotassem por todo o território da Dinamarca. Talvez os homens-urso pudessem se servir deles como bem lhes aprouvesse quando retornavam de suas incursões, para esquecer a fúria dos campos de batalha a que a cobiça dos chefes viquingues os lançava. Mas, com o passar do tempo, foram se extinguindo progressivamente e passaram a brotar apenas em uma ilha sem nome. A população de *berserkers* tinha diminuído em paralelo: fosse pela extinção de linhagens sem descendentes, fosse pela cura definitiva com a água-luz de alguns indivíduos. Finalmente, os últimos seres atacados pelo signo do Urso tinham se refugiado no único pedaço de terra onde os cardos resistiam. O resto do mundo esquecera-se deles durante séculos, até os monges e os exorcistas encarregados de catequizar o continente. Foi assim que, pouco a pouco, os *berserkers* se transformaram em um mito incerto.

Até o dia em que o rei da Dinamarca se lembrou das antigas lendas. Em busca de guerreiros sobre-humanos para combater no exército de seu aliado Napoleão, ele enviou seus agentes para encontrar a ilha. Quando chegaram, tomaram conta das colmeias e começaram a racionar o hidromel. E escravizaram os homens-urso, como os chefes viquingues tinham feito mil anos antes. Os ilhéus bem que haviam tentado resistir, mas já não era mais tempo de embates corpo a corpo, cara a cara: o que essas criaturas do passado podiam fazer contra a pólvora e os canhões inventados pela malícia dos homens? Aqueles que tinham sobrevivido à conquista tinham sido acorrentados sem dó ao pé da casa grande, erguida para alojar os colonos. Só eram soltos das correntes para serem levados a combate, durante dias inteiros. Eles tinham que se dobrar aos tratamentos mais inumanos para terem direito a alguns goles de água-luz, apenas o suficiente para cair em um sono sem sonhos.

Durante sete anos, os filhos da ilha sem nome tiveram que combater no Grande Exército. Sven, Oluf e Baldur eram apenas alguns entre centenas que partiram dentro de jaulas, levados pelos soldados de Napoleão para todas as frentes de batalha da Europa, da Espanha à Áustria, da Itália à Rússia. Até que Napoleão se afundou, levando consigo seu império monstruoso e todos os seus aliados na queda... Os ingleses tinham travado uma batalha titânica nas praias da ilha sem nome. Tinham exterminado até o último dos agentes reais e todos os *berserkers* que foram capazes de encontrar. Reviraram as colmeias e destruíram as plantações de aveia feitas pelos dinamarqueses para alimentar a população da ilha. Então partiram, acreditando que a ilha estava morta, coberta por destroços, sem saber que um punhado dos homens-urso se refugiara nas grutas do flanco norte...

Gaspard baixou a cabeça. Os pedaços de uma história destruída pela loucura dos homens finalmente se juntavam.

– Foram esses fugitivos que Sven e Gabrielle encontraram quando desembarcaram na ilha, correto?

– Exatamente, rapaz. Juntos, eles precisaram reaprender a viver, ou melhor, a sobreviver. Bagas no verão e carne de carneiro no inverno substituíram o mingau fervido. Gabrielle confeccionou seu vestido e as calças dos homens-urso com as velas do navio. Já em relação às abelhas, algumas tinham sobrevivido à destruição das colmeias e voltaram a formar ninhos selvagens nos cantos mais isolados da ilha. Elas produziam a quantidade certa de mel de cardo branco para fabricar a água-luz necessária aos últimos habitantes.

Será que Gabrielle ficou feliz com o retiro depois de ter conhecido o ouro e os horrores do mundo? Prefiro acreditar que sim. Sven e ela pareciam tão embevecidos um com o outro que era luminoso. Erguido pelo amor para além de si mesmo, Sven tinha se libertado dos restos de animalidade para se tornar totalmente homem: apenas mais alto, mais forte, mais resistente que os descendentes de Adão. Por sua vez, Gabrielle parecia adquirir novas forças com o vigor fantástico de seu companheiro. Uma mulher no meio de todos aqueles machos; ela era a esposa de um só, mas a mãe de todos. Apesar da pouca idade e da beleza graciosa, uma aura de autoridade irresistível emanava dela. Era ela que os homens-urso procuravam para supervisionar a safra, manejar os animais de criação e, principalmente, organizar a colheita do mel. Era ela quem cuidava das feridas, tratava das doenças de inverno e das picadas de abelha. Ela tinha até colocado sua paixão pelo desenho a serviço de seus protegidos: tinha conseguido confeccionar lápis com pedaços de carvão entalhados e os usava para fazer retratos dos ilhéus, apagando deles a fera e revelando o ser humano. Os homens-urso guardavam esses esboços que lhes devolvia a dignidade como se fossem tão preciosos quanto ouro refinado.

Realmente, havia algo de santo naquela silhueta branca que se inclinava sobre os aflitos, os perdidos, os banidos. Se nós não tivéssemos desembarcado na ilha sem nome, não há dúvidas de que Gabrielle teria envelhecido ali, sábia e venerada por todos; talvez até tivesse outros filhos com Sven, que teriam na cabeça cachos dourados como os dela, parecidos com uma auréola.

5

O GRANDE INCÊNDIO

EM ALGUM LUGAR DO LADO DE FORA DA CASA, AO CREPÚSCULO, um animal urrou.

Certamente era um cachorro errante, quem sabe até um lobo: as florestas dos Abruzos não ficavam muito longe. Mas Gaspard ficou com a impressão de ter escutado o som de uma voz humana através da voz animal. Uma voz que vinha de muito longe, de uma pequena gruta fria, perfurada no flanco de uma ilha esquecida, onde algumas criaturas selvagens tinham encontrado refúgio enquanto, do lado de fora, seus pares eram massacrados a tiros de canhão e de baioneta.

Era o sangue dessas criaturas que Blonde carregava nas veias, um sangue derramado tantas vezes com o passar dos anos em guerras que não eram as delas. Era o sangue do medo e da servidão... e da raiva também.

Depois de terem alistado os *berserkers* em seus exércitos, depois de tê-los passado no fio de suas espadas, os homens foram atrás do rastro da última deles para eliminá-la por sua vez...

Com essa ideia, Gaspard sentiu uma onda de cólera e de compaixão no mais fundo de seu ser, percebendo que os dois sentimentos que acreditava ser contraditórios podiam, ao contrário, aliar-se. E de sua aliança nascia um amor mais forte que o amor.

Um amor que não era apenas desejo e ternura, mas também revolta.

Um amor que era um punho brandido contra o mundo.

Gaspard se deu conta de que, com esse punho, ele libertaria Blonde de si mesma e do julgamento dos homens, que romperia a maldição... ou então morreria tentando.

– O final do meu relato é o mais difícil de narrar – diácono Ambrogio prosseguiu com a voz cansada. – Primeiro, porque minhas lembranças do que se passou são imprecisas e mal definidas; segundo, porque minha fé na missão sagrada dos exorcistas foi abalada com muita força por esses acontecimentos. Confesso aos senhores hoje, como confessei aos meus superiores do conselho de Conjuração no momento em que lhes apresentei minha demissão: não tenho mais certeza de que a nossa intervenção se justifica em todas as situações. Minha percepção em relação à fronteira entre o bem e o mal tornou-se difusa demais para que eu sentisse que tinha forças para continuar maltratando aqueles que a desafiavam. Será que eu me transformei em herege por conta disso? Julguem pelo final do meu relato...

Então, era o início de julho na ilha sem nome, e nós acreditávamos que ela seria nossa prisão durante muito tempo... quem sabe para sempre. Nesse ínterim, os homens-urso nos tratavam mais como hóspedes do que como prisioneiros. Desde o primeiro dia, eles nos cederam os quartos mais protegidos da umidade, no terceiro andar da casa grande. No jantar, reservavam para nós os melhores pedaços de carneiro assado em fogo de lenha. Os seus modos eram rudes e seu olhar, fugidio, mas acredito que, no fundo, tinham coração puro. Na convivência com eles, eu enxergava cada vez menos demônios e cada vez mais homens.

Na hora de dormir, perto do fogo, padre Bartolomeo aludia a mil hipóteses relativas à origem dos *berserkers*. Em algumas noites, ele enxergava neles os descendentes dos anjos caídos, arrastados por Satanás à selvageria e à ferocidade; em outras noites, tentava reconhecer no signo do Urso a marca de Caim, a maldição misteriosa que o Eterno lançou sobre o assassino de Abel na alvorada da humanidade. Gabrielle e ele travavam grandes discussões em relação ao assunto. Toda vez, eu ficava impressionado com a erudição da moça, subjugado por sua graça. Ela incutia nesse canto de terra perdido no fim do mundo um espírito tão vivo e agradável quanto o que reinava nos melhores salões de Roma ou de Paris. Os homens-urso também escutavam, com os olhos brilhantes, esquecendo a parte de fera que tinham, lembrando-se daquilo que tinham de humano.

Depois desse momento, eu deixava meu olhar se perder pela charneca salpicada de cardos brancos, parecidos com flocos de neve que nunca derretiam, como se estivessem fixos em um tempo fora do tempo. Ao observá-los longamente à luz da lua, eu ficava com a impressão de sentir minha alma ficar mais leve, elevada, quase transparente. Essas contemplações tinham toda a aparência da prece. Elas alimentavam no meu coração uma convicção profunda: os homens-urso, que sofriam e que tinham esperança como eu, eram filhos do Senhor tanto quanto eu.

Mas o diácono Leone não compartilhava dessa opinião.

Ele se recusava a dirigir a palavra aos habitantes da ilha e de se sentar à mesa deles.

"Abram os olhos", ele fazia sermão para nós. "Essas criaturas são os subordinados do demônio que só têm a aparência humana para enganá-los e arrastá-los para a blasfêmia!"

Como prova, ele não parava de nos lembrar a existência de túmulos espalhados pelo terreno atrás da casa grande: sepulturas sem cruzes nem estrelas, nada além de fossas cobertas de terra. Elas supostamente abrigavam no sono eterno os dinamarqueses e os ingleses que haviam sido mortos nas terras da ilha. Mas, de acordo com Leone, nada nos garantia que esses túmulos não tivessem sido guarnecidos pelas ações dos próprios homens-urso...

Havia também os ruídos que soavam das profundezas da casa grande depois que a noite caía, que faziam vibrar as paredes e as cabeceiras das camas até o terceiro andar. Quando perguntávamos o que havia no porão fechado com correntes, Gabrielle de Brances respondia bem baixinho, quase sem mover os lábios:

"Há alguns que foram privados da água-luz durante tempo demais. Aqueles sobre os quais o mel de cardo não surte mais efeito, cujos olhos permanecerão vermelhos para sempre..."

Ela levava a mão por instinto até a chave do porão que estava pendurada em seu pescoço, depois se virava e ia embora. Sven nos informou que, entre os reclusos do porão estava Baldur, o alucinado que quase tinha matado Gabrielle anos antes em Vosges... e que tinha estripado a própria noiva na ocasião da retirada da Rússia.

Gaspard olhava firmemente nos olhos de Ambrogio Scopello, sem piscar, no momento em que ele pronunciava essas palavras. Os dois sabiam que a história de Baldur era um aviso. O crime que ele tinha cometido, Blonde poderia cometer por sua vez. No buraco sombrio da ferocidade, não há mais homens apaixonados nem mulheres enamoradas, nem juramentos de fidelidade eterna: ali só vivem a dor, a raiva e o instinto.

Mas Gaspard não tinha medo.

Ele estava certo de seu destino.

– A catástrofe se passou quase dois meses depois da nossa chegada – o velho diácono prosseguiu. – Era de noite. Uma tempestade seca se abatia sobre a ilha, um monstro de vento como só os finais de verão dinamarquês são capazes de exibir. Não tenho dúvidas de que Leone esperava essa tempestade havia duas semanas, pedindo que ela chegasse em suas preces enlouquecidas... Temo que tenha sido o diabo, e não o Senhor, que o atendeu.

Era meia-noite quando eu abri os olhos. Primeiro, achei que tinha sido despertado pelas borrascas. Elas se abatiam com fúria sobre as paredes, fazendo tremer as janelas nas molduras e assobiando nas chaminés feito órgãos loucos. Porém, eu logo percebi que a noite não estava assim tão escura através das vidraças quebradas...

No espaço de um instante, pensei em uma aurora boreal. Mas não era época, e as ondulações luminosas que enchiam o céu não tinham as cores certas; não eram azuis e brancas, e sim amarelas e vermelhas: cada vez mais vermelhas. Como em um reflexo de animal que caiu em uma armadilha, senti minha respiração acelerar.

Um cheiro picante inflamou nas minhas narinas ao mesmo tempo em que um instinto ancestral em mim gritava: "Fogo!".

Saltei da cama. Uma fumaça espessa cobria o teto, um tapete funesto, tecido com as cores da morte. E o vento que continuava a urrar lá fora atiçava as chamas como um sopro de fole para avivar as brasas!

Coloquei um pano em cima do nariz e fui apressado para o corredor. Padre Bartolomeo já estava ali, com as abas do roupão esvoaçando entre as volutas como se fossem as asas de um pássaro assustado. Corremos para acordar o diácono Leone, mas o quarto dele estava vazio, a cama nem estava desfeita: logo compreendemos que a origem do incêndio era ele.

"Rápido!", padre Bartolomeo urgiu. "Vamos descer a escada antes que seja tarde demais!"

Com os olhos cheios de lágrimas, disparamos até a ponta do corredor.

Os degraus estavam mergulhados em um turbilhão de fumaça do fogo. Ouvíamos o esqueleto da casa grande estalar em toda a sua extensão: porém, mais do que tudo, mais do que tudo, escutávamos os berros das criaturas que queimavam lá embaixo! Ah, como eu gostaria que tivesse podido tapar as orelhas e os olhos junto com o nariz e a boca! Mas eu não tinha mãos suficientes para isso.

Sem o padre Bartolomeo, talvez eu tivesse ficado prostrado ali, no terceiro andar, contemplando o caos que destruía tudo embaixo de mim. Mas meu companheiro teve a presença de espírito de esvaziar sobre nossa cabeça as bacias de água que os homens-urso tinham levado para cima na véspera para a nossa toalete matinal. Ensopados, nós nos lançamos na escadaria em chamas.

Dante diz que desceu ao inferno e voltou. Durante muito tempo, acreditei que fosse licença poética. Agora sei que isto é possível: durante um momento que me pareceu durar uma eternidade, as entranhas da casa grande da charneca transformaram-se na antecâmara do próprio inferno. Os degraus iam se consumindo sob nossos pés, as portas se contraíam como se fossem garras que nos perseguiam para nos deter. Aqui e ali, imensas silhuetas que rugiam saíam do meio do braseiro e logo retornavam a ele. Será que era por causa do pelo? Os homens-urso pegavam fogo como se fossem isca de fogueira e, por baixo da pelagem de animal, tinham uma pele humana que queimava soltando um cheiro atroz de carne grelhada.

Não sei como conseguimos chegar ao térreo. Eu só me lembro que a água que impregnava nossas roupas tinha evaporado totalmente no momento em que os restos da escada desabaram atrás de nós com um barulho insuportável. Vimos então que o alçapão do porão também tinha pegado fogo. Os urros que ecoavam embaixo dele eram ainda mais aflitivos do que os dos queimados vivos. Mais forte do que a dor, havia medo naqueles urros; e mais forte do que o medo, havia ódio. Minha convicção era de que as coisas que martelavam o assoalho de madeira maciça com golpes fortes não queriam tanto escapar da morte, queriam, sobretudo, levar para a morte tudo o que vivia na ilha!

De repente, uma forma saltou da porta da casa grande, aberta entre as chamas.

Era Sven.

Ele carregava nos braços uma pedra enorme, arrancada do solo, com todos os músculos retesados a ponto de explodir. Compreendi que ele tinha retornado a este forno ardente, arriscando a própria vida, para bloquear o alçapão.

No entanto, antes que ele tivesse tempo de jogar a pedra, o assoalho explodiu em um jorro de estilhaços e de fogo. Eu já não conseguia enxergar mais nada; Sven largou seu fardo inútil e nos agarrou os dois, padre Bartolomeo e eu, e nos carregou noite afora.

Do lado de fora, o espetáculo era mais terrível do que tudo que eu poderia esperar. As chamas subiam até o teto, prontas para queimar as estrelas. Pior: tinham se espalhado por toda a charneca na direção oeste, na direção em que o vento soprava. O capim alto, seco pelo verão, pegava fogo com rapidez demoníaca; os cardos brancos que até então tinham resistido aos ataques de séculos, que tinham sobrevivido aos ingleses, explodiam na fornalha feito ampolas de cristal. A tempestade arrancava do solo punhados de terra e de fogo e os lançava em todas as direções, como bombas incendiárias que propagavam o desolamento.

Os homens-urso que tinham escapado estavam reunidos a leste, na parte do terreno que ainda havia sido poupada. Absolutamente imóveis, pareciam golems envernizados e impotentes, apesar de toda a sua força. Gabrielle de Brances também estava lá, com o vestido coberto de fuligem.

"Cheguei tarde demais", Sven disse, sem fôlego. "Os olhos-vermelhos se soltaram."

Com essas palavras, o rosto da moça, que eu sempre tinha visto impassível, se descompôs.

"O mar...", ela disse em um só fôlego. "Todos para o mar!"

Os homens-urso se animaram e se afastaram da charneca como se fossem um só homem. Vi Sven pegar Gabrielle com tanta facilidade quanto se ela fosse uma flor, depois um outro homem-urso ergueu o padre. Por minha vez, eu me senti sendo arrancado como se fosse uma carga e levado com toda a facilidade na direção da praia onde tínhamos aportado dois meses antes.

Incapaz de me virar, eu só podia imaginar a fúria que se desencadeava atrás de nós, de acordo com o que os meus ouvidos escutavam. Por trás do uivo ensurdecedor do vento, por trás do estalar das chamas, por trás da algazarra dos tijolos que rachavam com o calor, eu escutava o rugido que tinha aterrorizado a jovem Gabrielle quando ela se perdeu na floresta de Vosges, quatro anos antes, e encomendei minha alma a Deus...

Quando chegamos à costa, já tinha sido quase tomada pelas chamas. Vários panos de vela estavam em brasa, convidando o fogo à ponte dos navios naufragados contra os rochedos. O mar todo estava iluminado. Foi então que avistamos o barco no qual tínhamos chegado à ilha, agitando-se entre duas ondas altas como colinas. O diácono Leone estava a bordo, remando com toda a força contra a corrente. Apesar da distância, seu rosto lívido aparecia com clareza no dia do incêndio, e não tenho nenhuma dúvida em relação ao fato de que ele ria.

Sim, ele ria de boca aberta!

Apesar de os ecos de seu júbilo serem engolidos pelos uivos da tempestade, fiquei com a impressão de ler nos lábios dele palavras terríveis: "Queimem, queimem e morram!".

"Pobre louco", padre Bartolomeo murmurou ao meu lado. "E nós somos loucos também, por não ter previsto a demência do diácono Leone. Nós viemos trazer a luz de Cristo a esta ilha e acendemos o braseiro do demônio. Que Deus nos perdoe, meu caro Ambrogio. Que Deus nos perdoe..."

Eu não tive coragem de responder. O homem-urso que me carregava me largou na praia e soltou um grunhido selvagem. Todos se viraram na direção da charneca em chamas, na contraluz em que sombras negras corriam. Eram eles: os prisioneiros do porão, os olhos-vermelhos!

Um pânico sem nome tomou conta de mim. Em um instante, eu me transformei em todos os monges que tinham fugido de seus mosteiros com a aproximação dos *drakkars*, todos os camponeses que tinham abandonado suas terras ao escutar o barulho da horda viquingue subindo o rio. O terror puro tem rosto, agora eu sei: é o da noite perfurada por clarões vermelhos que se aproximam aos grunhidos!

Tudo se passou muito rápido, na confusão mais completa. Os primeiros olhos-vermelhos atacaram os homens-urso em um choque de violência inimaginável. Ofuscado pelas chamas e pelo medo, eu só enxergava um caos de ossos se quebrando, uma gigantesca bola de carnes esmagadas umas contra as outras. Uma chuva quente caiu sobre o meu rosto. Achei que era um chuvisco esquentado pelo incêndio, mas, quando fui enxugar com a mão, percebi que, na verdade, era sangue.

"Por aqui!", Gabrielle de Brances berrou.

Ela avançou na direção de um aglomerado de rochedos na ponta da praia, isolado das chamas. Porém, antes que desse dez passos, uma sombra gigantesca saltou das trevas como uma bala de canhão e se lançou sobre ela. A coisa se deslocava com muita rapidez, e os clarões projetados pelo fogo eram tão mutantes que eu só conseguia distinguir alguns detalhes. Hoje, quero acreditar que a minha imaginação insuportável se embalou feito um cavalo enlouquecido, que criou a partir dos fragmentos de garras, dos estalos das plantas, o retrato abominável que sobrevive na minha memória. O Senhor não poderia permitir um horror tão demente sobre o solo de sua Criação!

Portanto, não vou descrever aos senhores a mandíbula pavorosa, grande demais para caber em um crânio humano, aberta sobre o abismo urrante da garganta... Não vou detalhar mais o nariz comprido fora de medida que não era mais nariz, mas sim um focinho, um apêndice ignóbil que farejava com avidez o odor da morte... E, principalmente, não contem comigo para falar sobre os olhos da coisa! Imploro todos os dias ao céu para que aqueles olhos não existam em lugar nenhum além da minha mente traumatizada. Os pequenos grãos vermelhos enterrados nas órbitas que um dia foram humanas, no rosto peludo que um dia foi humano... Duas brasas arrancadas do leito onde dorme Satanás e enfiadas naquele rosto espesso, queimando para sempre...

Tudo isso não pode ser real, não é mesmo?

Deus por acaso não traçou uma fronteira intransponível entre o homem e a fera? Uma criatura não pode ser ao mesmo tempo um e outro, porque então não passa de uma blasfêmia que sofre e urra!

A coisa que urrava e se jogava em cima de Gabrielle de Brances rugia até perfurar os tímpanos. Vi a mão dele (a pata dele?) se erguer ao firmamento da noite incendiada e percebi que, quando descesse, iria decapitar a moça.

Mas ela não desceu.

Sven a segurou: ele a deteve no alto, com as duas mãos e com todas as suas forças, com toda a sua alma. *Porque eu enxerguei a alma de Sven*, compreendam, eu a vi refletida em seus olhos que também tinham assumido a cor púrpura do sangue. Um estalo atroz dilacerou a noite: era o barulho dos ossos da criatura que se quebravam entre os dedos de Sven. Ela berrou tão alto que eu achei que tinha ficado surdo. Então sua lástima cessou de repente, no momento em que enfiou os dentes afiados nas costas de seu adversário.

Gabrielle de Brances fez um movimento para se juntar a seu amante transformado, mas ele soltou um grunhido selvagem cuja interpretação não deixa nenhuma dúvida: era uma ordem para que ela fugisse. Ela bateu em retirada, retomando o trajeto na direção dos rochedos que o fogo já ameaçava. Ali, diversos botes salva-vidas estavam à espera. Entendi que tinham sido tirados dos flancos das embarcações afundadas e dispostos ali, à espera do dia em que seriam úteis.

Esse dia tinha chegado.

O dia de abandonar a ilha sem nome.

Alguns homens-urso nos ajudaram a colocar os botes salva-vidas no mar, enquanto seus irmãos continuavam detendo o ataque dos olhos-vermelhos, cada vez com mais dificuldade. As chamas nos cercavam por todos os lados, chegavam a lamber os botes.

Gabrielle de Brances empurrou a mim e ao padre Bartolomeu na direção do primeiro barco.

“Mas e você?”, eu exclamei desesperado.

“Vou sair da ilha com Sven, ou então morro aqui mesmo.”

Como ela se afastava para se juntar ao homem a quem estava pronta para sacrificar a vida, eu saí atrás dela. Porém, uma borrasca mais violenta do que as outras arrancou um maço de fogo da fornalha muito perto e o jogou em cima de mim. Senti um dilúvio ardente cair sobre o meu rosto, meu braço, minha mão: em toda a carne que tanto os assustou quando me viram agora há pouco.

Louco de dor, deixei um homem-urso erguer meu corpo e colocar no bote salva-vidas onde o padre Bartolomeo estava à espera. Eu mal tenho consciência de que o mar que uivava foi nos levando. A última imagem que registrei antes de desmaiar foi a de um espectro loiro em cima de um rochedo, com o vestido rasgado batendo feito uma vela perante um turbilhão de cinzas, de fogo e de trevas.

Como nós conseguimos chegar à costa apesar da tempestade? Apenas a mão do Senhor pode ter tido firmeza bastante para guiar nossa embarcação entre os elementos enraivecidos.

Quando retomei a consciência, era de madrugada. Tínhamos encalhado na praia de onde partíramos dois meses antes. Padre Bartolomeo me arrastou com dificuldade até o vilarejo mais próximo. As pessoas que tínhamos tomado por náufragos nos acolheram sem fazer perguntas. Fiquei de cama durante duas semanas, beneficiado pela vigília e pelos cuidados do velho xamã que tinha dançado ao redor das chamas no solstício de verão. Sem suas vestes e sua tiara de galhada de cervo, ele não se parecia mais nem um pouco com um feiticeiro, mas não tenho dúvida de que devo a vida às pomadas cheirosas que ele usou para tratar minhas queimaduras.

Não havia vestígio do diácono Leone, nem de qualquer um dos ilhéus. Será que outros botes salva-vidas tinham conseguido sair ao mar depois do nosso? Será que Gabrielle de Brances, Sven e os homens-urso haviam sido todos massacrados pelos olhos-vermelhos? Será que os segredos da ilha sem nome tinham se esvaído em fumaça?

Eu não tinha resposta a nenhuma dessas perguntas.

O vento cessara, e com isso uma capa de névoa espessa estendera-se sobre o mar feito um lençol. Não havia mais nada a procurar, mais nada a esperar do lado do horizonte.

Nossa missão estava terminada.

Quando eu consegui voltar a caminhar, tomamos o longo caminho de retorno.

Há catorze anos, eu fui a única testemunha perante o conselho de Conjuração para relatar essa aventura alucinada nos confins do sonho e da loucura.

Depois de fundar lar e família no litoral da Jutlândia selvagem que nunca será completamente cristão, diácono Bernardo se recusou a retornar a Roma. Fomos informados de que o velho padre Raffaele, que havíamos deixado doente para trás, tinha morrido algumas semanas depois da nossa partida. O Padre Eterno se lembrou dele, assim como se lembrou do padre Bartolomeo quando chegamos à Itália. Uma pneumonia levou aquele que será para sempre um mestre e amigo para mim, e o único que poderia apoiar de viva voz meu testemunho perante o conselho.

Os exorcistas aceitaram minha demissão em troca da promessa de que eu não revelasse nada sobre a organização deles nem sobre a missão que tinha me ocupado durante dois anos e meio. Esta é a segunda vez que eu cometo perjúrio. Ao abrir minhas memórias aos senhores, como abri ao padre Giuseppe em confissão, será que provoquei minha danação eterna? Eu só vou saber disso no momento em que comparecer perante o tribunal de Deus. Contudo, neste instante em que termino meu relato, parece que minha queimadura me incomoda menos, que meu fogo interior foi aplacado. Sim, neste instante, todos os meus pensamentos estão com Gabrielle de Brances. Eu não sabia que ela tinha sobrevivido... nem que estava se preparando para casar a filha!

– Ela sobreviveu à cólera do oceano, de fato – mestre Gregorius disse. – Mas não à de um esposo humilhado. Charles de Valrémy matou os dois, Sven e ela, alguns meses depois de eles terem escapado da tempestade... Já em relação à filha deles, ainda está viva, apesar de ter se transformado em um animal perseguido como o pai dela foi dezessete anos antes. Como Gaspard disse, aquela que o senhor conheceu na carta de Gabrielle como Renée hoje se chama Blonde. Até hoje, nós acreditávamos que apenas o delírio podia ter motivado a fuga desenfreada dela, mas seu testemunho veio para dispersar a explicação fácil demais da loucura. Blonde, por sua vez, é vítima da maldição do signo do Urso. Precisamos retornar à França e rezar para que a Providência nos coloque no caminho dela...

– Mas rezas não serão suficientes para curá-la – o velho diácono murmurou com ar misterioso. – Chegou o momento de lhes entregar aquilo que vieram buscar.

Ambrogio Scopello levantou-se da cadeira com muita dificuldade.

Acendeu a lamparina a óleo, porque do lado de fora a noite tinha quase caído. Então ele caminhou até um pequeno aparador onde se empilhavam pratos desgastados e abriu uma gaveta que soltou uma nuvem de poeira. Tirou dali um objeto cilíndrico, envolto em um pano, e colocou-o na mesa, na frente das visitas.

– Padre Bartolomeo me deu isto logo antes de morrer para que eu entregasse ao conselho de Conjuração. Mas nenhum outro exorcista colocou os olhos sobre esse estranho legado. Eu o guardei comigo sem contar para absolutamente ninguém, sem saber qual era a motivação da minha conduta. Agora eu sei: eu estava à espera dos senhores. Apesar de a única coisa que eu tenha levado a Gabrielle de Brances tenha sido a desgraça e a morte, talvez eu possa entregar a salvação à filha dela...

Gaspard agarrou o pacote com tanta delicadeza como se fosse uma relíquia.

Abriu o pano com a ponta dos dedos, com cuidado extremo, como se fosse um papel de seda muito fino. Reflexos furta-cor iluminaram a pele de suas mãos: era uma garrafinha que continha uma substância translúcida, luminosa como cristal líquido.

Ah, a garrafinha estava cheia apenas até a metade, mas a Gaspard parecia que ela era mais resplandecente do que todos os lustres de Versalhes.

– É isso mesmo que está pensando – Ambrogio Scopello murmurou. – *Uma garrafinha de água-luz.* Um anjo do Senhor deve ter inspirado o padre Bartolomeo a fazer essa última previsão? No coração do incêndio, enquanto a casa grande desabava sobre nós, o santo homem teve a presença de espírito de pegar essa garrafinha na reserva dos homens-urso. Essa poção é tudo o que sobrou dos cardos brancos.

Então vou rezar, sim. De toda a minha alma débil, de tudo o que me resta de fé. Vou rezar para que essa poção realize pela última vez sua magia, para que toque os lábios de última descendente dos homens-urso. Ao salvar a filha de Gabrielle, os senhores salvarão a mim também.

6

A PROCURA COMEÇA

– FINALMENTE CHEGARAM, SENHORES!

O diretor da vivenda Médici pousou a paleta no canto de uma mesa e virou-se da tela imensa que estava retocando à luz de velas.

Artista que havia iniciado a carreira no tempo do Império, Horace Vernet tinha a obstinação de continuar pintando afrescos para comemorar as grandes batalhas de Napoleão depois da queda da Águia. A obra dele, indiferente ao poder monárquico, não tinha voltado a cair nas graças de um público que cultivava a nostalgia de tempos mais heroicos do que os da austera Restauração. Dizia-se à surdina também que o rei Carlos X só tinha nomeado o diretor da Academia Francesa em Roma para mantê-lo afastado da capital da França. Com o seu bom humor típico no exílio, o pintor petulante tinha tirado a poeira da instituição venerável com uma injeção de alegria.

Mas, naquela noite, ele estava com uma cara amarrada que Gaspard nunca tinha visto desde que havia chegado à vivenda Médici. Ele mandara chamar os dois quando retornaram do interior, apesar da hora avançada.

– Tenho uma notícia triste a lhes dar...

Com seu bigode lustroso e a testa marcada por uma ruga acentuada, Horace Vernet parecia fazer parte do grupo de insurgentes que tinha retratado atrás de si. O quadro ainda úmido representava a tomada de poder por Luís Felipe: uma obra encomendada que dava indícios de que o pintor estava voltando a cair nas graças do rei e que em breve poderia ser repatriado a Paris.

– ...diz respeito à sua noiva, rapaz.

– Ela foi encontrada? – Gaspard perguntou, entregando o fato de que estava ciente do desaparecimento de Blonde.

– Ao contrário, ninguém sabe onde ela está, de acordo com a correspondência que recebi do Ministério do Interior.

Horace Vernet limpou as mãos no avental, pegou uma carta, abriu o papel e limpou a garganta antes de começar a ler: "Aquela que se denomina Blonde, antiga pensionista do convento de Santa Úrsula, em Durbion, é procurada pelos serviços de polícia depois de ter sido considerada culpada de agredir representantes da ordem, de executar degradações diversas e de falsificar identidade. É suspeita de ter causado um acidente fatal na estrada que liga Delme a Metz. Sua prisão constitui prioridade de segurança pública. Por meio desta, convocamos Gaspard Desmarais, noivo da acusada, para se colocar rapidamente à disposição da delegacia de Metz por motivos do inquérito. Pedimos a sua concordância, senhor diretor, blá-blá-blá..."

Horace Vernet estendeu a carta a Gaspard.

– Acredito que a sua visita tenha chegado ao fim, meu caro. Espero do fundo do coração que seja um mal-entendido e que sua noiva possa ser inocentada sem atraso. Tenha certeza de que sempre será bem-vindo na vivenda Médici para finalizar sua obra-prima.

*

A viagem de volta demorou dez dias.

Horace Vernet tinha insistido em oferecer os dois cavalos para o uso de mestre Gregorius e de seu aprendiz; recusou qualquer ressarcimento. O empréstimo parecia uma maneira de aceitar que aquilo era uma fatalidade, a suposição de que tudo retomaria a ordem em breve e que os dois profissionais logo retornariam a Roma.

Se os dois viajantes esperavam encontrar um clima mais ameno em seu trajeto para o norte, estavam enganados. Ao contrário, o calor parecia se intensificar com o passar dos dias, o ar ia ficando mais úmido e mais abafado à medida que avançavam por aquele mês de julho diabólico. Aquele era um ano estranho, que tinha o verão mais quente depois do inverno mais frio, uma jovem fera nascida da troca de pele de uma moradora de convento apagada, e o espectro do passado que engolia o presente e o futuro.

O sol ardente quase incendiava as florestas, as planícies e as montanhas. Gaspard só enxergava a sua frente sombras do novo mundo fantástico que tinha descoberto nos arquivos do Vaticano e por meio do relato do diácono Ambrogio: um mundo que não tinha nada a ver com o aquele em seus pais trabalhadores o haviam criado.

Ele dormia toda noite a céu aberto com a sela fazendo as vezes de travesseiro e tinha a esperança de voltar a escutar em sonho a voz de sua amada. Mas o sono dele só era habitado por ondas e tempestades, canhões e guerras navais. Ele também acordava toda manhã com a mente confusa e os ouvidos surdos. Então retomava a estrada, sentindo contra o coração o pequeno peso da garrafinha de água-luz guardada no bolso do colete. Dessa maneira, cavalgava o dia todo, até que suas coxas se fundiam aos flancos ardentes da montaria, formando uma unidade com ela: uma criatura meio humana e meio animal, como Blonde.

Quando chegou a Nancy de manhãzinha, Gaspard viu o jornal. Estava exposto em uma vitrine que mostrava os diários daquele dia, na frente de uma banca por onde os transeuntes passavam, já enxugando a testa e desabotoando a camisa. O olho do rapaz passou rápido pelas manchetes que falavam de séries de levantes republicanos em Paris e sobre as condições meteorológicas que aqueciam a terra, indo pousar em uma pequena chamada na parte de baixo da primeira página da *Gazeta da Lorena*.

Era um desenho que representava Blonde, um dos esboços que ele próprio tinha feito antes de esculpir o rosto de Santa Úrsula. Gaspard se lembrava perfeitamente de ter dado o desenho à noiva antes de partir para Roma. O fato de estar reproduzido na primeira página de um jornal só podia significar uma entre duas coisas: ou Blonde o tinha entregado, ou havia sido arrancado dela...

Mas a revelação pública da imagem íntima nem era o mais chocante.

O mais chocante era o segundo desenho, impresso ao lado do primeiro: o retrato de um rapaz bonito de cabelo claro, com uma barba curta que lhe cobria quase todo o rosto.

Durante um segundo, de modo absurdo, Gaspard sentiu as garras do ciúme apertarem suas entranhas. "Traído!", foi a primeira ideia que ocupou sua mente. As duas cabeças colocadas a prêmio eram as dos amantes criminosos em conchavo, e já não havia mais lugar para ele, Gaspard, entre aquele casal unido.

Quando se aproximou da vitrine para ler o texto que acompanhava as imagens, percebeu que os olhos do rapaz, por baixo da barba, eram iguais aos de Blonde...

O MISTÉRIO DA MULHER BARBADA

Percebe um ar de semelhança entre esses dois jovens? Tudo bem: eles não passam de uma única pessoa. Trata-se de uma moça de dezessete anos que atende pelo nome de Blonde, no momento procurada por uma série de contravenções apavorantes: ataques selvagens, roubos, até assassinatos! Já não é mais possível contar o número de crimes que essa alucinada perpetrou no território da Lorena.

Blonde não é apenas uma assassina da pior espécie. Ela também é uma mulher barbada que se apresentou junto a um espetáculo itinerante durante meses, como o inquérito revelou. Talvez a pelagem seja a origem de sua loucura sanguinária; em todo caso, trata-se de uma máscara que pode dificultar sua identificação.

A sra. Muller, camponesa da localidade conhecida como Loupré, nos limites de Seille, encontrou ontem, em uma bolsa abandonada no meio do campo, o desenho que reproduzimos ao lado. Com ele, nosso ilustrador modificou o retrato de acordo com as informações fornecidas pela polícia para dar uma ideia da aparência atual da suspeita. As forças da ordem estão em busca de qualquer depoimento que possa ajudar a localizar e a deter essa criminosa perigosa (...).

Com a mão trêmula, Gaspard pegou o jornal e jogou uma moeda para o jornaleiro. Ele não conseguia tirar os olhos da segunda gravura: daquele ser ambíguo, meio homem, meio mulher, que era apresentado como sua prometida.

Será que ele a amava menos por baixo daquela nova forma inesperada? Ele sentiu alguma coisa se agitar dentro de si, revoltada, que recusava o inaceitável: "Esse sujeito não pode ser Blonde, é impossível!". Mas, ao mesmo tempo, ele a reconhecia: reconhecia os lábios cheios e também os olhos; a barba só servia para destacar os contornos de sua boca, sem conseguir esconder a forma oval perfeita de seu rosto nem a curva graciosa de seu pescoço. Ela adicionava um enigma ardente à beleza fria de Blonde. A cobertura dourada a deixava ainda mais misteriosa.

E mais perigosa também.

– Imagino o que está pensando – mestre Gregorius disse e pousou a mão nas costas de Gaspard. – Vamos fazer um desvio por Loupré antes de seguirmos para Metz.

Os dois homens chegaram à dita localidade no meio da manhã, depois de terem se perdido duas vezes pelos campos da Lorena. É necessário dizer que Loupré não era nem um embrião de vilarejo, apenas um aglomerado de construções rurais: três estruturas no meio de um oceano de plantações. Naquele fim de mês de julho que mais se parecia fim do mês de agosto, o trigo já começava a amadurecer, pedindo para ser colhido; um vento quente fazia com que ondulasse feito o mar.

Os cachorros da sra. Muller começaram a latir como dementes antes mesmo de os cavalos pararem, assinalando a presença de intrusos à dona. Ela saiu da construção maior, vestida com uma blusa florida, com um chapéu de tecido diferente. Era uma mulher de meia-idade com o rosto rosado das pessoas que passam o dia ao ar livre e a noite sempre perto de uma garrafa.

– Quem vem lá? – ela pensou em voz alta. – Quietos, cachorros!

O olhar dela se alternou de Gaspard a mestre Gregorius, como que tentando identificar um elo de parentesco entre os dois. Como não conseguiu, vociferou ainda mais alto:

– Então, estou esperando. Quem são?

– Vimos seu nome no jornal, senhora – Gaspard respondeu. – A bolsa que encontrou no campo... Nós conhecemos a moça a quem ela pertence, e juro que não é a criminosa descrita pelos jornais! Na verdade, viemos de Roma para encontrá-la...

Os olhos da sra. Muller se arregalaram.

– De Roma? Onde o papa reside?

– Sim – mestre Gregorius se apressou em confirmar, ao sentir uma possível abertura na surpresa da calejada mulher. – De Roma, onde o papa reside... e onde eu fui ordenado padre.

A sra. Muller torceu as mãos cheias de calos de tanto ajudar com as tarefas do campo. O rosto dela se encheu de rugas e sua pele rosada ficou alguns tons mais escura.

Mestre Gregorius, que estava acostumado a ler almas como se fossem livros, sabia reconhecer os sintomas de um conflito moral quando os avistava. E, acima de tudo, ele sabia escutar, como já tinha provado a Gaspard.

– Sinto que algo a preocupa, minha cara – ele murmurou com tanta delicadeza quanto se os dois estivessem no confessionário.

– Talvez seja verdade...

– Pode falar sem medo.

A sra. Muller lançou um olhar cheio de preocupação a mestre Gregorius, depois respirou fundo e lhe abriu a consciência:

– Então, muito bem. Os senhores da polícia que vieram aqui ontem me disseram que estão à procura da moça a quem a bolsa pertence. Disseram que ela cometeu crimes graves, muito graves mesmo. Eles me perguntaram se eu a vi, se sabia para onde ela tinha ido depois de ter feito uma parada nas minhas terras, mas eu não sei nada, não, nada mesmo! Além disso, ela já deve estar longe, tendo em vista o estado em que encontrei a porcaria da bolsa, toda molhada pela chuva e já comida pelos vermes. Nem sei dizer o que estava escrito no caderno que estava dentro da bolsa, porque eu não sei ler. E agora que estão aqui, bom...

– Pois não?

– ...bom, eu tenho que ir chamar a polícia do vilarejo para que sejam presos.

A sra. Muller suspirou e ficou puxando a parte de baixo da blusa com gestos nervosos, ajustando o tecido.

– Já não me agradava nada fazer o papel de dedo-duro, ainda mais agora, com um padre, e de Roma ainda por cima! Eu fiz meu catecismo, fiz sim, e sei muito bem o que aconteceu com Judas... Santa Mãe! Por que essa bolsa maldita foi cair nas minhas terras?

– Acalme-se, minha cara – mestre Gregorius disse. – Não precisa denunciar ninguém. Vamos partir da mesma maneira que chegamos, nada mais. De todo modo, não está mais com a bolsa?

– Mas é claro que não. O chefe deles, o inspetor Vacheux, levou embora.

– E sabe dizer para onde os policiais foram?

– Por Deus, não!

– Não faz mal. Pode se esquecer de nós, minha cara. Já vamos embora.

A vontade de Gaspard era de ficar mais um pouco, pressionar a camponesa com perguntas, mas mestre Gregorius o arrastou consigo.

– Ela não sabe mais nada – ele lhe sussurrou ao ouvido. – Pode acreditar: quanto menos tempo passarmos aqui, menos essa mulher terá tentação de nos entregar à polícia.

– Mas a polícia está no rastro de Blonde! Precisamos falar com o delegado, temos que explicar para ele!

– E vamos explicar o *quê*? Para a polícia, a sua noiva é assassina, uma criminosa que deve ser neutralizada a todo custo. Imagina que vai explicar que, na verdade, ela é a última descendente de uma raça de guerreiros fabulosos, vítima de uma maldição ancestral? Nunca vão acreditar em você! Só há uma única solução, Gaspard Desmarais: precisamos encontrar Blonde antes que eles a encontrem.

7
Mestre Ferrière

MESTRE FERRIÈRE DESCEU DA CHARRETE SEM PRESTAR ATENÇÃO aos latidos dos cachorros que puxavam as correntes feito condenados. Meu Deus, como ele detestava o campo, seus animais e seu povo! Tirou um lenço da casaca para enxugar a testa, depois deu três batidas secas na porta da casa do sítio.

– O que foi agora?

– Claudie Muller? Eu gostaria de conversar com a senhora – o advogado respondeu com a voz firme, treinada pelos anos na profissão, que não carregava nenhuma contradição.

Um barulho de objetos domésticos remexidos veio do fundo da casa, seguido pelos passos de tamancos que se dirigiam apressados à entrada.

– Estou indo, estou indo!

A porta se abriu sobre o rosto desconfiado da camponesa. De imediato, mestre Ferrière percebeu que ela tinha algo a esconder porque parecia muito preocupada. Sem dúvida, era a visita dos dois cavaleiros com que a charrete tinha cruzado no caminho do sítio, trotando em sentido oposto. O advogado logo reconheceu os dois trabalhadores que tinha visto no convento de Santa Úrsula quatro meses antes, no dia de março em que Blonde subira no telhado. Ele tinha ordenado a Ambroise, que seguia a cavalo o veículo conduzido por Alphonse, que desse meia-volta e fosse atrás deles. Nenhuma pista que pudesse levar a Blonde deveria ser desprezada.

– O senhor não é da polícia? – a mulher gorda perguntou em tom desconfiado.

Mestre Ferrière sentiu os olhos suspeitosos passarem por sua roupa de cetim, seus cabelos penteados com cuidado com goma e sobre a charrete que não tinha nada de veículo policial.

– Não, madame, de fato. – Ele respondeu e abriu um sorriso branco brilhante. – Eu não sou representante da polícia.

O rosto da sra. Muller relaxou imediatamente.

– Deixe-me adivinhar. Pelo jeito como está vestido, veio de Metz comprar produtos do campo, é isso? Está com sorte, meu bom senhor, tenho no meu porão um queijo munster no ponto perfeito e um vinho de Côtes-de-Toul que quero saber como ficou! Gostaria de experimentar?

– Côtes-de-Toul? Ah não, sinto muito, cara senhora. Não foi por isso que vim.

Mestre Ferrière segurou uma risadinha e abriu um sorriso ainda mais bonito ao mesmo tempo em que estendia a mão para a camponesa.

– Mas posso lhe dar muito dinheiro se nos ajudar – ele retomou a conversa. – Vou me apresentar: mestre Ferrière, advogado no tribunal.

– Essa toupeira velha não sabe nada de nada! – mestre Ferrière exclamou e bateu a porta da charrete.

Olhou com desgosto para os sapatos de couro envernizado, agora sujos com a terra do quintal, e ajustou a casaca de cetim.

– Se eu fosse o senhor, patrão, teria pelo menos experimentado o Côtes-de-Toul – declarou o homem instalado no assento do cocheiro, sacudindo a cabeça com ar desolado.

Ele era um colosso em mangas de camisa, com a cabeça raspada, em todos os aspectos idêntico àquele que mestre Ferrière tinha mandado atrás dos dois cavaleiros.

– Exatamente, você não é eu, graças a Deus! – o advogado respondeu, fazendo graça. Vamos voltar a Valrémy, Alphonse, a tempo de fazer nosso relatório semanal ao conde. E, amanhã, vamos lá fazer a ronda do delegado de Metz. Apesar de os funcionários da delegacia serem muito desajeitados, talvez acabem nos levando até a peste. Em todo caso, ela não deve estar mais por estas paragens, tendo em vista o estado da mochila que a camponesa encontrou. Todas as posses dela estavam ali dentro, até mesmo um diário íntimo... Quando penso que a tal Muller entregou tudo ao incompetente de Vacheux, fico doente!

– Mas como o que a velha Muller escreveu no diário íntimo dela pode nos ajudar, patrão?

O advogado soltou um suspiro profundo. Com toda a certeza, os homens de força de Charles de Valrémy não eram nem um pouco esclarecidos. Ele, que estava acostumado com as disputas de oratória entre as mentes mais brilhantes do tribunal, ficava ressentido com a presença de Ambroise e Alphonse como duas bolas de chumbo que o puxavam para baixo: cada vez que ele achava que tinha chegado ao fundo do poço, percebia que a burrice deles era ainda mais abissal. Mas Charles de Valrémy os tinha colocado sob seu serviço, então...

O velho conde estava disposto a pagar muito dinheiro à pessoa que colocasse Blonde definitivamente fora de combate, quer dizer, sem condições de exigir sua parte na herança dos De Brances. Ele sabia que nada era mais frágil do que o ato papal avalizado pelo rei deposto Luís XVIII, que garantia a ele todos os bens da mulher que havia sido sua esposa durante alguns meses. Se Blonde fosse fazer valer seus direitos perante um tribunal, será que a decisão que negava a herança a ela seria confirmada? Isso sem falar na ameaça de que ela própria tivesse descendência, agora que tinha abandonado o convento onde deveria ter terminado seus dias.

Será que Blonde tinha apenas a intenção de exigir seus bens? Talvez a leitura de seu diário pudesse dar a resposta, mas ele estava nas mãos da polícia no momento...

No fundo, esses detalhes não interessavam nem um pouco a mestre Ferrière. Quanto menos ele soubesse, melhor para a sua consciência: esse sempre tinha sido o mote dele, desde que fez o seu juramento de advogado. Graças a isso, ele não tinha nenhum escrúpulo em defender as causas mais obscuras, em recuperar os dossiês mais desonestos, em aceitar os casos que ninguém queria. Desse modo, ele construiu para si uma reputação corrosiva, que tinha chegado aos ouvidos de seu atual empregador.

O dia já ia bem avançado quando a charrete chegou ao castelo.

Mestre Ferrière pediu para ser conduzido diretamente ao escritório do conde. Como acontecia toda vez, ele sentiu um choque ao entrar no cômodo onde Charles de Valrémy passava a maior parte de seu tempo. Enfiado em um sobretudo grosso de chinchila, ele tremia apesar de o calor estar fortíssimo. Com a tez lívida e o rosto emaciado, ele realmente parecia um réptil de sangue frio. Era difícil imaginar que esse homem tinha amado com paixão na juventude, como os empregados do castelo cochichavam.

– Encontraram a moça? – ele sibilou, fazendo as vezes de cumprimento.

A voz rangente tinha o dom de deixar o advogado sem jeito. Por mais que ele tivesse se endurecido com a convivência com indivíduos dos menos recomendáveis, nunca se confrontara, em toda a carreira, com tal determinação glacial. Por trás da aparência austera, Charles de Valrémy era um assassino de verdade, e mestre Ferrière sabia distinguir, depois de todos os que tinha defendido no banco dos réus.

A maneira como o conde havia destacado seus homens de força para assassinar o velho delegado Chapon, no dia seguinte à visita de Blonde, era prova de sua ausência total de escrúpulos. Mestre Ferrière desconfiava que aquele não tinha sido o primeiro dos crimes encomendados por Valrémy; e ele sabia que, por trás de suas palavras ("Encontraram a moça?"), era necessário escutar seu desejo ("Mataram a moça?").

– Não, ainda não encontramos, senhor conde, mas estamos progredindo...

– Não quero saber de "progresso", Ferrière, quero que chegue ao objetivo! Leu os jornais hoje de manhã? O retrato da pestinha está em todo o lugar, com o nome dela escrito com todas as letras! Sabe o que o fato de ver isso provoca em mim? Sabe a velocidade com que meu coração bate quando leio esses artigos, na angústia da possibilidade de ver o nome dela associado *ao meu nome*?

– Imagino que, de fato, não deve ser fácil, senhor.

– Não quero ter nada a ver com essa criatura!

"Isso não é bem verdade", mestre Ferrière pensou. "O fato é que deseja ter a ver com o castelo dela na Auvérnia, com as terras de cultivo dela, com as obras de arte dela, com o ouro e as joias que tomou dela, meu camarada!"

Guardou suas reflexões para si e deixou que Charles de Valrémy prosseguisse com seus disparates:

– Eu fui bondoso demais em permitir que esse fruto do pecado sobrevivesse, esse... essa *coisa*... nem tenho coragem de dizer essa criança... nascida de uma mulher adúltera e de um demônio saído diretamente das profundezas dos infernos. Hoje é minha obrigação reparar meu erro, impedir que a demônia tenha descendentes. Porque esta moça é uma demônia, não é mesmo, Ferrière?

– Tudo leva a crer que sim, senhor. Em primeiro lugar, a pelagem extravagante. E, agora, todos os horrores de que é acusada!

Seria bem conveniente a mestre Ferrière se Blonde fosse considerada perigosa, até que estivesse na origem de um acidente mortal. Para ele, seria fácil alegar legítima defesa quando chegasse o momento. O segredo seria não haver testemunhas quando o golpe fatal fosse desferido, pelas costas se possível.

– Uma demônia pronta para tirar tudo de mim! Mas eu não lhe darei tempo para isso. O senhor vai detê-la antes disso. Já sabe qual é a recompensa.

– Quinhentos mil francos, senhor – mestre Ferrière murmurou baixando a voz por instinto, para o caso de Alphonse conseguir escutar através da porta do escritório.

– Então, sabe o que lhe resta a fazer.

O conde se virou para a janela, dando a entender que a entrevista estava terminada.

Ao sair do escritório, mestre Ferrière escutou o sino da capela do castelo tocar as cinco horas da tarde. Com deleite, prestou atenção nas cinco batidas, uma para cada centena de milhares de francos. Isso seria suficiente para que ele se aposentasse e adquirisse aquela mansão fantástica de Côtes-du-Nord que cobiçava havia muito tempo. Ah, como ele ficaria bem lá no alto, ao ar fresco de Perros-Guirec, comendo camarões acompanhados de champanhe gelado!

Só esse pensamento o refrescava naquela fornalha de fim de tarde. Com um sorriso nos lábios, desceu rapidamente a escada, saltou para dentro da charrete e ordenou a Alphonse que o levasse até Châtel para passar a noite nas proximidades de Santa Úrsula. Ficava no caminho de Metz, e mestre Ferrière estava curioso para saber o que as freiras de Santa Úrsula poderiam lhe dizer a respeito dos dois homens que tinham visitado a tal Muller antes dele.

*

Na primeira hora da manhã, o calor que reinava na floresta ao redor do convento já era insuportável. Que contraste com a paisagem que mestre Ferrière tinha encontrado três meses atrás! As árvores, antes esqueléticas, agora estavam cobertas por uma carne espessa e farfalhante, uma quantidade enorme de folhas que engoliam o céu, que abafavam os trocos. O verão monstruoso tinha regenerado a natureza a ponto de fazê-la envergar sob o seu próprio peso.

Afundado nesse invólucro vegetal, o velho convento parecia um templo pagão perdido no meio de alguma selva longínqua.

Mestre Ferrière bateu à porta.

O alcatrão que cobria a madeira velha tinha derretido com o calor: deixou uma marca preta na mão do advogado e provocou nele uma careta de desgosto. Decididamente, ele tinha mais jeito para truques na manga do que para inquéritos de campo! Esperava embolsar logo os quinhentos mil francos e não falar mais nisso...

A porta se abriu rangendo e revelou uma freirinha que suava embaixo do hábito.

Pareceu reconhecer o visitante imediatamente.

– Senhor advogado! – ela exclamou. – Será verdade tudo o que os jornais dizem a respeito da nossa antiga pensionista?

– Acredito que sim, minha irmã –Ferrière respondeu com ar pesaroso. – Acredito que sim... E rezo para que a Justiça jamais acuse as senhoras por terem abrigado tal monstro durante tanto tempo.

A porteira estremeceu ao compreender que a falsa oração escondia uma ameaça verdadeira.

– Mande chamar Berenice de Beaulieu – o visitante ordenou, como se tivesse todo o direito do mundo.

Berenice estava lívida quando entrou na sala de visita.

Mestre Ferrière imediatamente identificou em seu rosto a máscara do remorso, que tantas vezes tinha visto no banco dos réus.

– Senhor Ferrière? – ela balbuciou e se sentou sob o olhar de irmã Marie-Joseph, que havia sido encarregada de supervisionar a conversa.

– Meus respeitos, senhorita. Parece que se recuperou bem desde a última vez em que conversamos no hospital. Fico feliz por isso.

– O senhor encontrou Blonde?

O advogado fez um gesto de impaciência. Ontem o conde, e hoje essa moradora do convento: estava farto dessa gente que lhe fazia a mesma pergunta, à qual ele tinha de dar a mesma resposta. De toda maneira, esforçou-se para não deixar transparecer nem um pouco de sua irritação.

– Não, senhorita. Ainda não. Mas continuamos procurando.

– Sabe, penso nela o tempo todo, durante todo o dia e toda a noite. E eu a detestava tanto quando estava no convento! Mas agora, com o que aconteceu a ela... Acha que é mesmo responsável por tudo de que é acusada?

– Não tenho nenhuma dúvida, infelizmente.

– Não consigo acreditar. Blonde é irritante, horripilante, uma verdadeira cabeça-dura, mas não é assassina.

Mais uma vez, mestre Ferrière sentiu a tentação de erguer a voz. Ele tinha mais o que fazer além de ficar alimentando os humores de uma menina no final da puberdade. Ainda assim, Berenice poderia lhe ser útil...

– A senhorita se esqueceu de que Blonde a atacou com selvageria no alto da escadaria do convento?

– Já não me lembro assim tão bem... E, em relação ao tornozelo, preciso lhe dizer que eu menti: não foi ela que me empurrou, fui eu mesma que tropecei e caí escada abaixo.

– Talvez já não se lembre muito bem, mas os estudos do professor Diogène demonstraram que Blonde é um monstro!

– Os especialistas às vezes se enganam.

– Mas que coisa! Eu estava contando com a senhorita!

– Mestre, preciso lhe dizer uma coisa. Eu gostaria de retirar minha queixa.

Dessa vez, o advogado mordeu a parte de dentro das bochechas para não explodir. Essa desqualificada era a maior decepção. E de pensar que ele tinha acreditado que ela era da mesma espécie que ele, uma criadora de intrigas prestes a fazer qualquer coisa para vencer! Mas ela era fraca, fraca demais.

– Mesmo que retire sua queixa agora – ele disse em tom suave –, acredito que não seria suficiente para inocentar Blonde, tendo em vista as acusações que no momento pesam sobre ela. Mas prometo que farei todo o possível para defendê-la quando chegar o momento. Por enquanto, é urgente encontrá-la para que seja protegida de si mesma. Está preparada para me ajudar?

– Tudo o que precisar, mestre Ferrière – Berenice disse aos soluços.

– Muito bem. Ontem eu visitei uma camponesa que me disse ter recebido dois indivíduos que foram até lá em busca de informações a respeito de Blonde. Reconheci os dois trabalhadores que estavam no pátio do convento no dia de seu acidente.

– Mestre Gregorius e Gaspard!

– Qual é a ligação deles com Blonde?

Um longo silêncio se seguiu à pergunta. Em pé no fundo do cômodo, irmã Marie-Joseph se mantinha tão imóvel quanto a própria estátua de Santa Úrsula, com os lábios fechados com mais firmeza do que lábios de pedra.

Por um instante, o advogado achou que nenhuma das duas responderia.

Mas Berenice finalmente murmurou:

– Gaspard é noivo de Blonde. Meu Deus, como fiquei com inveja quando percebi que ele gostava dela! Antes do fim do mês, vou deixar Santa Úrsula para me casar em Paris com um velho rico que eu não conheço e que com certeza nunca amarei da maneira como Blonde e Gaspard se amam...

Se mestre Ferrière estivesse um pouco menos em busca de seus próprios interesses e prestasse um pouco mais de atenção aos dos outros, teria percebido como essas poucas palavras custaram caro a sua interlocutora. Ao pronunciá-las, ela colocava fim a uma guerra da qual não sairia nem vencedor nem vencido.

– Percebo. Se algum dia Gaspard entrar em contato com a senhorita, faça a gentileza de não mencionar o meu nome. Quanto mais eu permanecer discreto, mas chance terei de ajudar Blonde. Ouviu bem?

– Sim.

– Muito bem. Só me resta lhe oferecer todos os meus votos de felicidade para o seu casamento, cara senhorita.

Ao deixar o convento, o advogado pensou consigo mesmo que, mais uma vez, seu instinto brilhante não o enganara. Ele tinha feito bem de mandar aquele cachorro sem raça do Ambroise atrás de mestre Gregorius e de seu aprendiz.

Se os homens do inspetor Vacheux não o levassem até Blonde, talvez o fedelho Gaspard levasse!

8

Por pouco

GASPARD ESTAVA SENTADO EM UM CANTO ESCURO DA ÚNICA taverna de um pequeno vilarejo às margens do rio Mosela. Através da janela aberta, ele via as atividades dos moradores que terminavam de pendurar as guirlandas para o baile da noite: era o dia 27 de julho, aniversário da Revolução de 1830, que tinha levado Luís Felipe ao poder, e havia comemorações marcadas por todo o país. Naquela noite, todos os casais apaixonados da França valsariam sob os lampiões.

Mas não Blonde e Gaspard.

– Nós nunca vamos conseguir! – o rapaz gemeu e segurou a cabeça com as mãos por cima do café fumegante.

Fazia uma semana que ele bebia dez xícaras por dia para conseguir ficar acordado o máximo de tempo possível e poder executar suas buscas até bem tarde da noite. Loupré, Châtel, Épinal: Gaspard e seu mestre passaram por todos os lugares por que Blonde tinha passado, logo depois ou logo antes da forças policiais em sua busca ansiosa. Mas não encontraram nem a sombra de uma pista.

– A água-luz nunca vai tocar os lábios de Blonde, e eu vou morrer sem jamais os ter beijado...

– Ora, não precisa se desesperar – mestre Gregorius disse. – A Providência...

– Ah, não, não recomece com a sua Providência! O senhor não é mais padre, e eu não sou seu paroquiano! Se a Providência estivesse preocupada com os nossos pobres destinos humanos, será que teria permitido que o senhor rompesse seus votos para se unir a uma donzela que não queria saber do senhor? A verdade é que nós perdemos a pista de Blonde no momento em que finalmente podemos salvá-la. Se a Providência quisesse nos dar um sinal, oportunidades não faltaram!

O rapaz bateu com o punho na mesa com tal violência que as xícaras tremeram. Alertado pela confusão, o gerente tossiu atrás do balcão:

– Algum problema, senhores?

– Não, não se preocupe – mestre Gregorius se desculpou.

Mas Gaspard já tinha se levantado da mesa.

– Onde você vai? – o mestre entalhador inquietou-se.

– Para algum lugar onde ninguém vai me seguir!

Ele saiu batendo a porta, furioso com o seu mestre, consigo mesmo, com o mundo inteiro.

O calor escaldante caiu em cima dele como uma chapa de chumbo. Foi então que ele o avistou. O cavaleiro de cabeça raspada que os seguia havia vários dias. Ele estava com seu cavalo, à sombra de uma fachada, tão imóvel quanto um abutre.

De repente, toda a fúria de Gaspard se voltou contra esse homem.

– Por que está nos espionando? – ele berrou. – É da polícia? Foi enviado por Vacheux?

Mas o cavaleiro misterioso já fazia sua montaria recuar.

Gaspard superou o cansaço e montou no cavalo que estava à sua espera, com o pescoço curvado, esmagado pelo calor. Ele se acomodou na sela e foi atrás do fugitivo sem prestar atenção nas exclamações do mestre que ia saindo da taverna.

As ruas do vilarejo desfilavam ao sol. Logo, bosques cerrados substituíram as fachadas de ambos os lados da estrada. O calor era tanto que a velocidade não trazia nenhum frescor, apenas um bafo de ar ardente que assava a pele e secava a garganta. O cavalo que galopava em velocidade tripla à frente de Gaspard e levantava nuvens de poeira que ardiam nele; por baixo do pó, o crânio raspado do cavaleiro reluzia.

– Pare! – Gaspard berrava por cima do barulho dos cascos que martelavam a terra rachada. – Se sabe algo sobre Blonde, é melhor que me diga, se não... Vai ver só!

De um instante ao outro, a distância que separava os dois cavalos ia diminuindo. Gaspard mantinha os olhos bem abertos, apesar da poeira. Quando chegasse o momento, ele agarraria o homem pelo colarinho e faria com que desmontasse à força, porque não queria mais escutá-lo.

Só mais alguns metros...

Ele só precisava estender o braço...

Agora! Os dedos de Gaspard fecharam-se na camisa inflada pelo vento. Surpreso por ter sido alcançado tão rápido, o cavaleiro deu uma cotovelada forte para se soltar, mas sem largar as rédeas; com a boca torta, o cavalo dele saltou por cima do fosso que ladeava a estrada.

– Vamos! – Gaspard berrou, incentivando sua montaria, que por sua vez saltou também para o solo rebaixado do bosque.

Uma saraivada de galhos finos e cortantes como chicotes se abateu sobre o rosto do rapaz. Ele ignorou a dor e fincou as esporas com mais força, ziguezagueando entre os troncos e correndo o risco de quebrar o pescoço. Ele já enfiava a mão no bolso para pegar seu cinzel, a única arma de que dispunha.

De repente, o seu cavalo refugou. Lançado longe pela parada brusca, Gaspard saiu voando até um pequeno charco que apareceu depois de um carvalho. Com mais alguns dias de calor, ele teria secado totalmente; no momento, estava cheio o bastante para amortecer a queda.

Gaspard logo se levantou, pronto para voltar à sela.

O cavalo se afastou no momento em que ele tentou colocar o pé no estribo.

– Calma, amigo... é só um pouco de água estagnada.

Mas o cavalo recuou relinchando, com as narinas abertas.

Não era o charco que tinha deixado os olhos negros dele brilhando de pavor. Não era o charco que tinha detido seu curso. Era o bosque cerrado ao redor.

Gaspard se jogou para frente para pegar a rédea, mas o cavalo empinou e soltou um relincho estridente. Os cascos passaram a alguns centímetros da têmpora do rapaz e quase racharam seu crânio. Então o animal saiu galopando feito louco pelo meio dos galhos que batiam em seus flancos.

– Não! – Gaspard berrou e começou a dar golpes nos troncos a seu redor como se fossem inimigos de carne. – Não, não, não!

Falhar assim tão perto do objetivo! Falhar no momento em que ele estava prestes a agarrar o fugitivo, prestes a finalmente descobrir algo a respeito do paradeiro de Blonde! Mas a esperança tinha se desfeito, tudo por causa de um cheiro que o cavalo devia ter sentido vindo das margens do charco, onde animais selvagens iam beber água à noite.

Quando os braços de Gaspard ficaram tão entorpecidos que ele não sentia mais os músculos nem as articulações, finalmente parou de golpear a madeira. A sua camisa estava ensopada de água parada e de suor misturado. Precisava retraçar o caminho, voltar a pé ao vilarejo onde tinha abandonado o mestre e prosseguir com a busca, bem ou mal. O caminho que o esperava era longo...

Quando ia começar a caminhar, viu a folhagem tremer.

Ele se retesou.

Será que o animal que tinha assustado sua montaria ainda estava lá, em algum lugar no meio da folhagem espessa, tão alta quanto homens? Gaspard passou o cinzel para a outra mão, a que ainda tinha força, esperando que um javali surgisse de repente.

Mas a folhagem parou de se mexer.

Seja lá qual fosse a coisa que se escondia atrás dela, estava decidida a permanecer assim.

Gaspard segurou o cinzel com mais força. A respiração que ele escutava assobiar no meio da vegetação impenetrável não era de uma raposa nem de um javali, disso ele tinha certeza. Não era assim que os animais noturnos se portavam, aventurando-se fora de seu terreno em pleno dia; a criatura que estava ali não pertencia ao povo da floresta.

– Blonde? – o rapaz murmurou.

A própria voz de Gaspard parecia rachada. Não era assim que ele imaginava pronunciar o nome de sua amada quando se encontrasse na frente dela, na ponta dos lábios, como se fosse um segredo vergonhoso. Ele tinha imaginado um outro cenário para o reencontro deles, não esse buraco de água com moscas voando por cima.

Mas se fosse mesmo Blonde, então...

O peito de Gaspard batia a toda velocidade, muito mais rápido que durante a cavalgada.

– Blonde, é você?

Gaspard deu um passo adiante, depois mais um, tentando distinguir a forma no meio da folhagem. Contudo, o mato era espesso demais. As folhas já não se mexiam.

Com o cinzel firme na mão esquerda, Gaspard colocou a mão direita do lado de dentro do colete para pegar a garrafinha do diácono Ambrogio. No espaço de um instante, a ideia atroz de que ela tivesse se quebrado na queda fez as entranhas dele se contorcerem. Mas seus dedos se fecharam sobre o vidro liso e intacto.

Tirou a garrafinha do bolso com precaução infinita. Até no fundo do bosque penetrado por raios de sol escaldantes, a água-luz continuava resplandecente. A garrafinha lançava reflexos brilhantes nos troncos, no capim, no rosto de Gaspard. Pousou o pé entre as folhas e continuou avançando.

*

Animale esperou longos minutos na beira do charco, observando o orelha-grande que tinha chegado para beber. Então deu um salto e fechou as patas em cima da presa. Naquele exato instante, uma tempestade de cascos chegou para perturbar a calma da floresta. Animale escutou o barulho antes de sentir o cheiro, depois sentiu o cheiro antes de avistar: dois relinchantes que se lançavam a toda velocidade entre os trocos cerrados. O primeiro desviou a uns trinta pés do charco. O segundo passou ainda mais perto e parou de repente ao sentir, por sua vez, o cheiro do predador escondido no meio da folhagem.

Animale achou que viu o relinchador se dividir em dois, metade parou à margem e a outra metade foi lançada para dentro do charco. Quando a segunda metade se levantou, Animale identificou a silhueta de um duas-pernas, uma dessas malditas criaturas que percorriam os campos noite e dia à sua procura.

Então, começou a enxergar vermelho. Se o duas-pernas tivesse sentido o perigo como o relinchador sentiu, teria fugido com ele, o mais rápido possível, para salvar a própria pele.

Mas ele ficou lá, arranhando os troncos à sua frente com seu esporão. Seus gritos roucos só serviram para atiçar ainda mais o medo que estava encubado no coração selvagem de Animale.

E a fúria também.

Será que o duas-pernas nem sabia que sua sorte estava selada, agora que se aproximava da margem?

Será que ele era capaz de imaginar que cada um de seus passos o levava na direção da morte certa?

Animale sentiu os músculos das coxas se contraírem. O orelha-grande continuava tremendo entre suas patas, soltando guinchinhos breves, como assobios. Em um instante, ela estrangularia o bichinho para atacar o duas-pernas. E então mataria este por sua vez.

– *Blonde?*

Animale estremeceu ao escutar essa voz, esse chamado que para ela não fazia sentido, mas que, no entanto, dilacerava sua alma. Pela primeira vez, ela olhou de verdade para o duas-pernas atrás da folhagem: olhou para ele de outro jeito que não era apenas como uma presa a abater, como um inimigo que precisava ser neutralizado. O cabelo molhado caía ao redor do rosto em que olhos grandes dilatados se abriam, como o dos cervos com que ela cruzava nas florestas profundas.

"Blondévocê?"

Aquela voz...

Aquele rosto...

Ela sentiu algo muito profundo, muito enterrado se remexer dentro dela. Ela queria ter mais tempo para refletir, para mergulhar no fundo de si mesma em busca daquilo que essa voz e esse rosto invocavam. Mas a onda vermelha que ia crescendo de maneira inexorável dentro dela levava tudo, cobria tudo. Entre os juncos eretos como lanças, o charco já não passava de um charco de sangue. As árvores, as folhagens, a terra, tudo se vestia de vermelho. A pequena ampola luminosa que o Olhos-de-Cervo brandia reluzia feito um rubi. Em alguns segundos, a onda varreria os últimos resquícios de consciência de Animale, e ela não estaria mais em condições de pensar. Só de matar. A menos que...

Sem soltar o orelha-grande, preso ao solo entre seus joelhos, deixou a pata cair sobre os trapos da camisa que pendiam por cima de seu corpo esbelto e macio, fortalecido pela caça. O frasco estava ali. Era a única coisa que ela tinha trazido de sua vida anterior, mas não se lembrava para que servia.

Se ela se lembrasse, não arrancaria a rolha com os dentes...

Se ela se lembrasse, não levaria o gargalo até os lábios...

O instinto seria mais forte, se ela se lembrasse, o instinto que faz as feras se desviarem das coisas venenosas e envenenadas. Porém, hoje, ela não se lembrava de mais nada. Então, fez aquilo que nunca poderia ter se decidido a fazer antes: sorveu o conteúdo amargo do frasco até a última gota.

Seus músculos relaxaram imediatamente.

Os batimentos de seu coração desaceleraram.

Quando a onda finalmente chegou a seu cérebro, não era mais vermelho-escarlate, mas negra. Animale sentiu o orelha-grande fugir entre suas pernas amolecidas e correr para dentro do bosque.

Era preciso manter-se alerta.

Não desabar de uma só vez.

Colocar a maior distância possível entre o Olhos-de-Cervo e ela.

Ela se obrigou a manter as pálpebras abertas, recuando de barriga no chão entre o mato, depois se virou para fugir na direção oposta. A seu redor, o vermelho das árvores ia ficando preto a olhos vistos, como sangue que coagula, como a noite que cai. Os gritos do Olhos-de-Cervo não passavam de um eco distante que logo desapareceu por completo. Os troncos clarearam. Os galhos se afastaram. Ela desembarcou em pleno dia e, apesar disso, o sol que cegava não passava de uma estrelinha minúscula que morria lá no alto, no preto do céu. Uma construção de madeira carcomida surgiu de repente.

Ele sentiu que não ia conseguir se segurar mais muito tempo.

Empurrou a porta
e se largou
por cima da palha
sem fazer nenhum barulho.

A lebre saiu saltitando do mato e passou entre as pernas de Gaspard com um dos foguetes que seriam soltos para comemorar o aniversário da Revolução.

O rapaz se retesou, atordoado.

Uma lebre.

Era só uma lebre.

Os guinchos da criatura amedrontada, que ele tinha tomado por uma respiração humana, perderam-se no mato.

Esquecendo toda a prudência, Gaspard começou a correr, chamando feito louco:

– Blonde! Blonde!

Mas nada além do zumbido dos insetos e do pio longínquo dos pássaros respondeu.

Ele só parou de correr no momento em que seus pés tropeçaram em uma raiz. Ele quase soltou a garrafinha. Um suor gelado tomou conta da testa do rapaz: ele se deu conta de que, pela segunda vez, quase tinha perdido seu bem mais precioso por causa de seu comportamento perturbado. Ele queria tanto ver Blonde em qualquer lugar que inventava presenças no fundo de um bosque e colocava a perigo a única esperança concreta de poder ajudar sua noiva. Tinha chegado o momento de retornar à terra. Tinha chegado o momento de retraçar o caminho antes de cometer o irreparável.

Gaspard guardou com cuidado a garrafinha no bolso do colete, então deu meia-volta. Pensamentos negros obscureciam sua mente e seus sentidos. Por isso, ele não viu o tubinho de vidro vazio que estava largado no meio do mato, a algumas polegadas de sua bota, no qual se lia a palavra "láudano"...

O sol estava baixo no céu quando Gaspard chegou ao vilarejo de onde partira várias horas antes. Seu cavalo tinha chegado primeiro: estava amarrado ao lado da montaria de mestre Gregorius, na frente da taverna.

O velho entalhador estava à sua espera, apoiado na fachada.

– Muito bem, eu estava ficando ansioso esperando sua volta! Saiu como se estivesse com o diabo nas canelas.

– Sinto muito por ter partido assim – Gaspard murmurou com os olhos fixos no chão. – Sinto muito por ter blasfemado contra a Providência...

Mestre Gregorius deu tapinhas nas costas de seu aprendiz.

– Concordo que a Providência demorou a se manifestar dessa vez. Mas acredito que tenha finalmente se decidido. Veja o que encontrei no balcão, no momento de acertar a conta.

Mestre Gregorius estendeu um pedaço de papel colorido a Gaspard. Um anúncio. No meio de uma confusão de cores em máscara, no estilo *naïf* das imagens de Épinal, cabeças de urso e estrelas cadentes, liam-se as seguintes palavras:

O famosíssimo e estranhíssimo
Circo Croustignon
***
Apresentação excepcional no dia 27 de julho,
das 21h às 22h30, antes do baile
*
Pont-aux-Vaches, praça da Prefeitura

9

A MATILHA

– E AGORA, PATRÃO, O QUE FAZEMOS?

– Está na hora do aperitivo: poderíamos até ir finalmente experimentar o vinho Côtes-de-Toul da velha Muller. Com este calor, iria nos refrescar...

As cabeças raspadas de Ambroise e de Alphonse reluziam à sombra do carvalho sob o qual a charrete estava escondida, subindo a estrada por que os policiais tinham passado um pouco antes. Mais do que nunca, mestre Ferrière foi tomado por uma vontade furiosa de bater uma cabeça contra a outra.

– Ninguém vai beber a menor gota de Côtes-de-Toul – ele articulou com a voz mais contida possível, destacando bem cada sílaba. – Não enquanto não encontrarmos Blonde.

– Faz dias que estamos procurando! – Ambroise reclamou. – Ninguém a viu: nem os policias que estão seguindo há uma semana com Alphonse, nem o moleque com seu velho mestre...

– Mas ele viu você, seu asno!

Pela maneira como ele viu Ambroise fechar os punhos, mestre Ferrière ficou pensando que talvez tivesse ido longe demais. Esse homem e seu acólito eram assassinos, ele não podia se esquecer disso.

Forçou um sorriso. Ele também estava nessa perseguição exaustiva, arrastando-se atrás de policiais incapazes de pegar uma menina de dezessete anos. Apesar de a capota da charrete estar erguida, não era capaz de isolar seus passageiros do calor escaldante. Era como se os raios de sol passassem através da lona, como se o ar quentíssimo penetrasse em cada canto.

– Está prometido, senhores: quando colocarmos as mãos nessa pestinha, eu pago uma rodada.

"Com os meus quinhentos mil francos, posso muito bem me permitir", ele completou para si mesmo. Só a ideia de que a recompensa estava à sua espera bastava para que conseguisse controlar seus nervos.

– Vamos, Ambroise, monte em seu cavalo. Volte a seguir o jovem raspador de pedra e, dessa vez, cuide para ser mais discreto. Já nós, Alphonse, vamos ver como está avançando o inquérito do gordo Vacheux. Quem sabe ele esteja precisando de uma ajudinha, e agora não é momento para fazer mistério.

A charrete saiu da sombra do carvalho, enquanto Ambroise retomou o caminho a cavalo.

Depois de alguns minutos, a silhueta espessa do inspetor Vacheux apareceu em uma nuvem de poeira: ele estava ali em pé, com o chapéu na mão, examinando as profundezas da floresta ao lado da estrada. Uma pequena carruagem e uma carrocinha estavam estacionadas ao lado, ao pé das árvores.

O inspetor virou-se para trás ao escutar o barulho da charrete que diminuía a velocidade às suas costas:

– Vá andando, não há nada para ver aqui... – ele resmungou de maneira mecânica, agitando o chapéu como se estivesse espantando moscas inoportunas.

Mas a charrete parou.

– Inspetor Vacheux? – mestre Ferrière indagou ao descer da charrete.

O homem gordo virou-se para ele com o rosto pingando de suor.

– Eu disse que era para ir andando, pelo amor de Deus, será que é...

Ele não terminou a frase.

– Mas eu reconheço o senhor! É o advogado do conde De Valrémy. Mestre Fernand... Ferdinand...

– Ferrière – o advogado corrigiu e se inclinou de leve. – Mestre Ferrière, inspetor. Mas, veja só, que surpresa encontrá-lo aqui, na estrada que leva a Metz! Como tem estado desde o nosso último encontro no convento de Santa Úrsula?

O inspetor soltou um longo suspiro de cansaço e enxugou o rosto pela centésima vez.

– É esta fugitiva, esta Blonde... – ele gemeu. – A delegacia de Épinal me colocou à disposição da delegacia de Metz, sob o pretexto de que eu iniciei o inquérito. Faz dias que eu não durmo em casa, percorrendo as estradas em vão. Executar batidas a céu aberto já não é mais para a minha idade. Ainda mais com este calor, não é humano! Esta moça vai acabar me custando a pele.

– Eu bem que lhe disse na ocasião que ela era perigosa. Agora o retrato dela está em todos os jornais. Um monstro! Foi nisso que ela se transformou.

O inspetor enfiou a mão no bolso, pegou uma pastilha de mel de pinheiro de Vosges e jogou na boca.

– Quer uma? – ele resmungou com a boca cheia.

– Não, obrigado! – mestre Ferrière respondeu com uma careta.

Nervoso, o inspetor partiu a pastilha com os dentes.

– Um monstro... – ele repetiu enquanto deglutia. – Foi mesmo um monstro que eu vi na segunda vez em que me encontrei com Blonde em Santa Úrsula, no escritório da madre superiora. A rapidez com que ela arrancou o cassetete do primeiro dos meus homens para golpeá-lo na cabeça e rachou a arcada da sobrancelha dele... A violência do golpe que ela desferiu no segundo sargento e quebrou o braço dele como a mesma facilidade que teria quebrado um galho seco... E aquele olhar! Nunca vou me esquecer do olhar vermelho vivo que ela lançou sobre mim naquele dia. Já em relação ao acidente que ela é suspeita de ter causado na estrada de Delme...

Latidos ruidosos de repente soaram, arrancando o inspetor de suas reminiscências inquietantes.

– O que foi agora? – ele indagou aos homens que saíam de um pequeno bosque no meio de uma matilha, com os casacos do uniforme militar cobertos de comendas e cordões.

"São soldados", mestre Ferrière pensou. "A polícia não está interessada em executar essa batida, pediu ajuda do exército."

– Não foi nada. Ela não está aqui.

– Eu poderia ter apostado que não.

O inspetor virou-se para o advogado enquanto pegava mais uma pastilha no fundo do bolso.

– O senhor vai na frente, meu caro mestre. Vamos retornar a Metz. Os cachorros bem que mereceram a ração, e eu quero ver os fogos de artifício hoje à noite. Assim vou descansar a cabeça.

Mal ele tinha pronunciado essas palavras, um cavaleiro chegou a galope pela estrada e parou na frente do comboio.

Era um sargento de polícia.

– O que foi? – o inspetor resmungou, contrariado pelo fato de uma pessoa se colocar entre ele e o belo banho refrescante que estava à sua espera no hotel.

– Recebemos uma mensagem da delegacia. Um camponês de Chouvarain disse que viu alguém rondando perto do galinheiro dele hoje pela manhã.

– Então, o que quer que eu faça? Diga ao sujeito que vá cozinhar um ovo, se é que não roubaram todos.

– Não compreende, inspetor. O homem afirma que reconheceu Blonde!

O inspetor quase engoliu a pastilha pelo canal errado.

– Não poderia ter dito antes? – ele disse e tossiu, tentando desalojar a bala que estava entalada na garganta. – É melhor avisá-lo que é bom este camponês ter certeza do que está dizendo para ousar se colocar entre Adam Vacheux e seu banho...

À luz do final da tarde, os olhos de mestre Ferrière brilharam de um jeito que teria assustado o inspetor mais do que os olhos de Blonde, se ele tivesse prestado atenção.

O comboio era composto de três veículos acompanhados por uma meia dúzia de militares a cavalo: a pequena carruagem do inspetor, a carrocinha que transportava os cães de caça e a charrete do advogado, que tinha se unido às forças da ordem de autoridade no calor da ação, e ninguém pareceu contestar sua presença. Todo esse bando chegou a Chouvarain ao mesmo tempo em que o crepúsculo.

Era um povoado cercado de campos, só um pouco maior do que Loupré, que mestre Ferrière tinha visitado oito dias antes. As espigas de trigo estavam perfeitamente imóveis desde que o vento tinha cessado. Não havia nem um sopro de ar fresco: o clima era sufocante.

O próprio céu parecia sofrer; o sol que ia se pondo tinha deixado para trás um tom violáceo ameaçador, um tom de ferida inchada sobre o qual as nuvens estendidas pareciam formar pontos de sutura.

Um homem estava parado no meio da estrada, com o capacete baixo na testa e um fuzil na mão. Sombras furtivas espiavam pelas janelas de algumas casas atrás dele em um silêncio de morte. Até os passarinhos pareciam ter parado de cantar. Em Chouvarain reinava um clima de fim de mundo.

– O que é isso agora? – o inspetor disse e desceu de seu veículo, com a camisa colada nas costas de suor. – Foi o senhor que avistou o espectro?

– Não, foi a minha filha pequena, enquanto brincava no jardim hoje pela manhã. Mas agora ela não quer sair de casa, fica acanhada com gente de fora.

O inspetor lançou um olhar furioso aos soldados de Metz, como se os considerasse pessoalmente responsáveis por tê-lo privado de seu banho.

– E a sua "filha pequena" sabe para onde Blonde foi? – ele perguntou de modo mecânico.

– Bom, não... – o homem respondeu e deu de ombros. – Ela a viu passar há várias horas, pode-se dizer que os senhores demoraram para nos atender.

– Vamos embora daqui, pessoal!

O inspetor mal tinha terminado a frase quando a portinhola traseira da carrocinha dos cachorros se abriu com um estrondo. Eles se lançaram para fora latindo furiosamente; puxavam as coleiras com tanta força que os soldados precisaram enrolar as guias nos pulsos várias vezes.

O que aconteceu a seguir foi muito rápido, sem que nenhuma palavra fosse trocada; de todo modo, os cachorros latiam alto demais para permitir que os homens conversassem.

Foram puxando os soldados pelo povoado, até um celeiro grande que se encontrava no final da estrada, à beira de um bosque cerrado.

Bufando igual a um boi, o inspetor foi atrás, tossindo. Por instinto, colocou a mão na pistola presa à cintura, fazendo uma oração muda para não precisar usá-la. Mestre Ferrière, por outro lado, sabia que não hesitaria em usar sua arma quando a ocasião se apresentasse.

Os soldados colocaram-se de ambos os lados da porta do celeiro, com o sabre em punho e a mão perto do rosto. Bastou uma troca de olhares para eles se coordenarem e arrombarem a porta a chutes. Ela cedeu imediatamente: não estava trancada.

E os cachorros continuavam a latir feito condenados!

O inspetor fez sinal para que os deixassem do lado de fora e, então, entrou no celeiro. Ninguém deteve o advogado, que foi atrás dele.

O interior estava mergulhado em uma escuridão abafada. Um cheiro forte de feno, exagerado pelo calor, fazia com que cada respiração ficasse pesada. As sombras dos soldados, que passavam lentamente entre os pilares de madeira que seguravam as vigas do telhado, compunham um balé de espectros estranhos.

– Olhe! – uma voz exclamou.

Mestre Ferrière apressou-se até o fundo do celeiro com os soldados e quase tropeçou nos ancinhos e pás espalhados pelo piso, até chegar a um monte de feno no fundo. Um pouco de luz entrava pelos vãos entre as tábuas da parede, iluminando um ponto onde o feno estava mais fundo, como se tivesse acolhido um corpo.

– Que vagabunda! – mestre Ferrière xingou, incapaz de se conter. – Ela escapou por entre os seus dedos mais uma vez!

Apontou para um buraco na lateral do celeiro, uma tábua quebrada atrás do monte de feno. Além dele, a plantação de trigo ia se afundando na noite que começava.

– Precisa soltar os cachorros!

– Tem certeza? – o inspetor perguntou em voz baixa.

– Quer que esta alucinada volte a matar? – o advogado vociferou. – O senhor mesmo reconheceu: não é mais uma moça, é um monstro. Um monstro que precisa ser abatido!

Derrotado, o inspetor fez um gesto com a mão, sem conseguir olhar os soldados nos olhos.

– Soltem os cachorros – ele balbuciou.

O crepúsculo se espatifou em mil latidos selvagens.

10

Convergências

A PRAÇA DA PREFEITURA DE PONT-AUX-VACHES PARECIA COM aquela que Gaspard e mestre Gregorius tinham deixado para trás duas horas antes e, sem dúvida, com a de todos os vilarejos da França naquela noite do dia 27 de julho. Com um detalhe a mais: uma tenda listrada de amarelo e vermelho erguia-se no meio das guirlandas e dos lampiões tricolores.

O eco explosivo de uma trombeta escapava através da lona encerada, pontuado por fortes acessos de riso: devia ser o número dos bufões.

– Vamos comprar entradas? – mestre Gregorius sugeriu.

– Não. O número que me interessa é bem no fim do espetáculo. Prefiro assistir à pré-estreia nas coxias.

– Não está dizendo que...

– Estou sim: a sra. Lune. Blonde me contou que o número dela fechava a apresentação, estou lembrado disso.

Mestre Gregorius sacudiu a cabeça com ar contrariado:

– As artes de adivinhação não me cheiram bem... Será que devemos mesmo consultar uma vidente do futuro?

– Não se esqueça de suas próprias palavras, meu mestre: foi a Providência que colocou o circo no nosso caminho. Afinal de contas, o próprio diácono Ambrogio recorreu aos serviços de um xamã para localizar Gabrielle de Brances, catorze anos atrás.

Sem nenhuma hesitação, Gaspard se dirigiu às carroças atrás da tenda.

"Qual delas deve ser a da vidente?"

Como que em resposta à pergunta muda, a porta da segunda carroça se abriu com um rangido e lançou sobre o calçamento uma infinidade de luzinhas cintilantes.

– Entre – disse uma voz do além-túmulo que poderia muito bem ter saído do alçapão do inferno.

Gaspard avançou na direção da carroça sem esperar nem um segundo.

Mestre Gregorius também não hesitou, mas tomou a precaução de fazer o sinal da cruz antes de atravessar o batente.

O aposento era exatamente como Blonde tinha descrito a Gaspard em sonho.

Parecia uma caverna das Mil e Uma Noites, com tapetes orientais, a lamparina vazada que girava no teto e todas as caixas que se imaginava cheias de joias e tesouros. No entanto, Gaspard sabia muito bem que não era nada disso que elas continham.

– Façam o favor de fechar a porta para manter o ar fresco aqui dentro.

Toda encolhida no fundo de sua cadeira de balanço, a sra. Lune também era igual à descrição que Blonde tinha feito. A única diferença era que o calor fizera com que ela trocasse seu xale eterno por um vestido decotado improvável, que o peito seco e as costas raquíticas tinham muita dificuldade de preencher.

– Imagino que não tenha vindo trazer um refresco para uma senhora cheia de sede? – ela chiou.

– Não, senhora – Gaspard respondeu com todo o respeito. – Nós viemos para...

– Eu sei por que vieram.

A vidente olhou de soslaio para o rapaz por trás de seus óculos e depois para o homem que o acompanhava. Gaspard sentiu o mestre se retesar. Ele com certeza estava com a impressão desagradável de que alguém lia sua alma, assim como ele tinha lido a de seu rebanho durante anos.

– Um padre, hein? – a velha sibilou em tom de desafio. – O senhor é o primeiro que pisa nestes aposentos.

– Não sou mais padre, venho em paz.

– *Em paz!* É o que todos dizem! É a única palavra que eles têm na boca! Os capelões espanhóis com toda a certeza vieram *em paz* com seus conquistadores para massacrar o Inca com força total! E os que queimaram os cátaros em Montségur também vieram *em paz*, quem sabe? Sem falar em todas as supostas feiticeiras condenadas pelos tribunais eclesiásticos. Ah, mas como é linda a sua *paz*, vou dizer!

– A senhora está falando de épocas conturbadas. Além disso... as bruxas de que a senhora fala talvez não fossem tão inocentes assim.

Indignada, a sra. Lune deu um impulso forte na cadeira de balanço e quase caiu.

Gaspard aproveitou para lembrar seu objetivo:

– Parem de bater boca feito crianças! Isso não me serve de nada, estamos perdendo um tempo precioso. Madame Lune, eu sei que a senhora ajudou Blonde antes; agora precisa nos ajudar a encontrá-la.

A vidente olhou feio para Gaspard. Não estava acostumada a receber ordens.

– É por ela que vou fazer isto, não por ele – ela soltou, ferina, apontando para o antigo padre com o queixo. – Só espero que ele não vá querer fazer um exorcismo ou outra asneira do tipo se chegarem a encontrá-la. Pegue aquela caixa na ponta da estante.

Gaspard obedeceu enquanto mestre Gregorius dava de ombros.

– Silêncio agora – a sra. Lune ordenou e ergueu a tampa. – Não tenho muito tempo para os senhores antes do meu número.

Pareceu a Gaspard que a luz da lamparina ficou mais fraca, mas ele disse a si mesmo que aquilo com certeza não passava de impressão. Assim como a ideia de que estava vendo a sra. Lune se transformar em iguana à medida que apertava os olhos.

– ...Tem medo, muito medo... – murmurou. – E também sofre...

Gaspard reagiu cheio de ansiedade:

– Como? O que a senhora enxergou? Está falando de Blonde?

Mas o mestre o deteve e o intimou a ficar quieto com o olhar. Agora que a sra. Lune tinha começado, era necessário permitir que fosse até o fim.

– Tudo se passa tão rápido... Corre tanto sobre quatro patas quanto sobre duas pernas... As espigas de trigo arranham as pernas até sangrar, os espinheiros arranham as palmas das mãos... E os latidos que se aproxima, que se aproximam!

Os dedos esqueléticos da sra. Lune agarravam os braços da cadeira com tanta força que os nós estavam brancos. Suava em gotas grandes agora, como se ela mesma estivesse participando daquela corrida de perseguição infernal.

– Tem um que se aproxima, eu o escuto bater os dentes bem perto da nuca da que foge... Desta vez, é o fim... Ah!

Um barulho metálico soou e interrompe o transe da vidente.

Ela ficou com o olhar fixo durante alguns instantes na caixa que tinha deixado escorregar das mãos.

Gaspard não conseguiu mais se conter:

– Mas, afinal, o que a senhora viu?! – ele exclamou.

– O cachorro – ela balbuciou sem tirar os olhos da caixa. – Ele... ele a decapitou!

Pela primeira vez desde que tinha se juntado ao circo de Croustignon, muitos anos antes, a sra. Lune não apresentou seu número naquela noite. Ela aproveitou o fato de que a trupe estava reunida embaixo da tenda para permitir que os visitantes misteriosos atrelassem seus cavalos à carroça dela.

Todos os habitantes de Pont-aux-Vaches assistiam ao espetáculo, tanto que ninguém viu os três partirem.

Apesar disso, houve uma testemunha à estranha cena: encarapitado sobre a sela de sua montaria, um homem com a cabeça raspada tinha observado tudo. Mal a carroça tinha desaparecido na curva da estrada que saía da cidade e ele fincou as esporas no cavalo para ir atrás dela.

*

Mestre Ferrière não demorou muito para se afastar do inspetor Vacheux, aquele gordo cheio de sopa engrossada com pastilhas de mel de Vosges. Ele não precisava mais daquele estorvo, agora que tinha encontrado o rastro de Blonde. Bastava seguir os latidos dos cachorros e torcer para encontrar a fugitiva antes dos soldados. Ela não podia se deixar capturar de jeito nenhum; por mais animalesca que fosse, nada garantia que tivesse perdido o uso da palavra, que não pudesse proferir acusações odiosas contra o conde e seus funcionários. Isso sem falar na herança que ela sem dúvida iria, mais dia, menos dia, reivindicar. O velho Valrémy tinha sido claro: queria que fosse morta. Era isso que os quinhentos mil francos valiam.

Ofegante, mestre Ferrière saiu em disparada por um caminho que cortava as plantações.

A charrete estava à espera dele; pelo menos dessa vez, Alphonse tinha tomado a iniciativa e estava pronto para partir.

– Encontraram a moça? – o advogado choramingou ao se jogar no banco traseiro.

Do alto de seu assento, o cocheiro examinou os campos que se estendiam além da estrada, até as luzes da cidade bem próxima. A lua estava cheia, tão clara que dava para enxergar o trigo que se agitava no ritmo da batida.

– Continuam atrás dela... Parece que está se preparando para entrar em Metz...

Mestre Ferrière arfava enquanto desabotoava a camisa empapada de suor. Se ele ainda tivesse fôlego, teria usado o ar para xingar Blonde de todos os nomes: fazer com que ele suasse daquele jeito, ele, o grande Ferrière que tinha feito tantos procuradores suarem! A visão dos sapatos cobertos de lama arrancou dele um suspiro de desespero.

Ele precisou reunir toda a sua força de vontade para formar na mente a imagem da mansão que estava à sua espera assim que desse cabo dessa demônia. Perros-Guirec nunca tinha estado tão próximo, ao alcance da mão.

– Vamos para Metz! – ele ordenou.

*

Aquela era uma turma das mais estranhas. Segurando as rédeas da carroça que disparava em trote acelerado, mestre Gregorius seguia exatamente as indicações da criatura afundada no assento ao seu lado, com uma caixa aberta em cima dos joelhos.

Acomodado no interior da carroça, Gaspard estava estupefato com a precisão com que a vidente em um semitranse traçava o itinerário:

– ...Vire à direita, é um atalho... À esquerda agora, para evitar a barreira dos soldados...

De vez em quando, entre duas instruções, a sra. Lune começava a falar de Blonde, e Gaspard pensava que ela estava cá e lá ao mesmo tempo, na carroça e ao lado da fugitiva. O que será que ela enxergava exatamente na noite de suas visões? Por que a obstinação de não dizer "ela" quando falava de Blonde?

– Entrou na cidade... O pavimento ainda está quente do dia embaixo de seus pés descalços... As ruas estão desertas, os moradores foram todos para a festa... A única coisa que se move é seu reflexo nas vitrines...

Apesar do calor, Gaspard tremia ao pensar no suposto retrato de Blonde publicado na *Gazeta da Lorena*. Será que era aquele o reflexo fantasmagórico que passava pelas vitrines de Metz, um reflexo que não era exatamente de uma mulher, nem exatamente de um homem? Um andrógino estranho perseguido, de gênero e espécie indeterminados? Gaspard ficou se perguntando se reconheceria Blonde ao vê-la; perguntava-se, sobretudo, se *ela* reconheceria quem ele era (quase pensou: se *a coisa* reconheceria quem ele era).

O rapaz sacudiu a cabeça para esvaziá-la das perguntas inúteis que a preenchiam. Ele não era do tipo a permitir que a dúvida o paralisasse.

Ele saberia quando o momento chegasse.

11

Animale

ANIMALE SOBRESSALTOU-SE. VIROU-SE DE SUPETÃO NA DIREÇÃO da forma que acabava de aparecer à sua direita: uma forma dourada sob os trapos da camisa esfarrapada.

Deu um golpe com a pata com todas as forças. O contato não foi macio e quente como o dos latidores, mas duro e frio. O barulho não foi o da carne esmagada, mas de uma coisa que quebra, que se estilhaça em mil pedaços: vidro?

Um assobio estridente soou, como se a pedra da construção gemesse.

Animale voltou a correr.

Atravessou outras formas loiras e ofegantes que corriam na mesma direção, refletidas nos olhos vidrados dos imóveis. Talvez os reflexos-irmãos também estivessem fugindo dos ladradores? Ela teria preferido evitar a cidade, ficar nas florestas e nos campos e nas campinas, longe dos duas-pernas. Na verdade, achava que nunca mais ia acordar na casa grande de madeira depois de ter bebido a água negra. Achava que ia dormir por toda a eternidade. Mas a eternidade não quis. Os ladradores então chegaram, e os gritos deles colocaram fim ao sono dela.

Então ela saiu correndo mais uma vez, em linha reta, sem pensar nas patas ensanguentadas nem nos pedaços de tecido morto que pendiam ao longo de seu corpo.

Às vezes, ela erguia a cabeça na direção do olho grande e redondo que brilhava no céu. Ela queria saltar, erguer-se bem alto, arrancar-se das ruas negras, dos pavimentos quentes que arranhavam suas patas, para voar para longe dos ladradores e dos duas-pernas. Mas o peso dela era grande demais e o calçamento a prendia.

O céu não era opção.

Além disso, ele era vermelho como as ruas, como os campos, como o mundo inteiro.

Como o mundo inteiro...

De repente, Animale percebeu que não escutava mais os ladradores: espalhadas, onde estavam as bocarras que berravam e mordiam?

Desacelerou sem acreditar muito, sem ter muita coragem para acreditar.

Mas a rua era só silêncio...

Ela fungou fazendo muito barulho. Um turbilhão de odores entrou em suas narinas, rodas quentes e alcatrão derretido e pólen queimado. Mas não o fedor salgado dos ladradores.

Ela parou de correr.

Por onde iria agora?

Ela aprumou a orelha. Ali, no fim da rua, escutou um barulho parecido com o zumbido geralmente produzidos pelos duas-pernas quando eles se reúnem em grande número. Era necessário mudar de direção. Encontrar um abrigo para passar a noite, que fosse escuro e silencioso e escondido.

Uma caverna, sim: foi isso que seu instinto ordenou.

Ela bifurcou para uma rua mais estreita.

Ali também não havia ninguém.

Tentou empurrar a primeira porta que apareceu, mas ela resistiu. A segunda porta também. E a terceira e a quarta e a quinta. Na sexta, perdeu a paciência. Jogou-se com toda a força contra a madeira, com as garras e os cotovelos e a cabeça.

Dor.

Muita dor.

Mas ela recuperou o ímpeto.

E voltou a atacar com mais força.

A porta gemeu nas dobradiças dessa vez. A terceira investida será a boa...

– *Oqueestáacontecendoaqui?*

Animale ergueu os olhos em um movimento brusco: no alto, na parede por cima da porta, um buraco se abriu. Uma duas-pernas fêmea enfiou a cabeça coberta de papelotes pelo buraco:

– *Masquenegócioéesteestálou... Aaaah!!!*

A duas-pernas berrou. Então Animale rosnou ainda mais alto para encobrir a voz de seu próprio pavor.

Voltou a fugir mancando, com as costas machucadas por nada, enquanto outros buracos se abriam em outras paredes, com outros duas-pernas que colocavam a cabeça para fora e soltavam gritos ensurdecedores.

Ela saiu da ruela.

Voltou a sentir o cheiro dos ladradores.

– *Elaestáali!*

Dezenas de duas-pernas, todos com a mesma pelagem azul-marinho com cordões brancos no peito; alguns segurando ladradores na ponta de uma corda e outros com um pedaço de ferro que brilhava cheio de maldade com a luz esverdeada dos candeeiros.

– *Pareouvamosatirar!*

Animale rosnou mais alto, com a maior força possível, com um barulho de fazer tremer a terra, de fazer o olho no céu chorar. Ela colocou em seu rugido toda a sua dor e todo o seu medo e todo o seu desespero. Então ela fugiu: na direção de onde vinha o zumbido da multidão, que pena, não tinha outra escolha.

POW!

A explosão rasgou a noite às suas costas, mas ela já tinha pulado para uma rua perpendicular e depois para mais outra.

De repente, as ruas sumiram e só sobrou uma imensa esplanada vazia, mergulhada na noite, sem nenhuma iluminação.

Animale percebeu as silhuetas negras das árvores grandes, lá no fundo das trevas, parecidas com as florestas densas que traziam solidão e descanso. Porém, adiante, a esplanada estava povoada de duas-pernas que se locomoviam na escuridão com roupas de festa.

De repente, um estrondo de trovão apareceu do nada:

– *Senhorasesenhoresosfogosdeartifíciovãocomeçaremalgunsinstantesnaesplanada...*

Ela tremeu, hesitou... Devia avançar ou não? Por trás do barulho da tropa de duas-pernas, além do limite das árvores, dava para escutar o ruído de água corrente. Ela queria mergulhar nela e se deixar levar para longe, bem longe...

Sem aviso, um quatro-rodas puxado por relinchadores parou bem perto de Animale e arrancou-a da névoa de seus pensamentos: ela não o viu se aproximar.

O primeiro duas-pernas que saltou para o solo era um grisalho que segurava na mão uma pequena cruz; o segundo era o Olhos-de-Cervo, e ele não segurava nada, nem uma corda de ladradores, nem um pedaço de metal; só estava com as palmas das mãos abertas. Seu rosto também estava bem aberto, a boca arredondada em um grito mudo e os olhos arregalados.

Animale queria dizer a ele que recuasse, que o frasco de água negra agora estava vazio e que nada poderia salvá-lo se ele se aproximasse demais. Mas, em vez de avisos, ela só conseguiu soltar um rugido, e o Olhos-de-Cervo continuou se aproximando.

– *Afasteseelaéperigosa!* – alguém vociferou do nada.

Animale saltou de lado.

Um relinchador acabava de chegar a galope ao lado do quatro-rodas; no lombo dele estava montado um duas-pernas com a cabeça despelada: POW!

*

– Mestre Gregorius! – Gaspard berrou.

O velho entalhador largou o crucifixo e jogou-se entre Blonde e a pistola que o cavaleiro de cabeça raspada brandia: era o mesmo que Gaspard tinha perseguido naquele dia mais cedo. A bala atingiu Mestre Gregorius bem no coração. Gaspard se precipitou sobre o corpo inanimado que se estirava na esplanada; a sra. Lune deixou-se cair da carroça e se esgueirou até eles.

– Eu cuido dele – ela disse com um chiado, com a voz exausta pelo transe. – Você, vá atrás de Blonde. Esta é a sua última chance...

Gaspard levantou-se, trêmulo. Passou na frente do sujeito que tinha atirado, ainda tonto por ter errado o alvo, e então o atingiu com um soco com toda a força de seus braços acostumados a bater na pedra. O assassino se estatelou sobre o cascalho. Os policiais só teriam que recolhê-lo.

Então Gaspard saiu atrás de Blonde.

Será que era mesmo Blonde?

Aquele ser que saltitava entre as sombras da esplanada, quase nu, de uma nudez animal, ágil e nervoso? Aquela criatura coberta por uma pelagem loira, brilhante feito ouro à luz do luar? No entanto, por baixo da pelagem de pantera arranhada, enxergavam-se as curvas de um corpo feminino: curvas com as quais Gaspard não tinha parado de sonhar desde certo dia de março quando uma menina posou para ele no claustro de um convento.

Durante longos minutos, Gaspard correu às cegas no meio da multidão, empurrando corpos, esmagando pés. Escutava a algazarra dos cachorros dos soldados atrás dele, que tinham finalmente alcançado a esplanada.

Cada vez que um fogo de artifício explodia, o parque se iluminava e Gaspard avistava a silhueta fantasmagórica de Blonde à sua frente, mais esplendorosa que as explosões coloridas. Ela parecia apavorada, como um animal selvagem, e ergueu as mãos (as patas?)

na direção do céu para se proteger das queimaduras, mas a nuvem de fagulhas se apagava antes de chegar ao solo.

A multidão também aparecia à luz das explosões, milhares de transeuntes com suas melhores roupas de missa. No começo, as pessoas davam risada com os olhos voltados para o céu; até que perceberam a presença da criatura entre elas e começaram a berrar. E, quanto mais berravam, mais Blonde mordia, batia e arranhava quem se interpunha entre o rio e ela.

Não adiantava Gaspard berrar o nome dela com toda a força, pois a multidão berrava com mais força, e as explosões levavam tudo embora.

Ele tropeçou em alguma coisa ou em alguém.

Ele caiu.

POW!

Quando ergueu a cabeça, viu Blonde levar a mão às costas e se abaixar para pegar o inseto que a tinha picado. Mas não era um ferrão como o dos campos, que se pode espantar com um movimento da pata. Aquele tinha se enterrado profundamente em sua carne e não queria sair.

POW!

Um outro ferrão de metal, uma outra bala, tinha acabado de se alojar na coxa de Blonde. Ela se virou para trás de supetão e, apesar da distância, Gaspard conseguiu enxergar seus olhos de sangue, cintilantes como rubis. Enxergou também o homem que estava em pé na frente dela, com uma veste de cetim cinza desgrenhada, com uma pistola em punho. Ele é que tinha atirado duas vezes: o advogado com que ele tinha cruzado em Santa Úrsula, a alma condenada do conde De Valrémy.

– Não! – Gaspard berrou.

Mas mestre Ferrière atirou pela terceira vez, e Blonde se dobrou ao meio.

Gaspard sentiu uma fúria louca tomar conta de si. Ele se ergueu de um salto e se projetou adiante; não sabia se era a raiva ou o pó dos rojões que faziam seus olhos lacrimejarem, mas sabia que iria estrangular aquele lixo de homem!

– Legítima defesa! – mestre Ferrière berrou para o seu entorno. – Vocês são todos testemunhas: ela me atacou e eu estou em situação de legítima defesa!

Ele virou a cabeça bruscamente na direção de Gaspard no momento em que o rapaz entrou em seu campo de visão, como uma bala de carne e de ódio.

– Muito bem, rapaz, não me obrigue a abatê-lo também...

No instante exato em que o advogado virou a arma para Gaspard, Blonde, que parecia ter sido derrubada, ergueu-se e pulou para cima dele.

Arrancou a pistola da mão dele e deslocou seu braço com um enorme estalo de ossos. Então saltou por cima do corpo contorcido de dor e desceu a escarpa que levava ao rio Mosela.

Ela se jogou na água negra enquanto no céu o buquê final explodia.

Gaspard não hesitou nem um segundo.

Perdeu os sapatos enquanto escorregava pelo barranco. Por sua vez, mergulhou na corrente veloz.

Agora os fogos de artifício haviam terminado e a iluminação pública não tinha voltado a ser acesa. À margem, os soldados não sabiam em que direção atirar.

Durante alguns minutos, a noite voltou a tomar posse do mundo.

Gaspard nadou muito tempo no escuro, atrás da forma dourada que estava à deriva à sua frente, inanimada.

Não escutava mais os gritos da multidão nem o ladrar dos cachorros.

Gaspard fez um último avanço, as braçadas mais rápidas de sua vida, mais rápidas do que quando ele se divertia apostando corrida com as trutas nos rios de suas viagens de aprendizado pela França. Finalmente alcançou Blonde.

Ninguém tinha ensinado Gaspard a salvar uma pessoa do afogamento. Porém, naquela noite, o instinto ditou-lhe os movimentos adequados, a maneira de manter a boca da vítima fora da água enquanto a erguia com as pernas.

Através da pelagem molhada, Gaspard pode apalpar a pele quente e firme, ainda viva. Ele nunca tinha estado assim tão perto de Blonde, nem quando a ensinou a manejar o cinzel...

Ele saiu da correnteza e puxou-a até uma ponte, uma margem de terra arenosa que tinha uma sequência de degraus que levavam para a estrada acima do rio. Estendeu o corpo dela ali, entre os juncos, sob um raio de luar. Unidos pela água, os pelos que cobriam seu rosto inteiro se pareciam com penas de ouro que compunham uma máscara veneziana suntuosa. Parecia que ela estava adormecida, com as pálpebras fechadas com seus longos cílios de corça, a boca entreaberta revelando dentes brancos como pérolas.

Gaspard apoiou ambas as mãos no peito sedoso, no lugar do coração, e então colou a boca junto daquela boca que tantas vezes desejou beijar.

Blonde recuperou a consciência depois da terceira massagem cardíaca.

Ela se levantou de supetão e cuspiu água e cascalho.

Apertou o pescoço de quem a tinha despertado antes mesmo de abrir os olhos; quando finalmente abriu, lançou um olhar cor de púrpura sobre Gaspard.

– Blonde... Sou eu...

O rapaz tentou se debater, mas seus pés patinaram no solo úmido, seus braços não conseguiam soltar nem um pouco o aperto da bela que também era a fera.

Ela era forte demais para ele, porque o sangue que corria em suas veias também era o dos guerreiros ferozes, o dos *berserkers* que combateram vez após outra ao lado de chefes viquingues e de generais napoleônicos; era o sangue de Baldur que tinha assassinado sua prometida; era o sangue de todos os cervos que tinham caído em uma armadilha, que sofriam e que não sabiam fazer sofrer em troca.

Quando compreendeu que não tinha como lutar, Gaspard enfiou a mão no bolso, em busca da garrafinha de água-luz.

Mas já sentia a cabeça girar.

Já sentia que seus dedos não obedeceriam de jeito nenhum.

Ele não ia conseguir, não.

Percebeu que era o fim.

Então, olhou bem nos olhos vermelhos, e vazios, e belos como um sol poente. E começou a cantarolar uma canção de amor... uma canção de despedida:

"Linda, se quiser...
Linda, se quiser..."

Era só um fio de voz, só um pouco mais do que uma corrente de ar embaixo de uma porta mal vedada.

Mas os olhos vermelhos começaram a piscar.

"Podemos dormir juntos, Lonla...
Podemos dormir juntos..."

Primeiro de maneira imperceptível, depois mais marcante, os dedos de aço começaram a relaxar. E, quanto mais eles relaxavam, mais a voz de Gaspard ia se ampliando, ganhando graça e força:

"Em uma cama grande e quadrada...
Em uma cama grande e quadrada...

Coberta de linho branco, Lonla...
Coberta de linho branco..."

Finalmente, Gaspard conseguiu tirar a garrafinha do bolso. Com todo o cuidado, sem parar de cantar, ele tirou a rolha e aproximou o gargalo fino dos lábios trêmulos.

Blonde estremeceu.

Mas não se desviou.

A água-luz se derramou em sua boca até a última gota...

...até o último verso.

"E ali vamos dormir...
E ali vamos dormir...
Até o fim do mundo, Lonla...
Até o fim do mundo."

Era suave e era doce.

Era calmante como o colo de uma mãe, como o beijo de um amante.

Blonde fechou os olhos uma última vez e, quando voltou a abri-los, a noite estava lavada, livre daquele véu vermelho.

Sentiu o pescoço de Gaspard palpitar entre seus dedos que terminavam de se soltar, que já não estrangulavam mais, e sim faziam carinho.

Aqueles olhos castanhos grandes que a observavam... era estranho, mais do que nunca, eles se pareciam com olhos de cervo, o rei das florestas!

Um rangido de rodas tiniu sobre a ponte por cima da margem.

– São eles – Gaspard murmurou. – São os soldados que vieram nos prender. Peço perdão por não ter conseguido nos salvar...

Mas a voz que gritou de cima da ponte não era voz de soldado, nem mesmo de homem.

Era uma voz de mulher, tão afiada quanto uma foice:

– Andem logo, seus pombinhos! Por enquanto, eu fui a única que localizei vocês, graças às minhas caixinhas, mas a polícia não vai demorar a chegar!

Epílogo

O REVERENDO JOHANNES ABRIU OS DOIS ÚLTIMOS BOTÕES DA camisa e acomodou-se na espreguiçadeira que tinha mandado instalar na frente do presbitério, com vista para a charneca. Ele tinha o hábito de passar algumas horas desse jeito todo sábado, observando a Criação do Senhor e permitindo que a inspiração para o sermão do domingo que faria a seu rebanho chegasse. Porém, naquela manhã, estava com dificuldade de ficar com os olhos abertos. Até onde sua memória alcançava, ele não se lembrava de nenhum verão assim tão quente nem tão estafante. Tinha começado no mês de maio; agora já era fim de agosto, a estação tradicional das tempestades, e ainda não havia nem a sombra de uma nuvem no céu.

A brisa que acariciava as dunas estava carregada de perfumes estranhos, de odores de dejetos desconhecidos nessas latitudes. Assado pelo sol, o capim alto da charneca assumira um tom dourado. Quando balançava, parecia a cabeleira de um gigante, de uma valquíria como aquelas que povoavam as lendas do tempo antigo.

O reverendo Johannes pestanejou e colocou a mão nodosa por cima dos olhos, como se fosse uma viseira.

Parecia que ele tinha visto alguém se aproximar do oeste, na contraluz dos raios de sol que cegavam.

Ele apertou os olhos... sim, havia mesmo duas silhuetas que avançavam em sua direção, através da charneca deserta.

O reverendo Johannes enxugou as lágrimas que a luz acachapante tinha arrancado de seus olhos. Alisou a barba branca e depois fechou os olhos para se concentrar no zumbido da natureza e tentar escutar nele a voz de Deus.

– *God morgen...*

O reverendo Johannes voltou a abrir os olhos.

As duas silhuetas transformaram-se em dois jovens, dois viajantes com mochilas grandes nas costas que pareciam ter saído do nada. O primeiro era um rapaz alto de cabelo castanho desgrenhado pelo vento com braços bronzeados embaixo das mangas arregaçadas da camisa. A moça esplêndida que o acompanhava era tão loira quanto o capim da charneca, e o sol tinha dado a sua pele leitosa um tom de damasco que o branco de seu vestido de algodão destacava ainda mais. Os dois eram lindos como a alvorada do mundo: sim, como Adão e Eva ressuscitados.

O rapaz apontou para o sino do templo que se elevava atrás do presbitério. Era a única construção de tijolos em léguas ao redor; um pouco mais longe, as casas do vilarejo eram todas de barro com telhado de palha.

– *Er du... præst?*

O reverendo Johannes nunca tinha saído da Jutlândia, onde nascera, por isso, não conseguiu identificar o sotaque do rapaz por trás de suas poucas palavras de dinamarquês.

Ele assentiu:

– Sim, sou pastor – respondeu, articulando bem cada sílaba. – Meu nome é Johannes.

O rapaz sorriu e revelou seus dentes de marfim. Pegou a mão da companheira e estendeu à sua frente, com as duas mãos unidas, como uma oferenda. Não havia necessidade de palavras para saber o que ele estava pedindo.

– Casar vocês dois...? – o velho pastor balbuciou. – Mas de onde vieram e qual é sua paróquia?

Enquanto fazia essas perguntas, o reverendo Johannes percebeu que eram inúteis. Os desconhecidos não eram capazes de responder. Eram nômades, viajantes. A charneca os tinha trazido e ia levá-los de volta, como um mar ondulante que traz tesouros cuja origem permanece desconhecida para sempre. Uma única coisa era certa: a aura de amor que banhava aqueles dois.

Casá-los?

Como assim, agora, sem demora? Só porque a charneca e o mar não esperam.

Afinal de contas, por que não? Claro que sim!

– Venham comigo! – ele disse e se levantou da espreguiçadeira com um vigor que não sentia havia muitos anos.

Ele conduziu os visitantes misteriosos até o pequeno templo deserto. Os raios de sol penetravam através das janelas altas, capturando os grãos de poeira que se pareciam com anjos ou fadas.

O reverendo Johannes prendeu no colarinho a gola franzida que costumava usar perante a assembleia paroquial, depois colocou a Bíblia em seu púlpito. O livro santo se abriu por milagre nas páginas do Cântico dos Cânticos. O pastor viu ali um sinal a mais.

– Comecemos, comecemos – ele disse. – Mas, aliás... como vocês se chamam? Quais são seus nomes?

Em pé embaixo do púlpito, os dois prometidos pareceram compreender a pergunta.

– Gaspard – o rapaz disse e levou a mão ao peito.

Com um gesto gracioso, a moça agitou os cachinhos dourados sobre a nuca.

– Blonde – ela respondeu em tom luminoso.

Naquela manhã, ao observar os recém-casados desaparecerem no horizonte cintilante, o velho Johannes sentiu-se cheio de um reconhecimento infinito. Será que ele realmente tinha abençoado aquela união admirável ou será que não tinha passado de um sonho inspirado pelo calor do verão, pelo cântico da charneca? No fundo, isso pouco importava. Ele tinha encontrado o assunto de seu sermão. Fazia muito tempo que ele tinha esquecido, muito tempo que não lembrava a seus paroquianos: o amor pode tudo.

No alto de seu púlpito, a Bíblia ficou aberta na leitura que ele faria no dia seguinte:

"O amor é forte como a morte,
A paixão é implacável como o abismo.
Suas chamas são chamas que queimam,
É um fogo divino!"

*

– Acha que esta é a ilha certa? – Blonde perguntou.

Sentada na traseira do barco, ela observava a forma negra que se aproximava pouco a pouco, a cada remada de Gaspard.

– Ela corresponde à descrição do diácono Ambrogio. No ponto mais ao norte da Jutlândia... Uma ilha que foi totalmente incendiada anos atrás... Não foi isso que os moradores do último vilarejo do litoral, que nos venderam este barco, disseram?

– Sim, foi o que deram a entender por meio dos gestos e dessa língua que nós mal compreendemos. Mas tenho a impressão de que eles falavam como se fala de uma lenda, de algo que na verdade não existe. Acredito que nenhum deles jamais tenha pisado ali.

– Quem desejaria ir até um pedaço de rochedo incendiado, a não ser dois loucos como nós?

Gaspard sorriu.

Largou os remos por um instante e pousou a mão na canela de Blonde. O contato foi perfeitamente liso; o pelo dourado não tinha recomeçado a crescer; a água-luz ainda exercia sua magia...

Fazia um mês que Blonde tinha bebido a garrafinha do diácono Ambrogio. Aquele mês tinha sido o mais lindo da vida dos dois. Na mesma noite em que fugiram de Metz, madame Lune tinha tirado, uma a uma, as três balas alojadas no corpo de Blonde. Executara a operação em cima do tapete da carroça, em estado de transe, como os curandeiros orientais guiados pelos espíritos. Mas o mais impressionante tinha sido a maneira como as feridas de Blonde se fecharam imediatamente embaixo da pelagem dourada; ela nem precisou voltar a molhar os lábios na droga da vidente para suportar a dor da intervenção. Essas eram as virtudes fabulosas da água-luz, a bebida que já tinha curado o corpo e a alma de tantos guerreiros...

No dia seguinte, a senhora de idade os tinha deixado na fronteira da Confederação Germânica com sua bênção e um pouco de dinheiro.

"Vocês precisam mais do que eu", ela tinha dito. "De todo modo, minhas economias só servem para encher minha reserva de láudano, e eu resolvi me desfazer dessa droga." Tinha sido o último presentes que ela lhes havia dado, o mais belo de todos: o perdão. Não importava o que acontecesse a partir de então; Gaspard e Blonde sabiam que seriam agradecidos a ela para sempre.

O fato de estarem entregues à própria sorte não os assustava, ao contrário! A liberdade que lhes havia sido concedida por milagre lhes parecia ainda mais emocionante porque sabiam que era efêmera: porque talvez as forças policiais acabassem por encontrá-los; porque os efeitos da água-luz com certeza cessariam em algum momento.

Essa história era deles, livre dos sortilégios do passado. Sem dúvida, seria curta; sem dúvida, não terminaria bem, mas pelo menos estava a cargo deles escrevê-la até o fim.

Um pequeno hotel os acolhera na primeira noite, na Prússia. Quando entraram no quarto, Blonde se fechou no banheiro com uma bacia de água fervente, um pote de mel e diversos unguentos comprados no boticário local. Saiu de lá várias horas depois, metamorfoseada, com um lençol enrolado de maneira pudica no corpo depilado, devolvido a sua brancura original. Emocionado, Gaspard teve a impressão de ver a Diana de seu ateliê em Roma ganhar vida perante seus olhos. Blonde se transformara em caçadora aos olhos do noivo, liberta das últimas brumas da animalidade, mas transbordante de um vigor animal que nunca mais iria abandoná-la. Apesar da atração ardente que eles sentiam um pelo outro, os dois apaixonados não ousaram se tocar: por enquanto, não. Não eram apenas os preceitos das freiras de Santa Úrsula que os detinham; um instinto lhes ordenava que a união que sofria de um antecedente tão terrível quanto o de Baldur e sua prometida fosse colocada nas mãos de Deus. Assim, tinham passado essa primeira noite juntos contemplando um ao outro, sem fechar os olhos nem um instante para não perder nada um dos outro. Pela manhã, o recepcionista sonado viu descer pela escada uma moça feliz, de braços dados com um rapaz orgulhoso; mas ele podia jurar que eram os dois trabalhadores que tinham reservado o quarto na noite anterior...

Os dois apaixonados tinham vivido sua fuga estranha dessa maneira, no ritmo das últimas gotas de água-luz que se dissolviam no sangue de Blonde como se fosse um relógio de água. Eles dormiam cada noite em uma cidade diferente, em um quarto novo. E, toda manhã, o canto dos pássaros os acordava dentro dos lençóis, velas brancas e imensas como os da música de Gaspard.

Blonde não se lembrava de nada do que tinha acontecido nos dias que antecederam o reencontro dos dois, durante os dias em que ela tinha se perdido de si mesma. Talvez a amnésia tivesse origem no signo do Urso; talvez uma parte pudesse ser atribuída ao láudano, a água negra do esquecimento que quase a afogou para sempre quando a sorveu antes de se refugiar no celeiro de Chouvarain. Ela só tinha certeza de uma coisa: não queria nunca mais perder Gaspard, nem nunca mais olhar para ele com olhos de sangue. Guiados pela esperança um tanto louca de escapar de seu destino, os dois amantes decidiram ir para o norte. Fazer pela terceira vez a viagem que Gabrielle de Brances, seguida pelo diácono Ambrogio, já tinha completado duas vezes antes deles.

Sabiam que suas chances de localizar a ilha sem nome eram poucas, que as de encontrar um remédio para a doença de Blonde eram ainda menores. Assim, estavam decididos a aproveitar ao máximo o verão extraordinário, o primeiro e, de acordo com todas as aparências, o último que viveriam juntos. O casamento deles no templo tomado pelo sol tinha sido o auge da temporada.

Agora, o verão ia chegando ao fim.

Agora, eles estavam embriagados de luz, do cheiro da charneca e do perfume da pele um do outro.

Eram marido e mulher agora; eles se amavam por inteiro, e mais nada, jamais, poderia separá-los: "O amor é forte como a morte".

As carcaças queimadas dos barcos foram os primeiros relevos que Blonde avistou.

Só tinham sobrado tocos de mastros, pedaços de cascos enegrecidos e desconjuntados, mas ela era capaz de imaginar sem esforço as embarcações orgulhosas a que esses restos tinham pertencido.

– É aqui mesmo – ela disse com simplicidade, como alguém que volta para casa depois de uma longa viagem.

O barco deslizou em silêncio entre os navios naufragados e foi aportar na praia sem fazer barulho. A areia não era branca como em todo o litoral da Jutlândia, mas misturada a cinzas. Na ponta da praia, grandes rochedos negros erguiam-se, parecidos com espectros severos que guardavam a porta dos infernos.

Não havia nenhum sopro de vento.

– Em que está pensando? – Gaspard murmurou.

– Em Gabrielle. Nos anos em que ela viveu aqui com Sven. E você?

– Estou pensando em mestre Gregorius. Acredito que ele gostaria de ser enterrado aqui.

Gaspard respirou fundo e o cheiro picante da ilha sem nome aqueceu seu peito.

– Espero que o assassino dele esteja preso e que aquele Ferrière desprezível também. Já em relação ao velho Valrémy... não vou ficar em paz enquanto ele estiver dormindo com tranquilidade em seu castelo. É ele que está por trás de tudo isso, Blonde. Foi ele que quis matar você. Foi ele que roubou a herança de Gabrielle... a sua herança.

– A minha herança é você, é o tempo que nos resta juntos. Quando a água-luz parar de fazer efeito, quando eu voltar a ser aquela... *aquela coisa*, você precisa abandonar a ilha. Poderá travar esta guerra que não é mais a minha, dizer aos juízes e ao mundo todo quem eu fui na verdade.

Quando chegaram à ponta da praia, Blonde e Gaspard escalaram os rochedos e examinaram o platô que cobria a ilha.

O espetáculo era alucinante.

Parecia a superfície de uma lua maldita, uma estepe negra como a noite sob o sol forte do dia. Os dois fugitivos começaram a caminhar no meio dessa decoração de antracito e de pedras vitrificadas, na direção da silhueta dilapidada do que havia sido a casa grande da charneca.

Foi Gaspard quem viu a flor primeiro.

– Olhe! – ele exclamou.

Era uma flor cor de malva, parecida com uma joia no estojo escuro da terra queimada.

Depois de alguns passos, avistaram mais uma, depois mais outra, depois um campo inteiro, e não apenas cor de malva, mas também vermelhas, amarelas, azuis!

Quando chegaram à casa grande, perceberam que ela não era o monte de carvão que tinham pensado. Clêmatis, hera, flores e capim alto: uma vegetação luxuriante cobrira as ruínas por inteiro. Por cima das paredes que tinham ficado em pé, as trepadeiras quase formavam um teto... *o teto deles*, logo pensaram, sem precisar trocar nenhuma palavra.

O ar ali já não tinha mais cheiro de fuligem nem de cinzas.

Era doce e açucarado.

Calmante como o colo de uma mãe, como o beijo de um amante.

Um ruído soou no silêncio, uma melodia muito antiga, a mesma música que havia milênios dava as boas-vindas aos guerreiros combalidos pelas batalhas.

Blonde e Gaspard viraram o olhar ao mesmo tempo, na mesma direção: lá embaixo, atrás da casa repleta de vegetação, uma nuvem de abelhas flutuava por cima de estranhos cardos brancos na ponta de caules de vidro.

Cronologia

em memória de Gabrielle de Brances

Aqui estão reunidos os principais acontecimentos que tiraram a vida de Gabrielle de Brances (1797-1819), de quem a história se esqueceu, mas de quem o mundo todo se lembra com o nome de Cachinhos Dourados.

1797	Nascimento de Gabrielle de Brances em Potsdam, na Prússia, onde seus pais estavam exilados.
1802	Publicação de *René*, de François-René de Châteubriand.
1807-1814	Guerra de artilharia dos britânicos contra a Dinamarca, aliada da França de Napoleão.
Inverno de 1812	Retirada da Rússia.
Julho de 1813	Os britânicos descobrem a ilha sem nome e massacram quase toda a população.
14 de janeiro de 1814	O tratado de Kiel marca a derrota da Dinamarca perante as forças aliadas.
6 de abril de 1814	Abdicação de Napoleão I e exílio na ilha de Elba.
15 de maio de 1814	Primeiro desaparecimento de Gabrielle na floresta de Vosges, durante a viagem de volta da família De Brances do exílio.
21 de maio de 1814	Libertação de Gabrielle por Charles de Valrémy e confronto mortal na cabana da floresta.
30 de março de 1814	Publicação de *De Bonaparte e dos Bourbon*, panfleto de François-René de Châteaubriand contra o imperador deposto.
10 de fevereiro de 1815	Gabrielle dá à luz uma menina que chama de Renée.
1º de março de 1815	Retorno triunfal de Napoleão I à França e início dos Cem Dias.

10 de março de 1815	Segundo desaparecimento de Gabrielle.
15 de março de 1815	Exílio da família De Valrémy na Grã-Bretanha.
17 de março de 1815	Depoimento de Charles de Valrémy perante o delegado Chapon.
20 de março de 1815	Charles de Valrémy junta-se à família na Grã-Bretanha, onde conhece o escritor Robert Southey, a quem conta sua história.
22 de março de 1815	Partida de Gabrielle e Sven para a Dinamarca.
27 de maio de 1815	Encerramento do inquérito de Chapon depois de buscas infrutíferas para encontrar Gabrielle.
Junho de 1815 (?)	Morte do barão e da baronesa De Brances no decurso da campanha da Bélgica.
18 de junho de 1815	Derrota definitiva de Napoleão I em Waterloo.
30 de junho de 1815	Retorno da família De Valrémy à França. Charles encontra a carta de despedida de Gabrielle.
5 de agosto de 1815	Anulação do casamento de Charles e Gabrielle. Por decreto papal, os bens da família De Brances passam para a família De Valrémy.
18 de setembro de 1815	A pequena Renée é deixada com suas roupas no convento de Santa Úrsula.
Julho de 1816	Charles de Valrémy casa-se pela segunda vez.
Abril de 1816	Partida da expedição do diácono Ambrogio de Roma para a Escandinávia.
Junho de 1818	Os diáconos Ambrogio e Giovanni e o padre Bartolomeo chegam à ilha sem nome.
13 de novembro de 1818	O diácono Ambrogio faz seu relato perante o Conselho de Conjuração.
5 de maio de 1819	Acidente no convento de Santa Úrsula: a pequena Renée agride uma colega enquanto brincam no jardim. A partir de então, as irmãs passam a chamá-la apenas pelo nome de Blonde.
Julho de 1819	O conde Charles abate Gabrielle e Sven no parque do castelo de Valrémy.
9 de agosto de 1830	Proclamação da Monarquia de Julho: Luís Felipe, descendente da casa de Orleans, sucede a Carlos X no trono da França.

Junho de 1830	O manuscrito do conto *Os três ursos* é enviado por Robert Southey a Charles de Valrémy.
Março de 1832	O velho delegado Chapon vai ao encontro de Blonde nas sombras de Santa Úrsula. A jovem sai em busca de seu passado.
1837	Publicação em Londres do conto *Os três ursos*, de Robert Southey.

Agradecimentos

Quero agradecer, em primeiro lugar, a Constance, que não poupou seus preciosos conselhos lúcidos durante toda a gestação que constitui a escrita de um romance, e a Laura, que usou seus talentos para dar à luz *Animale* em seu formato definitivo. Obrigado também a Thierry pela confiança que teve em min, além da equipe formidável da editora Gallimard: Frédérique, Joy e Victor.

Obrigado a E., aos meus pais e às pessoas próximas que me incentivaram na pesquisa dos rastros de Cachinhos Dourados, mesmo quando as pistas afundavam-se nas sombras.

Obrigado a Stèphanie, a Bernard e a Marie-Charlotte por terem acompanhado de bom grado o lançamento deste livro.

Eu escrevi *Animale* em muitas noites e em muitos lugares: um apartamento enfiado no meio de Paris, uma casa perdida entre as florestas vastas da Borgonha, uma cabana de pescador na Itália, uma antiga casa chinesa em Cingapura. Cada um desses lugares sem dúvida deixou um pouco de sua alma nas linhas que você acabou de ler.

Eu gostaria, finalmente, de cumprimentar os leitores que me seguem desde o começo e de dar as boas-vindas aos que me conheceram com esta história. A todos, digo: “obrigado e até breve!”.

Victor Dixen

Sobre o autor

VICTOR DIXEN é filho de um dinamarquês e de uma francesa. Quando criança, fugiu da vista dos pais e andou nas montanhas-russas do parque de diversões mais antigo do mundo, o Tivoli de Copenhague. Após o incidente, passou a sofrer de insônia e a dedicar a maior parte das noites à escrita de seu primeiro livro, *Le Cas Jack Spark* (publicado na França pela Gawsewitch e, posteriormente, pelo selo Pôle Fiction da Gallimard Jeunesse). Depois de passar vários anos nos Estados Unidos e na Irlanda, Victor Dixen vive hoje na Ásia.

IMPRESSÃO:

Santa Maria - RS - Fone/Fax: (55) 3220.4500
www.pallotti.com.br